IMPERIUM DER GIER

NAMI SHAMS

Haftungsausschluss (Disclaimer)

Dieses Buch ist ein Werk der Fiktion. Sämtliche Figuren, Dialoge, Handlungen und Institutionen wurden vom Autor frei erfunden. Jegliche Ähnlichkeiten mit realen Personen – lebend oder verstorben – sowie mit tatsächlichen Ereignissen, Firmen, Behörden oder Organisationen wären rein zufällig und unbeabsichtigt.

Auch wenn juristische, wirtschaftliche und politische Sachverhalte mit größter Sorgfalt recherchiert wurden, dient dieses Buch nicht der fachlichen Beratung und ersetzt keinesfalls eine professionelle Auskunft durch qualifizierte Juristen, Ökonomen oder andere Experten. Für Handlungen, die auf Grundlage dieses Romans erfolgen, übernimmt der Autor keinerlei Verantwortung oder Haftung.

Die im Buch enthaltenen Darstellungen von Machtmissbrauch, moralischer Korruption, psychischen Abgründen oder zwischenmenschlichen Grenzüberschreitungen dienen ausschließlich der literarischen Auseinandersetzung mit gesellschaftlichen Themen. Sie stellen keine Billigung, Verherrlichung oder Verharmlosung realer Umstände dar.

Die Meinungen und Einstellungen einzelner Figuren sind rein fiktiv und geben nicht die Haltung des Autors wieder.

Impressum

Imperium der Gier
Ein Roman von **Nami Shams**

© 2025 Nami Shams
Alle Rechte vorbehalten.

Autor und verantwortlich für den Inhalt gemäß § 55 Abs. 2 RStV:
Nami Shams
20099 Hamburg, Deutschland

Umschlaggestaltung:
vom Autor gestaltet

Lektorat/Korrektorat:
Nami Shams

Satz und Layout:
Nami Shams

Verlag:
BoD · Books on Demand GmbH, Überseering 33, 22297 Hamburg, bod@bod.de
Amazon (KDP – Kindle Direct Publishing)

ISBN: 978-3-8192-8167-9

Druck:
Libri Plureos GmbH, Friedensallee 273, 22763 Hamburg

Haftungsausschluss:
Dieses Buch ist ein Werk der Fiktion. Ähnlichkeiten mit realen Personen oder Ereignissen sind rein zufällig. Die im Buch

geäußerten Meinungen stellen nicht zwingend die Meinung des Autors dar.

Urheberrecht:
Kein Teil dieses Buches darf ohne schriftliche Genehmigung des Autors vervielfältigt, verbreitet oder öffentlich wiedergegeben werden – weder vollständig noch auszugsweise.

Recherchen & Quellen

Imperium der Gier ist ein Werk der Fiktion – doch die darin geschilderten Strukturen, Verbindungen und Mechanismen beruhen auf intensiver Recherche und real existierenden rechtlichen, wirtschaftlichen und gesellschaftlichen Rahmenbedingungen.

Zahlreiche Elemente des Romans wurden auf Basis öffentlich zugänglicher Quellen, juristischer Fachliteratur und journalistischer Recherchen entwickelt. Ziel war es, eine authentische und zugleich literarisch verdichtete Darstellung von Macht, Justiz, Wirtschaft und Moral im 21. Jahrhundert zu schaffen.

Nachfolgend eine Auswahl zentraler Quellen und Einflüsse:

1. Wirtschaftskriminalität & Geldwäsche

- **Panama Papers**
  Süddeutsche Zeitung, ICIJ – www.icij.org/investigations/panama-papers

- **Geldwäschegesetz (GwG)**
  Bundesministerium der Justiz, www.gesetze-im-internet.de/gwg_2017

- **§ 261 StGB – Geldwäsche**
  Kommentiert u. a. in: Fischer, *Strafgesetzbuch*, Beck Verlag

2. Juristische Rahmenbedingungen

- **BGB (Bürgerliches Gesetzbuch)**
  Bundesgesetzblatt – insbesondere §§ 311, 123, 280
- **ZPO (Zivilprozessordnung)**
  Verfahrensrechtliche Grundlagen, u. a. § 91 (Kostentragung)
- **BRAO (Bundesrechtsanwaltsordnung)**
  Berufsrecht für Anwälte, insbesondere § 43a (Berufspflichten)
- **StPO (Strafprozessordnung)**
  §§ 102, 105 zur Durchsuchung und Beschlagnahme

3. Finanzstrukturen und Offshore-Systeme

- **„Secrecy World" – Jake Bernstein**
  Enthüllungen zu Steueroasen, Briefkastenfirmen und globaler Finanzverschleierung.
- **„Dirty Money" – Financial Times Investigations**
  Umfangreiche Berichte über Geldflüsse, Banken und politische Einflussnahmen.
- **Hanseatische Finanzwelt**
  Historische und aktuelle Berichte über Hamburger Privatbanken, Trusts und diskrete Vermögensverwaltungen.

4. Psychologie, Macht & Abhängigkeit

- **„The Mask of Sanity" – Hervey Cleckley**
  Frühwerk über Psychopathie, das Einblicke in Persönlichkeitsprofile wie Orlovs erlaubt.
- **Studien zur Juristenpsychologie**
  Fachartikel aus *NJW*, *JURA*, u.a. zu Narzissmus, Burnout und moralischem Dilemma im Anwaltsberuf.
- **BDSM & Subspace**
  Erfahrungsberichte, Fachartikel aus Sexualtherapie und Subkultur-Medien (z.B. *Kink.com*, *Vice*, *SMJG*)

5. Literarische und stilistische Einflüsse

- **Ferdinand von Schirach – *Verbrechen*, *Schuld***
  Prägnante Prosa, juristische Verdichtung, moralische Ambivalenz
- **John Grisham – *The Firm*, *The Pelican Brief***
  Spannungsbögen im Spannungsfeld zwischen Recht, Korruption und persönlicher Krise
- **Juli Zeh – *Unterleuten***
  Gesellschaftspsychologische Tiefe und komplexe Figurenzeichnung

Anmerkung des Autors:
Alle juristischen Inhalte wurden mit größtmöglicher Sorgfalt integriert, stellen jedoch keine Rechtsberatung dar. Der Roman will nicht urteilen, sondern Fragen aufwerfen: Über Verantwortung, Verführung, Wahrheit und Wandel in einem System, das sich seiner eigenen Regeln oft entzieht.

EPILOG:

Es war ein verregneter Donnerstagmorgen, als Dr. Maximilian Schönfeld Hamburg verließ.

Nicht in Handschellen. Nicht im Sarg. Nicht in den Schlagzeilen.

Sondern in Stille.

Ein Taxi brachte ihn zum Flughafen – kein Fahrer erkannte ihn, keine Anzugträger verneigten sich, keine Partner riefen an. Das Kanzlei-Logo war entfernt worden aus der Lobby der Hafencity Towers. Claudia hatte sich diskret zurückgezogen. Die letzten Mandate liefen aus wie eine Flasche Champagner ohne Kohlensäure: still, schal, bedeutungslos.

Orlov war Geschichte. Gestürzt wie ein König ohne Krone, dessen Reich nicht durch Waffen fiel, sondern durch Dokumente und Datenleaks. Die Hanseatische Privatbank, einst Bollwerk hanseatischer Verschwiegenheit, war nun Symbol für ein System, das sich selbst auffraß. Was niemand für möglich gehalten hatte, war eingetreten: Sarahs Ermittlungen hatten Kreise gezogen. Bis in die Ministerien. Bis in die Redaktionen.

Bis in Max' Brustkorb.

Sie hatten sich nicht mehr gesprochen. Nicht nach der letzten Nachricht, nicht nach ihrer Aussage, nicht nach seiner. Ihre Wege hatten sich endgültig getrennt, wie parallele Linien, die nur im Unendlichen zusammentreffen.

Er hatte versucht, die Zeit zurückzuspulen. Alte Emails gelesen. Fotos angeschaut, auf denen er lachte – nicht posierte. Sätze gehört, die sie ihm gesagt hatte, bevor der Bruch kam: *„Du verteidigst keine Menschen, Max. Du verteidigst Strukturen."*

Er hatte geantwortet, dass das nun mal seine Aufgabe sei. Dass Gerechtigkeit im Gesetz stehe, nicht im Gefühl. Dass Moral für Theologen sei, nicht für Anwälte.

Aber irgendwo auf diesem Weg hatte er vergessen, warum er überhaupt Jurist geworden war.

Nicht für Geld.

Nicht für Orlov.

Sondern für Sarah. Für ihren Vater. Für alle, die nicht laut genug waren, um gehört zu werden.

Er flog nach Athen.

Eine Entscheidung, getroffen ohne Rationalität. Er hatte eine Einladung erhalten – von einer kleinen griechischen NGO, die Rechtsbeistand für Opfer von Menschenhandel organisierte. Früher hätte er gelächelt über so etwas. Jetzt war es der einzige Weg, nachts zu schlafen.

In einer heruntergekommenen Kanzlei mit fleckiger Decke und wackligem WLAN begann er noch einmal. Kein Porsche. Kein Maßanzug. Kein Titel an der Tür.
Nur ein ausgedrucktes Schild:

„Maximilian Schönfeld – Legal Volunteer"

Sein erster Fall war ein afghanischer Junge, 14 Jahre alt, misshandelt von seinen Schleusern, zu Unrecht inhaftiert. Es war kein komplexer Fall – keine Panama-Strukturen, keine siebenstelligen Transaktionen, keine medialen Intrigen. Aber als Max das Urteil las – *„Sofortige Freilassung aus humanitären Gründen"* –, spürte er etwas, das er seit Jahren nicht mehr gespürt hatte:
Resonanz.

Manchmal, wenn es in Athen nachts regnet, träumt er von Hamburg. Von der Soirée. Vom goldenen Besteck auf Orlovs Tisch. Von Sarah, wie sie im Gerichtssaal sitzt und ihn ansieht – nicht mit Hass, nicht mit Liebe, sondern mit dem stillen Wissen, dass er noch immer lebt.

Und dass das, was verloren ging, vielleicht nie ihm gehört hatte.

Eines Tages wird er vielleicht zurückkehren. Nicht als Anwalt der Reichen. Nicht als Marionette der Mächtigen. Sondern als Mensch. Und vielleicht – nur vielleicht – wird er Sarah begegnen, nicht im Gericht, sondern in einem Straßencafé. Und vielleicht – nur vielleicht – werden sie dann über etwas anderes sprechen als Paragrafen, Strategien und Schuld.

Vielleicht über Hoffnung.
Vielleicht über Frieden.
Vielleicht einfach nur über den Regen.

Denn manchmal, dachte Max, ist das größte Urteil nicht das, was ein Gericht spricht –
sondern das, was man sich selbst endlich zu sagen wagt.

DRAMATIS PERSONAE
IMPERIUM DER GIER

Dr. Maximilian Schönfeld
Wirtschaftsanwalt, charismatisch, kühl und brillant – ein Aufsteiger mit tadelloser Fassade und bröckelndem Inneren. Getrieben von Macht, zerrieben zwischen Moral und Mandanten.

Sarah Lehmann
Staatsanwältin für Wirtschaftsstrafsachen. Einst seine große Liebe, heute seine größte Gegnerin. Klug, kompromisslos und entschlossen, das System von innen heraus zu bekämpfen.

Viktor Orlov
Russisch-deutscher Oligarch und Strippenzieher. Kunstmäzen, Investor – und mutmaßlich tief verstrickt in internationale Geldwäsche. Seine Waffen: Charme, Geld und ein Netz aus Schatten.

Claudia Weber
Partnerin in Schönfelds Kanzlei. Rational, loyal, mit geschärftem Instinkt für Risiko und Loyalität. Sie erkennt die Risse, lange bevor sie aufbrechen.

Thomas Brandt
Erfahrener Ermittler beim LKA 5. Zynisch, misstrauisch – ein Veteran in einem Krieg gegen Wirtschaftsverbrechen, den keiner je gewinnt, aber viele verlieren.

Frau Keller
Schönfelds Assistentin. Diskret, effizient, loyal – und

Zeugin einer Welt, in der jeder Anruf ein Schritt über eine unsichtbare Grenze sein kann.

„Katze"

Unbekannte Frau aus Max' Doppelleben. Symbol für seine Flucht aus Kontrolle und Kalkül – und Spiegel seiner zersplitterten Identität.

Dr. Klaus Reimann

Prozessgegner, Vertreter der Klägerseite im einleitenden Verfahren. Akademisch, moralisch – und ein unbeabsichtigter Chronist des Untergangs.

„Rabe"

Informationsbeschaffer im Graubereich zwischen Legalität und Aufklärung. Ein Mann ohne Namen, aber mit Zugang zu allem, was geheim bleiben sollte.

IMPERIUM DER GIER

TEIL I: DER GOLDENE KÄFIG

KAPITEL 1: PRÄLUDIUM DER MACHT

In der Causa Brauer ./. Freie und Hansestadt Hamburg, Az. 11 O 76/24, erstreckte sich die Verhandlung vor dem Landgericht Hamburg, Kammer für Handelssachen, bereits in die neunte Stunde. Die Luft im Saal 309 des Strafjustizgebäudes am Sievekingplatz war erfüllt von jener charakteristischen Mischung aus Aktenstaub, Schweiß und der subtilen Spannung, die stets den Kulminationspunkt eines Rechtsstreits begleitet. Die Klimaanlage arbeitete mit jenem ineffizienten Summen, das den Anwesenden suggerierte, sie täte etwas, ohne tatsächlich eine spürbare Verbesserung der Raumtemperatur zu bewirken.

Dr. Maximilian Schönfeld, Fachanwalt für Handels- und Gesellschaftsrecht, stand am Pult der Beklagtenvertretung, seine Haltung eine Studie in kontrollierter Präzision. Seine maßgeschneiderte Robe aus schwerem schwarzen Wollstoff – ein Anachronismus in Zeiten synthetischer Materialien, aber ein bewusstes Statement – lag perfekt auf seinen breiten Schultern. Darunter trug er einen Anzug von Brioni in Anthrazit, dessen Wert dem Monatseinkommen eines Richters am Amtsgericht entsprach. Seine Erscheinung war die Manifestation dessen, was die Jurisprudenz seit jeher zu vermitteln suchte: Autorität, Kompetenz, Unantastbarkeit.

"Herr Vorsitzender", seine Stimme füllte den Raum mit jener präzisen Modulation, die in den Hörsälen der juristischen Fakultäten nicht gelehrt, sondern durch jahrelange Praxis vor Gericht erworben wird, "die Ausführungen meines geschätzten Kollegen zur angeblichen Pflichtverletzung meiner Mandantin gemäß § 280 Abs. 1 BGB in Verbindung mit § 241 Abs. 2 BGB entbehren jeglicher rechtlicher und tatsächlicher Grundlage."

Er pausierte, ließ seinen Blick über die drei Richter schweifen, die hinter dem erhöhten Tisch saßen. Der Vorsitzende, Dr. Hartmann, ein Mann in seinen Sechzigern mit akribisch gestutztem grauen Bart, betrachtete ihn mit jener Mischung aus Respekt und Vorsicht, die Max im Laufe seiner Karriere zu schätzen gelernt hatte. Die beiden Handelsrichter, ehrenamtliche Beisitzer aus der Hamburger Wirtschaft, wirkten weniger aufmerksam – der eine studierte seine Notizen, der andere unterdrückte ein Gähnen.

"Die Klägerin", fuhr Max fort, "versucht hier, einen gewöhnlichen unternehmerischen Fehlschlag in eine vertragswidrige Pflichtverletzung umzudeuten. Dies ist nicht nur rechtlich unzulässig, sondern auch wirtschaftlich absurd. Meine Mandantin hat sämtliche Informationspflichten gemäß § 312d BGB in Verbindung mit Art. 246a EGBGB vollumfänglich erfüllt. Die Behauptung, es habe eine arglistige Täuschung im Sinne des § 123 Abs. 1 BGB vorgelegen, ist eine Chimäre, konstruiert aus selektiver Wahrnehmung und post factum Rationalisierung."

Auf der gegenüberliegenden Seite des Saals erhob sich Dr. Klaus Reimann, ein hagerer Mann mit schütterem Haar und einer randlosen Brille, die ihm das Aussehen eines pensionierten Bibliothekars verlieh. Seine Robe, deutlich weniger imposant als die von Max, hing an seinem dünnen Körper wie an einem Kleiderbügel.

"Wenn ich kurz intervenieren darf", seine Stimme war hoch und leicht nasalierend, "mein Kollege versucht hier, durch rhetorische Finessen von den Kernfragen des Falles abzulenken. Die Tatsache bleibt bestehen, dass seine Mandantin wesentliche Informationen zurückgehalten hat, die für die Investitionsentscheidung meines Mandanten von erheblicher Bedeutung waren. Dies konstituiert eindeutig eine Verletzung der vorvertraglichen Aufklärungspflicht gemäß § 311 Abs. 2 BGB."

Dr. Hartmann hob die Hand, ein subtiles Zeichen, das beide Anwälte sofort verstanden. "Herr Dr. Reimann, Sie hatten ausreichend Gelegenheit für Ihren Vortrag. Lassen Sie Dr. Schönfeld seine Ausführungen beenden."

Max nickte dem Vorsitzenden dankend zu, ein kaum wahrnehmbares Lächeln umspielte seine Lippen. Diese kleinen Siege, diese Momente der richterlichen Bevorzugung, waren die Währung, in der Erfolg vor Gericht gemessen wurde.

"Wie ich darzulegen versuchte, bevor ich unterbrochen wurde", ein subtiler Seitenhieb gegen Reimann, "ist die Argumentation der Gegenseite nicht nur rechtlich unhaltbar, sondern auch faktisch inkorrekt. Meine Mandantin hat sämtliche Risiken des Immobilienprojekts transparent kommuniziert, wie aus den Anlagen B17 bis B24 eindeutig hervorgeht. Die Behauptung, es seien Bodenbelastungen verschwiegen worden, ist schlichtweg falsch. Das Bodengutachten, erstellt von der renommierten Firma

GeoConsult GmbH, lag dem Kläger vor Vertragsunterzeichnung vor, wie seine Unterschrift auf dem Empfangsbekenntnis vom 15. März 2024 beweist."

Max griff nach einem Dokument aus dem Stapel vor ihm, reichte es dem Gerichtsdiener, der es zum Richtertisch brachte. "Darf ich das Gericht bitten, Anlage B25 in Augenschein zu nehmen? Hier ist das besagte Empfangsbekenntnis, notariell beglaubigt und mit der Unterschrift des Klägers versehen."

Dr. Hartmann nahm das Dokument entgegen, studierte es kurz und reichte es an seine Beisitzer weiter. "Fahren Sie fort, Dr. Schönfeld."

"Danke, Herr Vorsitzender. Die Klage ist somit nicht nur unbegründet, sondern grenzt an prozessuale Arglist. Meine Mandantin beantragt daher, die Klage vollumfänglich abzuweisen und dem Kläger die Kosten des Verfahrens aufzuerlegen, § 91 Abs. 1 ZPO."

Max setzte sich, arrangierte seine Unterlagen mit präzisen Bewegungen. Aus dem Augenwinkel bemerkte er eine Bewegung am Eingang des Saals. Eine Frau war eingetreten, hatte sich leise auf einen der hinteren Plätze gesetzt. Etwas an ihr kam ihm vage bekannt vor, aber er konnte sie nicht einordnen.

Dr. Reimann erhob sich erneut, sein Gesicht gerötet vor unterdrückter Wut. "Herr Vorsitzender, ich muss gegen die Unterstellungen meines Kollegen protestieren. Von prozessualer Arglist zu sprechen, ist eine ungeheuerliche Verleumdung, die ich entschieden zurückweise."

Dr. Hartmann seufzte leise. "Ihre Empörung ist zur Kenntnis genommen, Herr Dr. Reimann. Das Gericht wird sich zur Beratung zurückziehen und den Termin zur Verkündung einer Entscheidung in Kürze bekannt geben."

Die drei Richter erhoben sich, die Anwesenden im Saal folgten ihrem Beispiel. Als die Richter den Raum verlassen hatten, brach ein leises Gemurmel aus. Max packte seine Unterlagen in seine Aktentasche aus feinstem Kalbsleder – ein Geschenk seiner Kanzlei zu seinem zehnjährigen Jubiläum als Partner.

"Beeindruckende Vorstellung, Schönfeld", sagte Reimann, der zu ihm herübergekommen war. Seine Stimme triefte vor kaum verhohlenem Sarkasmus. "Aber glauben Sie wirklich, dass Ihre rhetorischen Kunststücke ausreichen werden, um die Wahrheit zu verschleiern?"

Max schloss seine Aktentasche mit einem präzisen Klicken. "Die Wahrheit, lieber Kollege, ist ein flexibler Begriff, besonders im Kontext der Jurisprudenz. Was zählt, sind die Fakten, die bewiesen werden können, und die rechtlichen Normen, die auf sie anwendbar sind. Alles andere ist Spekulation und Emotion – beides hat im Gerichtssaal nichts verloren."

"Diese zynische Weltsicht mag Ihnen bisher gute Dienste geleistet haben, Schönfeld, aber irgendwann holt die Realität auch Sie ein." Reimann schüttelte den Kopf. "Wie können Sie nachts schlafen, wenn Sie Unternehmen verteidigen, die wissentlich Menschen schädigen?"

Max lächelte dünn. "Mit Hilfe eines exzellenten Matratzentoppers und der beruhigenden Gewissheit, dass ich meinen Mandanten die bestmögliche rechtliche Vertretung biete, zu der ich gemäß § 43a BRAO verpflichtet bin. Und nun entschuldigen Sie mich, ich habe weitere Termine."

Er wandte sich ab, ohne Reimanns Antwort abzuwarten, und schritt durch den Mittelgang des Gerichtssaals. Als er an der letzten Reihe vorbeikam, erhob sich die Frau, die er zuvor bemerkt hatte. Jetzt erkannte er sie.

Sarah Lehmann. Staatsanwältin bei der Staatsanwaltschaft Hamburg, Hauptabteilung V, zuständig für Wirtschaftsstrafsachen. Und seine ehemalige Verlobte.

"Hallo Max", sagte sie, ihre Stimme kühl und professionell. "Beeindruckende Vorstellung."

Max blieb stehen, sein Gesicht eine Maske der Höflichkeit. "Sarah. Was verschafft mir die Ehre? Ich wusste nicht, dass die Staatsanwaltschaft sich für zivilrechtliche Auseinandersetzungen interessiert."

"Tut sie in der Regel auch nicht." Sarah trat näher, senkte ihre Stimme. "Aber wenn der Beklagte Verbindungen zu Personen hat, die uns interessieren, machen wir gelegentlich eine Ausnahme."

Max hob eine Augenbraue. "Und wer könnte das sein?"

"Das weißt du genau." Sarah hielt seinen Blick fest. "Viktor Orlov. Dein neuer Mandant, wenn ich richtig informiert bin."

Max spürte, wie sich sein Puls beschleunigte, aber sein Gesicht blieb ausdruckslos. "Ich kommentiere weder die Identität meiner Mandanten noch die Natur meiner Mandate. Anwaltliche Schweigepflicht, § 43a Abs. 2 BRAO. Das solltest du wissen."

"Natürlich." Sarah lächelte dünn. "Aber lass mich dir einen freundschaftlichen Rat geben, Max. Sei vorsichtig mit Orlov. Er ist nicht der, für den du ihn hältst."

"Danke für deine Fürsorge", erwiderte Max kühl. "Aber ich bin durchaus in der Lage, meine Mandanten selbst einzuschätzen."

Sarah trat noch näher, so nah, dass er ihr Parfüm riechen konnte – dasselbe, das sie schon während ihrer gemeinsamen Zeit an der Universität getragen hatte. "Ist das so? Dann weißt du sicher auch von seinen Verbindungen zur organisierten Kriminalität? Von den Geldwäschevorwürfen? Von den mysteriösen Todesfällen in seinem Umfeld?"

Max' Gesicht blieb unbewegt, aber innerlich registrierte er jedes Wort. Wenn Sarah hier war, wenn sie diese Fragen stellte, dann bedeutete das, dass die Staatsanwaltschaft tatsächlich gegen Orlov ermittelte. Eine Information, die von unschätzbarem Wert sein könnte.

"Wenn die Staatsanwaltschaft konkrete Beweise für strafbares Verhalten hat, sollte sie Anklage erheben, anstatt in Gerichtssälen Gerüchte zu streuen", sagte er kühl. "Und nun entschuldige mich, ich habe einen Termin."

Er ging an ihr vorbei, spürte ihren Blick in seinem Rücken wie ein physisches Gewicht. Die Begegnung hatte ihn mehr beunruhigt, als er zugeben wollte. Nicht wegen der Vorwürfe gegen Orlov – solche Anschuldigungen waren bei Männern seines Kalibers an der Tagesordnung. Nein, es war die Tatsache, dass Sarah persönlich hier aufgetaucht war, dass sie ihn direkt konfrontiert hatte. Das war untypisch für sie, die sonst so methodisch und diskret arbeitete.

Als er das Gerichtsgebäude verließ und in die helle Mittagssonne trat, zog er sein Mobiltelefon aus der Tasche und wählte eine Nummer, die nicht in seinem offiziellen Kontaktverzeichnis stand.

"Rabe? Ich brauche Informationen. Über Viktor Orlov und mögliche Ermittlungen der Staatsanwaltschaft Hamburg gegen ihn. So schnell wie möglich."

Er beendete das Gespräch und steckte das Telefon weg. Auf dem Weg zu seinem Porsche, der in der Tiefgarage des Gerichts parkte, ging er mental die Begegnung mit Sarah durch. Ihre Worte, ihre Körpersprache, die Implikationen ihrer Anwesenheit. Etwas stimmte nicht, das spürte er. Und wenn es eines gab, das Max Schönfeld in seinen fünfzehn Jahren als Anwalt gelernt hatte, dann war es, auf sein Bauchgefühl zu hören.

Im Auto sitzend, überprüfte er seinen Terminkalender. Um 14 Uhr hatte er ein Treffen mit Viktor Orlov in dessen Villa in Blankenese. Ursprünglich sollte es um ein Immobilienprojekt in der HafenCity gehen, für das Orlov seine rechtliche Beratung wünschte. Aber jetzt, nach Sarahs Warnung, würde er das Gespräch in eine andere Richtung lenken müssen. Subtil, natürlich. Orlov war nicht der Mann, den man direkt konfrontierte.

Max startete den Motor und fuhr aus der Tiefgarage, sein Geist bereits bei der Formulierung der Fragen, die er stellen würde, und der Analyse der Antworten, die er erwartete. Es war ein Spiel, das er beherrschte – das Extrahieren von Informationen, ohne den Anschein zu erwecken, dass er sie suchte. Eine Kunst, die er im Laufe seiner Karriere perfektioniert hatte.

Als er auf die Straße einbog, bemerkte er im Rückspiegel einen dunklen SUV, der ihm zu folgen schien. Paranoia? Vielleicht. Aber in seiner Position, mit seinen Mandanten, war Vorsicht stets geboten. Er beschleunigte leicht, nahm eine unerwartete Abzweigung, beobachtete, ob der SUV folgte. Er tat es nicht. Max entspannte sich etwas, konzentrierte sich wieder auf die Straße vor ihm.

Die Begegnung mit Sarah hatte Erinnerungen geweckt, die er lange verdrängt hatte. Erinnerungen an ihre gemeinsame Zeit, an ihre Pläne, an ihren Bruch. An die Entscheidungen, die er getroffen hatte und die ihn hierher geführt hatten – in einen Porsche auf dem Weg zu einem Oligarchen, mit einem Jahresgehalt im siebenstelligen Bereich und einer inneren Leere, die kein materieller Erfolg zu füllen vermochte.

Max schüttelte den Kopf, um die Gedanken zu vertreiben. Sentimentalität war ein Luxus, den er sich nicht leisten konnte. Nicht in seinem Beruf, nicht mit seinen Mandanten, nicht mit seinem Leben. Er war Dr. Maximilian Schönfeld, einer der erfolgreichsten Wirtschaftsanwälte Hamburgs, gefürchtet von Gegnern, respektiert von Richtern, umworben von Mandanten. Das war die Identität, die er sich geschaffen hatte, die Persona, die er der Welt präsentierte.

Und wenn diese Persona manchmal wie eine zu eng sitzende Robe fühlte, wenn sie ihn einschnürte und ihm die Luft zum Atmen nahm – nun, das war der Preis des Erfolgs. Ein Preis, den er zu zahlen bereit war. Zumindest hatte er sich das immer eingeredet.

Mit diesem Gedanken fuhr er weiter durch die Straßen Hamburgs, dem Treffen mit Orlov entgegen, das sein Leben in eine Richtung lenken würde, die er sich nicht einmal in seinen dunkelsten Albträumen hätte vorstellen können.

KAPITEL 2: DER OLIGARCH

Am nächsten Morgen erwachte Max mit einem leichten Brummen im Kopf, aber ohne den vernichtenden Kater, den er nach einer Nacht mit Kokain und Whisky erwartet hätte. Vielleicht entwickelte er eine Toleranz. Der Gedanke war beunruhigend.

Er duschte lange und heiß, ließ das Wasser über seinen durchtrainierten Körper laufen und versuchte, die Reste der Nacht abzuwaschen. Dann rasierte er sich sorgfältig, trug teure Gesichtscreme auf und kleidete sich in einen maßgeschneiderten Anzug von Tom Ford. Die Maske des erfolgreichen Anwalts saß wieder perfekt.

In der Kanzlei erwartete ihn bereits ein voller Terminkalender. Mandantengespräche, Telefonkonferenzen, die Vorbereitung eines Schriftsatzes für einen Berufungsprozess. Die übliche Routine, die ihm einst Befriedigung verschafft hatte und die ihm jetzt zunehmend leer erschien.

Zwischen zwei Terminen rief er Claudia in sein Büro.

"Ich werde Orlovs Mandat annehmen", sagte er ohne Umschweife.

Claudia nickte, als hätte sie nichts anderes erwartet. "Gut. Ich habe bereits einen Mandatsvertrag vorbereitet. Die Konditionen sind... beeindruckend."

Sie reichte ihm ein Dokument. Max überflog es und pfiff leise durch die Zähne. Das Honorar war astronomisch, selbst für seine Standards.

"Ist das sein Ernst?"

"Offenbar. Und das ist nur das Grundhonorar. Dazu kommen Erfolgsprämien und die angedeuteten 'Beteiligungen'." Claudia setzte sich ihm gegenüber. "Max, ich muss dich das fragen: Bist du sicher, dass wir diesen Klienten wollen?"

"Warum nicht? Er zahlt gut, die Fälle klingen interessant."

"Du weißt, was ich meine. Die Gerüchte über ihn..."

"Sind nur das – Gerüchte." Max lehnte sich zurück. "Jeder erfolgreiche Geschäftsmann hat Neider, die Geschichten verbreiten."

Claudia sah ihn durchdringend an. "Du glaubst das nicht wirklich."

Max seufzte. "Hör zu, wir sind Anwälte. Wir vertreten Klienten, wir urteilen nicht über sie. Solange Orlov nichts Illegales von uns verlangt, sehe ich kein Problem."

"Und wenn er es tut?"

"Dann lehnen wir ab. Ganz einfach."

Claudia schien nicht überzeugt, nickte aber. "Deine Entscheidung. Aber sei vorsichtig, Max. Männer wie Orlov... sie haben ihre eigenen Regeln."

Als sie gegangen war, starrte Max auf den Mandatsvertrag. Claudias Worte hallten in seinem Kopf nach. War er zu leichtsinnig? Ging er ein Risiko ein, das er nicht vollständig einschätzen konnte?

Aber dann dachte er an die Kunstsammlung, an den 25-jährigen Macallan, an die Aussicht auf Projekte, die tatsächlich seine intellektuellen Fähigkeiten herausfordern würden. Und an das Geld, natürlich. Genug, um seine zunehmend kostspieligen Gewohnheiten zu finanzieren.

Er unterzeichnete den Vertrag.

Der Rest des Tages verlief in einem Nebel aus Routine. Max funktionierte auf Autopilot, erledigte seine Aufgaben mit der Effizienz eines gut geölten Uhrwerks. Aber seine Gedanken kreisten um den Abend, um das, was ihn erwartete.

Um 22:30 Uhr parkte er seinen Porsche in einer Seitenstraße im Hamburger Stadtteil St. Georg. Die Gegend war ein seltsamer Mix aus Gentrifizierung und Rotlichtmilieu – hippe Cafés neben Bordellen, Designerläden neben Sexshops. Hier, in dieser Grauzone zwischen bürgerlicher Respektabilität und urbaner Dekadenz, befand sich der Club "Obsidian".

Von außen war das Gebäude unscheinbar, ein ehemaliges Lagerhaus ohne Schild oder Leuchtreklame. Nur ein kleines, stilisiertes O neben der Tür deutete auf den Club hin. Max klopfte in einem bestimmten Rhythmus, und nach einem kurzen Scan durch eine versteckte Kamera öffnete sich die Tür.

"Herr Magnus", begrüßte ihn der Türsteher mit einem respektvollen Nicken. "Willkommen zurück."

Max nickte nur knapp und trat ein. Drinnen empfing ihn gedämpftes Licht und leise, pulsierende Musik. Der Empfangsbereich war elegant eingerichtet, mit dunklem Holz und Leder, wie ein exklusiver Gentlemen's Club. Eine attraktive Frau in einem schlichten schwarzen Kleid lächelte ihm zu.

"Herr Magnus", begrüßte sie ihn. "Schön, Sie wiederzusehen. Katze wartet bereits in Ihrem üblichen Raum."

"Danke, Vera", erwiderte Max. Hier war er nicht Dr. Maximilian Schönfeld, der renommierte Anwalt. Hier war er Herr Magnus, ein regelmäßiger Gast mit speziellen Vorlieben.

Er folgte einem langen Flur, vorbei an mehreren verschlossenen Türen, hinter denen sich andere "Spielzimmer" befanden. Der Club war exklusiv, diskret und sehr, sehr teuer. Die Mitgliedschaft kostete ein kleines Vermögen, und die zusätzlichen Dienste waren entsprechend hochpreisig. Aber für Max war es das wert. Hier konnte er sein, wer er wirklich war, ohne Angst vor Entdeckung oder Verurteilung.

Er erreichte eine Tür am Ende des Flurs und öffnete sie. Der Raum dahinter war in gedämpftes rotes Licht getaucht. An einer Wand hing eine Sammlung von Peitschen, Paddeln und anderen BDSM-Instrumenten. In der Mitte stand ein speziell angefertigter Stuhl mit Befestigungsmöglichkeiten.

Und dort, in der Ecke, kniete eine Frau. Sie trug nichts außer einem schwarzen Lederhalsband und einer Augenmaske. Ihr Körper war schlank, trainiert, ihre Haltung perfekt – Kopf gesenkt, Rücken gerade, Knie leicht gespreizt.

"Guten Abend, Katze", sagte Max, und seine Stimme veränderte sich, wurde tiefer, autoritärer.

"Guten Abend, Herr", antwortete sie leise, ohne aufzublicken.

Max ging zu einem Schrank und öffnete ihn. Darin hing ein schwarzer Anzug aus feinem Leder. Er begann, sich umzuziehen, legte seinen teuren Designeranzug sorgfältig ab.

"Wie war dein Tag?", fragte er, während er den Lederharnisch anlegte.

"Anstrengend, Herr. Viele Meetings, viel Stress."

Max wusste nicht, wer "Katze" im wirklichen Leben war, und sie wusste nicht, wer er war. Das waren die Regeln des Clubs. Aber er wusste, dass sie, wie viele hier, eine erfolgreiche Frau mit Verantwortung war. Jemand, der im Alltag ständig Kontrolle ausüben musste und hier die Erleichterung suchte, diese Kontrolle abzugeben.

Für Max war es genau umgekehrt. In seinem Beruf musste er ständig Kompromisse eingehen, musste sich anpassen, musste Regeln befolgen, die andere aufstellten. Hier, in diesem Raum, war er derjenige, der die Regeln machte. Hier hatte er absolute Kontrolle.

"Dann werden wir dafür sorgen, dass du alles vergisst", sagte er, nun vollständig in seiner Rolle als Herr Magnus. Er nahm eine Peitsche von der Wand und ließ sie durch die Luft sausen. Das Geräusch hallte durch den Raum, und er sah, wie Katze erschauerte – nicht vor Angst, sondern vor Erwartung.

"Steh auf", befahl er.

Sie gehorchte sofort, bewegte sich mit der Anmut einer Tänzerin.

"Geh zum Stuhl. Beug dich vor. Hände auf die Armlehnen."

Wieder gehorchte sie ohne Zögern. Max trat hinter sie und befestigte ihre Handgelenke mit Ledermanschetten an den Armlehnen. Dann ihre Knöchel an den Stuhlbeinen. Sie war nun völlig ausgeliefert, und beide wussten es.

"Was ist dein Safeword?", fragte er, wie immer, bevor sie begannen.

"Smaragd, Herr", antwortete sie.

"Gut." Er strich mit der Peitsche sanft über ihren Rücken. "Du weißt, dass du es jederzeit benutzen kannst."

"Ja, Herr."

Max holte aus und ließ die Peitsche auf ihre Schulter niedersausen. Nicht hart genug, um zu verletzen, aber fest genug, um einen roten Striemen zu hinterlassen. Katze stöhnte leise.

Er setzte die Session fort, variierte zwischen sanften Berührungen und scharfen Schlägen, baute langsam eine Intensität auf, die sie beide in einen Zustand erhöhter Wahrnehmung versetzte. Es war wie ein Tanz, ein Spiel von Macht und Hingabe, von Schmerz und Lust.

Für Max war es mehr als nur sexuelle Befriedigung. Es war ein Ventil, ein Weg, die Dunkelheit in ihm zu kanalisieren, die sonst keinen Ausweg fand. Hier konnte er Aspekte seiner Persönlichkeit ausleben, die im Alltag verborgen bleiben mussten.

Nach einer Stunde intensiven Spiels löste er Katzes Fesseln und half ihr auf. Sie zitterte leicht, ihr Körper gezeichnet von den Spuren seiner Aufmerksamkeit, aber ihr Gesicht – was er davon unter der Maske sehen konnte – strahlte eine tiefe Zufriedenheit aus.

"Danke, Herr", flüsterte sie.

Max führte sie zu einem bequemen Sofa in der Ecke des Raums und wickelte sie in eine weiche Decke. Er reichte ihr Wasser und setzte sich neben sie, hielt sie sanft, während sie langsam aus dem Subspace zurückkam, jenem tranceähnlichen Zustand, in den intensive BDSM-Sessions führen konnten.

Dies war der Teil, den er fast ebenso schätzte wie die Session selbst – die Intimität danach, die Fürsorge, die er zeigen konnte, ohne Schwäche zu offenbaren.

"War es gut für dich?", fragte er leise.

Sie nickte. "Perfekt. Du weißt genau, was ich brauche."

Sie saßen eine Weile schweigend da, bis Katze sich vollständig erholt hatte. Dann stand sie auf, um sich anzuziehen. Max tat dasselbe, verwandelte sich zurück in Dr. Maximilian Schönfeld.

Als sie fertig waren, nahm Katze ihre Maske ab – ein Zeichen, dass die Session offiziell beendet war. Darunter kam das Gesicht einer Frau in den Dreißigern zum Vorschein, attraktiv auf eine unaufdringliche Art, mit klugen Augen und einem leichten Lächeln.

"Selbe Zeit nächste Woche?", fragte sie.

"Ich melde mich", antwortete Max. "Die nächsten Tage könnten hektisch werden."

Sie nickte verständnisvoll. "Neuer Fall?"

"Neuer Klient. Potenziell sehr lukrativ."

"Na dann." Sie lächelte. "Viel Erfolg dabei."

Sie verließen den Raum getrennt, wie es die Regeln vorsahen. Max ging zuerst, verabschiedete sich von Vera am Empfang und trat hinaus in die kühle Nachtluft.

Draußen lehnte er sich einen Moment gegen die Wand und atmete tief durch. Die Session hatte ihm gut getan, hatte die Anspannung gelöst, die sich seit dem Treffen mit Orlov in ihm aufgebaut hatte. Aber er wusste, dass es nur vorübergehend war. Bald würde das Verlangen zurückkehren – nach Kontrolle, nach Macht, nach dem Kick, den ihm weder sein Beruf noch gewöhnlicher Sex geben konnten.

Er ging zu seinem Wagen zurück und fuhr los. Statt nach Hause zu fahren, lenkte er den Porsche zu einem kleinen Park am Elbufer. Dort parkte er und holte das Etui mit dem Kokain hervor.

Eine Line später lehnte er sich zurück und ließ den Rausch durch seinen Körper strömen. Die Kombination aus dem Nachglühen der BDSM-Session und dem Kokain erzeugte eine Euphorie, die fast überwältigend war.

In diesem Moment der künstlichen Klarheit dachte er an Sarah. An ihr Gesicht im Gerichtssaal, an die Verachtung in ihren Augen. Er fragte sich, was sie sagen würde, wenn sie ihn jetzt sehen könnte – high in seinem teuren Auto, nach einer BDSM-Session mit einer Frau, deren Namen er nicht einmal kannte.

Sie würde es als Bestätigung sehen, dass sie recht gehabt hatte. Dass er seine Seele verkauft hatte.

Aber hatte er das wirklich? Oder hatte er einfach die Welt akzeptiert, wie sie war – ein Ort, an dem Macht und Geld die einzigen Währungen waren, die zählten?

Max schüttelte den Kopf, um die Gedanken zu vertreiben. Er konnte es sich nicht leisten, sentimental zu werden. Nicht jetzt, wo Orlov ihm die Chance seines Lebens bot.

Er startete den Motor und fuhr nach Hause, durch die nächtlichen Straßen Hamburgs, vorbei an den glitzernden Lichtern des Hafens, hinauf in seinen gläsernen Turm in der HafenCity.

Allein in seinem Penthouse, umgeben von teuren Möbeln und Kunstwerken, die er gekauft hatte, weil ein Innenarchitekt sie empfohlen hatte, nicht weil sie ihm etwas bedeuteten, spürte Max wieder diese seltsame Leere.

Er trat ans Fenster und blickte auf die Stadt hinunter. Irgendwo da draußen war Sarah, vielleicht noch in ihrem Büro, vielleicht zu Hause, arbeitete an Fällen, die sie für wichtig hielt. Kämpfte für das, was sie für richtig hielt.

Für einen kurzen Moment fragte er sich, wie sein Leben verlaufen wäre, wenn er damals eine andere Entscheidung getroffen hätte. Wenn er Bergmann & Partner abgelehnt und stattdessen einen anderen Weg eingeschlagen hätte. Wenn er und Sarah zusammengeblieben wären.

Aber es war sinnlos, darüber nachzudenken. Er hatte seine Entscheidung getroffen, und sie hatte ihre Konsequenzen gehabt. Er war Dr. Maximilian Schönfeld geworden, einer der erfolgreichsten Anwälte der Stadt. Er hatte alles, was er sich je erträumt hatte.

Warum fühlte es sich dann manchmal so an, als hätte er nichts?

Max wandte sich vom Fenster ab und ging ins Badezimmer. Er wusch sich das Gesicht mit kaltem Wasser und starrte sein Spiegelbild an. Die Augen eines Fremden blickten zurück.

Morgen würde er wieder der brillante, kontrollierte Anwalt sein. Er würde Orlovs Angebot annehmen und in eine neue Liga aufsteigen. Er würde tun, was nötig war, um zu gewinnen.

Denn das war es, was er am besten konnte. Gewinnen. Egal zu welchem Preis.

KAPITEL 3: ALTE WUNDEN

Sarah Lehmann rieb sich die müden Augen und starrte auf den Bildschirm ihres Computers. Es war kurz nach Mitternacht, und das Gebäude der Staatsanwaltschaft Hamburg am Gorch-Fock-Wall war längst in die Stille der Nacht getaucht. Nur in ihrem Büro im dritten Stock, dem Sitz der Hauptabteilung V – zuständig für Wirtschaftsstrafsachen – brannte noch das kalte Licht einer Schreibtischlampe. Vor ihr türmten sich Aktenordner, Ausdrucke von Handelsregisterauszügen, Kontoauszüge aus Luxemburg und Zypern, Organigramme verschachtelter Firmenkonstrukte. Puzzleteile eines Bildes, das sie noch nicht vollständig erkennen konnte, aber dessen Konturen sich langsam abzeichneten – düster und bedrohlich.

"Du machst dich noch kaputt, Sarah", hatte ihr Kollege Markus Scholz, ein erfahrener Staatsanwalt kurz vor der Pensionierung, gesagt, bevor er vor Stunden gegangen war. "§ 153 StPO ist auch eine Option, weißt du? Nicht jeder Kleinkram muss bis zur Anklage getrieben werden." Vielleicht hatte er recht. Aber das hier war kein Kleinkram. Das hier roch nach etwas Großem, nach systematischer Kriminalität im Herzen der Hamburger Wirtschaftselite.

Sie nahm einen Schluck vom längst kalten Kaffee aus einer Papptasse, der bitter auf ihrer Zunge schmeckte. Auf dem Bildschirm leuchtete die Struktur einer Holdinggesellschaft mit Sitz in Panama, deren wirtschaftlich Berechtigte sich hinter anonymen Treuhändern verbargen. Eine typische Verschleierungstaktik, oft genutzt für Geldwäsche oder Steuerhinterziehung gemäß § 261 StGB oder § 370 AO. Die Frage war nur: Wessen Geld wurde hier gewaschen? Und woher stammte es?

Ihr dienstliches Mobiltelefon vibrierte auf dem Schreibtisch. Eine verschlüsselte Nachricht von Thomas Brandt, Hauptkommissar beim LKA 5, der Abteilung für Wirtschaftskriminalität. "Hast du die Unterlagen zur Hanseatischen Privatbank bekommen? Konnte was Verwertbares finden?"

Sarah tippte eine kurze Antwort: "Ja, danke. Interessante Transaktionen, aber der direkte Link fehlt noch. Treffen morgen wie besprochen? Brauchen eine Strategie, bevor wir einen Durchsuchungsbeschluss nach §§ 102, 105 StPO beantragen."

Die Antwort kam sofort: "21 Uhr. Alster-Pavillon. Sei vorsichtig. Habe das Gefühl, wir stochern in einem Wespennest."

Sarah legte das Telefon beiseite und lehnte sich im abgewetzten
Bürostuhl zurück. Ihr Blick fiel auf ein gerahmtes Foto an der Pinnwand – sie
und ihr Vater vor dessen kleinem Biohofladen in Lüneburg, aufgenommen an
einem sonnigen Tag, der Lichtjahre entfernt schien. Es war drei Jahre her,
dass er alles verloren hatte. Drei Jahre seit dem Zivilprozess vor dem
Landgericht Lüneburg, der sein Lebenswerk zerstört und ihre Welt auf den
Kopf gestellt hatte.

Die Erinnerungen kamen ungebeten, scharf und schmerzhaft, wie so oft
in diesen späten, einsamen Stunden.

---

*Universität Hamburg, Rechtshaus an der Rothenbaumchaussee, 13 Jahre
zuvor*

"Du kannst nicht ernsthaft in Erwägung ziehen, bei Bergmann & Partner
anzufangen", sagte Sarah und starrte Max ungläubig an. Sie standen im
überfüllten Foyer des Rechtshauses, umgeben vom Stimmengewirr der
Studenten, die zwischen den Vorlesungen hin und her eilten. Der Geruch von
altem Papier und Bohnerwachs lag in der Luft.

Max sah unbehaglich aus, wich ihrem Blick aus, aber seine Kiefermuskeln
waren angespannt, ein Zeichen seiner Entschlossenheit. "Es ist Bergmann &
Partner, Sarah. Die Top-Adresse für Wirtschaftsrecht in Hamburg. Vielleicht
sogar bundesweit. Diese Chance bekommt man nur einmal im Leben. Das ist
der Karrieresprung, von dem alle träumen."

"Eine Kanzlei, die gerade dabei ist, meinen Vater systematisch zu
ruinieren! Die ihn mit Klagen überzieht, ihn in den finanziellen Ruin treibt!"
Sarah spürte, wie ihr die Tränen in die Augen stiegen, und hasste sich dafür.
Sie wollte nicht weinen, nicht hier, nicht vor ihm. Sie wollte stark sein,
kämpferisch, so wie ihr Vater es immer war.

Max griff nach ihrer Hand, aber sie zog sie heftig weg. "Es ist nicht so
einfach", sagte er leise, seine Stimme fast ein Flüstern inmitten des Lärms.
"Der Fall deines Vaters... das ist nur ein Mandat von vielen. Ein
Standardverfahren wegen angeblicher Vertragsverletzung und
Rufschädigung. Ich würde damit gar nichts zu tun haben. Ich soll ins M&A-
Team."

"Aber du würdest für die Leute arbeiten, die ihn zerstören wollen! Die einen ehrlichen Mann fertigmachen, nur weil er es gewagt hat, sich gegen einen Agrarkonzern zu stellen, der seine Lieferanten knebelt und die Umwelt vergiftet!" Ihre Stimme wurde lauter, zog Blicke auf sich. "Es geht um § 823 BGB, um sittenwidrige Schädigung, Max! Nicht nur um Vertragsrecht!"

"Dein Vater hat Vertraulichkeitsklauseln verletzt, Sarah. Er hat interne Dokumente geleakt. Er mag moralisch im Recht sein, aber juristisch..." Max fuhr sich mit der Hand durchs Haar, eine Geste, die sie einst so anziehend gefunden hatte und die ihr jetzt wie ein Zeichen seiner Unsicherheit vorkam.

"Moralisch im Recht?" Ihre Stimme zitterte vor unterdrückter Wut. "Er hat aufgedeckt, dass dieser Konzern systematisch Pestizide einsetzt, die längst verboten sind! Dass sie das Grundwasser verseuchen! Er ist ein Whistleblower, verdammt noch mal! Er hätte Schutz verdient, nicht Verfolgung!"

"Ich weiß. Und ich bewundere seinen Mut. Wirklich. Aber die Kanzlei vertritt die Interessen ihres Mandanten. Das ist ihr Job. Und meiner wäre es auch."

"Spar dir die Juristensprache." Sarah schüttelte den Kopf, ein bitterer Geschmack breitete sich in ihrem Mund aus. "Es geht hier nicht um Paragraphen oder Aktenzeichen. Es geht um Menschen. Um Anstand. Um das, was richtig und falsch ist."

"Die Welt ist nicht so schwarz-weiß, wie du sie siehst, Sarah. Im Wirtschaftsrecht gibt es viele Grautöne."

"Nein? Dann sag mir, in welchem Grauton du dich siehst, wenn du morgens aufwachst und weißt, dass du dein Geld damit verdienst, die Leute zu vertreten, die meinen Vater und seine Existenz vernichten wollen?"

Max schwieg einen Moment, sein Blick wanderte über die Köpfe der anderen Studenten hinweg, als suche er nach einer Antwort, die nicht existierte. Als er wieder sprach, war seine Stimme leiser, fast flehend. "Ich habe mein ganzes Leben auf diesen Moment hingearbeitet, Sarah. Mein Vater erwartet, dass ich... dass ich erfolgreich bin. Dass ich in einer Top-Kanzlei lande."

"Dein Vater." Sarah lachte bitter auf. "Natürlich. Der Herr Vorsitzende Richter am Oberlandesgericht a.D. Schönfeld aus Buxtehude. Der Inbegriff juristischer Korrektheit. Gott bewahre, dass sein Sohn ihn enttäuscht und vielleicht einen Weg einschlägt, der weniger glänzend, aber dafür anständig ist."

"Das ist nicht fair."

"Weißt du, was nicht fair ist? Dass ich dachte, ich kenne dich. Dass ich dachte, wir hätten dieselben Werte, dieselben Ziele. Dass wir gemeinsam für eine gerechtere Welt kämpfen wollten." Sie trat einen Schritt zurück, schuf Distanz zwischen ihnen, die sich endgültig anfühlte. "Aber offenbar habe ich mich geirrt. Du bist genauso wie sie. Kalt, berechnend, karrieregeil."

"Sarah, bitte." Max machte einen Schritt auf sie zu, seine Augen voller Schmerz, den sie ihm nicht mehr abnahm. "Wir können das hinkriegen. Es muss nicht das Ende sein. Ich liebe dich."

Sie sah ihn an, diesen brillanten, gutaussehenden Mann, den sie zwei Jahre lang geliebt hatte. Den Mann, mit dem sie eine Zukunft geplant hatte, voller gemeinsamer Ideale und Träume. Und sie erkannte mit eisiger Klarheit, dass dieser Mann nicht mehr existierte – oder vielleicht nie existiert hatte.

"Doch, Max. Das ist es." Ihre Stimme war fest, ohne Zittern. "Es ist vorbei." Sie drehte sich um und ging, mit geradem Rücken, ignorierte sein verzweifeltes Rufen, ignorierte die neugierigen Blicke der anderen Studenten. Sie weinte erst, als sie allein in ihrem alten VW Polo saß, der am Straßenrand parkte. Sie weinte um ihren Vater, um ihre verlorene Liebe, um die Illusionen, die gerade zerplatzt waren.

Drei Wochen später erging das Urteil des Landgerichts Lüneburg. Bergmann & Partner gewann auf ganzer Linie. Der Konzern wurde von allen Vorwürfen freigesprochen, und ihr Vater wurde zu einem Schadensersatz verurteilt, der ihn in die Insolvenz trieb. Max' Name stand nicht auf den Schriftsätzen, aber er war im Gerichtssaal, saß in der zweiten Reihe hinter den Anwälten des Konzerns, sein Gesicht eine undurchdringliche Maske.

Das war das letzte Mal, dass sie ihn aus der Nähe gesehen hatte – bis zu jenem Tag vor sechs Monaten im Hamburger Landgericht, als er plötzlich als Anwalt des Gegners in einem ihrer eigenen Fälle auftauchte. Dr. Maximilian Schönfeld, der Star der Hamburger Anwaltsszene, kalt, erfolgreich, unerreichbar.

Ein Geräusch riss Sarah aus ihren schmerzhaften Erinnerungen. Ein leises Klicken, wie von einer sich schließenden Tür weiter unten im Flur. Sie erstarrte und lauschte in die Stille hinein. Das Gebäude sollte um diese Zeit menschenleer sein, abgesehen vom Wachdienst im Erdgeschoss.

Vorsichtig stand sie auf, schaltete die Schreibtischlampe aus und ging zur Tür ihres Büros. Sie öffnete sie einen Spaltbreit. Der lange Flur lag im Halbdunkel, nur schwach beleuchtet von den grünen Notausgangszeichen. Am Ende des Ganges glaubte sie, eine Bewegung wahrgenommen zu haben, einen Schatten, der um die Ecke verschwand.

Vielleicht der Wachmann auf seinem Rundgang? Aber der kam normalerweise nicht in die Hauptabteilung V, es sei denn, es gab einen besonderen Grund.

Ein ungutes Gefühl beschlich sie. Sie ging zurück zu ihrem Schreibtisch und schloss schnell die geöffneten Dateien auf ihrem Computer. Sie zog den verschlüsselten USB-Stick ab, auf den sie die wichtigsten Dokumente zum Fall Orlov kopiert hatte, und steckte ihn in ihre Tasche. Dann fuhr sie den Rechner herunter.

Als sie ihre Tasche packte, fiel ihr Blick auf einen schlichten weißen Umschlag, der unter ihrer Bürotür durchgeschoben worden war. Er lag direkt auf der Fußmatte. Sie war sich sicher, dass er vorhin noch nicht da gewesen war.

Mit klopfendem Herzen hob sie ihn auf. Kein Absender, keine Beschriftung. Nur ihr Name, in Druckbuchstaben geschrieben: SARAH LEHMANN.

Sie schloss die Bürotür hinter sich ab und öffnete den Umschlag vorsichtig, während sie zum Aufzug ging. Darin befand sich ein einzelnes Blatt Papier mit einer kurzen, maschinengeschriebenen Notiz:

"Orlov ist nicht der, für den Sie ihn halten. Folgen Sie dem Geld – Hanseatische Privatbank, Konten in Panama (siehe Panama Papers Leaks). Vorsicht, er hat Augen und Ohren überall. Treffen Sie sich nicht mit Brandt im Alster-Pavillon. Zu offen. Hafenstraße 157, Lagerhaus 3, morgen 23 Uhr. Kommen Sie allein."

Sarah starrte auf die Nachricht, ihr Herz hämmerte gegen die Rippen. Orlov. Viktor Orlov. Der Name tauchte immer wieder auf. Der russisch-deutsche Investor, der Gönner der Künste, der Mann mit den undurchsichtigen Geschäften und den angeblichen Verbindungen zur organisierten Kriminalität. Ihr Instinkt hatte sie nicht getrogen.

Und die Hanseatische Privatbank – eine der diskretesten Adressen am Hamburger Finanzplatz, bekannt für ihre wohlhabende Klientel und ihre Verwicklungen in die Panama Papers. Es passte alles zusammen.

Aber wer war der Absender? Jemand, der Orlov schaden wollte? Ein Insider? Oder jemand, der sie in eine Falle locken wollte? Die Warnung bezüglich des Treffens mit Brandt war beunruhigend. Woher wusste der Absender davon? Und die Adresse im Hafen – ein verlassenes Lagerhaus um 23 Uhr? Das klang wie die Kulisse für einen schlechten Krimi.

Sarah steckte die Notiz in ihre Tasche, ihr Gehirn arbeitete auf Hochtouren. Sie musste Brandt informieren, sofort. Aber nicht über das Diensthandy. Vielleicht hatte der Absender recht, vielleicht wurden sie überwacht.

Im Aufzug auf dem Weg nach unten traf sie ihre Entscheidung. Sie würde Brandt von ihrem privaten Handy aus kontaktieren, sobald sie im Auto saß. Sie würde ihm von der Nachricht erzählen, aber nicht von dem vorgeschlagenen Treffen im Hafen. Das war zu riskant. Sie musste diesen Hinweis erst selbst überprüfen.

Als sie die Tiefgarage erreichte und zu ihrem unauffälligen Dienstwagen ging, einem grauen VW Passat, sah sie sich immer wieder um. Die Garage war schlecht beleuchtet, voller Schatten. Jeder Winkel schien eine potenzielle Bedrohung zu bergen.

Erst als sie im Auto saß und die Türen verriegelt hatte, erlaubte sie sich, tief durchzuatmen. Die Begegnung mit Max im Gerichtssaal. Die anonyme Nachricht. Das Gefühl, beobachtet zu werden. Es war zu viel für einen Tag.

Sie dachte wieder an Max. An den Mann, der er geworden war. Erfolgreich, skrupellos, und nun offenbar in Geschäfte mit jemandem wie Orlov verwickelt. Hatte er eine Ahnung, worauf er sich einließ? Oder war es ihm egal, solange das Geld stimmte?

Sie startete den Motor und fuhr aus der Tiefgarage hinaus in die regennasse Hamburger Nacht. In ihrem Kopf formte sich langsam ein Plan. Sie würde Brandt treffen, aber an einem anderen Ort, einem sichereren. Sie würden die Informationen zur Hanseatischen Bank prüfen. Und sie würde versuchen, mehr über die Verbindung zwischen Max Schönfeld und Viktor Orlov herauszufinden.

Als sie an einer roten Ampel am Stephansplatz hielt, bemerkte sie im Rückspiegel einen dunklen SUV, der dicht hinter ihr fuhr. Derselbe wie vorhin? Sie konnte es nicht sicher sagen. Paranoia? Vielleicht. Aber in ihrem Job lernte man schnell, dass Paranoia manchmal nur ein anderes Wort für einen gesunden Überlebensinstinkt war.

Sie bog bei Grünlicht scharf rechts ab, fuhr eine unerwartete Route durch die Innenstadt. Der SUV folgte ihr nicht. Sarah atmete erleichtert auf, aber das ungute Gefühl blieb, wie ein kalter Knoten in ihrem Magen.

Etwas Großes bahnte sich an in dieser Stadt, etwas Dunkles und Gefährliches. Sie konnte es spüren. Und irgendwie, das sagte ihr Instinkt, war sie nicht die Einzige, die jagte. Sie wurde selbst zur Gejagten.

KAPITEL 4: VERBORGENE VERBINDUNGEN

Die Sonne war noch nicht aufgegangen, als Max Schönfeld bereits auf dem Laufband in seinem Penthouse stand. Der Schweiß rann ihm über den durchtrainierten Körper, während er mit mechanischer Präzision einen Kilometer nach dem anderen abspulte. Durch die bodentiefen Fenster konnte er sehen, wie sich der Himmel über dem Hamburger Hafen langsam von Schwarz zu einem tiefen Blau verfärbte. Die Silhouetten der Kräne zeichneten sich wie schwarze Skelette gegen den Horizont ab.

Das gleichmäßige Stampfen seiner Füße auf dem Laufband und das kontrollierte Atmen halfen ihm, seinen Geist zu fokussieren. Die Ereignisse der letzten Tage – der Prozess gegen die Stadt, das Treffen mit Orlov, die Session im Club Obsidian – hatten eine Unruhe in ihm ausgelöst, die er nur durch körperliche Anstrengung und eiserne Disziplin im Zaum halten konnte.

Nach einer Stunde intensiven Trainings duschte er, rasierte sich mit chirurgischer Präzision und kleidete sich in einen maßgeschneiderten Anzug von Brioni. Vor dem Spiegel im Ankleidezimmer überprüfte er sein Erscheinungsbild mit kritischem Blick. Perfekt. Die Maske des erfolgreichen Anwalts saß wieder tadellos.

Auf dem Weg zur Kanzlei hielt er bei seinem bevorzugten Café in der Hafencity, wo der Barista ihm ohne Aufforderung einen doppelten Espresso zubereitete. Max nickte dem Mann knapp zu, bezahlte mit seiner Platinkarte und trat wieder hinaus in die kühle Morgenluft. Der bittere Geschmack des Espressos auf seiner Zunge war genau das, was er brauchte – ein scharfer Kontrast zu der Benommenheit, die ihn seit dem Aufwachen begleitete.

In der Kanzlei Schönfeld & Partner herrschte bereits geschäftiges Treiben, als er um Punkt acht Uhr durch die Glastüren trat. Die Rezeptionistin grüßte ihn mit einem respektvollen "Guten Morgen, Herr Dr. Schönfeld", während zwei junge Anwälte, die im Foyer standen, ihre Unterhaltung unterbrachen und sich aufrichteten, als hätte ein General den Raum betreten.

Max ignorierte sie und ging direkt zu seinem Büro im obersten Stock. Frau Keller, seine Assistentin seit sieben Jahren, erwartete ihn bereits mit einer Tasse schwarzen Kaffee und einem Stapel Akten.

"Guten Morgen, Herr Doktor. Ich habe Ihren Terminkalender für heute aktualisiert. Herr Brauer hat angerufen, er möchte Sie zum Mittagessen einladen, um den Prozesserfolg zu feiern. Und Herr Orlov hat eine Nachricht hinterlassen – er erwartet Sie heute Abend um 20 Uhr in seiner Villa. Die Einladung zu seiner Soirée am Samstag steht ebenfalls."

Max nahm die Tasse entgegen. "Danke, Frau Keller. Sagen Sie Brauer ab, ich habe keine Zeit für Lobhudeleien. Und bereiten Sie mir alle Unterlagen zum Fall Hanseatische Privatbank vor – alles, was wir haben."

Frau Keller hob überrascht eine Augenbraue. "Hanseatische Privatbank? Wir haben kein Mandat von ihnen."

"Noch nicht. Aber ich habe das Gefühl, dass sich das bald ändern könnte." Max trat in sein Büro und schloss die Tür hinter sich.

Er setzte sich an seinen Schreibtisch aus dunklem Nussbaum und aktivierte seinen Computer. Während das System hochfuhr, ließ er seinen Blick über die Skyline der Stadt schweifen. Von hier oben wirkte Hamburg wie ein präzises Uhrwerk – geordnet, funktional, berechenbar. Aber Max wusste es besser. Unter der glänzenden Oberfläche verbargen sich Abgründe, Geheimnisse, Machtspiele.

Er öffnete seinen E-Mail-Account und fand eine verschlüsselte Nachricht von einem Kontakt, den er nur unter dem Pseudonym "Rabe" kannte – ein ehemaliger Mitarbeiter des Bundesnachrichtendienstes, der nun als "Informationsberater" arbeitete und für den richtigen Preis fast alles herausfinden konnte.

"Rechercheergebnisse zu V.O. wie angefordert", lautete die knappe Mitteilung. Im Anhang befand sich eine verschlüsselte Datei.

Max entschlüsselte sie mit seinem privaten Schlüssel und begann zu lesen. Was er sah, ließ ihn die Stirn runzeln. Orlovs offizielle Biografie wies erhebliche Lücken auf, besonders in den Jahren nach dem Zusammenbruch der Sowjetunion. Sein plötzlicher Reichtum Anfang der 2000er Jahre ließ sich nicht durch legale Geschäftstätigkeiten erklären. Und dann waren da die Namen – Verbindungen zu bekannten Figuren der russischen Mafia, zu korrupten Beamten, zu dubiosen Finanzinstituten.

Besonders interessant war ein Abschnitt über Orlovs Aktivitäten in Deutschland. Er hatte systematisch Immobilien erworben, oft über verschachtelte Firmenkonstrukte, die bis in Steueroasen wie Panama und die Britischen Jungferninseln reichten. Ein klassisches Muster für Geldwäsche gemäß § 261 StGB.

Und dann war da die Erwähnung der Hanseatischen Privatbank – offenbar Orlovs bevorzugtes Institut für "diskrete Transaktionen". Die Bank war in den Panama Papers aufgetaucht, jenen geleakten Dokumenten, die weltweite Steuerhinterziehung und Geldwäsche aufgedeckt hatten.

Max lehnte sich zurück und dachte nach. Was er da las, deutete darauf hin, dass sein neuer Mandant möglicherweise in illegale Aktivitäten verwickelt war. Als Anwalt war er nicht verpflichtet, die Vergangenheit seiner Klienten zu durchleuchten – im Gegenteil, die anwaltliche Schweigepflicht nach § 43a Abs. 2 BRAO und § 203 StGB schützte das Vertrauensverhältnis zwischen Anwalt und Mandant. Aber er musste zumindest sicherstellen, dass er nicht selbst in Straftaten verwickelt wurde.

Ein Klopfen an der Tür unterbrach seine Gedanken. Claudia Weber trat ein, ohne eine Antwort abzuwarten. Sie trug einen eleganten grauen Hosenanzug und eine dezente Perlenkette – ihr übliches Outfit für Gerichtstermine.

"Ich habe gehört, du interessierst dich plötzlich für die Hanseatische Privatbank", sagte sie ohne Umschweife und setzte sich ihm gegenüber. "Darf ich fragen, warum?"

Max schloss die Datei auf seinem Bildschirm. "Recherche für Orlov. Nichts Besonderes."

Claudia musterte ihn mit einem durchdringenden Blick. "Max, ich kenne dich seit der Referendarzeit. Du bist ein brillanter Anwalt, aber ein miserabler Lügner. Was ist los?"

Max seufzte. Claudia war nicht nur seine Kanzleipartnerin, sondern auch die einzige Person, der er so etwas wie Vertrauen entgegenbrachte. "Ich habe Informationen erhalten, die darauf hindeuten, dass Orlov möglicherweise nicht der saubere Geschäftsmann ist, als der er sich präsentiert."

"Das überrascht dich?" Claudia lachte trocken. "Niemand wird Milliardär, indem er sich strikt an alle Regeln hält. Die Frage ist nur, wie weit er gegangen ist."

"Weit genug, um mich nervös zu machen." Max drehte den Bildschirm, damit sie die Datei sehen konnte. "Sieh dir das an."

Claudia überflog die Informationen, ihr Gesicht blieb ausdruckslos. Als sie fertig war, lehnte sie sich zurück und faltete die Hände im Schoß. "Das sind schwerwiegende Anschuldigungen. Aber nichts davon ist bewiesen. Und selbst wenn – wir sind Anwälte, keine Richter. Unsere Aufgabe ist es, die Interessen unserer Mandanten zu vertreten, nicht über sie zu urteilen."

"Auch wenn diese Interessen möglicherweise illegal sind?"

"Solange er von uns nichts Illegales verlangt, ist das irrelevant." Claudia stand auf. "Max, sei vorsichtig. Orlov ist nicht irgendein Klient. Er ist mächtig, gut vernetzt und – wenn diese Informationen stimmen – potenziell gefährlich. Wenn du dich entscheidest, das Mandat niederzulegen, tu es diskret und professionell."

Max nickte langsam. "Ich werde heute Abend mit ihm sprechen. Sehen, was er wirklich von mir will."

"Gut." Claudia ging zur Tür, drehte sich aber noch einmal um. "Und Max? Nimm nicht die Waffe mit."

Max zuckte zusammen. "Woher...?"

"Wie gesagt, ich kenne dich." Sie lächelte dünn. "Sei einfach der brillante Anwalt, der du bist. Das ist Waffe genug."

Als sie gegangen war, starrte Max wieder auf den Bildschirm. Die Informationen über Orlov waren beunruhigend, aber nicht überraschend. Er hatte von Anfang an gespürt, dass der Mann ein Geheimnis verbarg. Die Frage war nur, wie tief dieses Geheimnis reichte und ob es ihn in Gefahr bringen würde.

Er schloss die Datei und öffnete stattdessen die Akte zum Fall Brauer. Es gab noch Nacharbeiten zu erledigen, Schriftsätze zu finalisieren. Die gewohnte Routine würde ihm helfen, seinen Kopf zu klären.

Doch während er arbeitete, kehrten seine Gedanken immer wieder zu Orlov zurück. Und zu Sarah Lehmann. Ihre Wege hatten sich nach all den Jahren wieder gekreuzt, und Max konnte nicht umhin, sich zu fragen, ob das Zufall war oder Schicksal. Sarah arbeitete jetzt für die Staatsanwaltschaft, in der Abteilung für Wirtschaftskriminalität. Wenn jemand in Hamburg Ermittlungen gegen Orlov führen würde, dann sie.

Der Gedanke ließ ihn innehalten. War es möglich, dass Sarah bereits an einem Fall gegen Orlov arbeitete? Dass sie deshalb im Gerichtssaal gewesen war, um ihn zu beobachten?

Max griff zum Telefon und wählte eine Nummer, die nicht in seinem offiziellen Kontaktverzeichnis stand.

"Rabe? Ich brauche noch eine Information. Staatsanwaltschaft Hamburg, Hauptabteilung V. Gibt es dort laufende Ermittlungen gegen Viktor Orlov oder seine Unternehmen?"

Die Antwort kam prompt und präzise, wie immer. "Nichts Offizielles. Aber inoffizielle Quellen berichten von einer Vorermittlung wegen des Verdachts auf Geldwäsche nach § 261 StGB. Federführend ist Staatsanwältin Sarah Lehmann."

Max schloss die Augen. Natürlich war es Sarah. Das Schicksal hatte offenbar einen perversen Sinn für Humor.

"Danke, Rabe. Das übliche Honorar." Er legte auf und starrte aus dem Fenster.

Die Situation wurde komplizierter. Wenn Sarah tatsächlich gegen Orlov ermittelte, dann stand er möglicherweise zwischen den Fronten. Als Anwalt war er seinem Mandanten zur Loyalität verpflichtet. Aber wenn Orlov in illegale Aktivitäten verwickelt war...

Max schüttelte den Kopf, um die Gedanken zu vertreiben. Er würde heute Abend mit Orlov sprechen, herausfinden, was der Mann wirklich wollte. Und dann würde er entscheiden, wie er weiter vorgehen sollte.

Der Rest des Tages verlief in einem Nebel aus Routine. Besprechungen, Telefonate, Aktenstudium. Max funktionierte auf Autopilot, seine Gedanken ständig bei dem bevorstehenden Treffen mit Orlov.

Um 19 Uhr verließ er die Kanzlei und fuhr mit seinem Porsche nach Blankenese. Die Straßen waren nass vom Regen, der den ganzen Tag über gefallen war, und spiegelten die Lichter der Stadt wider. Max fuhr schneller als erlaubt, genoss das Gefühl der Kontrolle über die 650 PS unter der Motorhaube.

Als er die private Zufahrt zu Orlovs Villa erreichte, wurde er von demselben Wachmann wie beim letzten Mal empfangen. Der Mann nickte ihm respektvoll zu und öffnete das schmiedeeiserne Tor.

Max parkte seinen Wagen und stieg aus. Die Villa lag im Dunkeln, nur wenige Fenster waren erleuchtet. Eine seltsame Stille lag über dem Anwesen, unterbrochen nur vom leisen Rauschen des Regens in den Bäumen.

Der Butler öffnete die Tür, bevor Max klingeln konnte. "Herr Dr. Schönfeld. Herr Orlov erwartet Sie im Arbeitszimmer. Bitte folgen Sie mir."

Max wurde durch die imposante Eingangshalle geführt, vorbei an den wertvollen Gemälden, die er schon beim letzten Besuch bewundert hatte. Der Butler führte ihn in einen anderen Teil des Hauses, einen Flügel, den er noch nicht gesehen hatte.

Das Arbeitszimmer war kleiner als die Bibliothek, aber nicht weniger beeindruckend. Dunkles Holz, schwere Vorhänge, ein massiver Schreibtisch aus Mahagoni. An den Wänden hingen keine Gemälde, sondern Fotografien – Orlov mit verschiedenen Prominenten, Politikern, Wirtschaftsführern. Eine subtile Demonstration von Macht und Einfluss.

Orlov saß hinter dem Schreibtisch, vertieft in ein Dokument. Er blickte auf, als Max eintrat, und ein Lächeln breitete sich auf seinem Gesicht aus. "Dr. Schönfeld. Pünktlich wie immer. Bitte, nehmen Sie Platz."

Max setzte sich in einen der Ledersessel vor dem Schreibtisch. "Herr Orlov. Sie wollten mich sprechen."

"In der Tat." Orlov lehnte sich zurück, seine hellen Augen fixierten Max mit einem durchdringenden Blick. "Ich habe gehört, Sie haben Nachforschungen über mich angestellt."

Max hielt seinem Blick stand, obwohl er innerlich zusammenzuckte. Wie hatte Orlov davon erfahren? "Das ist korrekt. Als Ihr potenzieller Rechtsberater muss ich über Ihre Geschäfte informiert sein, um Sie adäquat vertreten zu können."

"Natürlich." Orlov lächelte dünn. "Und was haben Sie herausgefunden?"

"Nicht viel mehr, als ohnehin öffentlich bekannt ist." Max hielt seine Stimme neutral, professionell. "Sie haben ein beeindruckendes Portfolio an Immobilien und Beteiligungen aufgebaut. Ihre Finanzierungsstrukturen sind... komplex."

"Eine diplomatische Umschreibung." Orlov stand auf und ging zu einem Sideboard, auf dem eine Karaffe mit einer bernsteinfarbenen Flüssigkeit stand. "Whisky?"

"Nein, danke. Ich muss noch fahren."

Orlov goss sich selbst ein Glas ein und kehrte zum Schreibtisch zurück. "Wissen Sie, Dr. Schönfeld, in meiner Welt – der Welt der wirklich Reichen und Mächtigen – gelten andere Regeln als für den Rest der Gesellschaft. Nicht, weil wir über dem Gesetz stehen, sondern weil wir die Mittel haben, seine Grenzen auszuloten und zu nutzen."

"Das Gesetz gilt für alle gleichermaßen, Herr Orlov. § 3 GG garantiert die Gleichheit vor dem Gesetz."

Orlov lachte leise. "Theorie und Praxis, mein lieber Doktor. Sie wissen so gut wie ich, dass die Realität komplexer ist." Er nahm einen Schluck Whisky. "Aber genug der Philosophie. Ich habe Sie hergebeten, um Ihnen ein konkretes Projekt vorzustellen."

Er öffnete eine Schublade und holte einen Ordner hervor, den er Max reichte. "Die Elbkrone. Ein Luxuswohnkomplex, den ich in der HafenCity errichten möchte. 30 Stockwerke, Penthäuser mit Blick auf die Elbe, ein privater Yachthafen. Ein Projekt, das Hamburg verändern wird."

Max öffnete den Ordner und überflog die Unterlagen. Architekturzeichnungen, Grundrisse, Finanzierungspläne. Alles professionell, beeindruckend. "Und wo liegt das Problem?"

"Die Baubehörde verweigert die Genehmigung. Angeblich wegen Bedenken hinsichtlich der Statik und des Hochwasserschutzes. In Wahrheit geht es um Politik. Der Senat will das Grundstück für ein öffentliches Projekt nutzen – einen Park oder dergleichen." Orlov machte eine wegwerfende Handbewegung. "Sentimentaler Unsinn. Die Stadt braucht Entwicklung, Fortschritt, nicht mehr grüne Flächen."

Max blätterte weiter durch die Unterlagen. "Haben Sie bereits rechtliche Schritte eingeleitet?"

"Meine bisherigen Anwälte haben einen Widerspruch gegen den Ablehnungsbescheid eingelegt, gemäß § 68 VwGO. Aber ich bin mit ihrer Strategie nicht zufrieden. Sie denken zu... konventionell." Orlov lehnte sich vor, seine Stimme wurde leiser, intensiver. "Ich brauche jemanden, der bereit ist, alle Optionen zu nutzen. Jemanden wie Sie, Dr. Schönfeld."

"Was genau schwebt Ihnen vor?"

"Eine aggressive Strategie. Wir könnten argumentieren, dass die Ablehnung eine Verletzung meiner Grundrechte darstellt, insbesondere des Eigentumsrechts nach Art. 14 GG. Wir könnten Druck auf einzelne Mitglieder der Baubehörde ausüben, durch gezielte Recherchen zu möglichen Interessenkonflikten oder Verfahrensfehlern. Wir könnten die Medien einschalten, die öffentliche Meinung beeinflussen."

Max runzelte die Stirn. "Das klingt nach mehr als nur juristischer Beratung."

"In der Tat." Orlov lächelte wieder, ein Lächeln, das seine Augen nicht erreichte. "Ich suche nicht nur einen Anwalt, Dr. Schönfeld. Ich suche einen Strategen, einen Partner. Jemanden, der versteht, dass manchmal... unkonventionelle Methoden nötig sind, um Ergebnisse zu erzielen."

Max schloss den Ordner und legte ihn auf den Schreibtisch zurück. "Herr Orlov, ich bin ein Anwalt. Ich vertrete meine Mandanten im Rahmen des geltenden Rechts. Ich kann Ihnen helfen, alle legalen Mittel auszuschöpfen, um Ihr Ziel zu erreichen. Aber ich werde keine Grenzen überschreiten."

"Grenzen sind relativ, Dr. Schönfeld. Was in einem Kontext illegal erscheint, kann in einem anderen völlig akzeptabel sein." Orlov lehnte sich zurück, sein Blick wurde kälter. "Aber ich verstehe Ihre Position. Lassen Sie mich Ihnen eine andere Perspektive anbieten."

Er öffnete eine weitere Schublade und holte einen zweiten Ordner hervor. Dieser war dünner als der erste, und als Max ihn öffnete, fand er darin nur ein einzelnes Dokument – eine Kopie eines Kontoauszugs der Hanseatischen Privatbank. Ein Konto auf den Namen einer Offshore-Firma, mit einer Einzahlung von fünf Millionen Euro. Der Verwendungszweck lautete schlicht: "Beratungshonorar Dr. S."

Max spürte, wie sein Herzschlag sich beschleunigte. "Was ist das?"

"Eine Möglichkeit." Orlov nahm einen weiteren Schluck Whisky. "Fünf Millionen Euro, überwiesen auf ein Konto Ihrer Wahl, in der Schweiz, in Liechtenstein, wo immer Sie möchten. Offiziell als Honorar für Ihre Beratung in verschiedenen rechtlichen Angelegenheiten. Inoffiziell... nun, sagen wir, als Zeichen meiner Wertschätzung für Ihre besondere Expertise."

"Sie versuchen, mich zu bestechen." Max' Stimme war eisig.

"Ich biete Ihnen eine Geschäftsmöglichkeit. Eine, die Ihr Leben verändern könnte." Orlov lehnte sich vor. "Denken Sie darüber nach, Dr. Schönfeld. Was könnten Sie mit fünf Millionen Euro tun? Wie viele Türen würden sich öffnen? Wie viele Probleme verschwinden?"

Max stand auf, seine Hände zitterten leicht. "Ich denke, unser Gespräch ist beendet, Herr Orlov."

"Wie Sie wünschen." Orlov blieb sitzen, völlig ruhig. "Aber nehmen Sie den Ordner mit. Lesen Sie ihn in Ruhe durch. Und denken Sie daran – manchmal ist die Grenze zwischen richtig und falsch nicht so klar, wie wir glauben möchten."

Max nahm den Ordner, mehr aus Reflex als aus bewusster Entscheidung. Er wollte etwas erwidern, etwas Scharfes, Ablehnendes, aber die Worte blieben ihm im Hals stecken. Stattdessen drehte er sich um und verließ das Zimmer, den Ordner fest unter den Arm geklemmt.

Der Butler wartete bereits im Flur, um ihn zur Tür zu begleiten. Max folgte ihm mechanisch, sein Geist ein Wirbel aus widersprüchlichen Gedanken und Emotionen. Hatte Orlov ihm gerade tatsächlich fünf Millionen Euro angeboten, um... ja, um was eigentlich? Um seine Integrität zu verkaufen? Um sich an illegalen Aktivitäten zu beteiligen?

Als er wieder in seinem Porsche saß, starrte er auf den Ordner neben sich auf dem Beifahrersitz. Er sollte ihn wegwerfen, sofort. Oder besser noch, ihn der Staatsanwaltschaft übergeben, als Beweis für Orlovs kriminelle Absichten.

Aber er tat nichts dergleichen. Stattdessen startete er den Motor und fuhr los, zurück in die Stadt, zurück in sein leeres Penthouse mit der atemberaubenden Aussicht und der inneren Leere, die kein materieller Luxus zu füllen vermochte.

Fünf Millionen Euro. Eine lebensverändernde Summe. Genug, um... ja, um was? Um noch mehr teure Anzüge zu kaufen? Noch mehr exklusive Clubs zu besuchen? Noch mehr Kokain zu konsumieren?

Oder vielleicht, flüsterte eine leise Stimme in seinem Kopf, genug, um neu anzufangen. Irgendwo anders. Als jemand anders. Jemand, der nicht jeden Tag eine Maske tragen musste.

Max schüttelte den Kopf, um die Gedanken zu vertreiben. Er war Dr. Maximilian Schönfeld, einer der angesehensten Anwälte Hamburgs. Er hatte eine Reputation zu verlieren, einen Ruf zu wahren. Er konnte nicht einfach...

Sein Handy klingelte und riss ihn aus seinen Gedanken. Eine unbekannte Nummer. Max zögerte, dann nahm er ab.

"Dr. Schönfeld."

"Max." Eine Frauenstimme, leise, angespannt. "Ich bin's, Sarah."

Max' Hände verkrampften sich um das Lenkrad. "Sarah? Woher hast du meine Nummer?"

"Das spielt keine Rolle. Hör zu, ich habe nicht viel Zeit. Du musst vorsichtig sein mit Orlov. Er ist gefährlicher, als du denkst."

"Wovon redest du?" Max versuchte, seine Stimme ruhig zu halten, aber sein Puls raste.

"Wir ermitteln gegen ihn. Geldwäsche, Steuerhinterziehung, möglicherweise Verbindungen zur organisierten Kriminalität. Und... es gab Todesfälle, Max. Menschen, die ihm in die Quere gekommen sind."

Max schwieg einen Moment, verarbeitete die Information. "Warum erzählst du mir das? Du riskierst deine Karriere."

"Weil..." Sarah zögerte. "Weil ich dich trotz allem nicht in Gefahr sehen will. Und weil ich glaube, dass irgendwo unter all den Designeranzügen und der Arroganz noch etwas von dem Mann ist, den ich einmal geliebt habe. Dem Mann, der für Gerechtigkeit kämpfen wollte."

Max schluckte hart. Die Erinnerungen an ihre gemeinsame Zeit, an ihre Pläne und Träume, stiegen in ihm auf wie Blasen in einem trüben Teich. "Sarah, ich..."

"Ich muss auflegen. Sei vorsichtig, Max. Und... wenn du etwas weißt, etwas, das uns helfen könnte... du weißt, wie du mich erreichen kannst."

Die Verbindung wurde unterbrochen, und Max starrte auf sein Handy. Sarah hatte ihn gewarnt, hatte ihre Karriere riskiert, um ihn zu schützen. Nach allem, was zwischen ihnen vorgefallen war.

Er blickte wieder auf den Ordner neben sich. Darin befanden sich möglicherweise Beweise für Orlovs illegale Aktivitäten. Beweise, die Sarah und der Staatsanwaltschaft helfen könnten. Aber wenn er sie weitergab, würde er nicht nur seine Karriere riskieren, sondern möglicherweise auch sein Leben.

Max fuhr weiter durch die regennasse Nacht, während in seinem Kopf ein Kampf tobte zwischen dem Mann, der er geworden war, und dem Mann, der er einst sein wollte. Zwischen Loyalität und Gerechtigkeit. Zwischen Sicherheit und Risiko.

Und irgendwo in den Tiefen seines Bewusstseins formte sich langsam eine Entscheidung, die sein Leben für immer verändern würde.

KAPITEL 5: DIE SOIRÉE

Der Samstagabend brach mit einem ungewöhnlich klaren Himmel über Hamburg herein. Nach Tagen des Regens hatte sich die Wolkendecke aufgelöst und gab den Blick frei auf einen tiefblauen Himmel, an dem bereits die ersten Sterne zu sehen waren. Max Schönfeld stand am Fenster seines Penthouses und betrachtete die Stadt unter sich, die im Licht der untergehenden Sonne in warmen Goldtönen schimmerte.

Er trug einen maßgeschneiderten Smoking von Tom Ford, der seine athletische Figur perfekt zur Geltung brachte. An seinem Handgelenk glänzte eine Patek Philippe Calatrava, ein Erbstück seines Vaters, das er nur zu besonderen Anlässen trug. Seine Erscheinung war tadellos, wie immer, aber innerlich fühlte er sich angespannt, wachsam.

Die letzten beiden Tage hatte er damit verbracht, sich auf diesen Abend vorzubereiten. Er hatte alles über Orlovs bekannte Geschäftspartner recherchiert, hatte die Pläne für das Bauprojekt "Elbkrone" studiert und sich mit den relevanten baurechtlichen Vorschriften vertraut gemacht. § 29 BauGB, § 34 BauGB, die Hamburgische Bauordnung – er kannte jede Bestimmung, jede potenzielle Angriffsfläche.

Aber es ging nicht nur um Baurecht, das spürte er. Orlovs Interesse an ihm ging tiefer, war persönlicher. Die Erwähnung des Clubs Obsidian und seines Drogenkonsums war ein deutliches Signal gewesen. Orlov wusste Dinge über ihn, die niemand wissen sollte. Die Frage war nur: Warum? Was wollte der Mann wirklich von ihm?

Max' Handy vibrierte. Eine Nachricht von Orlov: "Der Fahrer wartet unten. Wir freuen uns auf Ihren Besuch."

Er steckte das Telefon ein, überprüfte ein letztes Mal sein Erscheinungsbild im Spiegel und verließ die Wohnung. In der Tiefgarage wartete eine schwarze Mercedes S-Klasse mit getönten Scheiben. Der Chauffeur, ein breitschultriger Mann mit slawischen Gesichtszügen, öffnete ihm die Tür.

"Guten Abend, Herr Dr. Schönfeld. Herr Orlov schickt mich."

Max nickte knapp und stieg ein. Der Wagen war luxuriös ausgestattet, mit butterweichem Leder und einer kleinen Bar im Fond. Auf dem Beifahrersitz saß ein weiterer Mann, dessen Haltung und wachsamer Blick ihn als Sicherheitspersonal auswiesen.

Die Fahrt nach Blankenese verlief schweigend. Max nutzte die Zeit, um seine Gedanken zu ordnen und seine Strategie für den Abend zu planen. Er würde höflich, aber zurückhaltend sein. Er würde beobachten, zuhören, Informationen sammeln. Und er würde vorsichtig sein, sehr vorsichtig.

Als sie die Villa erreichten, war der Vorplatz bereits mit Luxusfahrzeugen gefüllt – Bentleys, Ferraris, Maybachs. Die Elite Hamburgs war offenbar vollzählig erschienen. Der Chauffeur öffnete Max die Tür, und er stieg aus, knöpfte sein Jackett zu und ging mit selbstbewusstem Schritt auf den Eingang zu.

Die Tür wurde von demselben Butler wie bei seinen vorherigen Besuchen geöffnet. "Herr Dr. Schönfeld, willkommen. Herr Orlov erwartet Sie im Salon."

Max wurde durch die imposante Eingangshalle geführt, vorbei an Bediensteten, die Champagner und Häppchen reichten. Der Salon war ein großer, eleganter Raum mit hohen Decken und bodentiefen Fenstern, die einen spektakulären Blick auf die Elbe boten. Etwa fünfzig Gäste waren bereits anwesend, in kleine Gruppen verteilt, in gedämpfte Gespräche vertieft.

Orlov stand in der Mitte des Raumes, umgeben von einer Gruppe von Männern in teuren Anzügen. Als er Max erblickte, entschuldigte er sich bei seinen Gesprächspartnern und kam auf ihn zu.

"Dr. Schönfeld! Ich freue mich, dass Sie kommen konnten." Orlov trug einen perfekt sitzenden Smoking und eine dezente Platinuhr. Seine hellen Augen musterten Max mit einem Ausdruck, der zwischen Anerkennung und Berechnung schwankte. "Lassen Sie mich Ihnen einige meiner Freunde vorstellen."

Er führte Max zu einer Gruppe von Männern, die in der Nähe des Kamins standen. "Meine Herren, darf ich vorstellen: Dr. Maximilian Schönfeld, einer der brillantesten Wirtschaftsanwälte Hamburgs. Dr. Schönfeld, das sind Senator a.D. Heinrich Brinkmann, Dr. Klaus Weber von der Hanseatischen Privatbank und Herr Jürgen Thalheim, Vorstandsvorsitzender der Nordischen Baugesellschaft."

Max schüttelte jedem die Hand, registrierte die Namen und Positionen. Brinkmann, ein ehemaliger Senator für Wirtschaft, war eine bekannte Figur in der Hamburger Politik, mit exzellenten Verbindungen zum aktuellen Senat. Weber war der CEO der Bank, die in Orlovs dubiose Finanzgeschäfte verwickelt sein sollte. Und Thalheim war der Chef eines der größten Bauunternehmen Norddeutschlands.

"Dr. Schönfeld", sagte Brinkmann mit einem jovialen Lächeln, das seine kalten Augen nicht erreichte. "Orlov hat uns viel von Ihnen erzählt. Beeindruckende Arbeit im Fall Brauer. Nicht viele Anwälte hätten es gewagt, so aggressiv gegen die Stadt vorzugehen."

"Ich vertrete lediglich die Interessen meiner Mandanten, Herr Senator", erwiderte Max neutral. "Das Gesetz war in diesem Fall eindeutig auf unserer Seite."

"Das Gesetz", lachte Weber, "ist wie Ton in den Händen eines geschickten Bildhauers. Es lässt sich formen, nicht wahr?"

"Innerhalb gewisser Grenzen", sagte Max vorsichtig. "Die Rechtsprechung bietet Interpretationsspielräume, aber es gibt Grundprinzipien, die nicht verhandelbar sind."

"Sehr diplomatisch formuliert", bemerkte Thalheim mit einem anerkennenden Nicken. "Orlov hat nicht übertrieben. Sie sind tatsächlich... präzise."

Die Unterhaltung drehte sich weiter um Wirtschaft, Politik und die neuesten Entwicklungen in Hamburg. Max hörte aufmerksam zu, warf gelegentlich einen Kommentar ein, beobachtete die Dynamik zwischen den Männern. Es war offensichtlich, dass sie sich gut kannten, dass sie Teil eines Netzwerks waren, das weit über normale geschäftliche Beziehungen hinausging.

Nach einer Weile entschuldigte sich Orlov und führte Max weiter durch den Raum, stellte ihn verschiedenen Gästen vor – Bankern, Immobilienentwicklern, einem Richter am Oberlandesgericht, einem hochrangigen Beamten der Baubehörde. Die Botschaft war klar: Orlov hatte Verbindungen zu allen relevanten Entscheidungsträgern der Stadt.

"Beeindruckende Gästeliste", bemerkte Max, als sie einen Moment allein waren.

"Hamburg ist eine Netzwerkstadt, Dr. Schönfeld. Wer hier erfolgreich sein will, braucht die richtigen Kontakte." Orlov nahm zwei Gläser Champagner von einem vorbeigehenden Tablett und reichte eines an Max. "Und apropos Kontakte – da ist jemand, den Sie unbedingt kennenlernen sollten."

Er deutete auf eine Frau, die gerade den Salon betreten hatte. Sie war groß, schlank, mit langen dunklen Haaren und trug ein elegantes schwarzes Abendkleid, das ihre Figur perfekt zur Geltung brachte. Etwas an ihr kam Max vage bekannt vor, aber er konnte sie nicht einordnen.

"Lilith!", rief Orlov und winkte die Frau zu sich. "Darf ich vorstellen: Dr. Maximilian Schönfeld. Max, das ist Dr. Sophia Krüger, eine... gute Freundin."

Die Frau reichte Max ihre Hand, ihre Berührung war kühl und fest. "Dr. Schönfeld. Ich habe schon viel von Ihnen gehört."

Ihre Stimme war tief, melodisch, mit einem leichten Akzent, den Max nicht zuordnen konnte. Ihre Augen, dunkel und durchdringend, musterten ihn mit einer Intensität, die fast körperlich spürbar war.

"Dr. Krüger", erwiderte Max höflich. "Ich fürchte, Sie haben mir gegenüber einen Vorteil. Ich habe noch nichts von Ihnen gehört."

Sie lächelte, ein Lächeln, das ihre Augen nicht erreichte. "Das ist oft von Vorteil in meinem Beruf."

"Und der wäre?"

"Ich bin Psychologin. Spezialisiert auf... sagen wir, ungewöhnliche Persönlichkeitsprofile."

Orlov lachte leise. "Sophia ist zu bescheiden. Sie ist eine der führenden Expertinnen für forensische Psychologie in Europa. Sie berät Regierungen, Geheimdienste, Unternehmen."

"Faszinierend", sagte Max, obwohl er ein ungutes Gefühl nicht abschütteln konnte. Etwas an dieser Frau beunruhigte ihn, als könnte sie direkt in seine Seele blicken und all seine Geheimnisse sehen.

"Ich bin sicher, Sie beide werden sich viel zu erzählen haben", sagte Orlov mit einem wissenden Lächeln. "Entschuldigen Sie mich bitte, ich muss mich um meine anderen Gäste kümmern."

Er ließ sie allein, und Max fand sich plötzlich in einer seltsam intimen Situation mit dieser rätselhaften Frau wieder.

"Also, Dr. Schönfeld", sagte sie, während sie einen Schluck Champagner nahm, "was führt einen Mann wie Sie in Orlovs Kreis?"

"Geschäftliche Interessen", antwortete Max neutral. "Herr Orlov hat mich als Rechtsberater engagiert."

"Natürlich." Sie lächelte wieder dieses nicht ganz überzeugende Lächeln. "Und was ist mit Ihren... persönlichen Interessen?"

Die Art, wie sie das Wort "persönlich" betonte, ließ Max aufhorchen. "Ich bin nicht sicher, worauf Sie anspielen, Dr. Krüger."

"Bitte, nennen Sie mich Sophia." Sie trat einen Schritt näher, ihre Stimme wurde leiser. "Oder ziehen Sie es vor, wenn ich Sie 'Herr Magnus' nenne?"

Max erstarrte. Der Name, den er im Club Obsidian benutzte. Woher kannte sie ihn? War sie eine der Angestellten dort? Aber nein, er hätte sich an sie erinnert.

"Ich weiß nicht, wovon Sie sprechen", sagte er kühl, obwohl sein Herz plötzlich schneller schlug.

"Natürlich nicht." Sie lächelte wissend. "Vergessen Sie es. Lassen Sie uns über etwas anderes reden. Zum Beispiel über Ihre Arbeit. Ich finde es faszinierend, wie Anwälte wie Sie die Grenzen des Gesetzes ausloten. Es erfordert eine besondere Persönlichkeitsstruktur, nicht wahr? Eine gewisse... Flexibilität in moralischen Fragen."

"Das Gesetz ist nicht immer eine Frage der Moral, Dr. Krüger. Es geht um Regeln, um Interpretation, um Präzedenzfälle."

"Um Macht", ergänzte sie. "Letztendlich geht es immer um Macht. Die Macht, Regeln zu definieren, zu interpretieren, zu brechen." Sie neigte den Kopf leicht zur Seite, betrachtete ihn mit einem analytischen Blick. "Was reizt Sie mehr, Dr. Schönfeld? Die Macht, die Sie in Ihrem Beruf ausüben können? Oder die Macht, die Sie im Club Obsidian erleben?"

Max' Gesicht blieb ausdruckslos, aber innerlich war er alarmiert. Diese Frau wusste zu viel über ihn, und sie machte keinen Hehl daraus. War dies eine weitere Drohung? Ein Test?

"Ich denke, Sie verwechseln mich mit jemandem, Dr. Krüger", sagte er kühl. "Entschuldigen Sie mich bitte."

Er wandte sich ab, aber sie legte ihre Hand auf seinen Arm, hielt ihn zurück. Ihre Berührung war leicht, aber bestimmt. "Laufen Sie nicht weg, Dr. Schönfeld. Ich bin nicht Ihr Feind. Im Gegenteil. Ich könnte eine wertvolle… Verbündete sein."

Max sah auf ihre Hand hinab, dann in ihre Augen. "Was wollen Sie?"

"Dasselbe wie Sie. Erfolg. Macht. Befriedigung." Sie trat noch näher, so nah, dass er ihren Parfüm riechen konnte – ein schwerer, exotischer Duft. "Ich kenne Menschen wie Sie, Dr. Schönfeld. Ich verstehe sie. Ihre Bedürfnisse, ihre Ängste, ihre Wünsche."

"Sie kennen mich nicht", sagte Max, obwohl ein Teil von ihm sich fragte, ob das stimmte. Diese Frau schien Dinge über ihn zu wissen, die niemand wissen sollte.

"Nein? Ich weiß, dass Sie brillant sind, ehrgeizig, skrupellos, wenn es sein muss. Ich weiß, dass Sie eine dunkle Seite haben, die Sie sorgfältig verbergen. Ich weiß, dass Sie Kontrolle brauchen, dass Sie sie suchen – im Gerichtssaal, im Club, in jeder Beziehung." Sie lächelte, als hätte sie einen privaten Witz gemacht. "Ich weiß auch, dass Sie einsam sind, trotz Ihres Erfolgs. Dass Sie sich leer fühlen, hohl. Dass Sie nach etwas suchen, das Sie nicht benennen können."

Max starrte sie an, sprachlos. Ihre Worte trafen ihn wie physische Schläge, präzise und schmerzhaft. Wer war diese Frau? Und woher wusste sie all das?

"Wer sind Sie wirklich?", fragte er schließlich.

"Ich habe es Ihnen gesagt. Ich bin Psychologin. Ich studiere Menschen, ihre Motive, ihre Schwächen, ihre Stärken." Sie nahm einen Schluck Champagner. "Und ich bin jemand, der Ihnen helfen kann, zu bekommen, was Sie wirklich wollen."

"Und das wäre?"

"Das müssen Sie mir sagen, Dr. Schönfeld." Sie zog eine kleine Visitenkarte aus ihrer Handtasche und reichte sie ihm. "Wenn Sie bereit sind, darüber zu sprechen, rufen Sie mich an. Jederzeit."

Max nahm die Karte entgegen. Sie war schlicht, elegant, mit nur ihrem Namen und einer Telefonnummer. Keine Berufsbezeichnung, keine Adresse.

"Denken Sie darüber nach", sagte sie leise. "Und jetzt entschuldigen Sie mich bitte. Ich sehe jemanden, mit dem ich sprechen muss."

Sie ging, ließ Max mit einem Gefühl der Verwirrung und Beunruhigung zurück. Er steckte die Karte in seine Jackettasche und nahm einen großen Schluck Champagner. Was war das gerade gewesen? Ein Rekrutierungsversuch? Eine Warnung? Ein Spiel?

Er hatte keine Zeit, darüber nachzudenken, denn Orlov kehrte zurück, diesmal in Begleitung eines älteren Mannes mit silbergrauem Haar und einem distinguierten Auftreten.

"Dr. Schönfeld, darf ich vorstellen: Richter Dr. Werner Hartmann vom Hanseatischen Oberlandesgericht. Werner, das ist Dr. Maximilian Schönfeld, von dem ich dir erzählt habe."

Max erkannte den Namen sofort. Hartmann war einer der einflussreichsten Richter Hamburgs, bekannt für seine konservativen Ansichten und seine strengen Urteile. Er war auch bekannt dafür, dass er selten öffentliche Veranstaltungen besuchte und noch seltener mit Anwälten verkehrte, die nicht zu seinem engen Kreis gehörten.

"Dr. Schönfeld", sagte Hartmann mit einer tiefen, autoritären Stimme. "Ich habe Ihre Arbeit verfolgt. Beeindruckend, besonders für jemanden Ihres Alters."

"Vielen Dank, Herr Vorsitzender Richter", erwiderte Max respektvoll. "Das ist ein großes Kompliment, besonders von Ihnen."

"Keine Schmeicheleien, junger Mann. Ich sage nur, was ich denke." Hartmann nahm einen Schluck von seinem Whisky. "Viktor hat mir erzählt, dass Sie an seinem Projekt in der HafenCity arbeiten. Eine komplexe Angelegenheit, wie ich höre."

"In der Tat. Die baurechtlichen Aspekte sind... herausfordernd."

"Bürokratie", schnaubte Hartmann verächtlich. "Dieses Land erstickt an Vorschriften und Regularien. In meiner Jugend konnte ein Mann noch etwas aufbauen, ohne von einem Heer von Beamten behindert zu werden."

"Die Zeiten ändern sich", bemerkte Max diplomatisch.

"Nicht immer zum Besseren." Hartmann fixierte ihn mit einem durchdringenden Blick. "Wissen Sie, Dr. Schönfeld, es gibt in unserer Gesellschaft zu viele Regeln und zu wenige Männer mit Visionen. Männer wie Viktor, die bereit sind, Risiken einzugehen, um etwas zu schaffen, das bleibt."

Max nickte höflich, obwohl er sich fragte, ob es angemessen war, dass ein aktiver Richter sich so offen für einen Geschäftsmann aussprach, der möglicherweise in illegale Aktivitäten verwickelt war. Aber vielleicht war genau das der Punkt dieses Gesprächs – ihm zu zeigen, dass Orlov Verbündete in den höchsten Kreisen hatte.

"Ich bin sicher, Dr. Schönfeld wird alles tun, um Viktors Vision zu unterstützen", sagte Orlov mit einem bedeutungsvollen Blick. "Er versteht die Bedeutung von... kreativen Lösungen."

"Gut, gut." Hartmann klopfte Max auf die Schulter. "Die Zukunft gehört den Mutigen, junger Mann. Denken Sie daran."

Mit diesen Worten verabschiedete er sich und ging zu einer anderen Gruppe von Gästen.

"Ein beeindruckender Mann, nicht wahr?", bemerkte Orlov. "Und ein wertvoller Freund."

"In der Tat", sagte Max neutral. "Ich wusste nicht, dass Sie so eng mit dem Oberlandesgericht verbunden sind."

"Ich pflege gute Beziehungen zu allen wichtigen Institutionen dieser Stadt, Dr. Schönfeld. Das ist das Geheimnis meines Erfolgs." Orlov lächelte dünn. "Apropos Erfolg – wie gefällt Ihnen meine kleine Soirée bisher?"

"Beeindruckend. Sie haben praktisch die gesamte Elite Hamburgs hier versammelt."

"Nicht ganz. Es fehlen noch einige wichtige Personen." Orlov sah auf seine Uhr. "Aber der Abend ist noch jung. Kommen Sie, lassen Sie mich Ihnen den Rest des Hauses zeigen. Ich habe einige Kunstwerke, die Sie interessieren könnten."

Er führte Max aus dem Salon, durch einen langen Korridor, vorbei an weiteren Gästen, die in kleinen Gruppen standen und sich unterhielten. Sie erreichten einen Flügel des Hauses, den Max bei seinen vorherigen Besuchen noch nicht gesehen hatte. Orlov öffnete eine schwere Holztür und führte ihn in einen großen, kreisförmigen Raum.

Die Wände waren vollständig mit Bücherregalen bedeckt, die bis zur hohen Decke reichten. In der Mitte des Raums stand ein massiver Tisch aus dunklem Holz, auf dem ein detailliertes Modell der Hamburger HafenCity stand, komplett mit winzigen Gebäuden, Straßen und dem Hafenbecken. An einer Stelle des Modells ragte ein futuristischer Wolkenkratzer auf, der in der realen HafenCity nicht existierte – offenbar Orlovs geplantes Projekt "Elbkrone".

"Beeindruckend, nicht wahr?", sagte Orlov und deutete auf das Modell. "So wird Hamburg in zehn Jahren aussehen. Modern, fortschrittlich, weltklasse."

Max trat näher und betrachtete das Modell. Es war tatsächlich beeindruckend in seiner Detailtreue. "Sie haben große Pläne."

"Visionen, Dr. Schönfeld. Ohne Visionen gibt es keinen Fortschritt." Orlov ging zu einem der Bücherregale und zog an einem bestimmten Buch. Mit einem leisen Klicken öffnete sich ein verstecktes Paneel in der Wand, hinter dem sich ein kleiner Raum verbarg. "Kommen Sie, ich möchte Ihnen etwas zeigen."

Max folgte ihm zögernd. Der versteckte Raum war klein, aber elegant eingerichtet, mit einem Schreibtisch, zwei Sesseln und einer Bar. An den Wänden hingen keine Bücher, sondern Gemälde – moderne Kunst, abstrakt und intensiv.

Orlov ging zur Bar und goss zwei Gläser Whisky ein. "Macallan 25, wie beim letzten Mal. Ich erinnere mich an Ihre Vorlieben."

Max nahm das Glas entgegen, aber trank nicht. "Was ist das hier, Herr Orlov? Ein Geheimzimmer für besondere Gäste?"

"Gewissermaßen." Orlov setzte sich in einen der Sessel und deutete auf den anderen. "Bitte, nehmen Sie Platz. Wir sollten reden."

Max setzte sich, das Glas Whisky noch immer unberührt in seiner Hand. "Worüber?"

"Über Ihre Zukunft, Dr. Schönfeld. Über Ihre Ambitionen, Ihre Träume." Orlov nahm einen Schluck Whisky. "Ich habe Sie beobachtet, wissen Sie. Schon seit einiger Zeit. Ihre Karriere, Ihre Erfolge, Ihre... Gewohnheiten."

"Warum?"

"Weil ich immer auf der Suche nach Talenten bin. Nach Menschen mit besonderen Fähigkeiten, mit Potenzial." Orlov lehnte sich vor. "Sie sind brillant, Dr. Schönfeld. Einer der besten Anwälte, die ich je getroffen habe. Aber Sie verschwenden Ihr Talent mit Routinefällen, mit langweiligen Mandanten, mit... Mittelmäßigkeit."

Max schwieg, beobachtete Orlov aufmerksam. Der Mann hatte etwas Hypnotisches an sich, eine Intensität, die gleichzeitig faszinierend und beunruhigend war.

"Ich biete Ihnen eine Chance, Dr. Schönfeld. Eine Chance, Teil von etwas Größerem zu werden. Etwas, das Ihre Karriere, Ihr Leben verändern wird." Orlov nahm einen weiteren Schluck Whisky. "Ich baue nicht nur Gebäude, wissen Sie. Ich baue ein Imperium. Ein Netzwerk aus Einfluss, Macht und Wohlstand, das über Grenzen hinweg reicht. Und ich brauche jemanden wie Sie an meiner Seite."

"Als Ihr Anwalt."

"Als mein Partner." Orlov lächelte dünn. "Der rechtliche Aspekt ist nur ein Teil davon. Ich brauche jemanden mit Ihrem Intellekt, Ihrer Kreativität, Ihrer... moralischen Flexibilität."

Max stellte sein Glas auf den Tisch. "Ich denke, Sie haben ein falsches Bild von mir, Herr Orlov. Ich bin Anwalt, kein Krimineller."

"Die Grenze ist oft fließend, nicht wahr?" Orlov lachte leise. "Besonders in unserem Geschäft. Sie haben Dinge getan, Dr. Schönfeld, die vielleicht nicht illegal, aber sicherlich... grenzwertig waren. Ich bewundere das. Diese Bereitschaft, Grenzen zu überschreiten, wenn es nötig ist."

"Was genau wollen Sie von mir?", fragte Max direkt.

"Zunächst einmal Ihre Hilfe bei meinem Projekt in der HafenCity. Die Baubehörde blockiert mich, wie Sie wissen. Ich brauche jemanden, der... kreative Wege findet, diese Blockade zu überwinden."

"Durch rechtliche Mittel."

"Durch effektive Mittel." Orlov lehnte sich zurück. "Aber das ist nur der Anfang. Langfristig sehe ich Sie in einer viel bedeutenderen Position. Als meinen Vertreter in wichtigen Verhandlungen, als Architekten komplexer Strukturen, als... nun, sagen wir, als jemanden, der Probleme löst."

Max schwieg einen Moment, ließ die Worte auf sich wirken. Was Orlov da vorschlug, klang nach weit mehr als nur einer Anwaltstätigkeit. Es klang nach einer Komplizenschaft, nach einer Beteiligung an Aktivitäten, die möglicherweise illegal waren.

"Und wenn ich ablehne?", fragte er schließlich.

Orlovs Lächeln verblasste nicht, aber seine Augen wurden kälter. "Das wäre bedauerlich. Für uns beide. Sie würden eine einmalige Chance verpassen. Und ich... nun, ich müsste einen anderen Weg finden, meine Ziele zu erreichen."

Die Drohung war subtil, aber unmissverständlich. Max spürte, wie sich sein Nacken verspannte. "Ist das eine Drohung, Herr Orlov?"

"Eine Feststellung." Orlov stand auf und ging zu einem der Gemälde an der Wand. Es zeigte eine abstrakte Darstellung eines Schachbretts, auf dem die Figuren in chaotischer Unordnung verteilt waren. "Wissen Sie, Dr. Schönfeld, das Leben ist wie eine Partie Schach. Es geht darum, die richtigen Züge zu machen, Opfer zu bringen, wenn nötig, und immer mehrere Schritte vorauszudenken."

Er drehte sich um und fixierte Max mit seinem durchdringenden Blick. "Ich habe Ihnen ein Angebot gemacht. Fünf Millionen Euro für Ihre... besondere Expertise. Das Angebot steht noch. Aber ich muss Sie warnen: Es gibt Kräfte in dieser Stadt, die mich stoppen wollen. Menschen, die neidisch auf meinen Erfolg sind, die meine Vision nicht teilen. Sie werden versuchen, Sie zu beeinflussen, Sie gegen mich aufzubringen."

"Sie meinen die Staatsanwaltschaft", sagte Max ruhig. "Sarah Lehmann."

Orlov hob überrascht eine Augenbraue. "Sie sind gut informiert. Ja, Frau Lehmann ist... hartnäckig. Aber sie ist nur eine kleine Figur in einem viel größeren Spiel."

"Und welche Figur bin ich in diesem Spiel?"

"Das hängt von Ihnen ab, Dr. Schönfeld." Orlov trat näher, seine Stimme wurde leiser, intensiver. "Sie könnten ein Bauer sein, der geopfert wird. Oder ein Springer, der über das Brett springt und entscheidende Züge macht. Oder sogar eine Königin, die mächtigste Figur im Spiel."

Max stand auf, plötzlich unwohl in der Enge des Raumes, in der Nähe dieses Mannes, der so charmant und gleichzeitig so bedrohlich sein konnte. "Ich denke, ich sollte gehen, Herr Orlov. Es war ein... interessanter Abend."

"Natürlich." Orlov trat zurück, sein Gesicht wieder eine Maske höflicher Freundlichkeit. "Denken Sie über mein Angebot nach, Dr. Schönfeld. Sie haben bis Montag Zeit. Dann erwarte ich Ihre Entscheidung."

Max nickte knapp und verließ den versteckten Raum, dann die Bibliothek. Er fand seinen Weg zurück durch die Korridore, vorbei an den Gästen, die noch immer in angeregten Gesprächen vertieft waren. Er brauchte Luft, Abstand, Zeit zum Nachdenken.

Als er den Salon erreichte, sah er sie. Sarah Lehmann, in einem eleganten dunkelblauen Kleid, im Gespräch mit einem älteren Mann, den Max als den Polizeipräsidenten von Hamburg erkannte. Was machte sie hier? War sie dienstlich anwesend? Oder als Gast?

Bevor er entscheiden konnte, ob er sie ansprechen sollte, bemerkte sie ihn. Ihre Augen weiteten sich kurz vor Überraschung, dann nickte sie ihm fast unmerklich zu. Eine stille Aufforderung, sie später zu treffen?

Max nickte zurück und ging weiter zum Ausgang. Er brauchte frische Luft, musste nachdenken. Orlovs Angebot, die mysteriöse Dr. Krüger, Sarahs unerwartete Anwesenheit – all das wirbelte in seinem Kopf herum wie Blätter in einem Sturm.

Draußen auf der Terrasse lehnte er sich an die Balustrade und atmete tief die kühle Nachtluft ein. Die Lichter der Stadt spiegelten sich im dunklen

Wasser der Elbe, ein glitzernder Teppich aus Gold und Silber. Hamburg bei Nacht war wunderschön, verführerisch, gefährlich.

Wie Orlovs Angebot.

Max spürte eine Bewegung neben sich und drehte den Kopf. Sarah stand dort, ihr Gesicht halb im Schatten, halb im Licht der Laternen, die die Terrasse erhellten.

"Hallo Max", sagte sie leise. "Lange nicht gesehen."

"Sarah." Er versuchte, seine Stimme neutral zu halten, aber etwas in ihm reagierte immer noch auf ihre Nähe, nach all den Jahren. "Was machst du hier?"

"Dasselbe könnte ich dich fragen." Sie trat näher, ihre Stimme kaum mehr als ein Flüstern. "Weißt du, mit wem du dich da einlässt?"

"Ich weiß genug."

"Nein, das tust du nicht." Sie sah sich um, vergewisserte sich, dass niemand in Hörweite war. "Orlov ist gefährlich, Max. Nicht nur wegen seiner Geschäfte. Es gab... Vorfälle. Menschen, die ihm in die Quere gekommen sind und dann... verschwunden sind."

Max runzelte die Stirn. "Hast du Beweise?"

"Noch nicht. Aber wir arbeiten daran." Sarah sah ihm direkt in die Augen. "Max, ich weiß, dass er dich rekrutieren will. Dass er dir Geld angeboten hat, viel Geld. Aber glaub mir, es ist nicht das wert."

"Woher weißt du das?", fragte Max scharf. "Hast du mich überwachen lassen?"

"Nein. Wir haben... Quellen." Sie legte ihre Hand auf seinen Arm, eine Geste, die gleichzeitig vertraut und fremd war. "Max, ich kenne dich. Ich weiß, dass du nicht immer... konventionell bist. Dass du Grenzen auslotest. Aber das hier ist anders. Das hier ist gefährlich."

Max sah auf ihre Hand hinab, dann wieder in ihr Gesicht. In ihren Augen lag eine Sorge, die ihn überraschte. Nach allem, was zwischen ihnen vorgefallen war, nach all den Jahren der Entfremdung, sorgte sie sich noch immer um ihn?

"Was willst du von mir, Sarah?", fragte er leise.

"Hilf uns. Gib uns Informationen über Orlov, über seine Geschäfte, seine Kontakte. Wir können dich schützen."

Max lachte bitter. "Du willst, dass ich für dich spioniere? Dass ich meinen Mandanten verrate? Das ist gegen alles, wofür ich stehe."

"Wofür stehst du denn, Max?" Ihre Stimme war plötzlich scharf. "Für Geld? Für Macht? Für den nächsten Kick? Oder für das, was richtig ist?"

Die Worte trafen ihn härter, als er erwartet hatte. Sie erinnerten ihn an ihre letzte große Auseinandersetzung, an den Tag, an dem sie sich getrennt hatten. An den Tag, an dem er eine Entscheidung getroffen hatte, die sein Leben für immer verändert hatte.

"Du hast kein Recht, mich zu verurteilen", sagte er kühl. "Du kennst mich nicht mehr."

"Vielleicht nicht." Sarah trat zurück, ihre Augen plötzlich traurig. "Aber ich kannte dich einmal. Und ich glaube, dass irgendwo unter all dem Erfolg und dem Zynismus noch etwas von dem Mann ist, den ich geliebt habe. Dem Mann, der für Gerechtigkeit kämpfen wollte."

Sie zog eine Visitenkarte aus ihrer Handtasche und reichte sie ihm. "Wenn du deine Meinung änderst, ruf mich an. Jederzeit."

Mit diesen Worten drehte sie sich um und ging zurück in den Salon, ließ Max allein mit seinen Gedanken und zwei Visitenkarten in seiner Tasche – eine von Dr. Sophia Krüger und eine von Staatsanwältin Sarah Lehmann. Zwei Frauen, zwei Wege, zwei mögliche Zukunftsversionen.

Max starrte auf die dunkle Elbe hinaus und fragte sich, welchen Weg er wählen würde. Und ob er überhaupt noch eine Wahl hatte.

TEIL II: VERSTRICKTE NETZE

KAPITEL 6: DOPPELTES SPIEL

Der Montagmorgen begann für Max Schönfeld mit dem schrillen Klingeln seines Weckers um 5:30 Uhr. Er hatte kaum geschlafen, sein Geist war zu aufgewühlt von den Ereignissen des Wochenendes, von den Enthüllungen auf Orlovs Soirée, von der Existenz des Zirkels und dem Auftrag, den sie ihm erteilt hatten.

Mit mechanischer Präzision absolvierte er seine morgendliche Routine – eine Stunde intensives Training im heimischen Fitnessraum, eine kalte Dusche, ein spärliches Frühstück bestehend aus schwarzem Kaffee und einem Proteinshake. Die körperliche Anstrengung half ihm, seinen Geist zu fokussieren, die Gedanken zu ordnen, die seit Samstagnacht durch seinen Kopf wirbelten.

Um 7:30 Uhr verließ er sein Penthouse, gekleidet in einen maßgeschneiderten Anzug von Ermenegildo Zegna in Anthrazit, das Haar perfekt frisiert, die Erscheinung makellos. Niemand, der ihn so sah, hätte die innere Zerrissenheit erahnen können, die hinter der perfekten Fassade tobte.

In der Tiefgarage wartete sein Porsche, aber statt wie üblich direkt zur Kanzlei zu fahren, nahm Max einen Umweg. Er fuhr zum Alsterpark, parkte den Wagen und ging zu Fuß weiter, bis er eine abgelegene Bank erreichte, die einen Blick auf das glitzernde Wasser der Außenalster bot. Dort setzte er sich und zog sein Privathandy heraus – nicht das Diensttelefon, das möglicherweise überwacht wurde, sondern ein zweites Gerät, das er für sensible Kommunikation nutzte.

Er wählte eine Nummer, die nicht in seinem Kontaktverzeichnis stand. Nach dreimaligem Klingeln meldete sich eine Stimme, neutral, ohne erkennbaren Akzent.

"Ja?"

"Rabe. Hier Magnus. Haben Sie etwas für mich?"

"In der Tat." Die Stimme am anderen Ende klang geschäftsmäßig, effizient. "Der Zirkel. Eine informelle Vereinigung von zwölf der einflussreichsten Männer Hamburgs. Gegründet 1952, ursprünglich als Netzwerk zum

Wiederaufbau der Stadt nach dem Krieg. Heute eine Art Schattenregierung, die Einfluss auf Politik, Wirtschaft und Justiz nimmt. Mitglieder werden nur auf Einladung aufgenommen, nach strengen Auswahlkriterien und einer Probezeit."

"Namen?"

"Konrad von Weizsäcker, Bankier. Heinrich Brinkmann, ehemaliger Senator. Dr. Klaus Weber von der Hanseatischen Privatbank. Jürgen Thalheim von der Nordischen Baugesellschaft. Dr. Werner Hartmann vom Oberlandesgericht. Viktor Orlov, seit 2010 Mitglied. Die anderen sind schwerer zu identifizieren, operieren im Hintergrund."

Max notierte die Namen in seinem Kopf, obwohl er die meisten bereits kannte. "Und Dr. Krüger?"

"Dr. Sophia Krüger, 38 Jahre alt. Promovierte Psychologin, spezialisiert auf forensische Psychologie und Verhaltensanalyse. Hat für verschiedene Geheimdienste und private Sicherheitsfirmen gearbeitet. Seit drei Jahren in Hamburg ansässig, offizielle Tätigkeit als Beraterin für Risikomanagement. Inoffiziell..." Eine kurze Pause. "Sie ist bekannt als 'Lilith' in bestimmten exklusiven Kreisen. Betreibt einen privaten Club für... spezielle Vorlieben. Sehr diskret, sehr exklusiv, sehr teuer."

Max runzelte die Stirn. "Lilith? Wie der Club Obsidian?"

"Nein. Exklusiver. Der Club Obsidian ist für die obere Mittelschicht. Liliths Etablissement ist für die wahre Elite. Einladung nur auf persönliche Empfehlung. Keine offiziellen Spuren, keine Papiere, keine digitalen Fußabdrücke."

"Verbindung zu Orlov?"

"Eng. Sie kam kurz nach ihm nach Hamburg. Es gibt Gerüchte, dass sie für ihn arbeitet, als eine Art... Talentscout. Sie identifiziert potenzielle Rekruten für den Zirkel, analysiert ihre Schwächen, ihre Bedürfnisse, ihre Druckpunkte."

Max dachte an ihr Gespräch auf der Soirée, an die Art, wie sie ihn analysiert hatte, wie sie seine innersten Gedanken zu kennen schien. "Und ihre Methoden?"

"Vielfältig. Psychologische Manipulation, Verführung, Erpressung wenn nötig. Sie ist sehr gut in dem, was sie tut."

"Verstehe." Max blickte über die Alster, beobachtete einen Schwarm Möwen, der über dem Wasser kreiste. "Noch etwas zu Sarah Lehmann?"

"Staatsanwältin Lehmann führt tatsächlich Ermittlungen gegen Orlov und die Hanseatische Privatbank. Verdacht auf Geldwäsche nach § 261 StGB, Steuerhinterziehung nach § 370 AO, möglicherweise auch Bestechung nach § 334 StGB. Sie arbeitet eng mit Hauptkommissar Thomas Brandt vom LKA 5 zusammen. Die Ermittlungen sind noch inoffiziell, in der Phase der Vorermittlungen gemäß § 160 StPO, aber sie sammeln aktiv Beweise."

"Wie weit sind sie?"

"Schwer zu sagen. Sie sind vorsichtig, teilen Informationen nur im engsten Kreis. Aber sie haben Zugang zu Dokumenten aus den Panama Papers erhalten, die Orlov und die Bank belasten könnten. Und sie haben offenbar einen Informanten innerhalb von Orlovs Organisation."

Diese Information ließ Max aufhorchen. "Einen Informanten? Wissen Sie, wer?"

"Nein. Aber es muss jemand mit Zugang zu sensiblen Informationen sein. Jemand aus dem inneren Kreis."

Max dachte nach. Ein Verräter in Orlovs Umfeld? Das könnte nützlich sein – oder gefährlich, je nachdem, wie er die Situation handhabte.

"Danke, Rabe. Das übliche Honorar plus Bonus. Und ich brauche noch etwas: Alles über Thomas Brandt. Persönliches, Berufliches, Schwachstellen."

"Wird erledigt. Noch etwas?"

Max zögerte. "Ja. Ich brauche Zugang zu Liliths Club."

Eine kurze Pause am anderen Ende. "Das wird schwierig. Und teuer."

"Geld spielt keine Rolle. Ich muss wissen, was dort vor sich geht."

"Ich sehe, was ich tun kann. Aber keine Garantien."

"Verstanden. Melden Sie sich, wenn Sie etwas haben."

Max beendete das Gespräch und steckte das Telefon weg. Die Informationen, die er erhalten hatte, bestätigten seine Vermutungen und vertieften gleichzeitig seine Beunruhigung. Der Zirkel war mächtiger und einflussreicher, als er angenommen hatte. Und Orlov war nur ein Teil eines größeren Netzwerks, das die Stadt kontrollierte.

Und dann war da noch Dr. Sophia Krüger, alias Lilith. Eine Psychologin, die für Orlov arbeitete, die potenzielle Rekruten identifizierte und manipulierte. Die offenbar einen exklusiven Club betrieb, der noch diskreter und exklusiver war als der Club Obsidian.

Max stand auf und ging langsam zurück zu seinem Wagen. Er hatte viel zu verarbeiten, viele Entscheidungen zu treffen. Der Auftrag des Zirkels, Sarah zu "neutralisieren", hing wie ein Damoklesschwert über ihm. Er hatte zwei Wochen Zeit, um eine Lösung zu finden – eine Lösung, die weder ihn noch Sarah zerstören würde.

Als er in seinem Porsche saß, überprüfte er sein Diensthandy. Mehrere verpasste Anrufe von Claudia und eine Nachricht: "Dringend. Ruf mich an."

Max startete den Motor und wählte Claudias Nummer.

"Wo steckst du?", fragte sie ohne Umschweife, als sie abnahm. "Es ist fast neun, und wir haben in einer halben Stunde das Meeting mit den Vertretern der Hafenbehörde."

"Ich bin unterwegs", antwortete Max. "Bin in zwanzig Minuten da."

"Gut. Und Max? Wir müssen reden. Über Orlov."

Max spürte, wie sich sein Magen zusammenzog. "Was ist mit ihm?"

"Nicht am Telefon. Wenn du hier bist."

Sie legte auf, und Max starrte einen Moment auf das Display. Claudias Ton hatte besorgt geklungen, dringend. Was wusste sie über Orlov, das nicht warten konnte?

Er fuhr schneller als erlaubt durch die morgendlichen Straßen Hamburgs, sein Geist arbeitete auf Hochtouren. Die Situation wurde immer komplexer, die Verstrickungen immer dichter. Er musste vorsichtig sein, jeden Schritt genau planen.

In der Kanzlei angekommen, ging er direkt zu Claudias Büro. Sie saß an ihrem Schreibtisch, vor sich einen Stapel Akten und einen Laptop. Als Max eintrat, schloss sie die Tür hinter ihm.

"Was ist los?", fragte er ohne Umschweife.

Claudia sah ihn mit einem ernsten Blick an. "Ich habe gestern Abend einen Anruf erhalten. Von einem alten Studienfreund, der jetzt bei der Staatsanwaltschaft arbeitet. Er hat mich gewarnt, dass unsere Kanzlei möglicherweise ins Visier einer Ermittlung geraten könnte."

Max setzte sich, sein Gesicht ausdruckslos. "Welche Art von Ermittlung?"

"Geldwäsche. Steuerhinterziehung. Möglicherweise auch Bestechung." Claudia lehnte sich vor. "Es geht um einen unserer Mandanten. Um Orlov."

Max nickte langsam. Die Information war nicht neu für ihn, aber er musste vorsichtig sein, nicht zu viel zu verraten. "Wer führt die Ermittlung?"

"Eine Staatsanwältin namens Sarah Lehmann. Hauptabteilung V. Sie soll sehr hartnäckig sein."

"Ich kenne sie", sagte Max nach kurzem Zögern. "Wir waren zusammen an der Uni."

Claudia hob eine Augenbraue. "Freunde?"

"Mehr als das. Aber das ist lange her."

"Verstehe." Claudia musterte ihn nachdenklich. "Das verkompliziert die Sache."

"Was genau hat dein Freund gesagt?"

"Nicht viel. Nur dass Lehmann seit Monaten gegen Orlov ermittelt, dass sie Beweise für illegale Finanztransaktionen über die Hanseatische Privatbank sammelt. Und dass sie möglicherweise auch die Rolle seiner Rechtsberater untersucht – also uns."

Max lehnte sich zurück, sein Gesicht eine Maske der Ruhe, obwohl sein Geist raste. "Haben wir etwas zu befürchten?"

"Das kommt darauf an." Claudia sah ihn durchdringend an. "Hast du für Orlov irgendetwas getan, das... problematisch sein könnte?"

"Nein. Bisher habe ich ihn nur in dem Bauprojekt in der HafenCity beraten. Alles völlig legal."

"Gut." Claudia schien erleichtert. "Dann sollten wir sicher sein. Aber wir müssen vorsichtig sein, Max. Wenn Orlov tatsächlich in illegale Aktivitäten verwickelt ist, könnten wir als seine Anwälte in Schwierigkeiten geraten. Beihilfe zur Geldwäsche nach § 261 StGB, Steuerhinterziehung nach § 370 AO — das sind keine Bagatelldelikte."

"Ich weiß." Max stand auf und ging zum Fenster. "Was schlägst du vor?"

"Wir sollten das Mandat niederlegen. Sofort. Bevor wir tiefer in was auch immer Orlov plant hineingezogen werden."

Max drehte sich zu ihr um. "Das ist nicht so einfach."

"Warum nicht? § 43a BRAO gibt uns das Recht, ein Mandat niederzulegen, wenn der begründete Verdacht besteht, dass der Mandant uns für illegale Zwecke einsetzen will."

"Es ist komplizierter als das, Claudia." Max fuhr sich mit der Hand durchs Haar, eine seltene Geste der Unsicherheit. "Orlov ist nicht irgendein Mandant. Er ist... gefährlich."

Claudia starrte ihn an. "Was weißt du, das du mir nicht sagst, Max?"

Max zögerte. Er vertraute Claudia, so weit er überhaupt jemandem vertraute. Aber je weniger sie wusste, desto sicherer war sie. "Nichts Konkretes. Nur ein Gefühl. Und du weißt, dass meine Instinkte selten falsch liegen."

Claudia schien nicht überzeugt, nickte aber langsam. "Also, was tun wir?"

"Wir spielen auf Zeit. Wir führen das Mandat weiter, aber wir halten uns strikt an die legalen Aspekte. Keine Grauzonen, keine kreativen Interpretationen. Und wir dokumentieren alles penibel."

"Und wenn Orlov mehr will? Wenn er uns in seine illegalen Aktivitäten hineinziehen will?"

"Dann lehnen wir ab. Klar und deutlich." Max setzte sich wieder. "Aber bis dahin gehen wir vorsichtig vor. Wir beobachten, wir lernen, wir sammeln Informationen."

Claudia seufzte. "Das gefällt mir nicht, Max. Aber ich vertraue deinem Urteil. Vorerst."

"Danke." Max stand auf. "Wir sollten uns für das Meeting vorbereiten. Die Vertreter der Hafenbehörde warten nicht gerne."

Als Claudia nickte und sich ihren Unterlagen zuwandte, spürte Max eine Welle der Erleichterung. Er hatte ihr nicht alles gesagt – nichts von dem Zirkel, nichts von dem Auftrag gegen Sarah, nichts von Lilith und ihrem mysteriösen Club. Je weniger sie wusste, desto besser für sie.

Das Meeting mit der Hafenbehörde verlief routinemäßig. Es ging um einen Mandanten, der eine Genehmigung für den Bau eines neuen Terminals benötigte – ein komplexer Fall, der Max' volle Aufmerksamkeit erfordert hätte. Aber seine Gedanken schweiften immer wieder ab, zu Sarah, zu Orlov, zum Zirkel.

Nach dem Meeting zog er sich in sein Büro zurück und schloss die Tür. Er musste einen Plan entwickeln, eine Strategie für die kommenden zwei Wochen. Der Zirkel erwartete Ergebnisse, erwartete, dass er Sarah "neutralisierte". Aber wie konnte er das tun, ohne ihr zu schaden, ohne sich selbst zu kompromittieren?

Er öffnete seinen Laptop und begann zu recherchieren. Sarahs aktuelle Fälle, ihre Methoden, ihre Erfolge und Misserfolge. Je mehr er wusste, desto besser konnte er planen.

Nach einer Stunde intensiver Recherche hatte er ein klareres Bild. Sarah war in den letzten Jahren zu einer der erfolgreichsten Staatsanwältinnen in der Abteilung für Wirtschaftskriminalität aufgestiegen. Sie hatte mehrere hochkarätige Fälle gewonnen, hatte korrupte Geschäftsleute und Politiker zur Strecke gebracht. Sie war bekannt für ihre Hartnäckigkeit, ihre Gründlichkeit und ihre Unbestechlichkeit.

Aber es gab auch Schwachstellen. Sie neigte dazu, emotional zu werden, wenn es um Fälle ging, die sie persönlich berührten. Sie hatte Konflikte mit Vorgesetzten, die ihre aggressiven Methoden kritisierten. Und sie arbeitete oft am Rande der Verfahrensregeln, nahm Abkürzungen, wenn sie glaubte, dass es der Gerechtigkeit diente.

Max lehnte sich zurück und dachte nach. Er könnte versuchen, ihre Ermittlungen zu sabotieren, Beweise zu manipulieren, falsche Spuren zu legen. Aber das wäre nicht nur unethisch, sondern auch riskant. Wenn er erwischt würde, wäre seine Karriere beendet, ganz zu schweigen von möglichen strafrechtlichen Konsequenzen.

Nein, er brauchte einen subtileren Ansatz. Einen Weg, der sowohl den Zirkel zufriedenstellte als auch Sarah schützte.

Sein Telefon klingelte, riss ihn aus seinen Gedanken. Es war Orlov.

"Dr. Schönfeld", sagte die vertraute Stimme mit dem leichten Akzent. "Ich hoffe, ich störe nicht."

"Keineswegs, Herr Orlov. Was kann ich für Sie tun?"

"Ich wollte mich erkundigen, wie Ihre... Recherchen vorankommen. Der Zirkel ist sehr interessiert an Ihren Fortschritten."

Max wählte seine Worte sorgfältig. "Ich habe begonnen, die Situation zu analysieren. Staatsanwältin Lehmann ist eine formidable Gegnerin, aber ich entwickle eine Strategie."

"Ausgezeichnet. Und diese Strategie beinhaltet...?"

"Es wäre verfrüht, Details zu diskutieren. Aber ich versichere Ihnen, dass ich die Situation unter Kontrolle habe."

Eine kurze Pause am anderen Ende. "Ich hoffe, Sie verstehen die Dringlichkeit der Angelegenheit, Dr. Schönfeld. Frau Lehmanns Ermittlungen könnten... unangenehme Konsequenzen haben. Für uns alle."

"Ich verstehe das vollkommen, Herr Orlov. Und ich werde entsprechend handeln."

"Gut. Sehr gut." Orlovs Stimme wurde wärmer. "Ich wusste, dass wir uns auf Sie verlassen können. Oh, und Dr. Schönfeld? Dr. Krüger hat nach Ihnen gefragt. Sie schien... beeindruckt."

Max spürte, wie sich sein Magen zusammenzog. "Ist das so?"

"In der Tat. Sie erwähnte, dass Sie ein... interessantes psychologisches Profil haben. Sie lädt Sie ein, ihren Club zu besuchen. Heute Abend, wenn Sie Zeit haben."

"Ihren Club?"

"Eine exklusive Einrichtung für... diskrete Vergnügungen. Ähnlich dem Club Obsidian, aber auf einem ganz anderen Niveau. Ich denke, Sie werden es faszinierend finden."

Max zögerte. Der Club, von dem Rabe gesprochen hatte. Die Gelegenheit, mehr über Lilith und ihre Verbindung zu Orlov zu erfahren. Aber es war auch riskant. Wer wusste, was ihn dort erwartete?

"Ich fühle mich geehrt. Wo und wann?"

"Mein Fahrer wird Sie abholen. Um 23 Uhr. Tragen Sie etwas... Unauffälliges."

"Ich werde bereit sein."

"Ausgezeichnet. Dann bis heute Abend, Dr. Schönfeld."

Orlov legte auf, und Max starrte einen Moment auf das Telefon. Die Einladung zu Liliths Club war eine unerwartete Wendung, eine Gelegenheit, tiefer in Orlovs Welt einzutauchen. Aber es war auch riskant. Wer wusste, was ihn dort erwartete?

Er legte das Telefon beiseite und wandte sich wieder seinem Laptop zu. Er musste sich vorbereiten, musste mehr über Lilith und ihren Club herausfinden. Und er musste einen Plan entwickeln, wie er mit Sarah umgehen sollte.

Der Rest des Tages verging in einem Nebel aus Routinearbeit und intensiver Recherche. Max führte Telefonate, bereitete Schriftsätze vor, traf sich mit Mandanten. Aber sein Geist war ständig bei dem bevorstehenden Besuch in Liliths Club und der Aufgabe, die der Zirkel ihm gestellt hatte.

Er spielte ein doppeltes Spiel, balancierte auf einem schmalen Grat zwischen Loyalität und Verrat, zwischen Macht und Moral. Und er wusste, dass ein einziger Fehltritt ihn in den Abgrund stürzen konnte.

Die Morgendämmerung kroch wie flüssiges Blei über den Hamburger Hafen, als Sarah Lehmann die Treppen zum Gebäude der Staatsanwaltschaft am Gorch-Fock-Wall hinaufstieg. Der Himmel hing tief und schwer über der Stadt, ein metallisches Grau, das die Konturen der Hafenkräne in der Ferne zu verschlucken drohte. Die Luft schmeckte nach Salz und dem beißenden Aroma von Dieselabgasen – der unverkennbare Geschmack einer Hafenstadt, die bereits in den frühen Morgenstunden zum Leben erwachte.

Das Foyer des Justizgebäudes empfing sie mit jenem charakteristischen Geruch, der allen Behörden eigen zu sein schien – eine Mischung aus altem Papier, industriellem Reinigungsmittel und dem schwachen Nachklang von Kaffee. Die Schritte der wenigen Frühaufsteher hallten von den hohen Marmorwänden wider, ein akustisches Mahnmal an die Erhabenheit des Rechtsstaates.

Sarah nickte dem Sicherheitsbeamten zu, der hinter seinem Pult saß, das Gesicht bläulich beleuchtet vom Schirm seines Computers. Er kannte sie, wie er alle Staatsanwälte kannte, die zu unmenschlichen Zeiten kamen und gingen, getrieben von der Last ihrer Fälle und der Verantwortung, die sie trugen.

Der Aufzug trug sie in den dritten Stock, wo die Hauptabteilung V – zuständig für Wirtschaftsstrafsachen – residierte. Die Flure waren noch menschenleer, die Türen zu den Büros geschlossen. Nur unter ihrer eigenen Tür drang ein schmaler Lichtstreifen hervor – Thomas Brandt war bereits da, wie sie es erwartet hatte.

"Morgen", sagte er, als sie eintrat, ohne von den Akten aufzublicken, die vor ihm ausgebreitet lagen. Die Papiere leuchteten in verschiedenen Farbtönen – das blasse Gelb der Ermittlungsakten, das aggressive Rot der als vertraulich gekennzeichneten Dokumente, das nüchterne Weiß der Vernehmungsprotokolle. Ein Kaleidoskop der Kriminalität, kodiert in bürokratischer Farbsymbolik.

Thomas Brandt, Hauptkommissar beim LKA 5, war ein Mann von fünfzig Jahren, dessen Gesicht die Spuren eines Lebens in der Polizeiarbeit trug – tiefe Furchen um die Augen, eine permanent gefurchte Stirn, ein Mund, der selten lächelte. Sein graues Haar war militärisch kurz geschnitten, seine Kleidung praktisch und unauffällig – ein dunkelblauer Anzug von der Stange, ein weißes Hemd ohne Krawatte, abgetragene, aber polierte schwarze Schuhe.

"Die EncroChat-Daten sind endlich da", sagte er ohne Umschweife und schob einen USB-Stick über den Tisch. Das kleine Gerät, nicht größer als ein Daumen, enthielt potentiell genug Informationen, um eines der größten Drogenimperiums Europas zu Fall zu bringen. "Unsere Kollegen in Frankreich haben ganze Arbeit geleistet. Über 100 Millionen entschlüsselte Nachrichten, davon betreffen etwa 10.000 direkt Hamburg und Umgebung."

Sarah nahm den Stick und drehte ihn zwischen ihren Fingern. Ein unscheinbares Stück Plastik und Metall, das das Schicksal zahlreicher Menschen bestimmen würde. "Und die rechtliche Situation? § 100a StPO greift hier nicht ohne Weiteres, das wissen wir beide."

Brandt verzog das Gesicht zu einer Grimasse, die vermutlich ein Lächeln darstellen sollte. "Der BGH hat in seinem Beschluss vom 2. März 2022 – 5 StR 457/21 – die Verwertbarkeit der EncroChat-Daten grundsätzlich bejaht. Und das BVerfG hat die Verfassungsbeschwerde dagegen zurückgewiesen. Wir bewegen uns auf rechtlich sicherem Terrain."

"Grundsätzlich", wiederholte Sarah mit einem Anflug von Ironie. "Ein wunderbares Wort für Juristen. Es bedeutet 'ja, aber' und öffnet die Tür für endlose Diskussionen vor Gericht."

Sie ging zum Fenster und blickte hinaus auf die erwachende Stadt. Die ersten Sonnenstrahlen brachen durch die Wolkendecke, ließen die Fassaden der Gebäude in einem fahlen Gold erstrahlen. Irgendwo da draußen war Viktor Orlov, umgeben von seinem Imperium aus Glas, Stahl und Korruption. Und irgendwo da draußen war auch Max, der Mann, den sie einst geliebt hatte und der nun auf der anderen Seite stand – als Anwalt eines Mannes, der im Verdacht stand, einer der größten Drogenhändler Europas zu sein.

"Die Verbindung zu Orlov ist immer noch dünn", sagte Brandt, als könnte er ihre Gedanken lesen. "Wir haben Hinweise, Indizien, aber nichts, was vor Gericht Bestand hätte. Nichts, was einen Durchsuchungsbeschluss nach §§ 102, 103 StPO rechtfertigen würde."

Sarah drehte sich zu ihm um, ihr Gesicht hart im Gegenlicht des Fensters. "Dann müssen wir mehr finden. Die EncroChat-Daten sind ein Anfang. Wenn Orlov tatsächlich mit den Kolumbianern zusammenarbeitet, wenn er tatsächlich hinter der Hanseatischen Privatbank steht, dann gibt es Spuren. Niemand ist perfekt, nicht einmal er."

Brandt nickte langsam, sein Gesicht eine Studie in kontrollierter Skepsis. "Und was ist mit deinem Ex? Schönfeld. Glaubst du, er weiß, in was er da hineingeraten ist?"

Die Frage traf Sarah härter, als sie erwartet hatte. Sie wandte den Blick ab, zurück zum Fenster, zur Stadt, die in der Morgensonne glitzerte wie ein Juwel auf schwarzem Samt. "Max ist viele Dinge, aber dumm ist er nicht. Wenn er für Orlov arbeitet, dann weiß er genau, was er tut."

"Oder er ist so verblendet von Geld und Macht, dass er die Wahrheit nicht sehen will", entgegnete Brandt. "Es wäre nicht das erste Mal, dass ein brillanter Anwalt seine Moral für das richtige Honorar verkauft."

Sarah schwieg. Die Erinnerung an Max im Gerichtssaal gestern – elegant, selbstsicher, unnahbar – vermischte sich mit Bildern aus ihrer gemeinsamen Vergangenheit. Max, der lachend im Schnee stand vor der juristischen Fakultät. Max, der bis spät in die Nacht über seinen Büchern saß, getrieben von einem unstillbaren Ehrgeiz. Max, der ihr eines Tages mitteilte, dass er ein Angebot von Bergmann & Partner angenommen hatte – jener Kanzlei, die ihren Vater ruiniert hatte.

"Wie auch immer", sagte sie schließlich und kehrte zum Tisch zurück. "Wir konzentrieren uns auf Orlov. Die EncroChat-Daten könnten uns den Durchbruch bringen, den wir brauchen."

Sie setzte sich an ihren Computer, steckte den USB-Stick ein und öffnete die verschlüsselten Dateien mit einem komplexen Passwort. Auf dem Bildschirm erschienen Tausende von Nachrichten, ausgetauscht zwischen Kriminellen, die sich in der trügerischen Sicherheit eines angeblich unknackbaren Kommunikationssystems gewogen hatten.

"Hier", sagte Brandt und deutete auf eine Nachricht. "Benutzer 'Phantom7' an 'Kronos'. Datum: 15. Januar 2024. 'Die Lieferung aus Buenaventura ist unterwegs. 500 Einheiten, höchste Qualität. Der Russe hat alles arrangiert. Ankunft in HH am 28.01. Übliche Route.'"

Sarah las die Nachricht mehrmals, ihr Gehirn arbeitete auf Hochtouren. "Buenaventura ist ein Hafen in Kolumbien. 500 Einheiten – das könnten 500 Kilogramm Kokain sein. Und 'der Russe' – Orlov?"

"Es passt", nickte Brandt. "Am 29. Januar wurde im Hamburger Hafen eine Lieferung von 480 Kilogramm Kokain sichergestellt, versteckt in einer Ladung Bananen aus Kolumbien. Das Kokain hatte einen Straßenverkaufswert von etwa 36 Millionen Euro, bei einem aktuellen Preis von circa 75 Euro pro Gramm."

"Aber wir konnten die Empfänger nicht identifizieren", ergänzte Sarah. "Die Speditionsfirma, die den Container abholen sollte, existierte nur auf dem Papier – eine Briefkastenfirma auf den Cayman Islands."

"Genau. Und rate mal, wer Verbindungen zu einer Anwaltskanzlei auf den Caymans hat? Viktor Orlov." Brandt lehnte sich zurück, ein Ausdruck grimmiger Befriedigung auf seinem Gesicht. "Es ist dünn, aber es ist ein Anfang."

Sarah nickte langsam. "Suchen wir weiter. Alle Nachrichten mit Bezug zu 'dem Russen', zu Hamburg, zu Kokainlieferungen. Und überprüfen wir die Verbindung zur Hanseatischen Privatbank. Wenn Orlov tatsächlich dahintersteckt, wenn er tatsächlich Drogengelder über die Bank wäscht, dann müssen wir einen Weg finden, es zu beweisen."

Sie vertiefte sich in die Daten, las Nachricht um Nachricht, suchte nach Mustern, nach Verbindungen, nach dem einen Hinweis, der alles zusammenfügen würde. Die Stunden verstrichen, das Licht im Büro veränderte sich, als die Sonne höher stieg und dann wieder sank. Kollegen kamen und gingen, warfen fragende Blicke auf die beiden Gestalten, die wie versteinert vor dem Computerbildschirm saßen, umgeben von Akten und leeren Kaffeetassen.

Es war bereits nach 18 Uhr, als Sarah aufblickte, ihre Augen gerötet von der Anstrengung. "Ich habe etwas", sagte sie leise, fast ehrfürchtig. "Benutzer 'Kronos' an 'Phantom7', 3. Februar 2024: 'Der Russe ist unzufrieden mit dem Verlust. Er verlangt Kompensation. Treffen in seinem Club heute Nacht, 23 Uhr. Bring die Unterlagen mit.'"

Brandt beugte sich vor, seine Müdigkeit vergessen. "Sein Club? Welcher Club?"

"Das ist die Frage." Sarah lehnte sich zurück, rieb sich die Augen. "Orlov besitzt offiziell keinen Club in Hamburg. Aber es gibt Gerüchte über einen exklusiven Privatclub irgendwo am Stadtrand. Kein Name, keine Adresse, nur Einladungen an ausgewählte Gäste."

"Wir brauchen mehr", sagte Brandt frustriert. "Das reicht nicht für einen Durchsuchungsbeschluss, geschweige denn für eine Anklage."

Sarah starrte auf den Bildschirm, auf die kryptischen Nachrichten, die Einblicke in eine Welt boten, die den meisten Menschen verborgen blieb. Eine Welt der Gewalt, der Gier, der Macht. Eine Welt, in der Männer wie Orlov die Regeln diktierten und Männer wie Max ihnen dabei halfen, die Grenzen des Gesetzes zu umgehen.

"Es gibt noch etwas", sagte sie schließlich. "Eine Nachricht von 'Kronos' an einen Benutzer namens 'Doktor', vom 5. Februar: 'Der Russe hat einen neuen Anwalt. Schönfeld. Gefährlich. Zu nah an der Staatsanwaltschaft. Beobachten.'"

Brandt pfiff leise durch die Zähne. "Schönfeld. Dein Ex. Sie wissen über ihn Bescheid. Und sie wissen über seine Verbindung zu dir."

Sarah spürte, wie sich ihr Magen zusammenzog. Die Implikationen waren beunruhigend. Wenn die Drogenorganisation über Max' Vergangenheit mit ihr Bescheid wusste, dann hatten sie recherchiert. Dann beobachteten sie möglicherweise beide. Und das bedeutete, dass sie vorsichtig sein mussten, sehr vorsichtig.

"Wir brauchen Unterstützung", sagte sie entschlossen. "Diese Sache ist größer, als wir dachten. Wir sprechen hier nicht nur von Drogenhandel, sondern von einem komplexen Netzwerk aus Geldwäsche, Korruption und möglicherweise Gewaltverbrechen."

Brandt nickte langsam. "Ich kenne jemanden beim BKA, in der Abteilung SO – Schwere und Organisierte Kriminalität. Ein alter Freund aus der Ausbildung. Diskret und zuverlässig."

"Gut. Kontaktiere ihn. Aber halte es inoffiziell, vorerst. Wir wissen nicht, wie weit Orlovs Einfluss reicht, wer auf seiner Gehaltsliste steht." Sarah stand auf, streckte ihre steifen Glieder. "Ich werde weiter in den EncroChat-Daten suchen. Und ich werde versuchen, mehr über diesen mysteriösen Club herauszufinden."

Sie trat ans Fenster. Draußen war es dunkel geworden, die Stadt ein Meer aus Lichtern, die sich im Wasser der Elbe spiegelten. Irgendwo da draußen war Max, vielleicht in seinem Penthouse in der HafenCity, vielleicht in einer Anwaltskanzlei, vielleicht in Orlovs Villa. Und irgendwo da draußen war dieser Club, in dem Geschäfte gemacht wurden, die das Licht des Tages scheuten.

"Sei vorsichtig, Sarah", sagte Brandt hinter ihr, seine Stimme ungewöhnlich sanft. "Diese Leute spielen nicht nach den Regeln. Wenn sie merken, dass wir ihnen auf der Spur sind..."

Er ließ den Satz unvollendet, aber Sarah verstand. Sie hatte lange genug in der Staatsanwaltschaft gearbeitet, um zu wissen, wozu organisierte Kriminelle fähig waren, wenn sie sich bedroht fühlten. Sie hatte die Akten gesehen, die Fotos, die Berichte. Sie hatte die Gesichter der Opfer gesehen, die leeren Augen, die gebrochenen Körper.

"Ich bin immer vorsichtig", erwiderte sie, ohne sich umzudrehen. "Das ist mein Job."

Aber als sie später in der Nacht in ihrer Wohnung saß, allein mit einem Glas Rotwein und den Gedanken, die sich wie Raubvögel in ihrem Kopf drehten, fragte sie sich, ob Vorsicht ausreichen würde. Ob irgendetwas ausreichen würde gegen die Macht und den Einfluss eines Mannes wie Viktor Orlov.

Sie nahm ihr privates Handy und starrte auf den Bildschirm. Max' Nummer war noch immer gespeichert, nach all den Jahren. Ein Relikt aus einer anderen Zeit, einem anderen Leben. Ihre Finger schwebten über der Tastatur, zögerten, zogen sich zurück.

Nein. Sie konnte ihn nicht kontaktieren, nicht so. Nicht ohne handfeste Beweise. Nicht ohne die Gewissheit, dass er nicht Teil von Orlovs kriminellem Netzwerk war. Nicht ohne die Hoffnung, dass etwas von dem Mann, den sie einst geliebt hatte, noch existierte unter der glänzenden Fassade des erfolgreichen Anwalts.

Sie legte das Telefon beiseite und trat ans Fenster ihrer kleinen Wohnung in Ottensen. Der Regen hatte eingesetzt, prasselte gegen die Scheiben, verwandelte die Straßenlichter in verschwommene Kleckse, wie ein impressionistisches Gemälde. Die Stadt draußen wirkte unwirklich, entrückt, als gehöre sie zu einer anderen Dimension.

Sarah lehnte ihre Stirn gegen das kühle Glas und schloss die Augen. Morgen würde sie weitermachen, würde tiefer graben, würde nicht ruhen, bis sie die Wahrheit gefunden hatte. Bis sie Orlov zur Strecke gebracht hatte. Bis sie wusste, auf welcher Seite Max wirklich stand.

Aber für heute Nacht erlaubte sie sich einen Moment der Schwäche, einen Moment der Erinnerung an das, was einmal war und was hätte sein können. An den jungen, idealistischen Jurastudenten, der von Gerechtigkeit geträumt hatte. An den Mann, den sie geliebt hatte, bevor die Welt ihn verändert hatte. Bevor er sich selbst verändert hatte.

Der Regen trommelte weiter gegen die Scheiben, ein stetiger Rhythmus, der sie schließlich in einen unruhigen Schlaf wiegte, gefüllt mit Träumen von dunklen Fluren, verschlossenen Türen und einem Labyrinth aus Akten, in dem sie sich verlor, immer auf der Suche nach einem Ausweg, der nicht existierte.

Zur selben Zeit stand Max Schönfeld am Fenster seines Penthouses in der HafenCity und betrachtete denselben Regen, der die Lichter der Stadt in ein surreales Spektakel verwandelte. In seiner Hand hielt er ein Glas Whisky, der bernsteinfarbene Inhalt schimmerte im gedämpften Licht der Designerlampen.

Sein Treffen mit Rabe früher am Tag hatte beunruhigende Informationen zutage gefördert. Die Staatsanwaltschaft ermittelte tatsächlich gegen Orlov, und Sarah stand an der Spitze dieser Ermittlungen. Sie hatte Zugang zu den EncroChat-Daten erhalten, jenen verschlüsselten Nachrichten, die das Potenzial hatten, das gesamte Drogenimperium zum Einsturz zu bringen.

Und dann war da noch die Sache mit Lilith und ihrem mysteriösen Club. Ein Ort, an dem die Elite Hamburgs ihre dunkelsten Fantasien auslebte, während im Hintergrund Geschäfte gemacht wurden, die das Licht des Tages scheuten. Ein Ort, an dem Orlov und der Zirkel ihre wahre Macht ausübten.

Max nahm einen Schluck Whisky, ließ die Flüssigkeit auf seiner Zunge brennen. Die Situation wurde komplizierter, gefährlicher. Der Zirkel erwartete von ihm, dass er Sarah "neutralisierte", ihre Ermittlungen sabotierte. Aber wie konnte er das tun, ohne sich selbst zu kompromittieren? Ohne sie zu gefährden?

Sein Blick fiel auf die Akten, die auf seinem Designertisch ausgebreitet lagen – sorgfältig sortiert nach Farben, die verschiedene Vertraulichkeitsstufen repräsentierten. Das blasse Blau der öffentlich zugänglichen Dokumente, das tiefe Grün der internen Memoranden, das alarmierende Rot der streng vertraulichen Unterlagen. Ein Farbkodex der Geheimnisse, der nur Eingeweihten verständlich war.

Darunter lag der Ordner, den der Zirkel ihm über Sarah gegeben hatte. Ein unscheinbarer brauner Aktendeckel, der Informationen enthielt, die er nie hätte sehen sollen. Informationen über ihre täglichen Routinen, ihre Kontakte, ihre laufenden Ermittlungen. Informationen, die in den falschen Händen gefährlich werden konnten.

Max schloss die Augen, atmete den Geruch des teuren Whiskys ein, vermischt mit dem subtilen Aroma des Leders seiner Möbel und dem kaum wahrnehmbaren Duft des Regens, der durch die leicht geöffnete Terrassentür drang. Er stand an einem Scheideweg, und die Entscheidung, die er treffen würde, würde nicht nur sein Leben verändern, sondern auch das von Sarah und vielen anderen.

Der Zirkel hatte ihm zwei Wochen Zeit gegeben. Zwei Wochen, um einen Plan zu entwickeln, um Sarah zu "neutralisieren". Zwei Wochen, um zu beweisen, dass er würdig war, in ihren Kreis aufgenommen zu werden. Zwei Wochen, um seine Seele zu verkaufen – oder zu retten.

Sein Telefon vibrierte. Eine Nachricht von einer unbekannten Nummer: "Der Wagen wartet unten. 15 Minuten."

Max leerte sein Glas in einem Zug, stellte es auf den Tisch und ging ins Schlafzimmer, um sich umzuziehen. Für seinen Besuch in Liliths Club. Für den nächsten Schritt in ein Labyrinth, aus dem es möglicherweise kein Entkommen gab.

KAPITEL 8: DUBAI CONNECTIONS

Die Mittagssonne brannte unbarmherzig auf die Skyline Dubais herab, ließ den Burj Khalifa wie eine gleißende Nadel aus Licht und Glas in den wolkenlosen Himmel stechen. Auf der Terrasse des Al Muntaha Restaurants im 27. Stock des Burj Al Arab saß Farid Mansour, ein Mann, dessen Erscheinung so sorgfältig komponiert war wie eine Symphonie. Sein maßgeschneiderter Anzug von Tom Ford in einem tiefen Marineblau kontrastierte perfekt mit dem strahlenden Weiß seines handgefertigten Hemdes. Die Platinmanschettenknöpfe mit subtil eingearbeiteten Diamanten fingen das Sonnenlicht ein und brachen es in winzige Regenbogen, die über den polierten Tisch tanzten.

Farid nippte an seinem Espresso, der in einer filigranen Porzellantasse serviert wurde, deren Rand mit 24-karätigem Gold verziert war. Der bittere Geschmack des perfekt zubereiteten Kaffees vermischte sich mit dem leicht salzigen Aroma der Meeresluft, die trotz der Klimaanlage durch die leicht geöffneten Terrassentüren drang. Vor ihm lag ein iPad Pro in einer Hülle aus handgenähtem Kalbsleder, auf dessen Display Zahlenkolonnen und Diagramme zu sehen waren – die digitalen Lebensadern seines Imperiums.

Farid Mansour, 42 Jahre alt, deutsch-iranischer Abstammung, war ein Mann, der die Kunst der Transformation perfektioniert hatte. In Hamburg kannte man ihn als Mehdi "den Perser" Ahmadi, Zuhälter und Kiez-Größe, dessen Einflussbereich sich von der Reeperbahn bis in die exklusivsten Etablissements der Stadt erstreckte. In Dubai war er Farid Mansour, respektierter Geschäftsmann, Immobilieninvestor und Philanthrop, dessen Name auf den Spenderlisten der prestigeträchtigsten Wohltätigkeitsveranstaltungen zu finden war.

Die Kunst der Dualität, die Fähigkeit, zwischen Welten zu wandeln, war sein größtes Talent – und der Grund, warum Viktor Orlov ihn als Partner gewählt hatte.

"Mr. Mansour, Ihr Gast ist eingetroffen", sagte der Restaurantmanager mit einer respektvollen Verbeugung. Der Mann, dessen Uniform so makellos war wie sein Arabisch, deutete diskret auf einen Tisch am anderen Ende der Terrasse.

Farid nickte knapp, schloss das iPad und erhob sich mit der geschmeidigen Eleganz eines Raubtiers. Er durchquerte den Raum, wobei er die Blicke der anderen Gäste auf sich zog – eine Mischung aus Neugier, Respekt und jenem subtilen Unbehagen, das Menschen empfinden, wenn sie instinktiv spüren, dass sie es mit jemandem zu tun haben, der gefährlicher ist, als er erscheint.

Am Tisch erwartete ihn ein Mann, dessen Erscheinung das genaue Gegenteil von Farids kultivierter Eleganz darstellte. Dr. Sebastian von Richthofen, 38 Jahre alt, trug einen zerknitterten Leinenanzug in einem undefinierbaren Beige, ein Hemd, dessen oberste Knöpfe geöffnet waren, und eine Designerbrille mit dicken schwarzen Rändern, die seinem schmalen Gesicht etwas Intellektuelles verlieh. Sein blondes Haar war kunstvoll zerzaust, als hätte er gerade einen Spaziergang am Strand hinter sich.

"Sebastian", begrüßte Farid ihn mit einem Lächeln, das seine Augen nicht erreichte. "Wie war dein Flug?"

"Erträglich", erwiderte von Richthofen mit einem leichten Schulterzucken. Seine Stimme hatte jenen näselnden Berliner Akzent, den er trotz seiner süddeutschen Herkunft kultivierte – ein weiteres Element seiner sorgfältig konstruierten Persona als enfant terrible der deutschen Kunstszene. "Die First Class von Emirates ist akzeptabel, wenn auch nicht so exquisit, wie sie behaupten."

Farid setzte sich ihm gegenüber, gab dem Kellner ein Zeichen. "Champagner? Oder ist es zu früh für dich?"

"Es ist nie zu früh für Dom Pérignon", erwiderte Sebastian mit einem schmalen Lächeln. "Besonders wenn es auf Rechnung unseres gemeinsamen Freundes geht."

Der Kellner brachte eine Flasche Dom Pérignon Rosé Vintage 2008, präsentierte sie mit der gebührenden Zeremonie und füllte zwei Kristallgläser. Als er sich zurückgezogen hatte, lehnte Sebastian sich vor, seine Stimme nun gedämpft.

"Viktor ist ungeduldig. Die Lieferung aus Kolumbien ist überfällig, und unsere Freunde in Hamburg werden nervös."

Farid nahm einen Schluck Champagner, ließ die komplexen Aromen von roten Früchten und Brioche auf seiner Zunge zergehen, bevor er antwortete. "Ein kleiner Rückschlag. Die übliche Route über den Hamburger Hafen ist momentan... kompromittiert. Die Staatsanwaltschaft hat Wind von der Sache bekommen. Diese Lehmann-Frau ist hartnäckiger, als wir dachten."

"Sarah Lehmann", nickte Sebastian. "Ich habe von ihr gehört. Eine Idealistin. Gefährlich."

"Viktor hat bereits Maßnahmen ergriffen. Er hat einen neuen Anwalt engagiert, jemanden mit... besonderen Qualifikationen."

"Schönfeld", sagte Sebastian, und ein Anflug von etwas, das wie Bewunderung wirkte, huschte über sein Gesicht. "Ich kenne ihn. Oder besser gesagt, ich kenne seinen Ruf. Ein brillanter Jurist mit einem... flexiblen moralischen Kompass."

"Und einer interessanten Vergangenheit mit besagter Staatsanwältin", ergänzte Farid mit einem wissenden Lächeln. "Viktor weiß, wie man die richtigen Hebel ansetzt."

Sebastian nippte an seinem Champagner, sein Blick wanderte über die atemberaubende Skyline Dubais, die sich vor ihnen ausbreitete – ein Monument menschlicher Ambition und grenzenloser finanzieller Möglichkeiten. "Und was ist mit unserem... speziellen Projekt? Hat die Hanseatische Privatbank die Transaktion abgewickelt?"

"Natürlich. Dreißig Millionen Euro, gewaschen und bereit für die Investition in die Palm Jumeirah Residenzen. Die Papiere sind makellos, die Herkunft des Geldes unanfechtbar – zumindest auf dem Papier." Farid zog ein Dokument aus der Innentasche seines Jacketts und schob es über den Tisch. "Die Unterschrift des Scheichs fehlt noch, aber das ist eine Formalität. Er ist ein... verständnisvoller Geschäftspartner."

Sebastian überflog das Dokument, seine Augen verengten sich hinter den dicken Brillengläsern. "Und die Provision?"

"Zehn Prozent für dich, wie vereinbart. Überwiesen auf dein Konto bei der Privatbank Liechtenstein. Untraceable, steuerfrei, diskret."

Ein zufriedenes Lächeln breitete sich auf Sebastians Gesicht aus. "Perfekt. Und der andere Teil unserer Vereinbarung?"

Farid zog einen Umschlag hervor und reichte ihn über den Tisch. "VIP-Pässe für das Berghain, nächstes Wochenende. Die Namen stehen auf der

Liste, der Zugang ist garantiert. Und..." Er senkte die Stimme noch weiter. "Die spezielle Ware, die du angefragt hast, wird in deiner Suite im Adlon bereitstehen. Höchste Qualität, direkt aus Kolumbien. Straßenwert in Berlin: etwa 120 Euro pro Gramm. Für dich: ein Geschenk."

Sebastian steckte den Umschlag ein, seine Finger zitterten leicht – ob vor Vorfreude oder aufgrund eines beginnenden Entzugs, war schwer zu sagen. "Du bist zu großzügig, Farid."

"Nicht ich. Viktor. Er schätzt deine... Verbindungen in der Berliner Kunstszene. Und deine Diskretion."

Die beiden Männer prosteten einander zu, ihre Gläser fingen das Sonnenlicht ein und warfen prismatische Muster auf das weiße Tischtuch. Zwei Welten, die sich in diesem Moment berührten – die schillernde Fassade der High Society und der dunkle Untergrund des internationalen Drogenhandels.

"Apropos Diskretion", sagte Sebastian nach einer Pause. "Ich habe gehört, du hattest einen... Zwischenfall in Hamburg?"

Farids Gesicht verdunkelte sich, eine kaum wahrnehmbare Veränderung, die dennoch die Temperatur zwischen ihnen um mehrere Grad zu senken schien. Seine Hand wanderte instinktiv zu seiner linken Seite, wo unter dem perfekt sitzenden Anzug eine frische Narbe verlief – das Andenken an eine Kugel, die ihn vor zwei Wochen auf der Reeperbahn nur knapp verfehlt hatte.

"Ein Missverständnis", sagte er kühl. "Mit einem... Geschäftspartner, der die Bedingungen unserer Vereinbarung falsch interpretiert hat."

"Und dieses Missverständnis wurde... geklärt?"

Ein dünnes Lächeln spielte um Farids Lippen. "Sagen wir, der betreffende Partner ist nicht mehr in der Lage, weitere Missverständnisse zu verursachen."

Sebastian nickte langsam, ein Ausdruck von Respekt und leichtem Unbehagen in seinen Augen. Er war ein Mann, der die Früchte der kriminellen Welt genoss – das Geld, die Drogen, die Macht – aber die Gewalt, die oft damit einherging, aus sicherer Entfernung betrachtete.

"Und was ist mit dem EncroChat-Problem?", fragte er, offensichtlich bemüht, das Thema zu wechseln. "Viktor erwähnte etwas von kompromittierten Kommunikationskanälen."

"Ein ernstes Problem", bestätigte Farid. "Die französischen Behörden haben es geschafft, in das System einzudringen. Tausende von Nachrichten wurden entschlüsselt, Hunderte von Verhaftungen in ganz Europa durchgeführt. Wir haben unsere Kommunikation bereits auf ein neues System umgestellt – SkyECC. Angeblich noch sicherer, noch verschlüsselter."

"Angeblich", wiederholte Sebastian skeptisch. "Bis auch dieses System geknackt wird."

"Die digitale Welt ist ein Wettrüsten, mein Freund. Wir sind immer nur einen Schritt voraus – oder einen Schritt zurück." Farid lehnte sich zurück, sein Blick wanderte über die glitzernde Skyline. "Deshalb bevorzuge ich persönliche Treffen. Wie dieses."

Sebastian folgte seinem Blick, betrachtete die surreale Architektur Dubais, die sich vor ihnen ausbreitete – ein Denkmal für Exzess und Ambition, für Geld und Macht. "Es ist erstaunlich, nicht wahr? Diese Stadt. Aus dem Nichts erschaffen, ein Monument der Möglichkeiten."

"Und der Geldwäsche", ergänzte Farid trocken. "Fünfzig Prozent der Immobilien hier werden mit Bargeld gekauft. Keine Fragen, keine Nachforschungen. Das perfekte Waschsalon für unser... Geschäft."

"Und für meine Kunstgalerie", nickte Sebastian. "Die Preise für zeitgenössische Kunst sind so subjektiv, so... flexibel. Ein perfektes Vehikel, um Geld zu bewegen, ohne Aufmerksamkeit zu erregen."

"Deshalb schätzt Viktor dich. Dein Verständnis für die feineren Aspekte unseres Geschäfts." Farid hob sein Glas. "Auf erfolgreiche Partnerschaften."

Sie stießen an, und für einen Moment schwebte zwischen ihnen eine seltsame Intimität – zwei Männer, verbunden durch Geheimnisse, durch Verbrechen, durch die dunkle Unterseite einer Welt, die die meisten Menschen nur aus der Ferne betrachteten.

Der Moment wurde unterbrochen, als Farids Telefon vibrierte. Er warf einen Blick auf das Display und runzelte die Stirn. "Entschuldige mich einen Moment."

Er stand auf und ging einige Schritte zur Balustrade, das Telefon am Ohr. Die Unterhaltung war kurz, seine Antworten einsilbig, aber als er zurückkehrte, hatte sich seine Haltung verändert – subtil, aber für ein geschultes Auge erkennbar. Die entspannte Eleganz war einer kontrollierten Anspannung gewichen.

"Probleme?", fragte Sebastian, der die Veränderung bemerkt hatte.

"Nichts, was ich nicht handhaben kann", erwiderte Farid glatt, aber seine Augen hatten einen harten Glanz angenommen. "Ein unerwarteter Besuch in Hamburg. Jemand, der Fragen stellt. Über den Club."

Sebastian erbleichte leicht. "Liliths Club? Wer würde es wagen...?"

"Ein gewisser Hauptkommissar Brandt. LKA 5, Abteilung für Wirtschaftskriminalität. Offenbar arbeitet er eng mit unserer Freundin Lehmann zusammen." Farid nahm einen Schluck Champagner, aber es war klar, dass er den Geschmack nicht mehr genoss. "Viktor kümmert sich darum. Oder besser gesagt, Lilith kümmert sich darum."

"Lilith", wiederholte Sebastian, und ein Schauder schien durch seinen Körper zu laufen – halb Furcht, halb Erregung. "Sie ist... effizient."

"Das ist sie." Farid warf einen Blick auf seine Uhr – eine Patek Philippe Nautilus, deren Wert dem Jahresgehalt eines durchschnittlichen Angestellten entsprach. "Ich muss los. Mein Jet wartet. Geschäfte in Moskau."

"Natürlich." Sebastian erhob sich ebenfalls, reichte Farid die Hand. "Grüße an Viktor. Und... pass auf dich auf in Hamburg. Diese Lehmann-Frau ist nicht zu unterschätzen."

Farid lächelte dünn. "Niemand ist unbesiegbar, Sebastian. Nicht einmal idealistische Staatsanwältinnen."

Mit diesen Worten verabschiedete er sich, durchquerte das Restaurant mit der selbstbewussten Haltung eines Mannes, der gewohnt war, dass sich die Welt um ihn drehte. Die anderen Gäste, reiche Touristen und lokale Geschäftsleute, ahnten nicht, dass sie soeben Zeuge eines Treffens geworden waren, bei dem mehr Geld bewegt wurde als in manchen kleinen Ländern.

Als Farid in die klimatisierte Limousine stieg, die ihn zum Privatflughafen bringen würde, dachte er an Hamburg, an die Reeperbahn, an die schmutzigen Straßen und verrauchten Clubs, die so weit entfernt schienen von der glitzernden Fassade Dubais. Zwei Welten, zwei Identitäten, zwei Gesichter derselben Münze.

Er berührte seine Seite, spürte den dumpfen Schmerz der verheilenden Wunde. Der Anschlag auf der Reeperbahn war kein Zufall gewesen, kein gewöhnlicher Bandenkrieg. Es war eine Botschaft gewesen. Eine Warnung. Jemand wusste über seine Verbindung zu Orlov Bescheid, über seine Rolle im Drogenhandel, über den Club.

Farid lehnte sich zurück in die weichen Ledersitze der Limousine, schloss für einen Moment die Augen. Die Klimaanlage summte leise, blies kühle, parfümierte Luft in den Innenraum, ein künstliches Refugium vor der sengenden Hitze Dubais. Durch die getönten Scheiben sah er, wie die surreale Skyline der Stadt langsam vorbeizog – ein Denkmal für Geld und Macht, für Ambition und Gier.

In vierundzwanzig Stunden würde er wieder in Hamburg sein, würde wieder zu Mehdi "dem Perser" werden, würde wieder in die Schatten eintauchen, die sein wahres Reich waren. Und er würde sich um das Problem kümmern, persönlich. Niemand bedrohte sein Imperium ungestraft. Niemand.

Zur selben Zeit betrat Thomas Brandt das Polizeipräsidium am Bruno-Georges-Platz in Hamburg, sein Gesicht eine Maske aus Erschöpfung und Entschlossenheit. Die Luft im Gebäude war stickig, eine Mischung aus altem Schweiß, Industriereiniger und dem metallischen Geruch von Büroklammern und Heftgeräten – der olfaktorische Fingerabdruck deutscher Bürokratie.

Die Flure waren in jenem institutionellen Grün gestrichen, das vermutlich einmal beruhigend wirken sollte, aber durch Jahre des Gebrauchs und mangelnder Renovierung einen schmutzigen, deprimierenden Ton angenommen hatte. Die Neonröhren an der Decke summten leise, warfen ein hartes, unbarmherziges Licht auf die abgenutzten Linoleumböden und die mit Akten überladenen Schränke, die die Wände säumten.

Brandt nickte einem Kollegen zu, der ihm mit einem Stapel manilafarbener Aktenordner entgegenkam, deren Rücken mit handgeschriebenen Etiketten versehen waren – ein anachronistisches Detail in einer zunehmend digitalen Welt. Die Ordner hatten jenen charakteristischen Geruch nach altem Papier und Staub, der allen Polizeiakten eigen zu sein schien, als wäre der Verfall bereits in ihre DNA eingeschrieben.

In seinem Büro angekommen – ein kleiner, fensterloser Raum, der mehr einer Besenkammer als einem Arbeitsplatz glich – ließ Brandt sich schwer in seinen Schreibtischstuhl fallen. Das abgewetzte Kunstleder quietschte protestierend, ein weiteres Symptom der chronischen Unterfinanzierung des öffentlichen Dienstes.

Auf seinem Schreibtisch türmten sich Akten in verschiedenen Farben – das Blassgelb der Ermittlungsakten, das aggressive Rot der Verschlusssachen, das nüchterne Weiß der Vernehmungsprotokolle. Daneben stand eine Tasse mit kaltem Kaffee, dessen Oberfläche bereits eine dünne Haut gebildet hatte, und ein Teller mit den Resten eines hastig verzehrten Schinkensandwiches.

Brandt rieb sich die Augen, die vom stundenlangen Starren auf Computerbildschirme und dem Durchforsten von Akten brannten. Die Ermittlungen im Fall Orlov zehrten an ihm, fraßen seine Zeit, seine Energie, seinen Schlaf. Aber er war nah dran, das spürte er. Nah an einem Durchbruch, der das gesamte Netzwerk zum Einsturz bringen könnte.

Sein Telefon klingelte, riss ihn aus seinen Gedanken. Es war Sarah.

"Brandt", meldete er sich knapp.

"Ich habe etwas", sagte Sarah ohne Umschweife, ihre Stimme angespannt vor unterdrückter Aufregung. "In den EncroChat-Daten. Eine Nachricht von 'Phantom7' an 'Kronos', datiert auf den 10. Februar: 'Der Perser ist zurück in HH. Treffen im Club heute Nacht, 2 Uhr. Der Russe will über das Lehmann-Problem sprechen.'"

Brandt setzte sich aufrecht hin, alle Müdigkeit vergessen. "Der Perser? Mehdi Ahmadi?"

"Höchstwahrscheinlich. Er passt ins Profil – iranische Wurzeln, Verbindungen zur Reeperbahn, bekannt für seine Diskretion und seine... besonderen Dienstleistungen."

"Und seine Verbindung zu Orlov?"

"Noch unklar. Aber diese Nachricht bestätigt, dass sie zusammenarbeiten. Und dass sie sich in diesem mysteriösen Club treffen."

Brandt dachte nach, seine Finger trommelten einen nervösen Rhythmus auf die abgewetzte Schreibtischplatte. "Wir müssen diesen Club finden. Wenn Orlov, Ahmadi und dieser 'Kronos' sich dort treffen, wenn sie über das 'Lehmann-Problem' sprechen – das könnte der Durchbruch sein, den wir brauchen."

"Ich arbeite daran", sagte Sarah. "Ich habe alle Nachtclubs und privaten Etablissements in Hamburg überprüft, die mit Orlov oder Ahmadi in Verbindung stehen könnten. Nichts. Dieser Club muss sehr diskret sein, sehr exklusiv."

"Oder er existiert offiziell gar nicht", murmelte Brandt. "Ein privates Etablissement, keine Lizenz, keine Steuernummer, keine digitale Spur."

"Genau. Und das macht es so schwer, ihn zu finden." Sarah klang frustriert. "Aber ich habe eine Idee. Eine Quelle im Rotlichtmilieu, jemand, der möglicherweise Zugang zu Informationen hat, die nicht in offiziellen Datenbanken zu finden sind."

"Wer?"

Eine kurze Pause am anderen Ende. "Marie. Eine... Begleitdame. Sie arbeitet für eine exklusive Agentur, die Kunden betreut, die... diskrete Dienste suchen."

Brandt runzelte die Stirn. "Ist das sicher? Für sie, meine ich."

"Ich werde vorsichtig sein. Marie kennt die Risiken. Und sie hat ihre eigenen Gründe, uns zu helfen."

"Gut. Halte mich auf dem Laufenden." Brandt zögerte. "Und Sarah? Pass auf dich auf. Wenn Orlov und seine Leute über das 'Lehmann-Problem' sprechen, dann bist du bereits auf ihrem Radar."

"Ich weiß." Sarahs Stimme klang plötzlich müde. "Ich bin immer vorsichtig."

Sie beendete das Gespräch, und Brandt starrte einen Moment auf das stumme Telefon. Die Situation wurde gefährlicher, die Verstrickungen komplexer. Orlov, Ahmadi, dieser mysteriöse Club, das "Lehmann-Problem" –

all das deutete auf ein Netzwerk hin, das mächtiger und einflussreicher war, als sie bisher angenommen hatten.

Und dann war da noch Schönfeld, der brillante Anwalt mit der Verbindung zu Sarah. Welche Rolle spielte er in diesem Spiel? War er ein williger Helfer Orlovs, ein Mann, der seine Seele für Geld und Macht verkauft hatte? Oder war er selbst ein Opfer, ein Mann, der tiefer in etwas hineingeraten war, als er beabsichtigt hatte?

Brandt öffnete eine Schublade seines Schreibtisches und zog eine Flasche Aspirin heraus. Er schüttelte zwei Tabletten in seine Hand, schluckte sie trocken hinunter. Der bittere Geschmack erinnerte ihn an die Realität seiner Situation – ein unterbezahlter, überarbeiteter Polizeibeamter, der gegen Männer ermittelte, deren Ressourcen praktisch unbegrenzt waren.

Aber er hatte etwas, das sie nicht hatten: die Wahrheit auf seiner Seite. Und die Entschlossenheit, sie ans Licht zu bringen, koste es, was es wolle.

KAPITEL 9: MEDIENSPIELE

Die Redaktionsräume der BILD-Zeitung im Axel-Springer-Hochhaus waren ein Bienenstock aus hektischer Aktivität, selbst um 22:30 Uhr, als die meisten Hamburger bereits in ihren Betten lagen. Unter den grellen Neonröhren, die ein unbarmherziges, flaches Licht auf die Gesichter der Nachtschicht warfen, herrschte jene fiebrige Energie, die nur Redaktionsschluss erzeugen konnte. Die Luft war schwer vom Geruch nach abgestandenem Kaffee, Zigarettenrauch, der von den Kleidern der Raucher hereingetragen wurde, und dem unverkennbaren Aroma von Druckerschwärze und Verzweiflung.

Markus Hellmann, 42, Ressortleiter Lokales, starrte auf den Bildschirm seines Computers, auf dem die Schlagzeile für die morgige Ausgabe prangte: "DROGEN-KRIEG IN HAMBURG: ZUHÄLTER AUF REEPERBAHN NIEDERGESCHOSSEN". Die Buchstaben schienen in der bläulichen Beleuchtung des Monitors zu pulsieren, forderten seine Aufmerksamkeit, seine Entscheidung.

"Zu reißerisch?", fragte er, ohne den Blick vom Bildschirm zu wenden.

Neben ihm stand Jana Weber, 28, Polizeireporterin und aufsteigender Stern im BILD-Kosmos. Ihr blondes Haar war zu einem praktischen Pferdeschwanz gebunden, ihre Augen waren gerötet von zu vielen Stunden vor dem Computer und zu wenig Schlaf. Sie trug Jeans und ein schlichtes schwarzes T-Shirt – die Uniform der Journalisten, die wussten, dass sie in dieser Nacht noch auf die Straße mussten.

"Nicht reißerisch genug", erwiderte sie mit einem schmalen Lächeln. "Wie wäre es mit 'BLUTBAD AUF DEM KIEZ: PERSER-MAFIA IM VISIER DER KILLER'?"

Hellmann schnaubte, aber seine Finger flogen bereits über die Tastatur, änderten die Schlagzeile. "Du hast ein Talent für diese Scheiße, Weber. Manchmal frage ich mich, ob du nicht in der falschen Abteilung gelandet bist. Vielleicht solltest du Romane schreiben."

"Zu wenig Action, zu viel Reflexion", entgegnete Jana trocken. "Außerdem – wer würde mir die Wahrheit glauben, wenn ich sie aufschreiben würde?"

Hellmann warf ihr einen scharfen Blick zu. Jana Weber war nicht wie die anderen Reporter in seiner Abteilung. Sie hatte etwas, das die meisten verloren hatten – oder nie besessen hatten: einen untrüglichen Instinkt für die wahre Geschichte hinter der offiziellen Version. Und den Mut, dieser Geschichte nachzugehen, egal wohin sie führte.

"Was hast du?", fragte er, seine Stimme nun leiser, intensiver.

Jana sah sich um, vergewisserte sich, dass niemand in Hörweite war. Die anderen Reporter waren mit ihren eigenen Deadlines beschäftigt, starrten auf ihre Bildschirme oder telefonierten hektisch mit Quellen.

"Mein Kontakt beim LKA sagt, der Anschlag auf Ahmadi war kein gewöhnlicher Bandenkrieg", sagte sie, ihre Stimme kaum mehr als ein Flüstern. "Es steckt etwas Größeres dahinter. Etwas, das mit einem russischen Geschäftsmann namens Orlov zu tun hat. Und mit einer Bank. Der Hanseatischen Privatbank."

Hellmann runzelte die Stirn. "Viktor Orlov? Der Kunstmäzen? Der Mann spendet Millionen für wohltätige Zwecke, sitzt in einem Dutzend Aufsichtsräten und ist mit dem Bürgermeister per Du. Was sollte er mit einem Zuhälter vom Kiez zu tun haben?"

"Das ist die Frage, nicht wahr?" Jana lächelte dünn. "Und genau deshalb will ich dieser Sache nachgehen."

"Vorsicht, Weber", warnte Hellmann. "Orlov ist kein kleiner Fisch. Der Mann hat Verbindungen, Anwälte, Geld. Wenn du dich mit ihm anlegst, brauchst du mehr als vage Andeutungen eines anonymen Polizisten."

"Ich weiß." Jana zog ein kleines Notizbuch aus der Tasche ihrer Jeans, blätterte darin. Die Seiten waren vollgekritzelt mit ihrer winzigen, präzisen Handschrift – Namen, Daten, Verbindungen. Ein analoges Netzwerk in einer digitalen Welt. "Deshalb recherchiere ich. Und deshalb brauche ich mehr Zeit. Die Ahmadi-Geschichte ist nur die Spitze des Eisbergs."

Hellmann seufzte, rieb sich die Augen. Er kannte diesen Tonfall, diese Entschlossenheit. Jana würde nicht lockerlassen, egal was er sagte. Und ein Teil von ihm – der Teil, der vor zwanzig Jahren in den Journalismus gegangen war, mit Idealen und dem Glauben an die Macht der Wahrheit – bewunderte sie dafür.

"Drei Tage", sagte er schließlich. "Du hast drei Tage. Dann will ich entweder eine Geschichte, die wir drucken können, oder du kehrst zurück zu den regulären Polizeimeldungen. Verstanden?"

Jana nickte, ein Leuchten in ihren Augen, das Hellmann beunruhigte. Es war der Blick einer Jägerin, die eine Fährte aufgenommen hatte. "Verstanden. Danke, Chef."

Sie wandte sich zum Gehen, aber Hellmann hielt sie zurück. "Weber. Sei vorsichtig. Wenn an dieser Sache etwas dran ist, wenn Orlov tatsächlich in illegale Geschäfte verwickelt ist..."

"Ich bin immer vorsichtig", erwiderte sie mit einem Selbstbewusstsein, das nur die Jugend verleihen konnte.

Hellmann sah ihr nach, wie sie durch die Redaktion eilte, ihre schlanke Gestalt zwischen den Schreibtischen hindurchschlängelte, bis sie bei der Tür verschwand. Er hatte ein ungutes Gefühl, eine Vorahnung, die er nicht abschütteln konnte. Jana Weber war gut, sehr gut sogar. Aber sie war auch rücksichtslos in ihrer Suche nach der Wahrheit, blind für die Gefahren, die lauerten, wenn man zu tief grub.

Mit einem Seufzen wandte er sich wieder seinem Bildschirm zu, der Schlagzeile, die nun in fetten Lettern verkündete: "BLUTBAD AUF DEM KIEZ: PERSER-MAFIA IM VISIER DER KILLER". Morgen würden Hunderttausende Hamburger diese Zeilen lesen, würden sie für die Wahrheit halten, würden sie diskutieren, vergessen und weiterleben.

Aber die wahre Geschichte, dachte Hellmann, die wahre Geschichte würde vielleicht nie gedruckt werden.

Jana Weber trat aus dem Axel-Springer-Hochhaus in die kühle Nachtluft Hamburgs. Der Regen hatte aufgehört, aber die Straßen glänzten noch feucht im Licht der Straßenlaternen, spiegelten die Neonreklamen und Autoscheinwerfer wider wie ein urbanes Kaleidoskop.

Sie zog ihre Lederjacke enger um sich, ein Schutzschild gegen die Kälte und gegen die Blicke, die eine junge Frau allein in der Nacht unweigerlich auf sich zog. Ihr Ziel war die Reeperbahn, das pulsierende Herz des Hamburger

Nachtlebens, wo die Grenzen zwischen Legalität und Kriminalität, zwischen Vergnügen und Verzweiflung verschwammen.

Die U-Bahn-Station Jungfernstieg empfing sie mit dem charakteristischen Geruch nach feuchtem Beton, Fast Food und dem schwachen Nachklang von Desinfektionsmitteln. Die Bahn selbst war halb leer – ein paar Nachtschwärmer, ein paar Schichtarbeiter, ein paar einsame Gestalten, deren Geschichten Jana in anderen Zeiten vielleicht interessiert hätten. Aber nicht heute. Heute hatte sie nur ein Ziel: das "Inferno", ein Club am Rande der Reeperbahn, der als inoffizielles Hauptquartier von Mehdi "dem Perser" Ahmadi galt.

Als sie an der Station St. Pauli ausstieg, schlug ihr sofort die einzigartige Atmosphäre des Viertels entgegen – eine berauschende Mischung aus Parfüm und Schweiß, Alkohol und Erbrochenem, Frittiertem und dem süßlichen Geruch von Cannabis. Die Luft vibrierte vom Bass der Clubs, vom Lachen der Touristen, vom Rufen der Türsteher, die ihre Etablissements anpriesen.

Jana bewegte sich mit der Selbstsicherheit einer Einheimischen durch die Menge, ihr Blick wachsam, ihre Haltung eine sorgfältig einstudierte Mischung aus Offenheit und Unnahbarkeit. Sie kannte die Reeperbahn, kannte ihre Regeln, ihre Gefahren, ihre Geheimnisse. Als Polizeireporterin hatte sie unzählige Nächte hier verbracht, hatte Kontakte geknüpft, Vertrauen aufgebaut, Informationen gesammelt.

Das "Inferno" lag in einer Seitenstraße, abseits der Hauptroute der Touristen. Von außen wirkte es unscheinbar – eine schlichte schwarze Fassade, ein dezentes Neonschild, ein Türsteher, der wie ein Granitblock vor dem Eingang stand. Aber Jana wusste, dass hinter dieser unauffälligen Fassade eines der lukrativsten Geschäfte Hamburgs florierte – ein Umschlagplatz für Drogen, ein Treffpunkt für Prostituierte und ihre Kunden, ein Ort, an dem Deals abgeschlossen wurden, die das Licht des Tages scheuten.

"Moin, Sven", begrüßte sie den Türsteher, einen massigen Mann mit Glatze und einem Gesicht, das aussah, als wäre es aus Stein gemeißelt. "Ist Tarek da?"

Sven musterte sie mit einem Blick, der gleichzeitig abschätzend und respektvoll war. "Jana. Lange nicht gesehen. Tarek ist drin, an der Bar."

Er trat beiseite, ließ sie passieren. Keine Fragen, keine Durchsuchung. Jana hatte sich ihren Zugang zum "Inferno" hart erarbeitet – durch Artikel, die gewisse Details ausließen, durch Informationen, die sie weitergab, durch ein Netzwerk aus Gefälligkeiten und Vertrauen, das in dieser Welt wertvoller war als Geld.

Das Innere des Clubs war ein Angriff auf die Sinne – stroboskopartige Lichter, die die Bewegungen der Tänzer in eine surreale Zeitlupe zerlegten, Musik, die so laut war, dass sie mehr als Vibration denn als Klang wahrgenommen wurde, die Luft schwer von Schweiß, Parfüm und dem süßlichen Geruch von MDMA.

Jana bahnte sich ihren Weg durch die Menge, ignorierte die Blicke, die Berührungen, die Angebote. Ihr Ziel war die Bar am hinteren Ende des Raumes, wo Tarek Khalil, Ahmadis rechte Hand und inoffizieller Geschäftsführer des "Inferno", die Fäden zog.

Tarek, ein schlanker Mann in seinen Dreißigern mit sorgfältig gestutztem Bart und wachsamen Augen, bemerkte sie, bevor sie ihn erreichte. Ein kaum merkliches Nicken, eine subtile Geste. Jana setzte sich auf einen freien Barhocker, bestellte einen Gin Tonic, den sie nicht trinken würde.

"Die Polizeireporterin", sagte Tarek, als er neben sie trat, seine Stimme gerade laut genug, um über der Musik gehört zu werden. "Was führt dich hierher? Recherchierst du für einen Artikel über die besten Clubs der Stadt?"

Jana lächelte dünn. "Du weißt, warum ich hier bin, Tarek. Ahmadi. Der Anschlag. Ich will wissen, was wirklich passiert ist."

Tareks Gesicht verschloss sich, wurde zu einer Maske aus höflicher Gleichgültigkeit. "Ein bedauerlicher Vorfall. Ein Verrückter mit einer Waffe. Die Polizei ermittelt. Was gibt es da zu wissen?"

"Hör auf", sagte Jana, ihre Stimme nun härter. "Wir beide wissen, dass es kein zufälliger Anschlag war. Es war ein Attentat. Und es hat etwas mit Orlov zu tun. Mit der Hanseatischen Privatbank. Mit Geldwäsche."

Tarek erstarrte, seine Augen verengten sich zu Schlitzen. Für einen Moment dachte Jana, sie hätte zu weit gegangen, hätte die ungeschriebenen Regeln ihrer Beziehung verletzt. Dann entspannte er sich, ein Lächeln spielte um seine Lippen, das seine Augen nicht erreichte.

"Du spielst ein gefährliches Spiel, Jana", sagte er leise. "Namen wie Orlov solltest du nicht so leichtfertig in den Mund nehmen. Nicht hier. Nicht irgendwo."

"Also gibt es eine Verbindung", hakte Jana nach, spürte den Adrenalinstoß, der immer kam, wenn sie einer Geschichte auf der Spur war. "Zwischen Ahmadi und Orlov. Was ist es, Tarek? Drogen? Geldwäsche? Menschenhandel?"

Tarek sah sich um, vergewisserte sich, dass niemand in Hörweite war. Dann beugte er sich näher, sein Atem warm an ihrem Ohr. "Ich mag dich, Jana. Du bist klug, du bist fair. Deshalb gebe ich dir einen Rat: Lass es. Diese Geschichte ist nichts für dich. Sie ist zu groß, zu gefährlich. Leute sind für weniger gestorben."

"Ich kann auf mich aufpassen", erwiderte Jana, obwohl ein kalter Schauer über ihren Rücken lief.

"Niemand kann das. Nicht gegen diese Leute." Tarek trat zurück, sein Gesicht wieder eine Maske professioneller Höflichkeit. "Dein Drink geht aufs Haus. Genieß deinen Abend. Und vergiss, was du zu wissen glaubst."

Er wandte sich ab, verschwand in der Menge, ließ Jana mit ihrem unberührten Gin Tonic und einem Gefühl wachsender Unruhe zurück. Tareks Reaktion hatte ihre Vermutungen bestätigt – es gab eine Verbindung zwischen Ahmadi und Orlov, eine Verbindung, die so gefährlich war, dass selbst Tareks Loyalität zu seinem Boss nicht ausreichte, um darüber zu sprechen.

Jana nahm einen Schluck ihres Drinks, ließ ihren Blick durch den Club schweifen. Die Tänzer, die Trinker, die Dealer, die in den dunklen Ecken ihre Geschäfte abwickelten – sie alle waren Teil eines Ökosystems, das sie zu verstehen glaubte. Aber jetzt ahnte sie, dass es eine tiefere Ebene gab, ein Netzwerk aus Macht und Geld, das im Verborgenen operierte, das die sichtbare Welt des Verbrechens wie Marionetten tanzen ließ.

Sie stellte ihr Glas ab, unberührt, und machte sich auf den Weg zum Ausgang. Die Nacht war noch jung, und sie hatte weitere Quellen zu befragen, weitere Fährten zu verfolgen.

Als sie den Club verließ, bemerkte sie nicht den Mann, der in einem dunklen SUV auf der gegenüberliegenden Straßenseite saß, eine Kamera mit

Teleobjektiv auf seinem Schoß. Sie bemerkte nicht, wie er ihr Bild einfing, wie er eine Nachricht auf einem verschlüsselten Telefon tippte, wie er den Motor startete und ihr in diskretem Abstand folgte.

Jana Weber war eine gute Reporterin, eine hartnäckige Rechercheurin. Aber sie hatte keine Ahnung, in welches Wespennest sie gestochen hatte.

In seinem Büro im 15. Stock des Spiegel-Gebäudes am Ericusspitze saß Dr. Julian Berger, 52, Ressortleiter Investigativ, und starrte auf den Bildschirm seines Computers. Die Uhr in der Ecke des Monitors zeigte 23:45 Uhr, aber Berger zeigte keine Anzeichen von Müdigkeit. Seine Augen, hinter der randlosen Brille scharf und fokussiert, scannten den Text eines Artikels, der in der nächsten Ausgabe erscheinen sollte: "Geldwäscheparadies Deutschland: Wie Kriminelle unser Finanzsystem unterwandern".

Der Raum um ihn herum war in gedämpftes Licht getaucht, die Jalousien vor den bodentiefen Fenstern geschlossen, obwohl zu dieser späten Stunde kaum jemand einen Blick in sein Büro werfen könnte. Auf seinem Schreibtisch herrschte eine penible Ordnung – Akten in farblich sortierten Mappen, Stifte in einem schlichten Metallbecher, ein Notizblock mit präzisen Notizen in seiner klaren, winzigen Handschrift.

Das Telefon klingelte, durchbrach die Stille. Berger nahm ab, ohne den Blick vom Bildschirm zu wenden. "Berger."

"Julian? Hier ist Thomas." Die Stimme am anderen Ende klang angespannt, leicht atemlos. "Ich habe etwas, das dich interessieren könnte."

Berger lehnte sich zurück, seine volle Aufmerksamkeit nun auf das Gespräch gerichtet. Thomas Brandt, Hauptkommissar beim LKA 5, war eine seiner wertvollsten Quellen – ein Mann mit Integrität in einem System, das solche Eigenschaften nicht immer belohnte.

"Ich höre", sagte er knapp.

"Nicht am Telefon", erwiderte Brandt. "Können wir uns treffen? Morgen, 7 Uhr, der übliche Ort."

"Worum geht es?"

Eine kurze Pause. "Orlov. Die Hanseatische Privatbank. Und eine Verbindung, die bis nach Dubai reicht."

Berger spürte, wie sein Puls sich beschleunigte – der Jagdinstinkt eines Journalisten, der eine große Geschichte wittert. "Ich werde da sein."

Er legte auf, starrte einen Moment auf das stumme Telefon. Viktor Orlov. Ein Name, der in den letzten Monaten immer wieder in seinen Recherchen aufgetaucht war, ein Schatten am Rande seiner Untersuchungen zur Geldwäsche in Deutschland. Ein Mann mit makelloser öffentlicher Fassade und undurchsichtigen Geschäften.

Berger öffnete eine Schublade seines Schreibtisches, zog einen USB-Stick heraus. Er steckte ihn in seinen Computer, gab ein komplexes Passwort ein. Auf dem Bildschirm öffnete sich ein Ordner mit Dateien, sorgfältig benannt und kategorisiert – das Ergebnis monatelanger Recherchen, Interviews, Analysen.

Er klickte auf eine Datei mit dem Namen "Orlov_Netzwerk.pdf". Ein Diagramm erschien, ein komplexes Geflecht aus Namen, Unternehmen, Verbindungen. Im Zentrum: Viktor Orlov. Um ihn herum: ein Netzwerk aus Offshore-Firmen, Strohmännern, Bankkonten. Und am Rand, mit einem Fragezeichen versehen: die Hanseatische Privatbank.

Berger lehnte sich zurück, rieb sich die Augen unter der Brille. Er arbeitete seit über einem Jahr an dieser Geschichte, hatte Puzzleteil um Puzzleteil zusammengetragen. Aber es fehlte immer noch der entscheidende Beweis, die Verbindung, die alles zusammenfügen würde.

Vielleicht hatte Brandt diesen Beweis gefunden. Vielleicht war dies der Durchbruch, auf den er gewartet hatte.

Berger schloss die Datei, zog den USB-Stick aus dem Computer und verstaute ihn sorgfältig in der Innentasche seines Jacketts. Dann schaltete er den Computer aus, sammelte seine Unterlagen ein und verließ das Büro.

Die Nacht war kühl, der Himmel klar, die Sterne über Hamburg wie ferne, gleichgültige Beobachter. Berger ging zu seinem Auto, einem unauffälligen grauen Volkswagen, der auf dem Mitarbeiterparkplatz stand. Er bemerkte nicht den schwarzen Mercedes, der in einiger Entfernung parkte, nicht den Mann, der ihn durch die getönten Scheiben beobachtete, nicht die Kamera, die jede seiner Bewegungen dokumentierte.

Wie Jana Weber hatte auch Julian Berger keine Ahnung, dass er bereits im Visier jener Mächte war, deren Geheimnisse er aufzudecken versuchte. Dass er bereits Teil eines Spiels war, dessen Regeln er nicht kannte, dessen Einsätze höher waren, als er sich vorstellen konnte.

KAPITEL 10: BERLINER NÄCHTE

Die Lichter des Berghain warfen gespenstische Schatten auf die Gesichter der Wartenden, die sich in einer langen Schlange vor dem ehemaligen Heizkraftwerk im Berliner Stadtteil Friedrichshain aneinanderreihten. Der Nieselregen, der seit Stunden über der Stadt hing, hatte ihre Kleidung durchnässt, ihre Haare an die Kopfhaut geklebt, aber niemand schien es zu bemerken. Die Aussicht, Einlass in den legendärsten Club Deutschlands – vielleicht der Welt – zu erhalten, ließ sie die Unannehmlichkeiten des Wetters, die Kälte, die Wartezeit vergessen.

Dr. Sebastian von Richthofen betrachtete die Szene aus dem Inneren seines Mercedes-Maybach, der mit laufendem Motor in diskretem Abstand parkte. Die getönten Scheiben schützten ihn vor neugierigen Blicken, erlaubten ihm aber, das Schauspiel zu beobachten – die Hoffnungsvollen, die Verzweifelten, die Suchenden. Menschen, die bereit waren, stundenlang in der Kälte zu stehen, nur um vielleicht, mit etwas Glück, an Sven Marquardt vorbeizukommen, dem tätowierten Türsteher mit dem Piercing-geschmückten Gesicht, dessen Entscheidungen so unberechenbar waren wie das Berliner Wetter.

"Armselige Kreaturen", murmelte Sebastian, während er an seinem Glas Champagner nippte. Dom Pérignon Rosé, derselbe, den er vor zwei Tagen mit Farid in Dubai getrunken hatte. Der Geschmack verband die Welten, in denen er sich bewegte – die glitzernde Fassade der High Society und den dunklen Untergrund der Clubszene.

Sein Fahrer, ein schweigsamer Russe namens Dmitri, warf ihm einen kurzen Blick im Rückspiegel zu. "Wir sind gleich dran, Herr Doktor."

Sebastian nickte knapp. Er würde nicht anstehen wie die gewöhnlichen Sterblichen. Nicht mit dem VIP-Pass, den Farid ihm besorgt hatte. Nicht mit den Verbindungen, die er pflegte. Nicht mit dem Geld, das er ausgeben konnte.

Der Wagen glitt lautlos vorwärts, hielt direkt vor dem Eingang. Dmitri stieg aus, öffnete die Tür für Sebastian, der mit der studierten Lässigkeit eines Mannes ausstieg, der gewohnt war, beobachtet zu werden. Sein zerknitterter Leinenanzug, sein absichtlich unordentliches Haar, seine dicke Designerbrille – alles sorgfältig komponiert, um den Eindruck kultivierter Nachlässigkeit zu erwecken.

Die Wartenden beobachteten ihn mit einer Mischung aus Neid und Verachtung, als er an der Schlange vorbei direkt auf Sven Marquardt zuging. Der Türsteher, eine imposante Gestalt in Schwarz, mit einem Gesicht, das wie eine lebende Leinwand für Tätowierungen diente, musterte ihn mit unbewegter Miene.

"Sebastian", sagte er mit einer Stimme, die überraschend sanft war für einen Mann seiner Erscheinung. "Lange nicht gesehen."

"Zu lange, Sven." Sebastian reichte ihm den schwarzen VIP-Pass, den Farid ihm gegeben hatte. "Ich habe Gesellschaft mitgebracht."

Er deutete auf den Wagen, aus dem nun zwei junge Frauen ausstiegen, beide in ihren frühen Zwanzigern, beide mit jener ätherischen Schönheit, die nur Jugend und gute Gene verleihen konnten. Ihre Kleidung – schlichte schwarze Kleider, die mehr enthüllten als verbargen – kontrastierte mit ihren blassen Gesichtern, ihren fast weißen Haaren. Zwillinge, oder zumindest so ähnlich, dass sie dafür gehalten werden konnten.

Sven betrachtete sie mit professionellem Interesse, dann nickte er knapp. "Willkommen im Berghain."

Er trat beiseite, ließ Sebastian und seine Begleiterinnen passieren. Die Blicke der Wartenden folgten ihnen, als sie durch die schwere Metalltür traten, die sich hinter ihnen schloss wie ein Vorhang, der die Realität von der Fantasie trennte.

Das Innere des Berghain war ein Angriff auf die Sinne – die dröhnende Technomusik, die mehr als Vibration denn als Klang wahrgenommen wurde, die stroboskopartigen Lichter, die die Bewegungen der Tänzer in eine surreale Zeitlupe zerlegten, der Geruch nach Schweiß, Parfüm und dem unverkennbaren süßlichen Aroma von GHB und Ketamin.

Sebastian führte seine Begleiterinnen durch die Menge, vorbei an den Tanzenden, den Trinkenden, den in dunklen Ecken Liebenden. Sein Ziel war der Panorama Bar im oberen Stockwerk, ein exklusiverer Bereich, wo die Musik etwas leiser, die Getränke etwas teurer und die Gäste etwas selektiver waren.

"Champagner?", fragte er die Zwillinge, als sie an der Bar ankamen. Sie nickten synchron, ihre Bewegungen so einstudiert wie die einer

Ballettaufführung. Sebastian bestellte eine Flasche Dom Pérignon, bezahlte mit einer schwarzen Kreditkarte, die keine Limits kannte.

Während der Barkeeper die Flasche öffnete, ließ Sebastian seinen Blick durch den Raum schweifen. Er kannte viele der Anwesenden – Künstler, DJs, Schauspieler, die Bohème Berlins, die sich hier versammelte, um zu sehen und gesehen zu werden. Aber er suchte nach einem bestimmten Gesicht, einer bestimmten Person.

"Da ist er", murmelte er, als er ihn endlich entdeckte. Ein Mann in seinen Vierzigern, mit kurzgeschorenem grauen Haar und einer randlosen Brille, die ihm das Aussehen eines Professors verlieh. Dr. Markus Friedmann, Vorstandsmitglied der Hanseatischen Privatbank und Sebastians Kontakt in der Finanzwelt.

"Wartet hier", sagte er zu den Zwillingen, drückte jeder ein Glas Champagner in die Hand. "Ich habe Geschäfte zu besprechen."

Er bahnte sich seinen Weg durch die Menge, erreichte Friedmann, der in einer Nische saß, umgeben von jungen Männern, die an seinen Lippen hingen, als verkünde er Evangelien.

"Sebastian", begrüßte Friedmann ihn mit einem Lächeln, das seine Augen nicht erreichte. "Welch unerwartete Freude."

"Markus." Sebastian setzte sich neben ihn, ignorierte die anderen Männer, die ihn mit einer Mischung aus Neugier und Misstrauen betrachteten. "Ich dachte, wir könnten uns unterhalten. Privat."

Friedmann nickte, gab den jungen Männern ein Zeichen. Sie zogen sich zurück, widerwillig, aber gehorsam. "Worüber möchtest du sprechen, das nicht bis Montag warten kann?"

"Dubai", sagte Sebastian leise. "Farid hat mir erzählt, dass es... Komplikationen gibt."

Friedmanns Gesicht verdunkelte sich. "Hier nicht", sagte er, seine Stimme kaum hörbar über der Musik. "Zu viele Ohren, zu viele Augen."

Er stand auf, deutete Sebastian, ihm zu folgen. Sie gingen durch einen Seitenausgang, der zu einer Feuertreppe führte. Die kalte Nachtluft traf sie wie ein Schlag, vertrieb den Nebel des Alkohols und der Clubatmosphäre.

"Die Transaktion ist gefährdet", sagte Friedmann ohne Umschweife, als sie allein waren. "Die Staatsanwaltschaft Hamburg hat Wind von der Sache bekommen. Diese Lehmann-Frau ist hartnäckiger, als wir dachten."

"Sarah Lehmann", nickte Sebastian. "Ich habe von ihr gehört. Was weiß sie?"

"Zu viel." Friedmann zog eine Zigarette hervor, zündete sie an. Der Rauch vermischte sich mit seinem Atem in der kalten Luft, bildete gespenstische Muster. "Sie hat Zugang zu den EncroChat-Daten bekommen. Sie weiß von der Verbindung zwischen Orlov und der Bank. Sie weiß von den Transaktionen nach Dubai."

"Und von meiner Beteiligung?"

"Noch nicht. Aber es ist nur eine Frage der Zeit." Friedmann nahm einen tiefen Zug von seiner Zigarette, blies den Rauch in die Nacht. "Der Zirkel ist beunruhigt. Orlov ist... ungehalten."

Sebastian spürte, wie sich sein Magen zusammenzog. Viktor Orlov "ungehalten" zu wissen, war nie ein gutes Zeichen. Der Mann hatte Methoden, mit Problemen umzugehen, die ebenso effektiv wie endgültig waren.

"Was ist mit Schönfeld?", fragte er. "Ich dachte, er sollte sich um Lehmann kümmern."

"Er arbeitet daran. Aber es ist kompliziert. Sie haben eine Geschichte zusammen, die über das Berufliche hinausgeht." Friedmann warf Sebastian einen bedeutungsvollen Blick zu. "Romantische Verwicklungen. Aus Studienzeiten."

"Ah." Sebastian lächelte dünn. "Das erklärt einiges. Und verkompliziert alles."

"In der Tat." Friedmann warf seine Zigarette auf den Boden, trat sie aus. "Der Zirkel trifft sich morgen. Eine außerordentliche Sitzung. Um über... Maßnahmen zu entscheiden."

"Ich nehme an, ich bin nicht eingeladen?"

"Du bist kein Mitglied, Sebastian. Nur ein... Geschäftspartner." Friedmanns Ton war kühl, distanziert. "Aber ich werde deine Interessen vertreten. Solange du dich an unsere Vereinbarung hältst."

"Die dreißig Millionen sind bereits gewaschen und bereit für die Investition in Palm Jumeirah", bestätigte Sebastian. "Die Papiere sind makellos, die Herkunft des Geldes unanfechtbar. Zumindest auf dem Papier."

"Gut." Friedmann nickte knapp. "Und die andere Sache? Die Galerie?"

"Alles vorbereitet. Die Eröffnung ist in zwei Wochen. Die 'Kunstwerke' sind bereits in Position, die Käufer stehen bereit. Weitere zwanzig Millionen werden durch den Verkauf gewaschen werden."

"Perfekt." Friedmann entspannte sich etwas. "Der Zirkel wird zufrieden sein. Und Orlov... nun, er hat andere Sorgen im Moment."

"Lehmann", sagte Sebastian nachdenklich. "Und die Journalisten. Ich habe gehört, dass BILD und Spiegel recherchieren."

"Woher weißt du das?" Friedmanns Stimme hatte einen scharfen Unterton angenommen.

Sebastian lächelte geheimnisvoll. "Ich habe meine Quellen. Wie wir alle."

Friedmann musterte ihn mit neuem Interesse, als sähe er ihn zum ersten Mal. "Du bist voller Überraschungen, Sebastian. Vielleicht unterschätzt der Zirkel dich."

"Das tun die meisten Menschen", erwiderte Sebastian leichthin. "Es ist oft... vorteilhaft."

Sie kehrten in den Club zurück, wo die Musik noch lauter, die Lichter noch greller, die Atmosphäre noch intensiver geworden zu sein schien. Die Zwillinge warteten noch immer an der Bar, ihre Champagnergläser unberührt, ihre Augen leer und distanziert.

"Ich muss gehen", sagte Friedmann. "Geschäfte in Frankfurt morgen früh. Aber wir bleiben in Kontakt."

Sebastian nickte, beobachtete, wie der Banker sich durch die Menge schlängelte und verschwand. Dann kehrte er zu den Zwillingen zurück, nahm sein Glas Champagner und leerte es in einem Zug.

"Kommt", sagte er zu den jungen Frauen. "Die Nacht ist noch jung, und ich habe Lust auf... Unterhaltung."

Sie folgten ihm gehorsam, als er sie durch den Club führte, hinauf in den Darkroom, wo die Musik dumpfer, die Lichter schwächer und die Aktivitäten expliziter waren. Hier, in der anonymen Dunkelheit, konnte Sebastian seine Maske fallen lassen, konnte er sein, wer er wirklich war – nicht der kultivierte Kunsthändler, nicht der erfolgreiche Geschäftsmann, sondern ein Mann mit Appetiten, die in der normalen Welt keinen Platz hatten.

Die Zwillinge wussten, was von ihnen erwartet wurde. Sie waren gut bezahlt, gut trainiert, gut vorbereitet. Sie würden tun, was er verlangte, würden seine Fantasien erfüllen, würden ihm für ein paar Stunden das Gefühl geben, mächtig zu sein, kontrollierend, lebendig.

Und wenn die Nacht vorbei war, wenn der Rausch des Kokains und des Champagners nachließ, wenn die künstliche Euphorie der Macht verblasste, würde er in sein leeres Penthaus zurückkehren, würde er wieder die Maske des Dr. Sebastian von Richthofen aufsetzen, des respektierten Kunsthändlers, des Philanthropen, des Mannes mit dem makellosen Ruf.

Bis zur nächsten Nacht. Bis zum nächsten Rausch. Bis zur nächsten Flucht vor sich selbst.

In einem unscheinbaren Café in Kreuzberg, weit entfernt vom Glanz und Glamour des Berghain, saß Jana Weber vor ihrem Laptop und starrte auf den Bildschirm. Vor ihr stand eine Tasse schwarzer Kaffee, längst kalt geworden, vergessen in der Intensität ihrer Recherche.

Das Café war eines jener authentischen Berliner Etablissements, die noch nicht der Gentrifizierung zum Opfer gefallen waren – abgewetzte Möbel, vergilbte Poster an den Wänden, der Geruch nach starkem Kaffee und hausgemachtem Kuchen in der Luft. Die wenigen anderen Gäste um diese späte Stunde waren Studenten, die über Büchern brüteten, und Nachtschwärmer, die sich auf den Weg in die Clubs vorbereiteten.

Jana hatte sich bewusst für diesen Ort entschieden – anonym, unauffällig, sicher. Nach ihrer Begegnung mit Tarek im "Inferno" und der kryptischen Warnung, die er ihr gegeben hatte, war sie vorsichtiger geworden. Sie hatte das Gefühl, beobachtet zu werden, verfolgt zu werden. Paranoia? Vielleicht. Aber in ihrem Beruf, bei den Geschichten, denen sie nachging, war Paranoia oft nur ein anderes Wort für Überlebensinstinkt.

Auf ihrem Bildschirm war ein Dokument geöffnet, das sie aus dem internen Netzwerk der BILD heruntergeladen hatte – ein Dossier über Viktor Orlov, zusammengestellt von der Wirtschaftsredaktion vor einigen Jahren, als der russisch-deutsche Geschäftsmann zum ersten Mal in den Fokus der Öffentlichkeit geraten war.

Die offizielle Geschichte war beeindruckend genug: Geboren in Leningrad (heute St. Petersburg) als Sohn eines sowjetischen Diplomaten und einer deutschen Mutter. Studium der Wirtschaftswissenschaften in Moskau und später in Harvard. Erste Geschäftserfolge im post-sowjetischen Russland der frühen 1990er Jahre. Umzug nach Deutschland 1998, Aufbau eines Imperiums aus Immobilien, Kunst und Finanzdienstleistungen. Geschätztes Vermögen: 2,3 Milliarden Euro.

Aber es waren die Lücken in dieser Geschichte, die Jana interessierten. Die Jahre zwischen 1991 und 1995, als Russland im Chaos versank und Männer wie Orlov scheinbar aus dem Nichts zu unermesslichem Reichtum kamen. Die mysteriösen Verbindungen zu hochrangigen Politikern, sowohl in Russland als auch in Deutschland. Die Gerüchte über Geldwäsche, über Verbindungen zur organisierten Kriminalität, über Methoden, die weit jenseits der Legalität lagen.

Jana öffnete ein zweites Dokument – eine Liste von Unternehmen, die mit Orlov in Verbindung standen. Holding-Gesellschaften, Investmentfirmen, Stiftungen, ein komplexes Netzwerk, das sich über mehrere Länder und Jurisdiktionen erstreckte. Und mittendrin, immer wieder auftauchend: die Hanseatische Privatbank.

Sie nahm einen Schluck von ihrem kalten Kaffee, verzog das Gesicht über den bitteren Geschmack. Ihre Recherchen hatten sie hierher nach Berlin geführt, auf der Spur eines Mannes namens Dr. Sebastian von Richthofen, einem Kunsthändler und engen Geschäftspartner von Orlov. Ein Mann, der laut ihren Quellen eine Schlüsselrolle in einem ausgeklügelten System der Geldwäsche spielte – Kunstwerke, deren Wert künstlich aufgeblasen wurde, um schmutziges Geld zu waschen.

Ihr Handy vibrierte auf dem Tisch. Eine Nachricht von einer unbekannten Nummer: "Berghain. Jetzt. VR ist da mit FM von der HPB. Seiteneingang, Passwort: Kronos."

Jana starrte auf die Nachricht, ihr Herz schlug schneller. VR – von Richthofen. FM – vermutlich ein Mitarbeiter der Hanseatischen Privatbank. Und Kronos – der Codename, den sie in den EncroChat-Nachrichten gesehen hatte, die ihr Kontakt beim LKA ihr zugespielt hatte.

Es könnte eine Falle sein. Es könnte gefährlich sein. Aber es könnte auch der Durchbruch sein, auf den sie gewartet hatte.

Jana schloss ihren Laptop, steckte ihn in ihre Tasche. Sie bezahlte ihren Kaffee, verließ das Café und trat in die kühle Berliner Nacht hinaus. Der Regen hatte aufgehört, aber die Luft war feucht, schwer mit dem Geruch nach nassem Asphalt und den Abgasen der vorbeifahrenden Taxis.

Sie nahm eines davon, gab dem Fahrer die Adresse des Berghain. Während der Fahrt überprüfte sie ihre Ausrüstung – ihr Smartphone mit der speziellen App, die Gespräche aufzeichnen konnte, ohne das Aufnahmesymbol anzuzeigen. Die kleine Digitalkamera in ihrer Handtasche, getarnt als Lippenstift. Der Pfefferspray, den sie immer bei sich trug, seit sie einmal bei einer Recherche im Rotlichtmilieu fast überfallen worden wäre.

Das Taxi hielt in einiger Entfernung vom Haupteingang des Berghain. Jana bezahlte, stieg aus und ging zu Fuß weiter. Die lange Schlange der Wartenden ignorierte sie, ging stattdessen um das Gebäude herum, suchte nach dem Seiteneingang, den ihr anonymer Informant erwähnt hatte.

Sie fand ihn schließlich – eine unscheinbare Metalltür, bewacht von einem Mann, der ebenso gut ein Türsteher wie ein Sicherheitsbeamter hätte sein können. Seine Haltung, sein wachsamer Blick, die kaum sichtbare Ausbuchtung unter seiner Jacke, die auf eine Waffe hindeutete – all das schrie "Gefahr".

Jana zögerte, spürte, wie ihr Herz raste. War es das wert? War die Geschichte es wert, sich in Gefahr zu begeben?

Aber dann dachte sie an die Opfer – die Menschen, deren Leben durch Drogen zerstört wurden, die Frauen, die zur Prostitution gezwungen wurden, die ehrlichen Geschäftsleute, die durch Geldwäsche und unfairen

Wettbewerb ruiniert wurden. Sie dachte an die Wahrheit, die ans Licht gebracht werden musste.

Mit einem tiefen Atemzug ging sie auf den Wächter zu. "Kronos", sagte sie, ihre Stimme fester, als sie sich fühlte.

Der Mann musterte sie einen Moment, dann nickte er knapp und öffnete die Tür. "Dritter Stock, Raum 307", sagte er leise. "Sei vorsichtig, Kleine. Diese Leute spielen nicht."

Jana trat ein, fand sich in einem dunklen Korridor wieder, der nur spärlich beleuchtet war. Die dröhnende Musik des Clubs war hier gedämpfter, ein fernes Pulsieren, wie ein Herzschlag. Sie folgte dem Korridor zu einer Treppe, stieg hinauf, ihr Atem flach, ihre Sinne geschärft.

Im dritten Stock angekommen, suchte sie nach Raum 307. Die Tür war unmarkiert, aber sie wusste instinktiv, dass es die richtige war. Sie klopfte, wartete.

Die Tür öffnete sich, und Jana stand Auge in Auge mit einem Mann, den sie sofort als Sebastian von Richthofen erkannte – die dicke Designerbrille, das künstlich zerzauste Haar, der zerknitterte Leinenanzug. Hinter ihm konnte sie einen anderen Mann sehen, älter, mit kurzgeschorenem grauen Haar und einer randlosen Brille.

"Fräulein Weber", sagte von Richthofen mit einem Lächeln, das seine Augen nicht erreichte. "Wir haben Sie erwartet."

In diesem Moment wusste Jana, dass sie in eine Falle getappt war. Dass die Nachricht nicht von einem Informanten stammte, sondern von jenen, die sie fürchteten. Dass sie nicht hier war, um eine Geschichte zu bekommen, sondern um selbst zu einer zu werden.

Aber es war zu spät für Reue, zu spät für Flucht. Die Tür schloss sich hinter ihr, und Jana Weber trat ein in eine Welt, aus der es möglicherweise kein Zurück gab.

TEIL III

KAPITEL 11: DER ZIRKEL

Die Villa am Elbhang in Hamburg-Blankenese war ein architektonisches Meisterwerk aus Glas, Stahl und Beton, das sich nahtlos in die Landschaft einfügte und gleichzeitig dominierte. Von außen wirkte sie fast bescheiden, versteckt hinter alten Bäumen und einer hohen Natursteinmauer. Doch im Inneren offenbarte sich ein Tempel des Luxus und der Macht, dessen Herzstück ein kreisrunder Konferenzraum im obersten Stockwerk war, mit Panoramafenstern, die einen atemberaubenden Blick über die Elbe und den Hamburger Hafen boten.

In diesem Raum, dessen Akustik so perfekt war, dass selbst ein Flüstern am anderen Ende gehört werden konnte, versammelte sich an diesem Abend der Zirkel – jene Gruppe von Männern und Frauen, deren Einfluss weit über die Grenzen Hamburgs, ja Deutschlands hinausreichte, und deren Existenz nur wenigen Eingeweihten bekannt war.

Der ovale Tisch aus einem einzigen Stück Ebenholz, poliert bis zur Spiegelglätte, bot Platz für zwölf Personen. Heute waren elf Stühle besetzt. Der zwölfte, am Kopfende des Tisches, blieb leer – ein stummer Tribut an den Gründer des Zirkels, dessen Name nie ausgesprochen wurde, dessen Schatten aber noch immer über der Versammlung lag.

Viktor Orlov saß zur Rechten des leeren Stuhls, seine Haltung entspannt, aber wachsam. Sein maßgeschneiderter Anzug in einem tiefen Anthrazit kontrastierte mit dem schneeweißen Hemd, dessen Kragen perfekt saß. Seine Hände, gepflegt und mit einem einzelnen Siegelring am kleinen Finger der rechten Hand, ruhten auf der polierten Tischplatte. Nichts an ihm verriet die Anspannung, die er empfand, die Sorge, die ihn hierher getrieben hatte.

Zu seiner Rechten saß Dr. Markus Friedmann von der Hanseatischen Privatbank, frisch aus Berlin zurückgekehrt, seine Augen gerötet von zu wenig Schlaf und zu viel Alkohol. Neben ihm Dr. Sophia Krüger, Psychologin und Spezialistin für "Überzeugungsarbeit", wie sie es euphemistisch nannte. Ihr dunkles Haar war zu einem strengen Knoten gebunden, ihre Lippen rot wie frisches Blut auf ihrer blassen Haut.

Weiter am Tisch saßen Richter Dr. Heinrich Hartmann vom Landgericht Hamburg; Professor Dr. Klaus Weber, Leiter der Rechtsmedizin am UKE;

Oberstaatsanwalt Dr. Friedrich Bauer, Leiter der Abteilung für Wirtschaftskriminalität; Polizeipräsident Johannes Keller; die Immobilienunternehmerin Claudia Schröder; der Medienmagnat Dr. Robert Müller; der Hafenunternehmer Karl-Heinz Brinkmann; und schließlich, am Ende des Tisches, Lilith – keine Nachnamen, keine Titel, nur ein Name, der in gewissen Kreisen mehr Respekt und Furcht einflößte als alle akademischen Grade der Welt.

Die Luft im Raum war erfüllt von teuren Parfüms, dem subtilen Aroma des Kaffees, der in feinstem Porzellan serviert wurde, und jener undefinierbaren Spannung, die entsteht, wenn Menschen mit Macht und Geheimnissen zusammenkommen.

"Meine Damen und Herren", begann Orlov, seine Stimme ein kultivierter Bariton mit jenem leichten Akzent, der seine russischen Wurzeln verriet, "ich danke Ihnen für Ihr Erscheinen zu dieser außerordentlichen Sitzung. Wie Sie wissen, treffen wir uns normalerweise nur viermal im Jahr. Dass ich Sie heute hierher gebeten habe, zeugt von der Dringlichkeit der Situation."

Er machte eine Pause, ließ seinen Blick über die Versammelten schweifen. Jedes Gesicht eine Maske aus Professionalität und Kontrolle, jeder Geist ein Labyrinth aus Ambitionen und Geheimnissen.

"Wir haben ein Problem", fuhr er fort. "Oder besser gesagt, mehrere Probleme, die sich zu einer ernsthaften Bedrohung für unsere Interessen entwickeln könnten."

"Die EncroChat-Daten", sagte Oberstaatsanwalt Bauer, seine Stimme so trocken wie altes Pergament. "Und diese Staatsanwältin, Lehmann."

"Genau." Orlov nickte anerkennend. "Sarah Lehmann, Staatsanwaltschaft Hamburg, Hauptabteilung V, zuständig für Wirtschaftsstrafsachen. Eine... hartnäckige Frau mit einem ausgeprägten Sinn für Gerechtigkeit."

"Und mit persönlichen Verbindungen zu unserem neuesten Mitarbeiter", ergänzte Dr. Krüger mit einem schmalen Lächeln. "Dr. Maximilian Schönfeld. Ihr ehemaliger Verlobter, wenn ich richtig informiert bin."

"Eine Komplikation", gab Orlov zu. "Aber auch eine Möglichkeit. Schönfeld ist brillant, ambitioniert und... flexibel in seinen moralischen Grundsätzen. Er könnte uns nützlich sein, um Lehmann zu neutralisieren."

"Oder er könnte ein Risiko darstellen", warf Richter Hartmann ein, seine buschigen Augenbrauen zusammengezogen. "Wenn seine Loyalität zu seiner Ex-Verlobten stärker ist als zu uns..."

"Ich habe Maßnahmen ergriffen, um seine Loyalität zu sichern", sagte Orlov glatt. "Aber Lehmann ist nicht unser einziges Problem. Die Journalisten sind... beunruhigend aktiv geworden."

"Weber von der BILD und Berger vom Spiegel", nickte Dr. Müller, der Medienmagnat. "Ich habe versucht, intern Druck auszuüben, aber beide sind... resistent gegen übliche Methoden der Einflussnahme."

"Ich hatte ein Gespräch mit Fräulein Weber in Berlin", sagte Dr. Krüger. "Sie wurde vor die Wahl gestellt: Kooperation oder Konsequenzen. Sie hat um Bedenkzeit gebeten."

"Und wenn sie sich gegen Kooperation entscheidet?", fragte Claudia Schröder, die Immobilienunternehmerin, ihre Stimme scharf wie ein Messer.

Dr. Krüger lächelte dünn. "Dann werden wir... alternative Maßnahmen ergreifen müssen."

Ein Schweigen legte sich über den Tisch, schwer von unausgesprochenen Implikationen. Jeder im Raum wusste, was "alternative Maßnahmen" bedeuteten. Jeder hatte die Konsequenzen solcher Maßnahmen schon erlebt, wenn auch meist aus sicherer Distanz.

"Und was ist mit dem Hauptproblem?", fragte Polizeipräsident Keller schließlich. "Den EncroChat-Daten. Wenn die Staatsanwaltschaft tatsächlich Beweise für eine Verbindung zwischen Orlov, der Bank und den Drogengeschäften findet..."

"Die Daten sind problematisch", gab Dr. Friedmann zu. "Aber nicht vernichtend. Die meisten Nachrichten sind kryptisch, verwenden Codenamen, sind ohne Kontext schwer zu interpretieren. Und der BGH hat in seinem Beschluss vom 2. März 2022 – 5 StR 457/21 – zwar die grundsätzliche Verwertbarkeit der EncroChat-Daten bejaht, aber es gibt noch immer rechtliche Grauzonen, die wir ausnutzen können."

"Und wenn das nicht ausreicht?", fragte Richter Hartmann. "Wenn die Beweise zu stark werden?"

"Dann müssen wir sicherstellen, dass sie nie vor Gericht kommen", sagte Oberstaatsanwalt Bauer ruhig. "Es gibt Wege, Ermittlungen zu... behindern. Beweise zu kontaminieren. Zeugen zu... beeinflussen."

Wieder legte sich Schweigen über den Tisch. Die Worte des Oberstaatsanwalts, eines Mannes, der sein Leben dem Gesetz gewidmet hatte, hingen in der Luft wie ein Bekenntnis, wie eine Offenbarung der Korruption, die in den höchsten Ebenen der Justiz herrschte.

"Und was ist mit Ahmadi?", fragte Karl-Heinz Brinkmann, der Hafenunternehmer, seine Stimme rau vom jahrelangen Zigarettenkonsum. "Der Anschlag auf ihn hat Aufmerksamkeit erregt. Unerwünschte Aufmerksamkeit."

"Mehdi ist... unter Kontrolle", sagte Lilith, die bisher geschwiegen hatte. Ihre Stimme war überraschend melodisch für eine Frau ihrer Reputation, fast hypnotisch in ihrer Sanftheit. "Er versteht die Notwendigkeit von... Diskretion in dieser Angelegenheit."

"Und die nächste Lieferung?", fragte Brinkmann weiter. "Die Kolumbianer werden ungeduldig. Sie haben bereits Verluste durch die beschlagnahmte Sendung im Januar."

"Alternative Routen werden vorbereitet", erwiderte Lilith. "Nicht über den Hamburger Hafen. Zu riskant im Moment. Wir nutzen Rotterdam, dann Landtransport. Weniger effizient, aber sicherer."

Orlov nickte anerkennend. Lilith war nicht nur die Betreiberin des exklusivsten Clubs der Stadt, sondern auch eine Meisterin der Logistik, wenn es um gewisse... Importe ging. Ihre Verbindungen reichten von den Straßen St. Paulis bis in die Präsidentenpaläste Südamerikas.

"Gut", sagte er. "Dann kommen wir zum letzten Punkt unserer Tagesordnung: Dubai. Die Transaktion mit den Scheichs."

Dr. Friedmann räusperte sich. "Die dreißig Millionen sind gewaschen und bereit für die Investition in Palm Jumeirah. Die Papiere sind makellos, die Herkunft des Geldes unanfechtbar. Zumindest auf dem Papier."

"Und von Richthofen?", fragte Orlov. "Ist er zuverlässig?"

"Er ist... nützlich", sagte Dr. Krüger vorsichtig. "Seine Verbindungen in der Kunstwelt sind unschätzbar für unsere Zwecke. Aber er hat... Schwächen. Abhängigkeiten. Vorlieben, die ihn angreifbar machen."

"Überwachen Sie ihn", befahl Orlov. "Und stellen Sie sicher, dass er versteht, was auf dem Spiel steht. Für uns alle."

Dr. Krüger nickte, ein schmales Lächeln auf ihren roten Lippen. "Natürlich."

Orlov lehnte sich zurück, ließ seinen Blick noch einmal über die Versammelten schweifen. Der Zirkel, seine Schöpfung, sein Instrument der Macht. Männer und Frauen aus den höchsten Ebenen der Gesellschaft, vereint durch Gier, Ambition und die gemeinsamen Geheimnisse, die sie teilten.

"Meine Damen und Herren", sagte er schließlich, "wir stehen vor Herausforderungen, das ist wahr. Aber wir haben schon größere Krisen überstanden. Wir werden auch diese überstehen. Mit den richtigen... Maßnahmen."

Er stand auf, ein Signal, dass die Sitzung beendet war. Die anderen erhoben sich ebenfalls, mit jener respektvollen Eile, die man einem Mann wie Orlov entgegenbrachte.

Als sie den Raum verließen, einer nach dem anderen, blieb nur Lilith zurück, ihre schlanke Gestalt ein dunkler Schatten gegen das Panoramafenster, durch das man die Lichter Hamburgs sehen konnte, die in der Ferne glitzerten wie Juwelen auf schwarzem Samt.

"Du siehst besorgt aus, Viktor", sagte sie, ihre Stimme nun weicher, intimer. "Das ist ungewöhnlich für dich."

Orlov trat neben sie ans Fenster, betrachtete die Stadt, die zu seinen Füßen lag. Seine Stadt, in vielerlei Hinsicht. "Die Situation ist... komplizierter als ich es zugeben möchte", sagte er leise. "Lehmann ist gefährlich. Und diese Journalisten... sie graben tiefer, als es gut für sie ist."

"Dann müssen wir sicherstellen, dass sie aufhören zu graben", erwiderte Lilith einfach. "Bevor sie etwas finden, das besser begraben bleibt."

Orlov warf ihr einen scharfen Blick zu. "Keine... permanenten Lösungen. Noch nicht. Das würde nur mehr Aufmerksamkeit erregen."

Lilith lächelte, ein Lächeln, das ihre Augen nicht erreichte. "Es gibt viele Wege, jemanden zum Schweigen zu bringen, Viktor. Nicht alle sind so... endgültig."

Sie trat näher, legte eine Hand auf seinen Arm. Ihre Berührung war leicht, aber er spürte die Kraft dahinter, die Entschlossenheit. "Vertrau mir. Ich werde mich darum kümmern."

Orlov nickte langsam. Er vertraute Lilith, so weit er überhaupt jemandem vertraute. Sie war effizient, diskret und absolut loyal – solange ihre eigenen Interessen gewahrt blieben.

"Gut", sagte er. "Aber sei vorsichtig. Wir können uns keine Fehler leisten. Nicht jetzt."

Lilith lächelte erneut, diesmal mit einem Anflug von echter Belustigung. "Ich mache keine Fehler, Viktor. Das weißt du."

Sie wandte sich zum Gehen, ihre Bewegungen geschmeidig wie die einer Raubkatze. An der Tür hielt sie inne, drehte sich noch einmal um. "Ach, und Viktor? Was ist mit Schönfeld? Glaubst du wirklich, dass er... kooperieren wird?"

Orlov betrachtete die Lichter der Stadt, die im Wasser der Elbe reflektiert wurden, ein Spiegelbild der Macht und des Reichtums, die er sich über die Jahre aufgebaut hatte. "Jeder Mann hat seinen Preis", sagte er schließlich. "Es ist nur eine Frage, den richtigen zu finden."

Lilith nickte, ein Ausdruck von Respekt und leichtem Zweifel in ihren Augen. Dann verschwand sie, ließ Orlov allein mit seinen Gedanken und dem Panorama seiner Stadt.

Er blieb lange am Fenster stehen, betrachtete das Lichtermeer unter ihm, die dunkle Elbe, die sich wie eine Schlange durch die Stadt wand, die fernen Kräne des Hafens, die sich gegen den Nachthimmel abzeichneten. Sein Imperium, sein Lebenswerk, aufgebaut über Jahrzehnte mit Intelligenz, Rücksichtslosigkeit und der Bereitschaft, Grenzen zu überschreiten, die andere nicht einmal zu denken wagten.

Und nun bedroht von einer idealistischen Staatsanwältin, ein paar hartnäckigen Journalisten und einem Datenleck, das er nicht kontrollieren konnte.

Orlov ballte die Fäuste, spürte, wie der Siegelring in seine Handfläche drückte. Er hatte nicht vor, alles zu verlieren, was er aufgebaut hatte. Nicht wegen Sarah Lehmann. Nicht wegen irgendjemandes.

Er würde tun, was nötig war. Wie immer.

Max Schönfeld saß in seinem Büro in der Kanzlei Bergmann & Partner, umgeben von Aktenbergen und dem gedämpften Summen der Klimaanlage. Die Uhr an der Wand zeigte kurz nach Mitternacht, aber er hatte keine Pläne, nach Hause zu gehen. Nicht, bevor er eine Lösung gefunden hatte für das Dilemma, in dem er sich befand.

Auf seinem Schreibtisch lag ein Dokument, das er vor einer Stunde erhalten hatte – per Kurier, in einem versiegelten Umschlag, ohne Absender. Ein Protokoll der Zirkel-Sitzung, die heute Abend in Orlovs Villa stattgefunden hatte. Ein Protokoll, das er nie hätte sehen dürfen, das ihm aber zugespielt worden war von jemandem, der offensichtlich wollte, dass er genau wusste, was besprochen worden war.

Besonders die Teile über Sarah. Und über ihn selbst.

Max nahm einen Schluck von seinem Whisky – Lagavulin 16 Jahre, sein Favorit für Nächte wie diese, wenn die Entscheidungen schwer und die Konsequenzen schwerwiegend waren. Der Alkohol brannte in seiner Kehle, eine willkommene Ablenkung von dem Brennen in seinem Gewissen.

Er hatte gewusst, worauf er sich einließ, als er Orlovs Angebot annahm. Hatte gewusst, dass der Mann nicht nur ein erfolgreicher Geschäftsmann war, sondern auch jemand mit Verbindungen zur Unterwelt, mit Methoden, die jenseits der Legalität lagen. Aber er hatte sich eingeredet, dass er nur der Anwalt war, der rechtliche Berater, nicht verantwortlich für die Handlungen seines Mandanten.

Eine bequeme Lüge, die nun immer schwerer zu glauben war.

Max öffnete eine Schublade seines Schreibtisches, holte einen USB-Stick heraus. Darauf befanden sich Kopien aller Dokumente, die er in den letzten Monaten für Orlov bearbeitet hatte – Verträge, Vereinbarungen, Transaktionen. Nichts davon war explizit illegal, aber zusammen bildeten sie ein Muster, ein Netzwerk aus Scheinfirmen, Offshore-Konten und verschleierten Eigentumsverhältnissen, das nur einem Zweck dienen konnte: der Verschleierung der wahren Natur von Orlovs Geschäften.

Er hatte diesen Stick als Versicherung angelegt, als Schutz für den Fall, dass die Dinge schief gingen. Aber nun fragte er sich, ob er ihn nicht für etwas anderes verwenden sollte. Als Beweis. Als Mittel, um Orlov zu stoppen, bevor es zu spät war.

Bevor Sarah in Gefahr geriet.

Der Gedanke an sie ließ sein Herz schneller schlagen. Sarah, mit ihrem unerschütterlichen Glauben an Gerechtigkeit, ihrer Integrität, ihrer Sturheit. Sarah, die er einst geliebt hatte, die er vielleicht noch immer liebte, auf eine Weise, die er sich nicht eingestehen wollte.

Sarah, die nun im Fadenkreuz des Zirkels stand.

Max steckte den USB-Stick zurück in die Schublade, verschloss sie sorgfältig. Noch war er nicht bereit, diese Brücke zu überqueren, diesen Rubikon zu überschreiten. Noch gab es andere Wege, andere Möglichkeiten.

Er griff nach seinem Telefon, wählte eine Nummer, die nicht in seinem Kontaktverzeichnis stand. Es klingelte dreimal, bevor eine Stimme antwortete – tief, rau, vorsichtig.

"Rabe."

"Ich brauche Informationen", sagte Max ohne Umschweife. "Über die Journalisten. Weber und Berger. Alles, was du finden kannst."

"Das wird teuer", erwiderte Rabe, seine Stimme neutral, geschäftsmäßig. "Und riskant. Diese beiden sind... gut geschützt."

"Preis spielt keine Rolle", sagte Max. "Ich brauche die Informationen bis morgen früh."

Eine kurze Pause. "Verstanden. Noch etwas?"

Max zögerte. "Ja. Ich brauche auch Informationen über... alternative Kommunikationswege. Sichere Wege, um jemanden zu kontaktieren, ohne... Spuren zu hinterlassen."

Wieder eine Pause, diesmal länger. "Verstanden. Ich melde mich."

Die Verbindung wurde unterbrochen. Max legte das Telefon beiseite, starrte auf das Protokoll vor ihm. Die Worte verschwammen vor seinen Augen, formten sich neu zu Anklagen, zu Warnungen.

Er stand auf, trat ans Fenster seines Büros, das einen Blick auf die nächtliche Skyline Hamburgs bot. Irgendwo da draußen war Sarah, arbeitete vermutlich noch immer, grub tiefer und tiefer in den Sumpf aus Korruption und Verbrechen, der sich unter der glänzenden Oberfläche der Stadt verbarg.

Unwissend, dass sie bereits im Visier des Zirkels war. Dass Entscheidungen über ihr Schicksal getroffen wurden in Räumen, zu denen sie keinen Zugang hatte.

Max presste seine Stirn gegen die kühle Scheibe, schloss die Augen. Er hatte eine Entscheidung zu treffen. Eine Entscheidung, die sein Leben verändern würde, egal wie sie ausfiel.

Helfen oder verraten. Retten oder opfern. Liebe oder Loyalität.

Die Uhr tickte unerbittlich weiter, zählte die Sekunden bis zum Morgen, bis zu dem Moment, in dem er nicht mehr zurückkonnte.

KAPITEL 12: SCHACHZÜGE

Die Morgensonne fiel durch die hohen Fenster des Café Paris in der Rathausstraße, warf goldene Muster auf den Marmorboden und die mit Jugendstil-Ornamenten verzierten Wände. Das historische Café, ein Relikt aus einer Zeit, als Eleganz und Stil noch keine leeren Worthülsen waren, füllte sich langsam mit der Frühstücksklientel – Geschäftsleute in maßgeschneiderten Anzügen, Touristen mit Stadtplänen und müden Gesichtern, Stammgäste, die ihre Zeitungen ausbreiteten wie Territoriumsmarkierungen.

In einer Nische am hinteren Ende des Raumes, halb verborgen hinter einer üppigen Zimmerpflanze, saßen Dr. Julian Berger vom Spiegel und Thomas Brandt vom LKA. Vor ihnen standen zwei Tassen Kaffee – schwarz für Brandt, mit einem Hauch Milch für Berger – und ein Teller mit unberührten Croissants. Die Atmosphäre zwischen ihnen war angespannt, konzentriert, die Luft schwer von unausgesprochenen Implikationen.

"Also", sagte Berger leise, seine Stimme kaum hörbar über dem gedämpften Summen der Gespräche um sie herum. "Was haben Sie für mich?"

Brandt sah sich um, vergewisserte sich, dass niemand in Hörweite war. Seine Augen, gerötet von zu wenig Schlaf und zu viel Stress, huschten nervös durch den Raum. "Etwas, das Sie interessieren wird", sagte er schließlich. "Etwas über die Hanseatische Privatbank. Und über Orlov."

Er zog einen USB-Stick aus der Innentasche seines abgetragenen Jacketts, schob ihn über den Tisch. Das kleine Gerät lag zwischen ihnen wie ein Stück radioaktives Material – unscheinbar, aber potenziell verheerend.

"Was ist darauf?", fragte Berger, ohne den Stick zu berühren.

"Transaktionsdaten", erwiderte Brandt. "Millionen von Euro, die durch die Bank geflossen sind. Von Offshore-Konten auf den Cayman Islands zu Immobilienprojekten in Dubai. Von dort zu Kunstgalerien in Berlin. Und schließlich zurück nach Hamburg, gewaschen und bereit für die legitime Wirtschaft."

Berger hob eine Augenbraue. "Und die Verbindung zu Orlov?"

"Er ist der Begünstigte", sagte Brandt. "Nicht direkt, natürlich. Über ein Netzwerk von Strohmännern und Scheinfirmen. Aber wenn man dem Geld folgt, führt es immer zu ihm zurück."

"Wie haben Sie das bekommen?", fragte Berger, seine Stimme nun schärfer, misstrauischer. Als Journalist wusste er, dass Informationen, die zu gut klangen, um wahr zu sein, oft genau das waren – zu gut, um wahr zu sein.

Brandt nahm einen Schluck von seinem Kaffee, verzog das Gesicht über den bitteren Geschmack. "Ich habe meine Quellen", sagte er vage. "Quellen, die ich schützen muss."

"Natürlich", nickte Berger. "Aber Sie verstehen, dass ich das verifizieren muss. Dass ich eine zweite Quelle brauche, bevor ich damit an die Öffentlichkeit gehen kann."

"Deshalb bin ich hier", sagte Brandt. "Ich kann Ihnen nicht alles geben, was Sie brauchen. Aber ich kann Ihnen einen Weg zeigen."

Er beugte sich vor, seine Stimme nun kaum mehr als ein Flüstern. "Es gibt einen Club. Einen sehr exklusiven Club, irgendwo am Stadtrand. Kein Name, keine Adresse, nur Einladungen an ausgewählte Gäste. Orlov ist ein regelmäßiger Besucher. Und dort, in diesem Club, werden Entscheidungen getroffen. Geschäfte gemacht. Verbindungen geknüpft."

"Der Zirkel", sagte Berger, mehr zu sich selbst als zu Brandt.

Der Polizist erstarrte, seine Augen weiteten sich leicht. "Woher wissen Sie davon?"

"Ich bin Journalist", erwiderte Berger mit einem dünnen Lächeln. "Es ist mein Job, Dinge zu wissen, die ich nicht wissen sollte."

Brandt entspannte sich etwas, aber seine Augen blieben wachsam. "Dann wissen Sie auch, wie gefährlich diese Leute sind. Was sie tun können. Was sie getan haben."

"Ich habe eine Vorstellung", nickte Berger. "Aber das hat mich noch nie aufgehalten."

"Es sollte", sagte Brandt ernst. "Diesmal sollte es das. Diese Leute... sie spielen nach anderen Regeln. Sie haben Verbindungen in der Polizei, in der

Justiz, in der Politik. Sie können Karrieren zerstören, Leben ruinieren. Sie können Menschen verschwinden lassen."

Berger betrachtete den Mann vor ihm mit neuem Interesse. Thomas Brandt, Hauptkommissar beim LKA 5, ein Mann mit zwanzig Jahren Diensterfahrung, mit dem Ruf eines unbestechlichen, hartnäckigen Ermittlers. Und hier saß er, offensichtlich verängstigt, nervös, am Rande der Paranoia.

"Sie haben Angst", stellte Berger fest. Es war keine Frage, keine Anklage, nur eine Beobachtung.

Brandt hielt seinem Blick stand. "Ja", gab er zu. "Ich habe Angst. Und wenn Sie klug sind, haben Sie das auch."

Er griff in seine Tasche, zog einen Umschlag heraus, legte ihn neben den USB-Stick. "Hier drin ist eine Einladung. Für heute Abend. Für Liliths Club."

"Lilith?", wiederholte Berger.

"Die Frau, die den Club betreibt. Eine... interessante Persönlichkeit. Gefährlich, aber faszinierend. Sie hat Verbindungen zu Orlov, zum Zirkel, zu... allem."

"Und wie haben Sie diese Einladung bekommen?", fragte Berger, seine Skepsis nun offensichtlich.

Brandt lächelte dünn. "Ich habe meine Methoden. Und meine Quellen."

"Die Sie schützen müssen", ergänzte Berger trocken.

"Genau." Brandt stand auf, zog seinen abgetragenen Mantel enger um sich, als würde er frieren, obwohl es im Café angenehm warm war. "Seien Sie vorsichtig, Berger. Diese Geschichte... sie könnte Ihr Meisterwerk sein. Oder Ihr Untergang."

Er wandte sich zum Gehen, hielt dann inne, drehte sich noch einmal um. "Ach, und noch etwas. Wenn Sie gehen, nehmen Sie nicht Ihr eigenes Auto. Nehmen Sie ein Taxi, aber steigen Sie ein paar Blocks vom Club entfernt aus. Und bringen Sie keine elektronischen Geräte mit. Keine Telefone, keine Kameras, nichts. Die Sicherheitsmaßnahmen dort sind... gründlich."

Mit diesen Worten verließ er das Café, eine unauffällige Gestalt, die in der Menge der Passanten verschwand wie ein Tropfen im Ozean.

Berger blieb zurück, betrachtete den USB-Stick und den Umschlag vor ihm. Zwei unscheinbare Objekte, die potenziell explosive Informationen enthielten. Informationen, die seine Karriere definieren könnten. Oder beenden.

Er steckte beides ein, bezahlte den Kaffee und verließ ebenfalls das Café. Die Morgensonne hatte sich hinter Wolken zurückgezogen, ein feiner Nieselregen hatte eingesetzt, typisch für Hamburg im Frühjahr. Die Luft roch nach Nässe, nach dem Salz der nahen Elbe, nach den Abgasen der vorbeifahrenden Autos.

Berger ging langsam in Richtung Spiegel-Gebäude, sein Geist bereits bei dem Artikel, den er schreiben würde. Dem Artikel, der Orlov und sein Netzwerk entlarven würde. Dem Artikel, der vielleicht sein Meisterwerk sein würde.

Oder sein Untergang.

In ihrem Büro in der Staatsanwaltschaft saß Sarah Lehmann vor ihrem Computer, die Augen gerötet von einer weiteren Nacht mit zu wenig Schlaf. Vor ihr auf dem Bildschirm war eine E-Mail geöffnet, die sie vor wenigen Minuten erhalten hatte – von einer anonymen Adresse, mit einem verschlüsselten Anhang.

Der Betreff der E-Mail lautete schlicht: "Was Sie suchen."

Sarah starrte auf den Bildschirm, ihr Herz schlug schneller. Dies könnte eine Falle sein, ein Virus, ein Versuch, in das Netzwerk der Staatsanwaltschaft einzudringen. Oder es könnte der Durchbruch sein, auf den sie gewartet hatte.

Sie zögerte, dann entschied sie sich. Sie kopierte den Anhang auf einen isolierten Computer, der nicht mit dem Netzwerk verbunden war – ein Standardprotokoll für potenziell gefährliche Dateien. Dann öffnete sie ihn.

Es war ein Dokument, das aussah wie ein Protokoll einer Sitzung. Einer Sitzung des "Zirkels", wie es im Kopf des Dokuments hieß. Mit Namen, Daten, Details zu Transaktionen, zu Plänen, zu... ihr.

Sarah las das Dokument zweimal, dreimal, ihr Puls raste, ihre Hände zitterten leicht. Dies war es. Der Beweis, den sie gesucht hatte. Der Beweis für die Existenz einer kriminellen Vereinigung in den höchsten Ebenen der Hamburger Gesellschaft. Der Beweis für Orlovs Verbindungen zum Drogenhandel, zur Geldwäsche, zur Korruption.

Und der Beweis dafür, dass sie selbst im Fadenkreuz dieser Organisation stand.

Aber woher kam dieses Dokument? Wer hatte es ihr geschickt? Und warum?

Sarah lehnte sich zurück, rieb sich die müden Augen. Die offensichtliche Antwort war: jemand aus dem Zirkel selbst. Jemand, der aussteigen wollte, der Beweise sichern wollte, der sich absichern wollte für den Fall, dass alles aufflog.

Oder jemand, der sie in eine Falle locken wollte.

Sie griff nach ihrem Telefon, wählte Brandts Nummer. Es klingelte mehrmals, dann sprang die Mailbox an. Ungewöhnlich. Brandt war normalerweise immer erreichbar, besonders für sie.

Sarah legte auf, ohne eine Nachricht zu hinterlassen. Sie würde ihn später treffen, wie vereinbart. Um 7 Uhr, der übliche Ort. Dann würde sie ihm von diesem Dokument erzählen, würde seine Meinung hören, würde entscheiden, wie sie weiter vorgehen sollte.

Bis dahin würde sie weiterarbeiten, würde die EncroChat-Daten durchforsten, würde nach weiteren Beweisen suchen. Beweisen, die so stark waren, dass selbst die besten Anwälte sie nicht zerpflücken konnten.

Anwälte wie Max.

Der Gedanke an ihn ließ sie innehalten. Max, der nun für Orlov arbeitete. Max, der möglicherweise Teil des Problems war und nicht der Lösung. Max, der...

Ihr Telefon klingelte, unterbrach ihre Gedanken. Eine unbekannte Nummer.

"Lehmann", meldete sie sich knapp.

"Sarah." Die Stimme am anderen Ende war leise, vorsichtig, aber unverkennbar. Max.

Sarah erstarrte, ihr Herz setzte einen Schlag aus. "Max? Woher hast du diese Nummer?"

"Das ist nicht wichtig", erwiderte er. "Was wichtig ist, ist, dass du in Gefahr bist. Große Gefahr."

Sarah schwieg einen Moment, versuchte, ihre Gedanken zu ordnen, ihre Emotionen unter Kontrolle zu bringen. "Warum sollte ich dir glauben?", fragte sie schließlich. "Du arbeitest für Orlov. Du bist Teil seines... Netzwerks."

"Es ist kompliziert", sagte Max, seine Stimme nun angespannter. "Aber du musst mir vertrauen. Nur dieses eine Mal."

"Vertrauen?", wiederholte Sarah mit einem bitteren Lachen. "Nach allem, was passiert ist? Nach deiner Entscheidung, für Bergmann & Partner zu arbeiten? Nach deiner Entscheidung, Orlov zu vertreten?"

"Ich weiß", sagte Max leise. "Ich weiß, dass ich dein Vertrauen nicht verdient habe. Aber dies ist größer als wir beide, Sarah. Es geht um Leben und Tod."

Sarah schloss die Augen, atmete tief durch. "Was willst du, Max?"

"Dich treffen", erwiderte er sofort. "Heute Abend. Allein. Ich habe Informationen, die du brauchst. Informationen über Orlov, über den Zirkel, über... alles."

"Warum?", fragte Sarah. "Warum jetzt? Warum überhaupt?"

Eine Pause. "Weil es das Richtige ist", sagte Max schließlich. "Weil ich nicht länger Teil davon sein kann. Weil... weil ich nicht will, dass dir etwas zustößt."

Sarah öffnete die Augen, starrte auf das Dokument auf ihrem Bildschirm. Das Protokoll der Zirkel-Sitzung. Mit den Erwähnungen von ihr. Und von Max.

"Warst du es?", fragte sie plötzlich. "Hast du mir das Protokoll geschickt?"

Eine längere Pause. "Ja", gab Max schließlich zu. "Ich musste dich warnen. Ich musste dir zeigen, was vor sich geht. Was sie planen."

"Warum sollte ich dir vertrauen?", fragte Sarah erneut. "Warum sollte ich glauben, dass dies nicht eine weitere Manipulation ist? Ein Versuch, mich in eine Falle zu locken?"

"Du musst nicht", erwiderte Max. "Du kannst das Protokoll der Staatsanwaltschaft übergeben, kannst Ermittlungen einleiten, kannst versuchen, den Zirkel auf offiziellem Weg zu Fall zu bringen. Aber wir beide wissen, dass das nicht funktionieren wird. Nicht gegen diese Leute. Nicht mit ihren Verbindungen, ihrem Einfluss, ihrer Macht."

Sarah schwieg, wusste, dass er Recht hatte. Der Zirkel hatte Mitglieder in der Justiz, in der Polizei, in der Politik. Jeder offizielle Weg würde blockiert werden, jede Ermittlung sabotiert, jeder Beweis verschwinden.

"Wo?", fragte sie schließlich. "Wo sollen wir uns treffen?"

"Elbphilharmonie", sagte Max. "Die Plaza. 20 Uhr. Komm allein. Und Sarah... sei vorsichtig. Vertrau niemandem."

Die Verbindung wurde unterbrochen, und Sarah starrte auf ihr Telefon, als könnte es ihr Antworten geben auf die Fragen, die in ihrem Kopf wirbelten. War dies eine Falle? Oder war es Max' Versuch, das Richtige zu tun, nach all den Jahren der moralischen Kompromisse?

Sie legte das Telefon beiseite, wandte sich wieder ihrem Computer zu. Sie hatte noch Stunden bis zum Treffen mit Max, Stunden, die sie nutzen würde, um weiter zu recherchieren, um sich vorzubereiten, um einen Plan zu entwickeln.

Einen Plan für den Fall, dass Max die Wahrheit sagte. Und einen Plan für den Fall, dass er log.

Max Schönfeld saß in seinem Büro in der Kanzlei Bergmann & Partner, starrte auf sein Telefon, als könnte es ihm Antworten geben auf die Fragen, die in seinem Kopf wirbelten. Hatte er das Richtige getan? Oder hatte er gerade sein Todesurteil unterschrieben?

Das Gespräch mit Sarah hatte ihn mehr aufgewühlt, als er zugeben wollte. Ihre Stimme zu hören, nach all den Jahren, hatte Erinnerungen geweckt, die er tief vergraben geglaubt hatte. Erinnerungen an ihre gemeinsame Zeit, an ihre Pläne, an ihre Träume. Erinnerungen an den Mann, der er einmal gewesen war, bevor die Welt ihn verändert hatte. Bevor er sich selbst verändert hatte.

Sein Telefon vibrierte, riss ihn aus seinen Gedanken. Eine Nachricht von Rabe: "Informationen bereit. Treffen in 30 Minuten. Üblicher Ort."

Max steckte das Telefon ein, sammelte seine Unterlagen zusammen, verließ sein Büro mit der Erklärung, er habe einen Termin bei Gericht. Niemand stellte Fragen. In einer Kanzlei wie Bergmann & Partner war Diskretion nicht nur eine Tugend, sondern eine Notwendigkeit.

Der "übliche Ort" war eine unscheinbare Bar in St. Pauli, weit entfernt von den touristischen Hotspots der Reeperbahn. Ein Etablissement, das von außen heruntergekommen wirkte, aber im Inneren überraschend gepflegt war – dunkles Holz, gedämpftes Licht, eine gut sortierte Bar. Ein Ort, an dem Geschäfte gemacht wurden, die das Licht des Tages scheuten.

Rabe saß in einer Nische am hinteren Ende des Raumes, vor sich ein Glas Whisky und einen Laptop. Ein Mann in seinen Vierzigern, mit schütterem Haar und einer randlosen Brille, der aussah wie ein Buchhalter oder ein Lehrer – was perfekt war für jemanden in seinem Beruf. Je unauffälliger, desto besser.

"Schönfeld", begrüßte er Max mit einem knappen Nicken. "Pünktlich wie immer."

Max setzte sich ihm gegenüber, bestellte ebenfalls einen Whisky. "Was hast du für mich?"

Rabe öffnete seinen Laptop, drehte ihn so, dass Max den Bildschirm sehen konnte. "Jana Weber, 28, Polizeireporterin bei der BILD. Alleinstehend, wohnt in Ottensen, keine Kinder, keine Haustiere. Arbeitet seit fünf Jahren bei der BILD, hat sich einen Namen gemacht mit Berichten über organisierte

Kriminalität. Hat Kontakte in der Unterwelt, besonders im Rotlichtmilieu. Ist hartnäckig, furchtlos, vielleicht ein bisschen zu furchtlos für ihr eigenes Wohl."

Er scrollte weiter. "Dr. Julian Berger, 52, Ressortleiter Investigativ beim Spiegel. Geschieden, zwei erwachsene Kinder, wohnt in Eppendorf. Hat mehrere hochrangige Politiker und Wirtschaftsbosse zu Fall gebracht mit seinen Artikeln. Ist methodisch, gründlich, unbestechlich. Hat einen Ruf für absolute Integrität."

"Schwachstellen?", fragte Max, nahm einen Schluck von seinem Whisky.

"Weber hat eine Schwäche für einen gewissen Barkeeper im 'Inferno'", sagte Rabe. "Tarek Khalil, rechte Hand von Mehdi 'dem Perser' Ahmadi. Sie nutzt ihn als Quelle, aber da könnte mehr sein. Und sie hat eine jüngere Schwester, die an der Uni Hamburg studiert. Psychologie."

Er scrollte weiter. "Berger ist schwieriger. Keine offensichtlichen Schwachstellen. Keine Affären, keine Schulden, keine Laster. Aber er hat eine Ex-Frau, die an Multipler Sklerose leidet. Er zahlt für ihre Behandlung, obwohl er rechtlich nicht dazu verpflichtet wäre. Ein Gentleman, offenbar."

Max nickte langsam, verarbeitete die Informationen. "Und die andere Sache? Die sicheren Kommunikationswege?"

Rabe schloss seinen Laptop, lehnte sich zurück. "Es gibt verschiedene Möglichkeiten. Einweg-Handys, verschlüsselte E-Mail-Dienste, Tote Briefkästen. Aber für etwas wirklich Wichtiges, etwas, das absolut sicher sein muss... persönlicher Kontakt. Kein Telefon, keine E-Mail, keine digitale Spur."

"Verstehe", sagte Max. "Und was ist mit... Ausstiegsmöglichkeiten?"

Rabe hob eine Augenbraue. "Planst du einen Urlaub, Schönfeld?"

"Sagen wir, ich denke über meine Optionen nach", erwiderte Max vage.

Rabe betrachtete ihn einen Moment, dann nickte er langsam. "Ich kenne jemanden, der... Papiere besorgen kann. Neue Identitäten. Aber das ist teuer. Sehr teuer."

"Geld ist kein Problem", sagte Max.

"Es geht nicht nur um Geld", erwiderte Rabe ernst. "Es geht um Verbindungen. Um Loyalitäten. Um... Konsequenzen."

Max hielt seinem Blick stand. "Ich bin mir der Risiken bewusst."

"Bist du das?", fragte Rabe leise. "Weißt du wirklich, mit wem du dich anlegst? Was sie tun können? Was sie getan haben?"

Max dachte an das Protokoll der Zirkel-Sitzung, an die kühle, geschäftsmäßige Art, mit der über Menschenleben entschieden wurde, als wären sie nichts weiter als Zahlen in einer Bilanz. "Ja", sagte er. "Ich weiß es."

Rabe nickte langsam. "Gut. Dann werde ich die Vorbereitungen treffen. Aber es wird Zeit brauchen. Und bis dahin... sei vorsichtig. Sehr vorsichtig."

Max zahlte für die Drinks, stand auf. "Danke, Rabe. Für alles."

"Danke mir nicht", erwiderte Rabe. "Nicht für das, was kommen wird."

Max verließ die Bar, trat hinaus in den Hamburger Nachmittag. Die Sonne hatte sich wieder gezeigt, warf lange Schatten auf die Straßen. Er hatte noch Stunden bis zu seinem Treffen mit Sarah, Stunden, die er nutzen würde, um sich vorzubereiten, um einen Plan zu entwickeln.

Einen Plan für den Fall, dass Sarah ihm vertraute. Und einen Plan für den Fall, dass sie es nicht tat.

KAPITEL 13: LILITHS CLUB

Die Nacht hatte Hamburg fest im Griff, als Dr. Julian Berger aus dem Taxi stieg, einige Blocks entfernt von der Adresse, die auf der mysteriösen Einladung stand. Der Regen hatte aufgehört, aber die Luft war noch immer feucht, schwer mit dem Geruch nach nassem Asphalt und dem salzigen Aroma der nahen Elbe. Die Straßen in diesem Teil der Stadt, weit entfernt von den touristischen Zentren, waren nahezu menschenleer – nur gelegentlich huschte eine einsame Gestalt vorbei, den Kragen hochgeschlagen, den Blick gesenkt.

Berger hatte Brandts Rat befolgt und alle elektronischen Geräte zu Hause gelassen – kein Handy, keine Kamera, nichts, was ihn verraten könnte. In seiner Jackentasche trug er nur die Einladung, ein schlichtes schwarzes Kärtchen mit einer Adresse in silberner Schrift, und einen kleinen Notizblock mit einem Stift – alte Gewohnheiten eines Journalisten, der in einer Zeit begonnen hatte, als Smartphones noch Science-Fiction waren.

Er ging langsam, seine Sinne geschärft, sein Instinkt in Alarmbereitschaft. Die Straßen wurden schmaler, die Gebäude älter, die Atmosphäre... anders. Es war, als würde er eine unsichtbare Grenze überschreiten, von der bekannten Welt in eine andere, dunklere Dimension.

Nach etwa zehn Minuten erreichte er sein Ziel – ein unscheinbares Gebäude aus rotem Backstein, ohne Schild, ohne Neonlicht, ohne irgendeinen Hinweis darauf, was sich im Inneren befand. Nur eine schlichte schwarze Tür mit einer kleinen Kamera darüber und einem dezenten Klingelknopf daneben.

Berger zögerte, spürte, wie sein Herz schneller schlug. Dies war der Moment der Wahrheit, der Punkt, an dem er entscheiden musste, ob er weitergehen oder umkehren sollte. Der Journalist in ihm, der Teil, der immer nach der Wahrheit suchte, drängte ihn vorwärts. Der Mensch in ihm, der Teil, der Selbsterhaltung und Vorsicht kannte, flüsterte ihm zu, zu gehen, solange er noch konnte.

Er drückte den Klingelknopf.

Ein leises Summen, dann öffnete sich die Tür lautlos. Dahinter stand ein Mann, dessen Erscheinung so beeindruckend war wie seine Präsenz – über zwei Meter groß, mit breiten Schultern und einem Gesicht, das aussah, als wäre es aus Granit gemeißelt. Er trug einen perfekt sitzenden schwarzen

Anzug, der seine muskulöse Statur betonte, und ein Headset, das diskret in seinem Ohr saß.

"Dr. Berger", sagte er, seine Stimme überraschend sanft für einen Mann seiner Größe. "Wir haben Sie erwartet."

Berger nickte knapp, reichte ihm die Einladung. Der Mann warf einen kurzen Blick darauf, dann trat er beiseite, ließ Berger eintreten.

Das Innere des Gebäudes stand in krassem Gegensatz zu seiner unscheinbaren Fassade. Ein eleganter Empfangsbereich, in gedämpftes Licht getaucht, mit Marmorboden, dunklen Holzvertäfelungen und dezenten Kunstwerken an den Wänden – abstrakte Gemälde, deren Wert Berger nur erahnen konnte.

"Bitte folgen Sie mir", sagte der Mann und führte Berger zu einem Aufzug, dessen Türen sich lautlos öffneten. "Lilith erwartet Sie."

Der Aufzug brachte sie nach oben, wie viele Stockwerke konnte Berger nicht sagen – es gab keine Anzeige, keine Knöpfe, nur eine glatte Spiegelfläche, in der er sein eigenes Gesicht sah, angespannt, konzentriert, mit einem Hauch von Nervosität in den Augen.

Als die Türen sich wieder öffneten, trat Berger in eine andere Welt – einen weitläufigen Raum, dessen Decke so hoch war, dass sie im Halbdunkel verschwand. Die Wände waren mit dunkelrotem Samt bespannt, der das gedämpfte Licht absorbierte und den Raum in eine intime, fast unwirkliche Atmosphäre tauchte. Überall standen kleine Sitzgruppen, diskret voneinander getrennt durch Pflanzen, Vorhänge oder architektonische Elemente. An einer Seite des Raumes befand sich eine Bar aus poliertem Marmor, hinter der ein Barkeeper in einem makellosen weißen Hemd Getränke zubereitete. An der gegenüberliegenden Wand war eine kleine Bühne, auf der ein Streichquartett klassische Musik spielte – Schubert, wenn Berger sich nicht irrte.

Die Gäste, vielleicht dreißig an der Zahl, waren eine Mischung aus Eleganz und Dekadenz – Männer in maßgeschneiderten Anzügen, Frauen in exquisiten Abendkleidern, alle mit jener selbstbewussten Haltung, die nur Reichtum und Macht verleihen konnten. Sie unterhielten sich leise, lachten diskret, bewegten sich durch den Raum mit der Anmut von Raubtieren, die ihr Territorium markierten.

"Dr. Berger", sagte eine Stimme hinter ihm, melodisch, fast hypnotisch in ihrer Sanftheit. "Willkommen in meinem bescheidenen Etablissement."

Er drehte sich um und stand Lilith gegenüber. Sie war nicht, was er erwartet hatte – keine glamouröse Clubbesitzerin im Stil der 1920er Jahre, keine übertrieben geschminkte Femme fatale. Stattdessen war sie eine Frau von zeitloser Eleganz, deren Alter schwer zu schätzen war – irgendwo zwischen dreißig und fünfzig, mit dunklem Haar, das in sanften Wellen über ihre Schultern fiel, und Augen von einem so tiefen Braun, dass sie fast schwarz wirkten. Sie trug ein schlichtes schwarzes Kleid, das ihre schlanke Figur betonte, ohne vulgär zu wirken, und als einzigen Schmuck eine Perlenkette, deren Wert Berger auf ein kleines Vermögen schätzte.

"Lilith", sagte er, bemüht, seine Stimme ruhig und professionell klingen zu lassen. "Ich bin... überrascht, dass Sie mich kennen."

Sie lächelte, ein Lächeln, das ihre Augen nicht erreichte. "Ich kenne viele Menschen, Dr. Berger. Es ist Teil meines... Geschäfts, informiert zu sein."

Sie deutete auf eine Sitzgruppe in einer ruhigen Ecke des Raumes. "Bitte, setzen Sie sich. Wir haben viel zu besprechen."

Berger folgte ihr, setzte sich in einen bequemen Ledersessel, der ihn fast zu verschlucken schien. Lilith nahm ihm gegenüber Platz, ihre Haltung entspannt, aber wachsam, wie eine Raubkatze, die ihre Beute beobachtet.

"Ein Getränk?", fragte sie, gab einem vorbeigehenden Kellner ein kaum wahrnehmbares Zeichen.

"Whisky", sagte Berger. "Neat."

"Lagavulin 16 Jahre für den Herrn", sagte Lilith zum Kellner. "Und für mich das Übliche."

Der Kellner nickte und verschwand, kehrte Momente später mit zwei Gläsern zurück – einem mit bernsteinfarbenem Whisky für Berger und einem mit einer klaren Flüssigkeit für Lilith.

"Auf... neue Bekanntschaften", sagte sie und hob ihr Glas.

Berger tat es ihr gleich, nippte an seinem Whisky. Der Geschmack war exquisit, komplex, mit Noten von Torf, Rauch und einer subtilen Süße. Ein Whisky, der normalerweise außerhalb seiner Preisklasse lag.

"Sie fragen sich, warum Sie hier sind", sagte Lilith, stellte ihr Glas ab. Es war keine Frage, sondern eine Feststellung.

"Die Gedanken eines Journalisten zu lesen, ist keine große Kunst", erwiderte Berger trocken.

Lilith lächelte erneut, diesmal mit einem Hauch von echter Belustigung. "Touché, Dr. Berger. Aber lassen Sie mich Ihre Frage beantworten: Sie sind hier, weil ich es so wollte. Weil ich neugierig bin. Auf Sie, auf Ihre... Recherchen."

Berger hielt ihrem Blick stand, bemüht, seine Überraschung zu verbergen. "Meine Recherchen?"

"Über Viktor Orlov", sagte sie direkt. "Über die Hanseatische Privatbank. Über gewisse... Transaktionen, die Ihr Interesse geweckt haben."

Berger schwieg, wartete ab. Es war immer besser, den anderen reden zu lassen, mehr preiszugeben, als man selbst tat.

"Sie sind hartnäckig", fuhr Lilith fort. "Gründlich. Methodisch. Eigenschaften, die ich schätze. Aber Sie bewegen sich auf gefährlichem Terrain, Dr. Berger. Sehr gefährlichem Terrain."

"Ist das eine Drohung?", fragte Berger, seine Stimme ruhiger, als er sich fühlte.

"Eine Warnung", korrigierte Lilith sanft. "Von jemandem, der die Konsequenzen kennt, wenn man sich mit... gewissen Interessen anlegt."

Sie nahm einen Schluck von ihrem Getränk, betrachtete ihn über den Rand des Glases hinweg. "Wissen Sie, was mich an Menschen wie Ihnen am faszinierendsten finde, Dr. Berger? Ihre Überzeugung, dass die Wahrheit um jeden Preis ans Licht kommen muss. Dass die Öffentlichkeit ein Recht hat, zu wissen. Dass Gerechtigkeit siegen wird, wenn nur die Fakten bekannt sind."

Sie stellte ihr Glas ab, lehnte sich vor, ihre Augen nun intensiver, durchdringender. "Aber die Realität ist komplexer, nicht wahr? Die

Öffentlichkeit vergisst schnell. Die Wahrheit ist verhandelbar. Und Gerechtigkeit... nun, Gerechtigkeit ist ein Luxus, den sich nur die Mächtigen leisten können."

Berger spürte, wie sich sein Magen zusammenzog. Diese Frau, diese Lilith, strahlte eine Gefahr aus, die fast greifbar war – nicht die offensichtliche Bedrohung eines Gangsters oder Schlägers, sondern etwas Subtileres, Kälteres, Berechnenderes.

"Was wollen Sie?", fragte er direkt.

"Ein Geschäft", erwiderte Lilith ohne Umschweife. "Eine Vereinbarung zum gegenseitigen Nutzen."

"Was für eine Vereinbarung?"

"Sie hören auf, in dieser Sache zu recherchieren. Sie vergessen, was Sie über Orlov, über die Bank, über... gewisse Transaktionen wissen oder zu wissen glauben." Lilith lehnte sich zurück, ihre Haltung nun entspannter, als hätte sie einen wichtigen Punkt überwunden. "Und im Gegenzug bieten wir Ihnen etwas, das jeder Journalist begehrt: Exklusivität."

"Exklusivität?", wiederholte Berger skeptisch.

"Ein Interview mit Viktor Orlov", nickte Lilith. "Das erste seit fünf Jahren. Exklusiv für den Spiegel. Ein Coup für Sie, ein Prestigeprojekt für Ihr Magazin."

Berger starrte sie an, versuchte zu verstehen, was hier vor sich ging. Ein Interview mit Orlov wäre tatsächlich ein journalistischer Coup. Aber zu welchem Preis?

"Und wenn ich ablehne?", fragte er, obwohl er die Antwort bereits ahnte.

Lilith lächelte, ein Lächeln, das ihre Augen nicht erreichte. "Dann fürchte ich, könnten gewisse... unangenehme Informationen ans Licht kommen. Über Ihre Methoden, Ihre Quellen, Ihre... persönlichen Vorlieben."

"Sie drohen mir", stellte Berger fest, seine Stimme nun eisig.

"Ich informiere Sie über potenzielle Konsequenzen", korrigierte Lilith sanft. "Es ist Ihre Entscheidung, wie Sie damit umgehen."

Berger blickte von ihr weg, ließ seinen Blick durch den Raum schweifen, über die eleganten Gäste, die sich unterhielten, tranken, lachten, als gäbe es keine Sorgen in der Welt. Wer waren diese Menschen? Was wussten sie? Waren sie Teil von... was auch immer hier vor sich ging?

Sein Blick blieb an einer Gestalt hängen, die gerade den Raum betrat – ein Mann in einem maßgeschneiderten Anzug, mit silbergrauem Haar und einer Präsenz, die sofort die Aufmerksamkeit auf sich zog. Viktor Orlov.

"Ah", sagte Lilith, folgte seinem Blick. "Unser gemeinsamer Freund ist eingetroffen. Perfektes Timing, wie immer."

Orlov durchquerte den Raum, nickte verschiedenen Gästen zu, schüttelte Hände, tauschte Küsschen aus – der perfekte Gastgeber, der charmante Geschäftsmann, der kultivierte Kunstmäzen. Nichts an ihm verriet den Mann, den Berger in seinen Recherchen kennengelernt hatte – den skrupellosen Oligarchen, den mutmaßlichen Drogenhändler, den Kopf eines kriminellen Netzwerks.

Als Orlov ihre Sitzgruppe erreichte, lächelte er, ein Lächeln, das warm und aufrichtig wirkte, aber seine Augen nicht erreichte. "Dr. Berger", sagte er, seine Stimme ein kultivierter Bariton mit jenem leichten Akzent, der seine russischen Wurzeln verriet. "Welch unerwartete Freude."

Er setzte sich neben Lilith, nahm das Glas Cognac entgegen, das ein Kellner wie aus dem Nichts brachte. "Ich hoffe, Lilith hat sich gut um Sie gekümmert?"

"Wir hatten eine... interessante Unterhaltung", erwiderte Berger vorsichtig.

"Ausgezeichnet." Orlov nippte an seinem Cognac, betrachtete Berger über den Rand des Glases hinweg. "Und? Haben Sie sich entschieden?"

Berger hielt seinem Blick stand. "Ich brauche Bedenkzeit."

"Natürlich", nickte Orlov großzügig. "Sagen wir... 24 Stunden? Morgen um diese Zeit erwarten wir Ihre Antwort."

Berger nickte knapp, trank seinen Whisky aus und stellte das Glas ab. "Wenn Sie mich entschuldigen würden – ich habe noch andere Verpflichtungen heute Abend."

"Selbstverständlich", sagte Orlov mit einer eleganten Handbewegung. "Mein Fahrer wird Sie zu Ihrem nächsten Termin bringen. Oder nach Hause, wenn Sie es vorziehen."

"Das ist nicht nötig", erwiderte Berger schnell, vielleicht zu schnell. "Ich nehme ein Taxi."

"Wie Sie wünschen." Orlov stand auf, reichte Berger die Hand. "Es war mir ein Vergnügen, Sie kennenzulernen, Dr. Berger. Ich hoffe, wir sehen uns wieder."

Berger schüttelte die Hand, spürte die Kraft in Orlovs Griff, die subtile Warnung darin. "Das werden wir sicher", sagte er, bemüht, seine Stimme neutral klingen zu lassen.

Er verabschiedete sich von Lilith, die ihm nur zunickte, ein rätselhaftes Lächeln auf ihren Lippen. Dann verließ er den Club, begleitet von demselben imposanten Mann, der ihn hereingeführt hatte.

Als er wieder auf der Straße stand, atmete Berger tief durch, spürte, wie sein Herz raste, wie seine Hände leicht zitterten. Was er gerade erlebt hatte, war keine normale Einschüchterung, keine gewöhnliche Drohung. Es war etwas anderes, etwas Kälteres, Berechnenderes.

Er ging langsam in Richtung Hauptstraße, wo er ein Taxi finden konnte. Die Nacht war kühl, der Himmel klar, die Sterne funkelten über ihm wie ferne, gleichgültige Beobachter. Die Stadt um ihn herum pulsierte mit Leben, mit Energie, mit der unbeschwerten Freude der Nachtschwärmer. Aber für Berger hatte die Nacht einen bitteren Nachgeschmack bekommen, einen Geschmack nach Furcht, nach Zweifel, nach moralischen Grauzonen.

Er nahm sein Notizbuch heraus, machte einige knappe Notizen – Namen, Beobachtungen, Eindrücke. Dann steckte er es wieder ein und ging weiter, sein Geist raste, versuchte zu verstehen, was gerade geschehen war, was es bedeutete, was er tun sollte.

Ein Taxi hielt neben ihm, und er stieg ein, gab dem Fahrer seine Adresse. Als das Fahrzeug sich in Bewegung setzte, warf Berger einen letzten Blick zurück auf das unscheinbare Gebäude, das er gerade verlassen hatte. Von außen nichts Besonderes, nichts, was die Aufmerksamkeit auf sich ziehen würde. Aber im Inneren...

Im Inneren verbarg sich eine Welt, die er nur erahnen konnte. Eine Welt der Macht, des Geldes, der Geheimnisse. Eine Welt, in die er einen flüchtigen Blick geworfen hatte und die ihn nun nicht mehr loslassen würde.

Eine Welt, die gefährlicher war, als er sich je hätte vorstellen können.

Zur selben Zeit stand Sarah Lehmann auf der Plaza der Elbphilharmonie, dem öffentlich zugänglichen Bereich des spektakulären Konzerthauses, das wie ein gigantisches Schiff aus Glas und Backstein über dem Hamburger Hafen thronte. Die Aussichtsplattform bot einen atemberaubenden Blick über die Stadt, die Elbe, den Hafen – ein Panorama, das normalerweise jeden Besucher in seinen Bann zog.

Aber Sarah hatte keinen Blick für die Schönheit der Aussicht. Ihre Augen scannten die Menge der Touristen und Einheimischen, die trotz der späten Stunde noch immer die Plaza bevölkerten, suchten nach einer bestimmten Gestalt, einem bestimmten Gesicht.

Max.

Sie hatte sein Angebot angenommen, hatte sich entschieden, ihm zu vertrauen – oder zumindest so zu tun, als würde sie ihm vertrauen. Sie war nicht naiv. Sie wusste, dass dies eine Falle sein könnte, ein Versuch, sie zu manipulieren, zu kompromittieren, zu neutralisieren, wie Orlov es ausgedrückt hatte.

Aber sie wusste auch, dass sie keine andere Wahl hatte. Der Zirkel hatte Mitglieder in der Justiz, in der Polizei, in der Politik. Jeder offizielle Weg würde blockiert werden, jede Ermittlung sabotiert, jeder Beweis verschwinden. Wenn sie Orlov und sein Netzwerk zu Fall bringen wollte, brauchte sie Hilfe von innen. Und Max, mit seinem Zugang, seinen Informationen, seiner Position, war ihre beste – vielleicht ihre einzige – Chance.

Vorausgesetzt, er spielte nicht ein doppeltes Spiel.

Sarah spürte, wie sich jemand neben sie stellte, spürte eine Präsenz, die ihr vertraut war, obwohl sie sie jahrelang nicht gefühlt hatte. Sie drehte sich nicht um, hielt den Blick auf die Lichter der Stadt gerichtet.

"Schöne Aussicht", sagte Max leise.

"Ja", erwiderte Sarah knapp. "Beeindruckend."

Sie standen einen Moment schweigend nebeneinander, zwei Gestalten unter vielen auf der belebten Plaza, nichts, was die Aufmerksamkeit auf sich ziehen würde. Zwei ehemalige Liebende, die sich nach Jahren wieder begegneten, mit einer Geschichte zwischen ihnen, die so kompliziert war wie die Stadt unter ihnen.

"Danke, dass du gekommen bist", sagte Max schließlich.

Sarah drehte sich zu ihm um, betrachtete ihn zum ersten Mal seit ihrer Trennung wirklich. Er hatte sich verändert – sein Gesicht war härter geworden, kantiger, mit feinen Linien um die Augen und den Mund, die früher nicht da gewesen waren. Sein Haar war kürzer, sein Anzug teurer, seine Haltung selbstbewusster. Aber seine Augen waren noch immer dieselben – tiefblau, intensiv, mit jenem Hauch von Verletzlichkeit, den er immer zu verbergen versucht hatte.

"Ich bin nicht für dich hier", sagte sie kühl. "Ich bin hier für die Wahrheit. Für Gerechtigkeit."

Max lächelte dünn. "Immer die Idealistin."

"Besser als die Alternative", erwiderte Sarah scharf.

Max nickte langsam, akzeptierte den Hieb. "Lass uns gehen", sagte er. "Hier sind zu viele Ohren, zu viele Augen."

Er führte sie zu einem der Aufzüge, der sie nach unten brachte, in die Lobby des Konzerthauses. Von dort gingen sie nach draußen, in die kühle Nachtluft, hinunter zu den Landungsbrücken, wo die Touristenboote tagsüber ablegten und anlegten. Jetzt, zu dieser späten Stunde, war der Bereich fast menschenleer, nur ein paar verspätete Nachtschwärmer und ein einsamer Straßenmusiker, der melancholische Melodien auf einer Gitarre spielte.

Sie setzten sich auf eine Bank mit Blick auf die Elbe, auf die Lichter der Schiffe, die wie Glühwürmchen auf dem dunklen Wasser tanzten. Max holte ein kleines Gerät aus seiner Tasche, nicht größer als ein Feuerzeug, und schaltete es ein. Ein leises Summen war zu hören.

"Störsender", erklärte er auf Sarahs fragenden Blick. "Gegen Abhörgeräte. Ein Radius von etwa fünf Metern."

"Paranoid?", fragte Sarah.

"Vorsichtig", korrigierte Max. "In meiner Position muss man das sein."

Er holte einen USB-Stick aus seiner Tasche, reichte ihn ihr. "Hier ist alles, was ich habe. Dokumente, E-Mails, Transaktionsdaten, Protokolle von Zirkel-Sitzungen. Genug, um Orlov und sein Netzwerk zu Fall zu bringen. Wenn... wenn es richtig verwendet wird."

Sarah nahm den Stick, steckte ihn in ihre Tasche. "Warum?", fragte sie. "Warum jetzt? Warum überhaupt?"

Max schwieg einen Moment, starrte auf die dunkle Elbe. "Weil es Grenzen gibt", sagte er schließlich. "Grenzen, die ich nicht überschreiten wollte. Nicht einmal für Geld, für Macht, für... was auch immer ich mir eingeredet habe, dass ich es will."

Er sah sie an, seine Augen nun intensiver, verletzlicher. "Und weil ich nicht will, dass dir etwas zustößt. Weil ich... weil ich noch immer..."

"Nicht", unterbrach Sarah ihn scharf. "Nicht jetzt. Nicht nach allem, was passiert ist."

Max nickte, akzeptierte auch das. "Du hast Recht. Es tut mir leid."

Sie saßen einen Moment schweigend nebeneinander, jeder in seine eigenen Gedanken versunken, jeder mit seinen eigenen Dämonen kämpfend.

"Was jetzt?", fragte Sarah schließlich.

"Jetzt musst du verschwinden", sagte Max ernst. "Aus Hamburg, aus Deutschland, vielleicht sogar aus Europa. Zumindest für eine Weile. Bis die Sache vorbei ist. Bis Orlov und der Zirkel neutralisiert sind."

"Fliehen?", fragte Sarah ungläubig. "Das ist dein Plan? Dass ich mich verstecke, während du... was? Den Helden spielst?"

"Nicht den Helden", erwiderte Max ruhig. "Den Köder."

Sarah starrte ihn an, versuchte zu verstehen, was er meinte. "Du willst dich opfern?"

"Ich will wiedergutmachen, was ich getan habe", sagte Max. "Oder zumindest einen Teil davon. Ich habe Kontakte, Ressourcen, Zugang. Ich kann Dinge in Bewegung setzen, die du nicht kannst. Aber dafür muss ich wissen, dass du in Sicherheit bist. Dass du die Beweise hast, falls... falls etwas schiefgeht."

Sarah schüttelte den Kopf. "Das ist Wahnsinn, Max. Sie werden dich töten, wenn sie herausfinden, was du getan hast."

"Vielleicht", gab Max zu. "Aber es ist ein Risiko, das ich bereit bin einzugehen."

Er griff in seine Tasche, holte einen Umschlag heraus. "Hier sind Flugtickets, Bargeld, eine neue Identität. Alles, was du brauchst, um zu verschwinden. Der Flug geht morgen früh um 6 Uhr. Nach Lissabon, von dort weiter nach... nun, das steht in den Unterlagen."

Sarah nahm den Umschlag, öffnete ihn, sah die Tickets, das Geld, den Pass mit ihrem Foto, aber einem anderen Namen. "Du hast das alles vorbereitet", sagte sie, halb bewundernd, halb vorwurfsvoll. "Du warst dir sicher, dass ich zustimmen würde."

"Ich war mir sicher, dass du das Richtige tun würdest", korrigierte Max. "Wie immer."

Er stand auf, schaltete den Störsender aus und steckte ihn ein. "Ich muss gehen. Je länger wir zusammen gesehen werden, desto gefährlicher wird es. Für uns beide."

Sarah stand ebenfalls auf, unsicher, was sie sagen oder tun sollte. Ein Teil von ihr wollte ihn umarmen, ihm danken, ihm vergeben. Ein anderer Teil wollte ihn schlagen, ihn anschreien, ihm all die Wut und den Schmerz entgegenschleudern, die sie all die Jahre in sich getragen hatte.

Am Ende tat sie nichts von beidem. Sie nickte nur, eine knappe, professionelle Geste. "Pass auf dich auf, Max."

"Du auch, Sarah", erwiderte er leise. "Und... es tut mir leid. Für alles."

Dann wandte er sich ab und ging, seine Gestalt verschwand bald in der Dunkelheit, wurde zu einem Schatten unter vielen in der nächtlichen Stadt.

Sarah blieb zurück, den Umschlag in der einen Hand, den USB-Stick in der anderen. Zwei unscheinbare Objekte, die ihr Leben für immer verändern könnten. Die vielleicht das Leben vieler Menschen verändern könnten.

Sie blickte auf die Elbe, auf die Lichter der Stadt, die sich im Wasser spiegelten, auf den Himmel über ihr, an dem die Sterne kaum zu sehen waren wegen der Lichtverschmutzung der Großstadt. Irgendwo da draußen war Max, der Mann, den sie einst geliebt hatte, der Mann, der sie verraten hatte, der Mann, der nun versuchte, alles wiedergutzumachen.

Und irgendwo da draußen war Orlov, der Mann, der all dies möglich gemacht hatte, der Mann, der im Zentrum eines Netzwerks aus Korruption, Geldwäsche und Verbrechen stand. Der Mann, den sie zu Fall bringen wollte, koste es, was es wolle.

Sarah steckte den Umschlag und den USB-Stick ein und machte sich auf den Weg zurück in die Stadt. Sie hatte Entscheidungen zu treffen, Pläne zu machen, Vorbereitungen zu treffen.

Die Nacht war noch jung, und der Kampf hatte gerade erst begonnen.

KAPITEL 14: VERBORGENE WAHRHEITEN

Die Nacht hatte sich über Hamburg gelegt wie ein samtener Mantel, dunkel und schwer, als der schwarze SUV durch die Straßen glitt, ein lautloser Schatten zwischen den Lichtern der Stadt. Im Inneren saß Jana Weber, ihre Hände fest um ihren Laptop geklammert, ihr Herz ein Trommelfeuer in ihrer Brust.

Dr. Sophia Krüger saß ihr gegenüber, ihr Gesicht halb im Schatten verborgen, ihre Augen kalt und berechnend wie die einer Schlange, die ihre Beute fixiert. Der Wagen bog ab, verließ die belebten Straßen, fuhr durch ein Industriegebiet, wo die Straßenlaternen spärlicher wurden, die Schatten tiefer, die Stille bedrohlicher.

"Wohin bringen Sie mich?", fragte Jana, bemüht, ihre Stimme ruhig und fest klingen zu lassen.

"Zu jemandem, der Sie treffen möchte", erwiderte Dr. Krüger vage. "Jemand, der... Interesse an Ihrer Arbeit hat."

Der SUV hielt vor einem unscheinbaren Gebäude, einem ehemaligen Lagerhaus, das nun renoviert und umgebaut worden war – moderne Fenster in der alten Backsteinfassade, ein dezentes Sicherheitssystem, das nur dem geschulten Auge auffiel.

"Kommen Sie", sagte Dr. Krüger und stieg aus. Jana folgte zögernd, ihr Laptop wie ein Schild vor ihrer Brust.

Sie betraten das Gebäude durch eine schwere Stahltür, die sich lautlos öffnete und ebenso lautlos hinter ihnen schloss. Im Inneren erwartete Jana das übliche Loft-Ambiente – offene Räume, freiliegende Balken, industrieller Charme, der zum Statussymbol geworden war. Stattdessen fand sie sich in einem Raum wieder, der mehr an eine Bibliothek erinnerte – hohe Bücherregale aus dunklem Holz, schwere Ledersessel, ein massiver Schreibtisch, auf dem ein einzelner Laptop stand, daneben ein Stapel Akten in verschiedenen Farben.

Hinter dem Schreibtisch saß eine Frau, die Jana sofort als Lilith erkannte – nicht weil sie sie je gesehen hätte, sondern weil die Aura von Macht und Kontrolle, die sie umgab, unverkennbar war. Dieselbe Aura, die sie bei von Richthofen und Friedmann gespürt hatte, aber intensiver, konzentrierter, gefährlicher.

"Fräulein Weber", sagte Lilith, ihre Stimme überraschend melodisch für eine Frau ihrer Reputation. "Wie schön, dass Sie meiner Einladung gefolgt sind."

"War es eine Einladung?", fragte Jana kühl. "Fühlte sich eher wie eine Entführung an."

Lilith lächelte dünn. "Perspektive, meine Liebe. Alles eine Frage der Perspektive."

Sie deutete auf einen der Ledersessel vor ihrem Schreibtisch. "Bitte, setzen Sie sich. Wir haben viel zu besprechen."

Jana setzte sich zögernd, stellte ihren Laptop auf den Boden neben sich. Dr. Krüger nahm in einem Sessel in der Ecke des Raumes Platz, ihre Haltung entspannt, aber wachsam.

"Sie haben sich also entschieden, weiterzumachen", sagte Lilith, mehr eine Feststellung als eine Frage. "Trotz der... Warnung, die Sie erhalten haben."

"Ich bin Journalistin", erwiderte Jana fest. "Mein Job ist es, die Wahrheit zu finden und zu berichten. Nicht, mich einschüchtern zu lassen."

"Bewundernswert", nickte Lilith. "Naiv, aber bewundernswert."

Sie öffnete eine Schublade ihres Schreibtisches, holte eine Akte heraus, legte sie vor sich. "Wissen Sie, was das ist, Fräulein Weber?"

Jana schwieg, wartete ab.

"Das ist Ihr Leben", sagte Lilith einfach. "Oder zumindest die Teile davon, die interessant sind. Ihre Schulzeit in Kiel. Ihr Studium in Hamburg. Ihre ersten Schritte im Journalismus. Ihre... Beziehung zu Tarek Khalil."

Jana erstarrte. Tarek war ihr Informant, ihr Kontakt in der Unterwelt, vielleicht mehr als das. Niemand wusste von ihrer Verbindung. Niemand sollte davon wissen.

"Ihre Schwester Lisa, die Psychologie studiert", fuhr Lilith fort. "Eine brillante junge Frau, wie ich höre. Mit einer vielversprechenden Zukunft vor sich. Es wäre... bedauerlich, wenn etwas diese Zukunft gefährden würde."

"Lassen Sie meine Schwester aus dem Spiel", sagte Jana, ihre Stimme nun schärfer, gefährlicher.

Lilith lächelte erneut, ein Lächeln, das ihre Augen nicht erreichte. "Das liegt ganz bei Ihnen, meine Liebe. Ganz bei Ihnen."

Sie schloss die Akte, lehnte sich zurück. "Ich habe einen Vorschlag für Sie. Einen, der... vorteilhaft für alle Beteiligten sein könnte."

"Ich höre", sagte Jana vorsichtig.

"Sie erhalten exklusiven Zugang zu Viktor Orlov", sagte Lilith. "Ein Interview, wie versprochen. Aber nicht nur das. Sie erhalten auch Zugang zu... anderen Informationen. Informationen, die Ihre Karriere definieren könnten."

"Welche Art von Informationen?", fragte Jana, ihre journalistische Neugier geweckt trotz ihrer Vorsicht.

"Über einen gewissen... Zirkel", sagte Lilith. "Eine Gruppe von Männern und Frauen, die mehr Einfluss haben, als Sie sich vorstellen können. Die Entscheidungen treffen, die das Leben von Millionen beeinflussen. Die über dem Gesetz stehen, über der Moral, über... allem."

Jana runzelte die Stirn. "Und warum sollten Sie mir Zugang zu solchen Informationen geben?"

"Weil es Zeit für... Veränderungen ist", erwiderte Lilith kryptisch. "Weil gewisse... Elemente dieses Zirkels ersetzt werden müssen. Weil die Öffentlichkeit ein Recht hat, zu wissen. Zumindest Teile davon."

Sie öffnete eine andere Schublade, holte einen USB-Stick heraus, legte ihn auf den Schreibtisch. "Hier sind Dokumente, Fotos, Aufzeichnungen. Genug, um eine Sensation zu schaffen. Genug, um gewisse Karrieren zu beenden. Genug, um... Veränderungen zu bewirken."

Jana starrte auf den USB-Stick, ihr Herz raste. Dies könnte die Geschichte ihres Lebens sein. Der Durchbruch, von dem jeder Journalist träumte. Die Enthüllung, die die Welt verändern würde.

Oder es könnte eine Falle sein. Ein Köder. Ein Weg, sie zu manipulieren, zu kontrollieren, zu benutzen.

"Was ist der Haken?", fragte sie direkt.

Lilith lächelte anerkennend. "Klug. Sehr klug. Der Haken, wie Sie es nennen, ist einfach: Sie berichten nur, was wir Ihnen erlauben zu berichten. Sie nennen nur die Namen, die wir Ihnen erlauben zu nennen. Sie folgen dem... Narrativ, das wir vorgeben."

"Das ist nicht Journalismus", erwiderte Jana kühl. "Das ist Propaganda."

"Perspektive, meine Liebe", wiederholte Lilith. "Alles eine Frage der Perspektive."

Sie schob den USB-Stick über den Schreibtisch. "Nehmen Sie ihn. Sehen Sie sich die Inhalte an. Treffen Sie Ihre Entscheidung. Aber denken Sie daran: Es gibt keine zweite Chance. Keine weitere Warnung. Keine... Gnade."

Jana zögerte, dann nahm sie den Stick, steckte ihn ein. "Und wenn ich ablehne?"

"Dann verlassen Sie dieses Gebäude, gehen nach Hause, vergessen alles, was Sie gesehen und gehört haben", sagte Lilith einfach. "Und wir... vergessen Sie ebenfalls."

"So einfach?", fragte Jana skeptisch.

"So einfach", bestätigte Lilith. "Aber denken Sie daran: Wenn Sie ablehnen und dennoch weitermachen, wenn Sie versuchen, diese Geschichte auf Ihre Weise zu erzählen, dann... nun, dann werden die Konsequenzen... unangenehm sein. Für Sie. Für Ihre Schwester. Für alle, die Ihnen wichtig sind."

Jana stand auf, nahm ihren Laptop. "Ich werde darüber nachdenken."

"Tun Sie das", nickte Lilith. "Sie haben 24 Stunden. Dann erwarte ich Ihre Antwort."

Jana wandte sich zum Gehen, hielt an der Tür inne. "Eine Frage noch: Warum ich? Warum nicht ein etablierterer Journalist? Jemand mit mehr... Gewicht?"

Lilith betrachtete sie mit neuem Interesse. "Weil Sie hungrig sind, Fräulein Weber. Weil Sie etwas zu beweisen haben. Weil Sie... formbar sind. Und weil Sie bereits Teil des Spiels sind, ob Sie es wissen oder nicht."

Jana runzelte die Stirn. "Was meinen Sie damit?"

"Sie werden es verstehen", sagte Lilith kryptisch. "Zu gegebener Zeit."

Mit diesen Worten gab sie Dr. Krüger ein Zeichen, und die Psychologin stand auf, führte Jana aus dem Raum, zurück zum wartenden SUV.

Die Fahrt zurück in die Stadt verlief schweigend, beide Frauen in ihre eigenen Gedanken versunken. Als der Wagen schließlich vor Janas Wohnung in Ottensen hielt, drehte Dr. Krüger sich zu ihr.

"Ein Rat, von Frau zu Frau", sagte sie, ihre Stimme nun weicher, fast mitfühlend. "Nehmen Sie das Angebot an. Es ist... besser so. Für alle Beteiligten."

Jana stieg aus, ohne zu antworten, stand auf dem Bürgersteig und sah zu, wie der SUV davonfuhr, ein dunkler Schatten in der Nacht. In ihrer Tasche fühlte sie den USB-Stick, schwer wie ein Stein, belastend wie ein Geheimnis.

Was sollte sie tun? Die Geschichte ihres Lebens schreiben, aber unter fremder Kontrolle? Oder ablehnen und riskieren... was genau? Ihre Karriere? Ihre Sicherheit? Das Wohlergehen ihrer Schwester?

Jana ging langsam die Treppe zu ihrer Wohnung hinauf, ihr Geist ein Wirbel aus Gedanken, Zweifeln, Ängsten. Als sie ihre Wohnungstür erreichte, bemerkte sie, dass sie leicht offenstand. Ein kalter Schauer lief ihr über den Rücken. Sie hatte abgeschlossen, da war sie sicher. Sie schloss immer ab.

Vorsichtig stieß sie die Tür auf, trat ein. Ihre Wohnung war dunkel, still, scheinbar unverändert. Aber als sie das Licht einschaltete, sah sie es – auf ihrem Küchentisch lag ein Umschlag, der dort nicht gewesen war, als sie ging.

Mit zitternden Händen öffnete sie ihn. Darin befand sich ein einzelnes Blatt Papier mit einer handgeschriebenen Nachricht: "Nicht alle Spiele sind das, was sie zu sein scheinen. Nicht alle Spieler sind, wer sie zu sein scheinen. Sei vorsichtig, wem du vertraust. - Ein Freund"

Jana starrte auf die Nachricht, ihr Herz ein Trommelfeuer in ihrer Brust. Was bedeutete das? Wer hatte das geschrieben? Und wie waren sie in ihre Wohnung gekommen?

Sie ließ sich auf einen Stuhl sinken, der USB-Stick in ihrer Hand, die mysteriöse Nachricht vor ihr auf dem Tisch. Die Nacht war noch jung, und sie hatte Entscheidungen zu treffen. Entscheidungen, die ihr Leben verändern könnten. Entscheidungen, die vielleicht mehr bedeuteten, als sie ahnte.

In seinem Büro in der Kanzlei Bergmann & Partner saß Max Schönfeld vor seinem Computer, die Augen gerötet von zu wenig Schlaf und zu viel Stress. Auf seinem Bildschirm war ein Dokument geöffnet, das er in den letzten Stunden verfasst hatte – ein detaillierter Bericht über alles, was er wusste, über Orlov, über den Zirkel, über die Verbindungen, die Transaktionen, die Verbrechen.

Eine Versicherung. Ein Schutz. Ein Beweis, falls ihm etwas zustoßen sollte.

Das Treffen mit Sarah auf der Plaza der Elbphilharmonie hatte ihn mehr aufgewühlt, als er zugeben wollte. Sie wiederzusehen, nach all den Jahren, hatte Erinnerungen geweckt, Gefühle, die er tief vergraben geglaubt hatte. Und es hatte seine Entschlossenheit gestärkt, das Richtige zu tun. Endlich.

Sein Telefon vibrierte auf dem Schreibtisch. Eine Nachricht von einer unbekannten Nummer: "Treffen in 30 Minuten. Die Bar in St. Pauli. Dringend."

Max runzelte die Stirn. Die Nachricht kam nicht von Rabe, nicht von Sarah, nicht von irgendeinem seiner bekannten Kontakte. Wer wusste von der Bar? Wer kannte seine private Nummer?

Er zögerte, dann entschied er sich. Er würde gehen. Würde sehen, wer ihn treffen wollte. Würde vorsichtig sein, wachsam, bereit für... was auch immer.

Max speicherte das Dokument auf einem verschlüsselten USB-Stick, schloss seinen Computer, verließ sein Büro mit der Erklärung, er habe einen wichtigen Termin. Niemand stellte Fragen. In einer Kanzlei wie Bergmann & Partner war Diskretion nicht nur eine Tugend, sondern eine Notwendigkeit.

Die Bar in St. Pauli war wie immer – dunkel, diskret, mit jener Mischung aus Abgenutztem und Gepflegtem, die typisch war für Etablissements, die mehr waren als sie schienen. Max betrat sie vorsichtig, ließ seinen Blick durch den Raum schweifen, suchte nach bekannten Gesichtern, nach potenziellen Bedrohungen.

In einer Nische am hinteren Ende des Raumes saß eine Gestalt, die er sofort erkannte, obwohl er sie nie zuvor gesehen hatte – Lilith. Es konnte niemand anderes sein. Die Aura von Macht und Kontrolle, die sie umgab, war unverkennbar. Dieselbe Aura, die Orlov umgab, aber anders, subtiler, gefährlicher.

Max ging langsam auf sie zu, setzte sich ihr gegenüber. "Lilith", sagte er, bemüht, seine Stimme ruhig und professionell klingen zu lassen.

"Dr. Schönfeld", erwiderte sie, ein leichtes Lächeln auf ihren Lippen. "Wie schön, dass Sie meiner Einladung gefolgt sind."

"War es eine Einladung?", fragte Max kühl. "Fühlte sich eher wie ein Befehl an."

Lilith lächelte dünn. "Perspektive, mein Lieber. Alles eine Frage der Perspektive."

Ein Kellner brachte zwei Gläser – Whisky für Max, eine klare Flüssigkeit für Lilith. Max nippte vorsichtig an seinem Getränk, schmeckte den vertrauten Geschmack von Lagavulin 16 Jahre. Sein Favorit. Natürlich wusste sie das.

"Sie fragen sich, warum ich Sie hergebeten habe", sagte Lilith, stellte ihr Glas ab. Es war keine Frage, sondern eine Feststellung.

"Die Gedanken eines Anwalts zu lesen, ist keine große Kunst", erwiderte Max trocken.

Lilith lächelte erneut, diesmal mit einem Hauch von echter Belustigung. "Touché, Dr. Schönfeld. Aber lassen Sie mich Ihre Frage beantworten: Sie sind hier, weil wir ein... Problem haben. Ein Problem, das Sie verursacht haben."

Max schwieg, wartete ab. Es war immer besser, den anderen reden zu lassen, mehr preiszugeben, als man selbst tat. Eine Lektion, die er in seinem Beruf gelernt hatte.

"Sie haben Kontakt zu Sarah Lehmann aufgenommen", fuhr Lilith fort. "Sie haben ihr Informationen gegeben. Das Protokoll unserer letzten Sitzung. Einen USB-Stick mit... sensiblen Daten."

Max erstarrte innerlich, bemühte sich aber, äußerlich ruhig zu bleiben. Wie wusste sie davon? Wer hatte ihn beobachtet? Wer hatte ihn verraten?

"Sie spielen ein gefährliches Spiel, Dr. Schönfeld", sagte Lilith, ihre Stimme nun kälter, schärfer. "Ein Spiel, das Sie nicht gewinnen können. Ein Spiel, das... tödlich enden könnte."

"Ist das eine Drohung?", fragte Max, seine Stimme ruhiger, als er sich fühlte.

"Eine Warnung", korrigierte Lilith sanft. "Von jemandem, der die Konsequenzen kennt, wenn man sich mit... gewissen Interessen anlegt."

Sie nahm einen Schluck von ihrem Getränk, betrachtete ihn über den Rand des Glases hinweg. "Wissen Sie, was mich an Menschen wie Ihnen am faszinierendsten finde, Dr. Schönfeld? Ihre Überzeugung, dass Sie die Kontrolle haben. Dass Sie die Regeln kennen. Dass Sie das Spiel verstehen."

Sie stellte ihr Glas ab, lehnte sich vor, ihre Augen nun intensiver, durchdringender. "Aber die Realität ist komplexer, nicht wahr? Sie sind nicht der Spieler, sondern die Figur. Nicht der Schachmeister, sondern der Bauer. Nicht der Regisseur, sondern der Schauspieler, der seine Rolle spielt, ohne das gesamte Drehbuch zu kennen."

Max spürte, wie sich sein Magen zusammenzog. Diese Frau, diese Lilith, strahlte eine Gefahr aus, die fast greifbar war – nicht die offensichtliche Bedrohung eines Gangsters oder Schlägers, sondern etwas Subtileres, Kälteres, Berechnenderes.

"Was wollen Sie?", fragte er direkt.

"Dasselbe wie Sie", erwiderte Lilith ohne Umschweife. "Gerechtigkeit. Wahrheit. Veränderung."

Max runzelte die Stirn, verwirrt von ihrer Antwort. "Ich verstehe nicht."

"Natürlich nicht", nickte Lilith. "Wie könnten Sie auch? Sie sehen nur einen kleinen Ausschnitt des Bildes. Einen Bruchteil des Ganzen. Einen Moment in einem... viel längeren Spiel."

Sie lehnte sich zurück, ihre Haltung nun entspannter, als hätte sie einen wichtigen Punkt überwunden. "Aber ich bin bereit, Ihnen mehr zu zeigen. Ihnen zu helfen, zu verstehen. Ihnen die Wahrheit zu offenbaren. Oder zumindest... einen Teil davon."

"Warum sollten Sie das tun?", fragte Max skeptisch.

"Weil Sie nützlich sein könnten", sagte Lilith direkt. "Weil Sie Zugang haben, Fähigkeiten, Verbindungen. Weil Sie... motiviert sind. Und weil Sie bereits Teil des Spiels sind, ob Sie es wissen oder nicht."

Max starrte sie an, versuchte zu verstehen, was hier vor sich ging. War dies ein Trick? Eine Manipulation? Ein Versuch, ihn zu testen, zu kompromittieren, zu kontrollieren?

"Was meinen Sie damit?", fragte er vorsichtig.

"Sie werden es verstehen", sagte Lilith kryptisch. "Zu gegebener Zeit."

Sie griff in ihre Tasche, holte einen Umschlag heraus, legte ihn auf den Tisch. "Hier drin sind Informationen. Über Orlov. Über den Zirkel. Über... mich. Informationen, die Ihre Perspektive verändern könnten. Die Ihnen zeigen könnten, dass nicht alles so ist, wie es scheint."

Max zögerte, dann nahm er den Umschlag, steckte ihn ein. "Und was erwarten Sie im Gegenzug?"

"Nichts", sagte Lilith einfach. "Zumindest... noch nicht. Lesen Sie die Informationen. Denken Sie darüber nach. Treffen Sie Ihre Entscheidung. Und dann... werden wir sehen."

Sie stand auf, legte einen Geldschein auf den Tisch. "Eine letzte Sache, Dr. Schönfeld: Seien Sie vorsichtig, wem Sie vertrauen. Nicht alle Freunde sind Freunde. Nicht alle Feinde sind Feinde. In diesem Spiel... ist nichts, wie es scheint."

Mit diesen Worten verließ sie die Bar, eine elegante Gestalt, die sich durch den Raum bewegte wie ein Schatten, der sich auflöst, sobald man direkt hinsieht.

Max blieb zurück, den Umschlag in seiner Tasche, sein Whisky halb getrunken vor ihm. Sein Geist raste, versuchte zu verstehen, was gerade geschehen war, was es bedeutete, was er tun sollte.

Er trank seinen Whisky aus, zahlte und verließ die Bar. Die Nacht war kühl, der Himmel klar, die Sterne funkelten über ihm wie ferne, gleichgültige Beobachter. Die Stadt um ihn herum pulsierte mit Leben, mit Energie, mit der unbeschwerten Freude der Nachtschwärmer. Aber für Max hatte die Nacht einen bitteren Nachgeschmack bekommen, einen Geschmack nach Furcht, nach Zweifel, nach moralischen Grauzonen.

Er ging langsam in Richtung Hauptstraße, wo er ein Taxi finden konnte. In seiner Tasche fühlte er den Umschlag, schwer wie ein Stein, belastend wie ein Geheimnis. Was würde er darin finden? Wahrheit oder Lüge? Hilfe oder Falle? Rettung oder Verdammnis?

Ein Taxi hielt neben ihm, und er stieg ein, gab dem Fahrer seine Adresse. Als das Fahrzeug sich in Bewegung setzte, warf Max einen letzten Blick zurück auf die Bar, die er gerade verlassen hatte. Von außen nichts Besonderes, nichts, was die Aufmerksamkeit auf sich ziehen würde. Aber im Inneren...

Im Inneren verbarg sich eine Welt, die er nur erahnen konnte. Eine Welt der Macht, des Geldes, der Geheimnisse. Eine Welt, in die er einen flüchtigen Blick geworfen hatte und die ihn nun nicht mehr loslassen würde.

Eine Welt, die gefährlicher war, als er sich je hätte vorstellen können.

Die Morgendämmerung kroch langsam über den Horizont, tauchte die Silhouette Hamburgs in ein zartes Rosa, als Viktor Orlov in seinem Penthouse am Elbufer stand, ein Glas Cognac in der Hand, den Blick auf die erwachende Stadt gerichtet. Die Nacht war kurz gewesen, unruhig, gefüllt mit Gedanken, die wie Raubvögel kreisten, immer enger, immer bedrohlicher.

Etwas stimmte nicht. Etwas hatte sich verändert. Etwas... verschob sich, subtil, aber unaufhaltsam, wie tektonische Platten vor einem Erdbeben.

Sein Telefon vibrierte auf dem Tisch hinter ihm. Eine Nachricht von Dr. Friedmann: "Dringend. Treffen in 30 Minuten. Mein Büro."

Orlov runzelte die Stirn. Friedmann war nicht der Typ für Dramatik, für Dringlichkeit, für... Panik. Was auch immer ihn veranlasst hatte, diese Nachricht zu schicken, musste ernst sein. Sehr ernst.

Er leerte sein Glas, stellte es ab, ging ins Schlafzimmer, um sich anzukleiden. Sein Spiegelbild zeigte einen Mann, der äußerlich perfekt war — makellos gekleidet, gepflegt, kontrolliert. Aber in seinen Augen sah er etwas, das er selten zuließ: Unsicherheit. Zweifel. Furcht.

Dreißig Minuten später betrat Orlov das imposante Gebäude der Hanseatischen Privatbank in der Hamburger Innenstadt. Die Sicherheitsbeamten am Eingang nickten ihm respektvoll zu, ließen ihn ohne Kontrolle passieren. Im Aufzug drückte er den Knopf für das oberste Stockwerk, wo sich die Vorstandsetage befand, das Reich von Dr. Markus Friedmann.

Friedmann erwartete ihn bereits, stand am Fenster seines Büros, die Haltung angespannt, die Schultern verkrampft. Als Orlov eintrat, drehte er sich um, sein Gesicht eine Maske aus Sorge und Erschöpfung.

"Viktor", sagte er, seine Stimme rau, als hätte er lange nicht geschlafen. "Danke, dass du so schnell gekommen bist."

Orlov nickte knapp, setzte sich in einen der eleganten Ledersessel vor Friedmanns Schreibtisch. "Was ist los, Markus? Was ist so dringend?"

Friedmann ging zu seinem Schreibtisch, öffnete eine Schublade, holte einen USB-Stick heraus, legte ihn vor Orlov. "Das. Jemand hat mir das heute Morgen geschickt. Anonym. Mit einer Nachricht: 'Ihr seid nicht die einzigen Spieler auf dem Brett.'"

Orlov betrachtete den USB-Stick mit Misstrauen. "Was ist darauf?"

"Dokumente", erwiderte Friedmann. "Transaktionsdaten. Kontoauszüge. Protokolle von Zirkel-Sitzungen. Dinge, die niemand wissen sollte. Dinge, die niemand haben sollte."

Orlov erstarrte, seine Augen verengten sich zu Schlitzen. "Wie ist das möglich? Wer könnte Zugang zu solchen Informationen haben?"

"Das ist die Frage, nicht wahr?", sagte Friedmann, ließ sich schwer in seinen Stuhl fallen. "Wer hat Zugang? Wer weiß von uns? Wer... spielt gegen uns?"

Orlov schwieg einen Moment, sein Geist raste, analysierte, berechnete. "Schönfeld", sagte er schließlich. "Er muss es sein. Er hat Zugang zu Dokumenten, zu Informationen. Er könnte..."

"Nein", unterbrach Friedmann. "Es ist nicht Schönfeld. Oder zumindest nicht nur Schönfeld. Die Informationen auf diesem Stick... sie gehen weiter zurück. Jahre zurück. Zu Zeiten, als Schönfeld noch nicht einmal wusste, dass wir existieren."

"Dann wer?", fragte Orlov, seine Stimme nun schärfer, gefährlicher. "Wer sonst könnte es sein?"

Friedmann zögerte, schien nach den richtigen Worten zu suchen. "Ich habe eine Theorie", sagte er schließlich. "Eine... beunruhigende Theorie."

"Sprich", befahl Orlov.

"Lilith", sagte Friedmann einfach.

Orlov starrte ihn an, ungläubig, verwirrt. "Lilith? Unsere Lilith? Das ist absurd. Sie ist loyal. Sie ist... eine von uns."

"Ist sie das?", fragte Friedmann leise. "Wissen wir wirklich, wer sie ist? Was sie will? Woher sie kommt?"

Orlov schwieg, dachte nach. Es stimmte – Lilith war immer ein Rätsel gewesen, eine Enigma, eine Frau ohne Vergangenheit, ohne Geschichte, ohne... Identität. Sie war einfach aufgetaucht, eines Tages, mit ihren Verbindungen, ihren Fähigkeiten, ihrer unheimlichen Fähigkeit, Menschen zu lesen, zu manipulieren, zu kontrollieren.

"Was schlägst du vor?", fragte er schließlich.

"Wir müssen vorsichtig sein", erwiderte Friedmann. "Wachsam. Wir müssen herausfinden, was hier vor sich geht, wer gegen uns spielt, was das Ziel ist."

"Und wie?", drängte Orlov.

Friedmann lehnte sich vor, seine Stimme nun kaum mehr als ein Flüstern. "Wir müssen Lilith überwachen. Ihre Kommunikation, ihre Bewegungen, ihre Kontakte. Wir müssen herausfinden, ob sie tatsächlich... gegen uns arbeitet."

Orlov nickte langsam. "Und wenn ja? Wenn sie tatsächlich... eine Verräterin ist?"

Friedmann hielt seinem Blick stand. "Dann müssen wir tun, was nötig ist. Was... unvermeidlich ist."

Die beiden Männer saßen sich gegenüber, das Gewicht ihrer Worte, ihrer Entscheidungen, ihrer potenziellen Handlungen schwer zwischen ihnen. Draußen war die Sonne nun vollständig aufgegangen, tauchte die Stadt in goldenes Licht, warf lange Schatten durch die Straßen.

Schatten, die tiefer wurden, dunkler, bedrohlicher.

In ihrem Büro in der Staatsanwaltschaft saß Sarah Lehmann vor ihrem Computer, die Dokumente studierend, die Max ihr gegeben hatte. Dokumente, die von Lilith stammten. Dokumente, die alles veränderten.

Die Tür öffnete sich, und Oberstaatsanwalt Dr. Friedrich Bauer trat ein, sein Gesicht ernst, seine Haltung steif. "Lehmann", sagte er knapp. "Ein Wort."

Sarah blickte auf, überrascht von seinem Ton, seiner Präsenz. Bauer kam selten in die Büros seiner Untergebenen, bevorzugte es, sie zu sich zu rufen, in sein Reich im obersten Stockwerk, wo die Luft dünner war, die Macht konzentrierter.

"Natürlich", sagte sie, schloss hastig die Dokumente auf ihrem Bildschirm, stand auf.

"Nicht hier", sagte Bauer. "In meinem Büro. Sofort."

Sarah folgte ihm durch die Flure der Staatsanwaltschaft, vorbei an Kollegen, die ihnen neugierige Blicke zuwarfen. Bauers Büro war, wie immer, ein Tempel der Ordnung und Kontrolle – kein Papier außerhalb der Akten, kein Staubkorn auf den Möbeln, kein persönlicher Gegenstand, der von dem Mann dahinter zeugte.

"Setzen Sie sich", sagte er, deutete auf einen Stuhl vor seinem Schreibtisch. Sarah gehorchte, ihre Haltung angespannt, wachsam.

Bauer setzte sich ebenfalls, faltete seine Hände vor sich auf dem Schreibtisch. "Ich habe gehört, Sie arbeiten an einem... interessanten Fall", sagte er ohne Umschweife. "Etwas mit der Hanseatischen Privatbank. Mit Viktor Orlov. Mit... gewissen Transaktionen."

Sarah erstarrte innerlich, bemühte sich aber, äußerlich ruhig zu bleiben. "Ja", sagte sie vorsichtig. "Es gibt Hinweise auf mögliche illegale Aktivitäten. Geldwäsche, Steuerhinterziehung, möglicherweise Verbindungen zum organisierten Verbrechen."

"Hinweise", wiederholte Bauer. "Welcher Art?"

"EncroChat-Daten", erwiderte Sarah. "Bankdokumente. Zeugenaussagen. Die üblichen Beweismittel in solchen Fällen."

Bauer betrachtete sie mit einem Ausdruck, den sie nicht deuten konnte – eine Mischung aus Misstrauen, Neugier und etwas, das fast wie... Furcht aussah.

"Und haben Sie... andere Informationen erhalten?", fragte er schließlich. "Informationen, die nicht aus den üblichen Quellen stammen?"

Sarah hielt seinem Blick stand, ihr Herz ein Trommelfeuer in ihrer Brust. Wusste er von Max? Von Lilith? Von den Dokumenten?

"Ich bin nicht sicher, was Sie meinen", sagte sie vorsichtig.

Bauer lehnte sich vor, seine Stimme nun leiser, intensiver. "Ich meine Informationen, die von... ungewöhnlichen Quellen stammen. Von Personen, die mehr wissen, als sie sollten. Von... Spielern, die nicht auf dem Brett sein sollten."

Sarah schwieg, unsicher, wie sie reagieren sollte. War dies ein Test? Eine Falle? Ein Versuch, sie zum Reden zu bringen, sich zu verraten?

"Ich verstehe Ihre Vorsicht", sagte Bauer nach einer Weile. "Ich würde an Ihrer Stelle genauso handeln. Aber lassen Sie mich Ihnen einen Rat geben, Lehmann. Einen Rat von jemandem, der... mehr weiß, als er sollte."

Er lehnte sich zurück, sein Gesicht nun wieder eine Maske aus professioneller Neutralität. "Seien Sie vorsichtig, mit wem Sie sich verbünden. Nicht alle, die Hilfe anbieten, haben Ihre besten Interessen im Sinn. Nicht alle, die Informationen teilen, teilen die Wahrheit. Nicht alle, die als Freunde erscheinen, sind es tatsächlich."

Sarah runzelte die Stirn. "Sprechen Sie in Rätseln, Herr Oberstaatsanwalt?"

"Ich spreche in Warnungen", korrigierte Bauer. "In... Hinweisen. In... Wahrheiten, die Sie vielleicht noch nicht bereit sind zu hören."

Er stand auf, ein Zeichen, dass das Gespräch beendet war. "Das ist alles, Lehmann. Sie können gehen."

Sarah erhob sich ebenfalls, verwirrt, beunruhigt, alarmiert. "Darf ich fragen, warum Sie mir das sagen? Warum jetzt? Warum... überhaupt?"

Bauer betrachtete sie einen Moment, dann lächelte er dünn. "Sagen wir, ich habe ein... persönliches Interesse an Ihrer Sicherheit. An Ihrem Wohlergehen. An Ihrer... Zukunft."

Er ging zur Tür, öffnete sie für sie. "Und denken Sie daran, Lehmann: Nicht alle Spiele sind das, was sie zu sein scheinen. Nicht alle Spieler sind, wer sie zu sein scheinen. Seien Sie vorsichtig, wem Sie vertrauen."

Sarah erstarrte, die Worte ein Echo der mysteriösen Nachricht, die sie in ihrer Wohnung gefunden hatte. Die exakt gleichen Worte. Die exakt gleiche Warnung.

Sie verließ das Büro, ihr Geist ein Wirbel aus Fragen, Zweifeln, Vermutungen. War Bauer der "Freund", der die Nachricht hinterlassen hatte? War er ein Verbündeter? Ein Feind? Etwas... anderes?

Und was wusste er über Lilith? Über Max? Über die Dokumente? Über das Spiel, das gespielt wurde?

Sarah ging langsam zurück zu ihrem Büro, ihre Schritte schwer, ihre Gedanken schwerer. Die Welt um sie herum schien sich zu verändern, zu verschieben, zu... transformieren in etwas, das sie nicht mehr erkannte, nicht mehr verstand, nicht mehr kontrollieren konnte.

Ein Spiel, dessen Regeln sie nicht kannte. Ein Kampf, dessen Fronten unklar waren. Ein Rätsel, dessen Lösung im Dunkeln lag.

Und mittendrin sie selbst, eine Figur auf einem Brett, das größer war, als sie je geahnt hatte.

In der Redaktion der BILD saß Jana Weber an ihrem Schreibtisch, starrte auf ihren Bildschirm, auf dem der Inhalt des USB-Sticks geöffnet war, den Lilith ihr gegeben hatte. Dokumente, Fotos, Aufzeichnungen. Genug, um eine Sensation zu schaffen. Genug, um Karrieren zu beenden. Genug, um... Veränderungen zu bewirken.

Aber zu welchem Preis? Unter welchen Bedingungen? Mit welchen... Konsequenzen?

"Weber", sagte eine Stimme hinter ihr. Jana drehte sich um, sah ihren Chefredakteur, Thomas Müller, einen Mann, dessen Karriere auf Sensationen aufgebaut war, auf Schlagzeilen, auf Exklusivgeschichten.

"Ja?", fragte sie, schloss hastig die Dokumente auf ihrem Bildschirm.

"In mein Büro", sagte Müller knapp. "Sofort."

Jana folgte ihm durch die hektische Redaktion, vorbei an Kollegen, die an ihren Artikeln arbeiteten, telefonierten, diskutierten. Müllers Büro war, wie immer, ein Chaos aus Zeitungen, Ausdrucken, Kaffeetassen – das Reich eines Mannes, der im Auge des Sturms lebte und sich dort wohlfühlte.

"Setzen Sie sich", sagte er, deutete auf einen Stuhl vor seinem Schreibtisch. Jana gehorchte, ihre Haltung angespannt, wachsam.

Müller setzte sich ebenfalls, lehnte sich zurück in seinem Stuhl. "Ich habe gehört, Sie arbeiten an einer... interessanten Geschichte", sagte er ohne Umschweife. "Etwas mit der Hanseatischen Privatbank. Mit Viktor Orlov. Mit... gewissen Transaktionen."

Jana erstarrte innerlich, bemühte sich aber, äußerlich ruhig zu bleiben. "Ja", sagte sie vorsichtig. "Es gibt Hinweise auf mögliche illegale Aktivitäten. Geldwäsche, Steuerhinterziehung, möglicherweise Verbindungen zum organisierten Verbrechen."

"Hinweise", wiederholte Müller. "Welcher Art?"

"Quellen", erwiderte Jana vage. "Dokumente. Insider-Informationen. Die üblichen Dinge in solchen Fällen."

Müller betrachtete sie mit einem Ausdruck, den sie nicht deuten konnte – eine Mischung aus Misstrauen, Neugier und etwas, das fast wie... Furcht aussah.

"Und haben Sie... ein Angebot erhalten?", fragte er schließlich. "Ein Angebot für ein exklusives Interview mit Orlov? Für... Informationen, die unter gewissen Bedingungen geteilt werden?"

Jana hielt seinem Blick stand, ihr Herz ein Trommelfeuer in ihrer Brust. Wusste er von Lilith? Von dem USB-Stick? Von dem Angebot?

"Ich bin nicht sicher, was Sie meinen", sagte sie vorsichtig.

Müller lehnte sich vor, seine Stimme nun leiser, intensiver. "Ich meine ein Angebot, das zu gut klingt, um wahr zu sein. Ein Angebot, das Ihre Karriere definieren könnte. Ein Angebot, das... Bedingungen hat, die Sie vielleicht nicht vollständig verstehen."

Jana schwieg, unsicher, wie sie reagieren sollte. War dies ein Test? Eine Falle? Ein Versuch, sie zum Reden zu bringen, sich zu verraten?

"Ich verstehe Ihre Vorsicht", sagte Müller nach einer Weile. "Ich würde an Ihrer Stelle genauso handeln. Aber lassen Sie mich Ihnen einen Rat geben, Weber. Einen Rat von jemandem, der... mehr weiß, als er sollte."

Er lehnte sich zurück, sein Gesicht nun wieder eine Maske aus professioneller Neutralität. "Seien Sie vorsichtig, mit wem Sie sich verbünden. Nicht alle, die Hilfe anbieten, haben Ihre besten Interessen im Sinn. Nicht alle, die Informationen teilen, teilen die Wahrheit. Nicht alle, die als Freunde erscheinen, sind es tatsächlich."

Jana runzelte die Stirn. "Sprechen Sie in Rätseln, Herr Müller?"

"Ich spreche in Warnungen", korrigierte Müller. "In... Hinweisen. In... Wahrheiten, die Sie vielleicht noch nicht bereit sind zu hören."

Er stand auf, ein Zeichen, dass das Gespräch beendet war. "Das ist alles, Weber. Sie können gehen."

Jana erhob sich ebenfalls, verwirrt, beunruhigt, alarmiert. "Darf ich fragen, warum Sie mir das sagen? Warum jetzt? Warum... überhaupt?"

Müller betrachtete sie einen Moment, dann lächelte er dünn. "Sagen wir, ich habe ein... persönliches Interesse an Ihrer Sicherheit. An Ihrem Wohlergehen. An Ihrer... Zukunft."

Er ging zur Tür, öffnete sie für sie. "Und denken Sie daran, Weber: Nicht alle Spiele sind das, was sie zu sein scheinen. Nicht alle Spieler sind, wer sie zu sein scheinen. Seien Sie vorsichtig, wem Sie vertrauen."

Jana erstarrte, die Worte ein Echo der mysteriösen Nachricht, die sie in ihrer Wohnung gefunden hatte. Die exakt gleichen Worte. Die exakt gleiche Warnung.

Sie verließ das Büro, ihr Geist ein Wirbel aus Fragen, Zweifeln, Vermutungen. War Müller der "Freund", der die Nachricht hinterlassen hatte? War er ein Verbündeter? Ein Feind? Etwas... anderes?

Und was wusste er über Lilith? Über den USB-Stick? Über das Angebot? Über das Spiel, das gespielt wurde?

Jana ging langsam zurück zu ihrem Schreibtisch, ihre Schritte schwer, ihre Gedanken schwerer. Die Welt um sie herum schien sich zu verändern, zu verschieben, zu... transformieren in etwas, das sie nicht mehr erkannte, nicht mehr verstand, nicht mehr kontrollieren konnte.

Ein Spiel, dessen Regeln sie nicht kannte. Ein Kampf, dessen Fronten unklar waren. Ein Rätsel, dessen Lösung im Dunkeln lag.

Und mittendrin sie selbst, eine Figur auf einem Brett, das größer war, als sie je geahnt hatte.

In seinem Büro in der Kanzlei Bergmann & Partner saß Max Schönfeld vor seinem Computer, die Dokumente studierend, die Lilith ihm gegeben hatte. Dokumente, die alles veränderten.

Die Tür öffnete sich, und Dr. Heinrich Bergmann trat ein, der Seniorpartner der Kanzlei, ein Mann, dessen Karriere auf Diskretion aufgebaut war, auf Verbindungen, auf Macht.

"Schönfeld", sagte er knapp. "Ein Wort."

Max blickte auf, überrascht von seinem Ton, seiner Präsenz. Bergmann kam selten in die Büros seiner Anwälte, bevorzugte es, sie zu sich zu rufen, in sein Reich im obersten Stockwerk, wo die Luft dünner war, die Macht konzentrierter.

"Natürlich", sagte Max, schloss hastig die Dokumente auf seinem Bildschirm, stand auf.

"Nicht hier", sagte Bergmann. "In meinem Büro. Sofort."

Max folgte ihm durch die Flure der Kanzlei, vorbei an Kollegen, die ihnen neugierige Blicke zuwarfen. Bergmanns Büro war, wie immer, ein Tempel der Eleganz und des Reichtums – antike Möbel, wertvolle Kunstwerke, eine Bar mit Spirituosen, deren Preise Max' Monatsgehalt überstiegen.

"Setzen Sie sich", sagte er, deutete auf einen Stuhl vor seinem Schreibtisch. Max gehorchte, seine Haltung angespannt, wachsam.

Bergmann setzte sich ebenfalls, faltete seine Hände vor sich auf dem Schreibtisch. "Ich habe gehört, Sie haben... Kontakte geknüpft", sagte er ohne Umschweife. "Zu Sarah Lehmann. Zur Staatsanwaltschaft. Zu... gewissen Personen, die nicht in unserem besten Interesse handeln."

Max erstarrte innerlich, bemühte sich aber, äußerlich ruhig zu bleiben. "Ich bin nicht sicher, was Sie meinen", sagte er vorsichtig.

Bergmann lächelte dünn, ein Lächeln, das seine Augen nicht erreichte. "Spielen wir keine Spielchen, Schönfeld. Wir beide wissen, was Sie getan haben. Die Frage ist nur: Warum?"

Max schwieg, unsicher, wie er reagieren sollte. War dies ein Test? Eine Falle? Ein Versuch, ihn zum Reden zu bringen, sich zu verraten?

"Ich verstehe Ihre Vorsicht", sagte Bergmann nach einer Weile. "Ich würde an Ihrer Stelle genauso handeln. Aber lassen Sie mich Ihnen einen Rat geben, Schönfeld. Einen Rat von jemandem, der... mehr weiß, als Sie denken."

Er lehnte sich vor, seine Stimme nun leiser, intensiver. "Seien Sie vorsichtig, mit wem Sie sich verbünden. Nicht alle, die Hilfe anbieten, haben Ihre besten Interessen im Sinn. Nicht alle, die Informationen teilen, teilen die Wahrheit. Nicht alle, die als Freunde erscheinen, sind es tatsächlich."

Max runzelte die Stirn. "Sprechen Sie in Rätseln, Herr Dr. Bergmann?"

"Ich spreche in Warnungen", korrigierte Bergmann. "In... Hinweisen. In... Wahrheiten, die Sie vielleicht noch nicht bereit sind zu hören."

Er stand auf, ein Zeichen, dass das Gespräch beendet war. "Das ist alles, Schönfeld. Sie können gehen."

Max erhob sich ebenfalls, verwirrt, beunruhigt, alarmiert. "Darf ich fragen, warum Sie mir das sagen? Warum jetzt? Warum... überhaupt?"

Bergmann betrachtete ihn einen Moment, dann lächelte er dünn. "Sagen wir, ich habe ein... persönliches Interesse an Ihrer Sicherheit. An Ihrem Wohlergehen. An Ihrer... Zukunft."

Er ging zur Tür, öffnete sie für ihn. "Und denken Sie daran, Schönfeld: Nicht alle Spiele sind das, was sie zu sein scheinen. Nicht alle Spieler sind, wer sie zu sein scheinen. Seien Sie vorsichtig, wem Sie vertrauen."

Max erstarrte, die Worte ein Echo der mysteriösen Nachricht in Liliths Umschlag. Die exakt gleichen Worte. Die exakt gleiche Warnung.

Er verließ das Büro, sein Geist ein Wirbel aus Fragen, Zweifeln, Vermutungen. War Bergmann der "Freund", der die Nachricht geschrieben hatte? War er ein Verbündeter? Ein Feind? Etwas... anderes?

Und was wusste er über Lilith? Über Sarah? Über die Dokumente? Über das Spiel, das gespielt wurde?

Max ging langsam zurück zu seinem Büro, seine Schritte schwer, seine Gedanken schwerer. Die Welt um ihn herum schien sich zu verändern, zu verschieben, zu... transformieren in etwas, das er nicht mehr erkannte, nicht mehr verstand, nicht mehr kontrollieren konnte.

Ein Spiel, dessen Regeln er nicht kannte. Ein Kampf, dessen Fronten unklar waren. Ein Rätsel, dessen Lösung im Dunkeln lag.

Und mittendrin er selbst, eine Figur auf einem Brett, das größer war, als er je geahnt hatte.

TEIL IV

KAPITEL 16: ABGRUND

Die Morgendämmerung kroch wie ein krankes Tier über den Horizont, als Max Schönfeld in seiner Wohnung in Eppendorf erwachte. Oder vielmehr: Als er realisierte, dass er die letzten Stunden in einem Zustand verbracht hatte, der weder Schlaf noch Wachsein war – ein Dämmerzustand, in dem die Grenzen zwischen Realität und Halluzination verschwammen wie Tinte auf nassem Papier.

Seine Augen brannten. Seine Haut fühlte sich an, als würden tausend mikroskopisch kleine Insekten darüber krabbeln. Seine Zunge war ein ausgedörrtes Stück Leder in seinem Mund. Und sein Kopf – sein Kopf war ein Schlachtfeld, auf dem Gedankenfragmente wie Granatsplitter umherflogen, sich in sein Bewusstsein bohrten und Wunden rissen, die nicht bluteten, aber dennoch schmerzten.

„§ 823 Abs. 1 BGB", murmelte er, während er versuchte, sich aufzusetzen. „Wer vorsätzlich oder fahrlässig das Leben, den Körper, die Gesundheit, die Freiheit, das Eigentum oder ein sonstiges Recht eines anderen widerrechtlich verletzt, ist dem anderen zum Ersatz des daraus entstehenden Schadens verpflichtet."

Die Worte kamen automatisch, ein Relikt aus seinem früheren Leben, als sein Gehirn noch funktionierte wie ein präzises Uhrwerk, als Paragraphen und Urteile so selbstverständlich über seine Lippen kamen wie bei anderen Menschen Grußformeln.

Er schaffte es, sich an den Rand des Bettes zu setzen. Die Welt schwankte. Der Raum dehnte sich und zog sich zusammen wie ein atmendes Wesen. Die Tapete an der gegenüberliegenden Wand schien zu pulsieren, Muster zu bilden, die sich auflösten, sobald er versuchte, sie zu fokussieren.

„Ich brauche..." Seine Stimme war ein raues Krächzen. Er schluckte, versuchte es erneut. „Ich brauche etwas."

Die kleine Schachtel Diazepam in der Schublade seines Nachttischs war leer. Er hatte die letzte Tablette vor – wann? Gestern? Vorgestern? Die Zeit war zu einem amorphen Gebilde geworden, ohne klare Struktur, ohne verlässliche Markierungen.

Mit zitternden Händen durchsuchte er die Schublade erneut, kippte ihren Inhalt auf den Boden – Stifte, Papiere, ein altes Handy, Münzen, Büroklammern. Keine Tabletten.

„Verdammt!" Er schlug mit der Faust auf den Nachttisch, spürte den Schmerz kaum. „Verdammt, verdammt, verdammt!"

Er stand auf, schwankte, fing sich an der Wand ab. Sein Blick fiel auf sein Spiegelbild im Badezimmerspiegel durch die offene Tür. Für einen Moment erkannte er sich nicht. Der Mann, der ihn anstarrte, hatte eingefallene Wangen, dunkle Ringe unter blutunterlaufenen Augen, eine fahle, ungesund glänzende Haut. Sein einst akkurat geschnittenes Haar hing ihm strähnig ins Gesicht. Auf seinem Kinn wuchs ein ungleichmäßiger Bart.

„Dr. Maximilian Schönfeld", sagte er zu seinem Spiegelbild, versuchte, Festigkeit in seine Stimme zu legen. „Fachanwalt für Handels- und Gesellschaftsrecht. Partner bei Bergmann & Partner."

Das Spiegelbild lachte. Oder bildete er sich das ein? Die Lippen des Mannes im Spiegel verzogen sich zu einem grotesken Grinsen, das nicht zu dem Elend in seinen Augen passte.

„Du bist nichts mehr davon", sagte eine Stimme. Seine eigene? Die des Spiegelbilds? Eine andere, die nur in seinem Kopf existierte? „Du bist nichts mehr."

Er taumelte ins Badezimmer, drehte den Wasserhahn auf, spritzte sich kaltes Wasser ins Gesicht. Die Kälte half, für einen Moment die Nebel in seinem Kopf zu lichten. Er sah sich um, nahm zum ersten Mal seit Tagen wirklich wahr, was aus seiner einst makellosen Wohnung geworden war.

Überall lagen Kleidungsstücke herum – Hemden, Hosen, Socken, wahllos auf den Boden geworfen. Auf dem Couchtisch im Wohnzimmer stapelten sich Pizzakartons und leere Flaschen. Die Luft roch nach abgestandenem Schweiß, ungewaschener Kleidung und etwas anderem, etwas Chemischem, das er nicht benennen konnte oder wollte.

„Ich muss..." Er schluckte, versuchte, einen klaren Gedanken zu fassen. „Ich muss aufräumen. Ich muss... arbeiten. Ich habe einen Termin mit..."

Mit wem? Er konnte sich nicht erinnern. Hatte er überhaupt noch Termine? Wann war er das letzte Mal in der Kanzlei gewesen? Vor einer Woche? Vor zwei Wochen?

Er griff nach seinem Handy, das auf dem Nachttisch lag. Der Akku war leer. Er stolperte durch die Wohnung, suchte nach dem Ladekabel, fand es schließlich unter einem Stapel Papiere auf seinem Schreibtisch. Seine Hände zitterten so stark, dass er mehrere Versuche brauchte, um das Kabel anzuschließen.

Während er wartete, dass das Handy genug Ladung hatte, um sich einzuschalten, öffnete er den Kühlschrank. Er war fast leer – eine angebrochene Packung Käse, eine Flasche Weißwein, ein Joghurt, dessen Haltbarkeitsdatum vor zwei Wochen abgelaufen war. Sein Magen knurrte, aber der Gedanke an Essen verursachte ihm Übelkeit.

Er nahm die Weinflasche, trank direkt daraus. Der Wein war sauer geworden, aber das war ihm egal. Die Flüssigkeit linderte das Brennen in seiner Kehle, und der Alkohol würde helfen, die Entzugserscheinungen zu dämpfen. Zumindest ein wenig. Zumindest für eine Weile.

Sein Handy piepte, als es genug Ladung hatte, um sich einzuschalten. Er starrte auf den Bildschirm, während es hochfuhr. 47 verpasste Anrufe. 112 ungelesene Nachrichten. 89 ungelesene E-Mails.

Er öffnete die Anrufliste. Die meisten Anrufe waren von der Kanzlei – Bergmann persönlich, seine Sekretärin, Kollegen. Einige von Mandanten. Drei von Sarah Lehmann.

Sarah. Der Gedanke an sie verursachte einen stechenden Schmerz in seiner Brust. Was würde sie denken, wenn sie ihn jetzt sehen könnte? Die Frau, die er einst geliebt hatte. Die Frau, die er verraten hatte. Die Frau, die er nun um Hilfe gebeten hatte, in einem Moment der Klarheit, der Verzweiflung, der Hoffnung.

Er öffnete die Nachrichten. Die meisten waren Variationen desselben Themas – „Wo sind Sie?", „Wir erwarten Sie im Büro", „Der Mandant ist verärgert", „Rufen Sie zurück", „Sind Sie krank?", „Wir machen uns Sorgen".

Die letzten Nachrichten von Bergmann waren anders. Kürzer. Kälter.

„Ihr Verhalten ist inakzeptabel."

„Wir müssen über Ihre Zukunft in der Kanzlei sprechen."
„Wenn Sie nicht bis morgen erscheinen, sehen wir uns gezwungen, Konsequenzen zu ziehen."

Die letzte Nachricht war von gestern. Oder war es vorgestern? Er konnte sich nicht erinnern.

Er öffnete die E-Mails. Die erste, die er sah, ließ sein Herz stolpern.

Von: Dr. Heinrich Bergmann
Betreff: Kündigung

Sehr geehrter Herr Dr. Schönfeld,

nach Ihrem unentschuldigten Fernbleiben von der Kanzlei über einen Zeitraum von nunmehr zwei Wochen und Ihrer fortgesetzten Nichterreichbarkeit sehen wir uns gezwungen, das Arbeitsverhältnis mit Ihnen mit sofortiger Wirkung zu beenden.

Gemäß § 626 Abs. 1 BGB liegt ein wichtiger Grund vor, der uns zur außerordentlichen Kündigung berechtigt. Ihre wiederholten Pflichtverletzungen, insbesondere die Vernachlässigung Ihrer Mandanten und die Nichterfüllung Ihrer vertraglichen Pflichten, haben das Vertrauensverhältnis unwiederbringlich zerstört.

Wir fordern Sie auf, Ihren Kanzleischlüssel und alle in Ihrem Besitz befindlichen Unterlagen und Gegenstände, die Eigentum der Kanzlei sind, umgehend zurückzugeben.

Ihre ausstehenden Bezüge werden mit Ihrer letzten Abrechnung überwiesen.

Mit freundlichen Grüßen,
Dr. Heinrich Bergmann
Seniorpartner

Max starrte auf den Bildschirm, las die Worte wieder und wieder, als könnte ihre Bedeutung sich ändern, wenn er sie nur oft genug las. Gekündigt. Er war gekündigt worden. Seine Karriere, sein Lebenswerk, alles, wofür er gearbeitet hatte – weg. Ausgelöscht mit einer E-Mail.

Er ließ das Handy fallen, als hätte es ihn verbrannt. Es landete auf dem Boden, das Display zerbrach mit einem leisen Knacken. Er bemerkte es kaum.

Seine Brust fühlte sich an, als würde sie von innen zusammengedrückt. Er konnte nicht atmen. Schweiß brach auf seiner Stirn aus, rann ihm in die Augen, brannte. Seine Hände zitterten nicht mehr – sie schüttelten sich, als stünde er unter Strom.

„Ich brauche..." Er schluckte, versuchte, die Panik niederzukämpfen, die in ihm aufstieg wie eine Flutwelle. „Ich brauche etwas. Jetzt."

Er wusste, was er brauchte. Nicht die Tabletten, nicht mehr. Sie halfen nicht mehr, nicht wirklich. Er brauchte etwas Stärkeres. Etwas, das den Schmerz betäubte, die Angst, die Scham, die Verzweiflung. Etwas, das ihn vergessen ließ, wer er war und was aus ihm geworden war.

Er brauchte Crack.

Der Gedanke kam mit einer Klarheit, die in krassem Gegensatz zu dem Nebel stand, der sonst seinen Geist umhüllte. Crack. Die kleine weiße Steinchen, die in der Pfeife zischten und knackten, wenn er sie erhitzte. Der süßlich-chemische Rauch, der seine Lungen füllte. Der Blitz, der durch sein Gehirn fuhr, wenn das Kokain sein Belohnungszentrum flutete. Die kurze, intensive Euphorie, die alles andere auslöschte – den Schmerz, die Angst, die Scham, die Erinnerungen.

Er hatte es zum ersten Mal vor drei Wochen probiert. Oder waren es vier? Nach einem besonders harten Tag, als die Tabletten nicht mehr halfen und der Alkohol nur seine Übelkeit verstärkte. Er war zum Hauptbahnhof gegangen, hatte sich unter die Menschen gemischt, die dort herumstanden – die Ausgestoßenen, die Vergessenen, die Süchtigen. Er hatte sich gefühlt wie ein Alien unter ihnen, in seinem teuren Anzug, mit seiner gepflegten Erscheinung, seinem kultivierten Akzent.

Aber er hatte gefunden, was er suchte. Ein junger Mann, kaum mehr als ein Teenager, mit nervösen Augen und zitternden Händen. Ein kurzer Austausch von Worten, von Geld, von Ware. Und dann, in einer öffentlichen Toilette, hatte er zum ersten Mal die Pfeife an seine Lippen gesetzt, das Feuerzeug darunter gehalten, inhaliert.

Die Wirkung war... unbeschreiblich gewesen. Ein Rausch, intensiver als alles, was er je erlebt hatte. Für ein paar kostbare Minuten war alles andere verschwunden – der Stress, die Angst, die Schuldgefühle, die ihn seit Monaten verfolgten. Für ein paar Minuten war er frei gewesen.

Natürlich war der Absturz danach umso härter. Die Euphorie wich einer tiefen Depression, einer Leere, die nach mehr schrie, nach der nächsten Dosis, dem nächsten Rausch. Und er hatte nachgegeben. Einmal. Zweimal. Immer wieder.

Jetzt brauchte er es wieder. Dringender als je zuvor.

Er zog sich an, ohne auf die Kleidungsstücke zu achten, die er wählte – eine zerknitterte Hose, ein fleckiges Hemd, Schuhe, die nicht zueinander passten. Er griff nach seiner Brieftasche, öffnete sie. Leer. Natürlich. Er hatte sein letztes Bargeld vor Tagen ausgegeben.

Er durchsuchte die Wohnung, fand ein paar Münzen zwischen Sofakissen, eine vergessene Zwanzig-Euro-Note in einer Jackentasche, ein paar Cent in einer Schale auf dem Flurtisch. Nicht genug. Bei weitem nicht genug.

Seine Kreditkarten? Er hatte sie vor einer Woche benutzt, um Geld abzuheben. Oder waren es zwei Wochen? Der Automat hatte eine davon einbehalten – Limit überschritten. Die andere hatte er verloren, irgendwo zwischen dem Automaten und seiner Wohnung.

Er brauchte Geld. Jetzt.

Sein Blick fiel auf die Bücherregale an der Wand seines Wohnzimmers. Juristische Fachbücher, einige davon selten und wertvoll. Kunstbände, Erstausgaben, signierte Exemplare. Er hatte sie über Jahre gesammelt, hatte Tausende von Euro dafür ausgegeben.

Jetzt würde er sie verkaufen. Für einen Bruchteil ihres Wertes, aber das war ihm egal. Er brauchte Geld. Jetzt.

Er nahm einige der wertvollsten Bücher aus dem Regal, stopfte sie in eine Tasche. Sein Laptop – ein MacBook Pro, kaum ein Jahr alt. Seine Armbanduhr – eine Rolex, ein Geschenk von Bergmann zu seinem fünften Jahr in der Kanzlei. Ein silberner Briefbeschwerer in Form eines Paragraphenzeichens, ein Geschenk seiner Eltern zu seinem Examen.

Er würde sie alle verkaufen. Für einen Bruchteil ihres Wertes, aber das war ihm egal. Er brauchte Geld. Jetzt.

Mit der Tasche über der Schulter verließ er die Wohnung, ohne die Tür abzuschließen. Es war ihm egal. Nichts von Wert war mehr darin. Nichts, was er noch brauchte.

Die Straße vor seinem Haus war hell erleuchtet von der Morgensonne. Er blinzelte, die Helligkeit schmerzte in seinen Augen. Menschen eilten vorbei, auf dem Weg zur Arbeit, zum Einkaufen, zu Verabredungen. Normale Menschen mit normalen Leben. Er fühlte sich wie ein Geist unter ihnen, unsichtbar, unwirklich.

Er ging zum nächsten Pfandhaus, einem schäbigen Laden in einer Seitenstraße. Der Mann hinter dem Tresen musterte ihn mit einem Blick, der zwischen Misstrauen und Mitleid schwankte. Er bot ihm lächerliche Summen für seine Wertsachen – fünfzig Euro für den Laptop, hundert für die Rolex, zwanzig für die Bücher. Max akzeptierte ohne zu verhandeln. Er brauchte das Geld. Jetzt.

Mit hundertsiebzig Euro in der Tasche machte er sich auf den Weg zum Hauptbahnhof. Es war ein warmer Tag, aber er fröstelte. Schweiß rann ihm den Rücken hinunter, sammelte sich unter seinen Achseln, ließ sein Hemd an seiner Haut kleben. Seine Hände zitterten, sein Herz raste, sein Mund war trocken.

Der Hauptbahnhof war wie immer – ein Gewirr aus Menschen, Geräuschen, Gerüchen. Reisende mit Koffern, Pendler mit Aktentaschen, Obdachlose mit Plastiktüten. Und dazwischen, für das ungeübte Auge kaum zu erkennen, die Dealer und ihre Kunden, die in einem komplexen Tanz aus Blicken, Gesten und kurzen Wortfetzen ihre Geschäfte abwickelten.

Max wusste inzwischen, wo er suchen musste. Er ging zu einem bestimmten Ausgang, wo eine Gruppe junger Männer herumstand, scheinbar ziellos, in Wirklichkeit höchst aufmerksam. Er erkannte einen von ihnen – Tarek, ein junger Afghane mit nervösen Augen und einem permanenten Zucken in der linken Wange.

„Hallo, Bruder", sagte Tarek, als Max sich näherte. Sein Deutsch war gebrochen, mit einem starken Akzent. „Was brauchst du heute?"

„Das Übliche", sagte Max, versuchte, seine Stimme ruhig und kontrolliert klingen zu lassen. „Für hundertfünfzig."

Tarek musterte ihn, ein leichtes Lächeln auf den Lippen. „Du siehst nicht gut aus, Bruder. Vielleicht solltest du eine Pause machen, ja?"

„Ich brauche es", sagte Max, seine Stimme nun schärfer. „Jetzt."

Tarek zuckte mit den Schultern. „Dein Leben, Bruder. Deine Entscheidung." Er sah sich um, vergewisserte sich, dass keine Polizei in der Nähe war. „Komm mit."

Sie gingen zu einer öffentlichen Toilette in der Nähe. Tarek betrat eine der Kabinen, Max folgte ihm. Der Geruch von Urin und Desinfektionsmitteln war überwältigend. Tarek zog ein kleines Plastiktütchen aus seiner Jackentasche, darin mehrere weiße Steinchen.

„Hundertfünfzig", sagte er.

Max zog das Geld aus seiner Tasche, gab es Tarek. Der zählte es, nickte, gab ihm das Tütchen.

„Viel Spaß, Bruder", sagte er, ein ironisches Lächeln auf den Lippen. „Aber pass auf dich auf, ja? Du siehst wirklich nicht gut aus."

Max ignorierte ihn, steckte das Tütchen ein und verließ die Toilette. Er brauchte einen Ort, wo er konsumieren konnte. Nicht hier, zu viele Menschen, zu viele Augen. Er kannte einen Platz in St. Georg, einen verlassenen Hauseingang, wo er schon einmal gewesen war.

Er nahm die U-Bahn, stieg an der Haltestelle Hauptbahnhof Süd aus. St. Georg empfing ihn mit seiner üblichen Mischung aus Glanz und Elend – schicke Boutiquen neben Sexshops, teure Restaurants neben schäbigen Imbissbuden, gut gekleidete Geschäftsleute neben Obdachlosen und Drogenabhängigen.

Er fand den Hauseingang, den er suchte – ein altes Gebäude, dessen Eingangstür mit Brettern vernagelt war. Dahinter war ein kleiner Vorraum, geschützt vor neugierigen Blicken von der Straße. Er zwängte sich durch eine Lücke zwischen den Brettern, setzte sich auf den schmutzigen Boden.

Seine Hände zitterten, als er die Pfeife aus seiner Tasche zog – ein einfaches Gerät aus Glas, das er in einem Headshop gekauft hatte. Er öffnete das Tütchen, nahm eines der Steinchen heraus, legte es in die Pfeife. Dann zog er ein Feuerzeug hervor, hielt die Flamme unter die Pfeife.

Das Steinchen begann zu schmelzen, zu zischen, zu knacken. Crack – der Name kam von diesem Geräusch. Er setzte die Pfeife an seine Lippen, inhalierte tief.

Der Rauch füllte seine Lungen, brannte in seiner Kehle. Für einen Moment fühlte er nichts, dann – wie ein Blitz, der durch sein Gehirn fuhr – kam die Wirkung. Eine Welle intensiver Euphorie, die alles andere wegspülte. Der Schmerz, die Angst, die Scham, die Verzweiflung – alles verschwand, ersetzt durch ein Gefühl der Ekstase, der Allmacht, der absoluten Freiheit.

Er lehnte sich zurück, ließ den Rausch durch seinen Körper strömen. Die Welt um ihn herum verschwamm, wurde unwichtig, unwirklich. Nichts zählte mehr außer diesem Moment, diesem Gefühl, dieser perfekten, reinen Euphorie.

Aber wie immer war es zu kurz. Viel zu kurz. Nach wenigen Minuten begann der Rausch zu verblassen, die Euphorie wich einer tiefen, dunklen Leere. Einer Verzweiflung, die intensiver war als alles, was er zuvor gefühlt hatte. Einem Hunger, einem Verlangen, das alles andere übertönte.

Er brauchte mehr. Jetzt.

Mit zitternden Händen nahm er ein weiteres Steinchen aus dem Tütchen, legte es in die Pfeife, erhitzte es, inhalierte. Der zweite Rausch war nicht so intensiv wie der erste, aber immer noch stark genug, um die Leere zu füllen, den Hunger zu stillen, zumindest für ein paar kostbare Minuten.

Er verlor das Zeitgefühl, während er Steinchen um Steinchen konsumierte. Die Welt um ihn herum verschwand, wurde zu einem fernen Echo, einem unwichtigen Hintergrundrauschen. Nichts zählte mehr außer dem nächsten Rausch, dem nächsten Moment der Erlösung.

Irgendwann war das Tütchen leer. Er starrte darauf, ungläubig, verzweifelt. Es konnte nicht leer sein. Es durfte nicht leer sein. Er brauchte mehr. Jetzt.

Er durchsuchte seine Taschen, fand die restlichen zwanzig Euro, die er vom Pfandhaus mitgenommen hatte. Nicht genug für eine weitere Dosis. Bei weitem nicht genug.

Die Verzweiflung überwältigte ihn, ließ ihn zusammensinken, den Kopf in den Händen vergraben. Was sollte er tun? Wohin sollte er gehen? Wie sollte er diesen Tag überstehen, diesen Abend, diese Nacht?

Er wusste es nicht. Er konnte nicht klar denken. Sein Gehirn war ein Chaos aus widersprüchlichen Impulsen, verzweifelten Bedürfnissen, irrationalen Ängsten.

Er musste hier weg. Irgendwohin, wo er nachdenken konnte. Wo er einen Plan machen konnte. Wo er... Hilfe finden konnte?

Der Gedanke kam wie aus dem Nichts, ein Funke Vernunft in einem Meer aus Chaos. Hilfe. Er brauchte Hilfe. Er konnte das nicht allein bewältigen. Nicht mehr.

Mit zitternden Beinen stand er auf, zwängte sich durch die Lücke in den Brettern zurück auf die Straße. Die Sonne stand hoch am Himmel, es musste Mittag sein. Er hatte Stunden in dem verlassenen Hauseingang verbracht, ohne es zu bemerken.

Er ging die Straße entlang, ziellos, orientierungslos. Menschen wichen ihm aus, warfen ihm misstrauische oder mitleidige Blicke zu. Er musste furchtbar aussehen – unrasiert, ungekämmt, in schmutziger, zerknitterter Kleidung, mit blutunterlaufenen Augen und fahler Haut.

An einer Straßenecke blieb er stehen, versuchte, sich zu orientieren. Wo war er? Wo wollte er hin? Was sollte er tun?

Sein Blick fiel auf ein Schild an einem Gebäude gegenüber: „Universitätsklinikum Hamburg-Eppendorf – Zentrum für Psychosoziale Medizin – Klinik für Psychiatrie und Psychotherapie".

Das UKE. Die psychiatrische Abteilung. Ein Ort, an dem er Hilfe finden könnte. Ein Ort, an dem er vielleicht... gerettet werden könnte?

Der Gedanke erschreckte ihn. Psychiatrie. Einweisung. Therapie. Entzug. Es klang nach Kontrollverlust, nach Schwäche, nach Versagen. Nach einem Eingeständnis, dass er sein Leben nicht mehr im Griff hatte. Dass er... krank war.

Aber war es nicht genau das? War er nicht krank? War er nicht am Ende seiner Kräfte, seiner Ressourcen, seiner Fähigkeit, allein weiterzumachen?

Er stand da, unentschlossen, zerrissen zwischen dem verzweifelten Wunsch nach Hilfe und der tief verwurzelten Angst vor dem Eingeständnis seiner Schwäche, seiner Krankheit, seines Versagens.

Ein Polizeiwagen fuhr langsam die Straße entlang. Max erstarrte. Würden sie ihn anhalten? Ihn kontrollieren? Das leere Crack-Tütchen in seiner Tasche finden? Die Pfeife?

Der Wagen fuhr vorbei, ohne anzuhalten. Max atmete auf, spürte, wie sein Herz raste. Er konnte nicht hier bleiben. Er musste eine Entscheidung treffen. Jetzt.

Mit einem tiefen Atemzug überquerte er die Straße, ging auf das Gebäude zu. Die automatischen Türen öffneten sich vor ihm, ließen ihn eintreten in eine Welt, die er nicht kannte, die er fürchtete, die er... brauchte.

Die Empfangshalle war hell, sauber, ruhig. Eine Frau mittleren Alters saß hinter einem Tresen, tippte etwas in einen Computer. Sie blickte auf, als Max sich näherte, ihr Gesichtsausdruck professionell neutral, trotz seines offensichtlich desolaten Zustands.

„Kann ich Ihnen helfen?", fragte sie.

Max öffnete den Mund, schloss ihn wieder. Was sollte er sagen? Wie sollte er erklären, was mit ihm los war? Wie sollte er in Worte fassen, was er kaum selbst verstand?

„Ich..." Seine Stimme brach. Er räusperte sich, versuchte es erneut. „Ich brauche Hilfe."

Die Frau nickte, als wäre dies die normalste Sache der Welt. Vielleicht war es das, hier, an diesem Ort. „Sind Sie Patient hier?", fragte sie.

„Nein", sagte Max. „Ich... ich weiß nicht, wohin ich sonst gehen soll."

Die Frau betrachtete ihn einen Moment, dann nickte sie erneut. „Setzen Sie sich bitte. Ich rufe jemanden, der mit Ihnen sprechen wird."

Max gehorchte, ließ sich auf einen der Stühle im Wartebereich sinken. Seine Beine fühlten sich an wie Gummi, sein Kopf schwirrte, sein Magen rebellierte. Er schloss die Augen, versuchte, die Übelkeit zu unterdrücken, die in ihm aufstieg.

Er wusste nicht, wie lange er dort saß. Minuten? Stunden? Die Zeit hatte jede Bedeutung verloren. Irgendwann hörte er eine Stimme, die seinen Namen rief. Er öffnete die Augen, sah eine junge Frau in einem weißen Kittel vor sich stehen.

„Dr. Schönfeld?", fragte sie. „Ich bin Dr. Müller. Würden Sie mir bitte folgen?"

Er stand auf, schwankte, fing sich. Die Ärztin beobachtete ihn aufmerksam, bereit, einzugreifen, falls er fallen sollte. Aber er fiel nicht. Noch nicht.

Sie führte ihn durch Flure, vorbei an Zimmern mit geschlossenen Türen, in einen kleinen, freundlich eingerichteten Raum mit zwei Sesseln und einem niedrigen Tisch. „Setzen Sie sich bitte", sagte sie, deutete auf einen der Sessel.

Max gehorchte, ließ sich in den Sessel sinken. Dr. Müller setzte sich ihm gegenüber, ein Klemmbrett auf dem Schoß, einen Stift in der Hand. „Können Sie mir sagen, warum Sie hier sind?", fragte sie, ihre Stimme ruhig, professionell, ohne Vorwurf oder Urteil.

Max öffnete den Mund, schloss ihn wieder. Wie sollte er anfangen? Wo sollte er anfangen? Bei den Tabletten? Beim Alkohol? Beim Crack? Bei Orlov? Bei dem Zirkel? Bei seiner Kündigung? Bei seinem Zusammenbruch?

„Ich..." Er schluckte, versuchte, die Worte zu finden. „Ich habe die Kontrolle verloren."

Dr. Müller nickte, machte sich eine Notiz. „Können Sie das näher erläutern?", fragte sie.

Max starrte auf seine Hände, die in seinem Schoß zitterten. „Ich bin... ich war Anwalt. Partner in einer großen Kanzlei. Ich hatte... alles. Und jetzt... jetzt habe ich nichts mehr."

„Was ist passiert?", fragte Dr. Müller.

Max lachte, ein bitteres, hohles Geräusch. „Ich habe angefangen, Tabletten zu nehmen. Gegen den Stress, die Schlaflosigkeit, die... Angst. Dann Alkohol. Dann... andere Dinge."

„Welche anderen Dinge?", fragte Dr. Müller, ihre Stimme immer noch ruhig, ohne Urteil.

Max schwieg einen Moment, dann sagte er leise: „Crack."

Dr. Müller nickte, machte sich eine weitere Notiz. „Wann haben Sie zuletzt konsumiert?"

„Vor..." Max versuchte, sich zu erinnern. „Vor ein paar Stunden."

„Und davor? Wie oft konsumieren Sie?"

„Täglich", gab Max zu. „Mehrmals täglich. Seit... ich weiß nicht. Wochen?"

Dr. Müller machte sich weitere Notizen. „Haben Sie Entzugserscheinungen, wenn Sie nicht konsumieren?"

Max nickte. „Zittern. Schwitzen. Übelkeit. Angst. Panik. Halluzinationen."

„Haben Sie jemals versucht, aufzuhören?"

„Ja", sagte Max. „Nein. Ich... ich weiß es nicht. Ich wollte. Aber ich konnte nicht."

Dr. Müller betrachtete ihn einen Moment, dann legte sie das Klemmbrett beiseite. „Dr. Schönfeld", sagte sie, ihre Stimme nun sanfter, persönlicher. „Sie leiden unter einer schweren Substanzabhängigkeit. Sie brauchen professionelle Hilfe. Einen Entzug unter medizinischer Aufsicht. Eine Therapie. Würden Sie das akzeptieren?"

Max starrte sie an. Entzug. Therapie. Es klang nach einem langen, schmerzhaften Weg. Nach einem Eingeständnis des Versagens. Nach... Hoffnung?

„Ja", sagte er schließlich, seine Stimme kaum mehr als ein Flüstern. „Ja, ich... ich will das."

Dr. Müller lächelte, das erste Mal seit ihrer Begegnung. „Das ist ein wichtiger erster Schritt", sagte sie. „Wir werden Ihnen helfen. Es wird nicht leicht sein. Es wird Zeiten geben, in denen Sie aufgeben wollen. Aber wir werden da sein, um Sie zu unterstützen."

Sie stand auf, ging zur Tür. „Ich werde jetzt alles in die Wege leiten für Ihre Aufnahme. Wir haben zum Glück ein Bett frei auf der Suchtstation. Sie werden dort gut aufgehoben sein."

Max nickte, unfähig zu sprechen. Eine Welle von Emotionen überschwemmte ihn – Erleichterung, Angst, Scham, Hoffnung. Er hatte einen Schritt getan, einen wichtigen Schritt. Weg von dem Abgrund, an dem er gestanden hatte. Hin zu... was? Einer Zukunft? Einer Chance? Einer Heilung?

Er wusste es nicht. Aber zum ersten Mal seit Wochen, vielleicht Monaten, spürte er etwas anderes als Verzweiflung. Etwas, das fast wie Hoffnung aussah.

KAPITEL 17: GRAUES AUTO, GRAUE ZUKUNFT

Die Welt kehrte in Fragmenten zurück. Erst das Piepen des Monitors, dann gedämpfte Stimmen, schließlich ein Gefühl von Bewegung. Max öffnete die Augen, blinzelte gegen das grelle Licht der Neonröhren an der Decke. Er lag auf einer Trage, wurde von zwei Sanitätern durch einen langen, weißen Korridor geschoben.

„Wo...?" Seine Stimme war ein raues Krächzen, kaum hörbar über das Quietschen der Räder auf dem Linoleumboden.

„Ruhig, Herr Schönfeld", sagte einer der Sanitäter, ein junger Mann mit kurz geschorenem Haar und einem Drei-Tage-Bart. „Sie sind im UKE. Sie hatten eine Überdosis. Wir bringen Sie jetzt auf die psychiatrische Station."

Psychiatrische Station. Die Worte drangen nur langsam in sein Bewusstsein. Psychiatrische Station. Er, Dr. Maximilian Schönfeld, ehemaliger Seniorpartner bei Bergmann & Partner, auf der psychiatrischen Station. Ein hysterisches Lachen stieg in seiner Kehle auf, wurde zu einem trockenen Husten.

„Wasser", krächzte er.

Der Sanitäter nickte, hielt die Trage an, reichte ihm einen Plastikbecher mit Wasser. Max trank gierig, verschluckte sich, hustete erneut. Wasser lief über sein Kinn, seinen Hals hinunter, durchnässte das dünne Krankenhaushemd, das er trug.

„Langsam", sagte der Sanitäter, nahm ihm den Becher ab. „Wir sind gleich da."

Sie schoben die Trage weiter, bogen um eine Ecke, hielten vor einem Aufzug. Der Sanitäter drückte den Knopf, die Türen öffneten sich mit einem leisen Ping. Sie schoben die Trage hinein, die Türen schlossen sich.

Max starrte an die Decke des Aufzugs, versuchte, seine Gedanken zu ordnen. Wie war er hierhergekommen? Er erinnerte sich an den Hauseingang in St. Georg, an Brinkmann, an die Pfeife, an den Rausch. Dann Dunkelheit. Hatte Brinkmann doch einen Krankenwagen gerufen? Oder war er zusammengebrochen, und jemand anderes hatte ihn gefunden?

Der Aufzug hielt, die Türen öffneten sich. Sie schoben die Trage hinaus, durch einen weiteren Korridor. Hier war es anders – die Wände waren in einem sanften Blau gestrichen, nicht im sterilen Weiß des vorherigen Korridors. An den Wänden hingen Bilder – abstrakte Gemälde in beruhigenden Farben. Die Türen zu den Zimmern waren aus Holz, nicht aus Metall.

Sie hielten vor einer dieser Türen, klopften. Die Tür wurde von innen geöffnet, eine Frau in einem weißen Kittel trat heraus. Sie war jung, vielleicht Anfang dreißig, mit kurzen braunen Haaren und einer Brille mit schwarzem Gestell.

„Dr. Neumann", sagte einer der Sanitäter. „Wir bringen Ihnen Herrn Dr. Schönfeld. Überdosis Crack-Kokain, wurde gestern in St. Georg gefunden. Reanimation vor Ort erfolgreich, seitdem stabil."

Dr. Neumann nickte, trat näher, betrachtete Max mit einem professionellen Blick. „Danke, ich übernehme von hier."

Die Sanitäter nickten, übergaben ihr ein Klemmbrett mit Papieren, die sie unterschrieb. Dann schoben sie die Trage in das Zimmer, halfen Max, auf das Bett zu wechseln, und verabschiedeten sich.

Dr. Neumann setzte sich auf einen Stuhl neben dem Bett, legte das Klemmbrett auf ihren Schoß. „Herr Dr. Schönfeld, ich bin Dr. Neumann, die leitende Ärztin der psychiatrischen Station. Wie fühlen Sie sich?"

Max versuchte, sich aufzusetzen, aber sein Körper fühlte sich schwer an, unkooperativ. Dr. Neumann half ihm, drückte einen Knopf, der das Kopfteil des Bettes anhob.

„Ich..." Er schluckte, seine Kehle war trocken trotz des Wassers, das er getrunken hatte. „Ich weiß nicht."

Dr. Neumann nickte, als hätte er eine tiefgründige Antwort gegeben. „Das ist verständlich. Sie haben eine traumatische Erfahrung hinter sich. Ihr Herz hat aufgehört zu schlagen, Herr Dr. Schönfeld. Die Sanitäter mussten Sie reanimieren."

Max starrte sie an, unfähig, die Worte zu verarbeiten. Sein Herz hatte aufgehört zu schlagen. Er war gestorben. Für einen Moment, für eine Minute, für wie lange auch immer – er war tot gewesen.

„Ich…" Er schluckte erneut, versuchte, die Tränen zurückzuhalten, die in seinen Augen brannten. „Ich verstehe."

Dr. Neumann betrachtete ihn, ihr Gesicht mitfühlend, aber professionell distanziert. „Herr Dr. Schönfeld, ich muss Ihnen einige Fragen stellen. Über Ihren Drogenkonsum, Ihre psychische Verfassung, Ihre Lebensumstände. Ist das in Ordnung?"

Max nickte stumm. Was sollte er sonst tun? Leugnen? Lügen? Wozu? Er hatte nichts mehr zu verlieren. Nichts mehr zu verbergen.

Die nächste Stunde verbrachte er damit, Dr. Neumanns Fragen zu beantworten. Über seinen Drogenkonsum – wann er begonnen hatte, wie oft er konsumierte, welche Substanzen. Über seine psychische Verfassung – die Angstzustände, die Panikattacken, die Depressionen, die Paranoia. Über seine Lebensumstände – den Verlust seines Jobs, seine Isolation, seine finanziellen Probleme.

Dr. Neumann hörte zu, machte Notizen, nickte gelegentlich. Ihr Gesicht blieb neutral, professionell, aber in ihren Augen sah Max etwas, das er nicht einordnen konnte – Mitgefühl? Verständnis? Oder war es nur seine Einbildung, sein verzweifelter Wunsch, nicht allein zu sein mit seinem Elend?

„Herr Dr. Schönfeld", sagte sie schließlich, „basierend auf dem, was Sie mir erzählt haben, und auf unseren medizinischen Befunden, würde ich eine stationäre Behandlung empfehlen. Eine Entgiftung, gefolgt von einer Therapie für Ihre Sucht und Ihre psychischen Probleme."

Max starrte sie an, unsicher, was er fühlen sollte. Erleichterung? Angst? Resignation? „Ist das… ist das eine Zwangseinweisung?"

Dr. Neumann schüttelte den Kopf. „Nein, es ist eine Empfehlung. Die Entscheidung liegt bei Ihnen. Aber ich muss Ihnen sagen, dass Ihre Prognose ohne Behandlung… nicht gut ist. Sie haben eine schwere Suchterkrankung, Herr Dr. Schönfeld, kombiniert mit einer unbehandelten psychischen Störung. Ohne professionelle Hilfe werden Sie mit hoher Wahrscheinlichkeit rückfällig werden. Und beim nächsten Mal haben Sie vielleicht nicht so viel Glück."

Max schluckte, die Worte trafen ihn wie physische Schläge. „Und wenn ich… wenn ich zustimme? Was passiert dann?"

„Dann werden Sie hier auf unserer Station bleiben", sagte Dr. Neumann. „Wir werden mit der Entgiftung beginnen – unter medizinischer Aufsicht, mit Medikamenten, um die Entzugserscheinungen zu lindern. Parallel dazu wird ein Psychiater mit Ihnen arbeiten, um Ihre psychischen Probleme zu behandeln. Nach der Akutphase werden wir über eine längerfristige Therapie sprechen – ambulant oder stationär, je nach Ihrem Zustand und Ihren Bedürfnissen."

Max nickte langsam. Es klang... vernünftig. Logisch. Der richtige Weg. Aber der Gedanke, sich seiner Sucht zu stellen, seiner Scham, seiner Schuld – es war erschreckend. Überwältigend.

„Kann ich... kann ich darüber nachdenken?", fragte er.

Dr. Neumann nickte. „Natürlich. Nehmen Sie sich Zeit. Aber nicht zu viel Zeit, Herr Dr. Schönfeld. Jeder Tag, den Sie unbehandelt bleiben, ist ein Tag, an dem Ihre Sucht stärker wird."

Sie stand auf, ging zur Tür. „Ich komme später wieder, um Ihre Entscheidung zu hören. In der Zwischenzeit – ist da jemand, den wir für Sie anrufen können? Familie? Freunde?"

Max dachte nach. Seine Eltern? Nein, er konnte ihnen nicht gegenübertreten, nicht so. Freunde? Welche Freunde? Die meisten seiner sozialen Kontakte waren beruflicher Natur gewesen, und die hatte er alle verloren.

Aber da war jemand. Jemand, der ihm vielleicht helfen konnte. Jemand, der ihn vielleicht verstehen würde.

„Ja", sagte er. „Sarah Lehmann. Staatsanwältin. Ich... ich habe ihre Nummer nicht mehr. Aber sie arbeitet bei der Staatsanwaltschaft Hamburg."

Dr. Neumann nickte. „Ich werde sehen, was ich tun kann."

Sie verließ den Raum, ließ Max allein mit seinen Gedanken, seinen Ängsten, seinen Entscheidungen.

Er starrte an die Decke, versuchte, seine Gedanken zu ordnen. Was sollte er tun? Die Behandlung annehmen? Sich seiner Sucht stellen, seiner Scham, seiner Schuld? Oder fliehen, sobald er konnte, zurück zu den Drogen, zurück zu dem kurzen, intensiven Vergessen, das sie boten?

Er wusste, was die vernünftige Entscheidung war. Er wusste, was er tun sollte. Aber wusste er, was er tun würde?

Die Tür öffnete sich erneut, und Dr. Neumann trat wieder ein. „Herr Dr. Schönfeld, ich habe Frau Lehmann erreicht. Sie ist auf dem Weg hierher."

Max nickte, ein Gefühl von Erleichterung und Angst zugleich. Sarah würde kommen. Sarah würde ihn sehen, so wie er jetzt war – gebrochen, süchtig, am Boden. Was würde sie denken? Was würde sie sagen?

„Danke", sagte er leise.

Dr. Neumann nickte, ein leichtes Lächeln auf ihren Lippen. „Denken Sie über das nach, was ich gesagt habe, Herr Dr. Schönfeld. Es gibt Hilfe. Es gibt Hoffnung. Sie müssen sie nur annehmen."

Sie verließ den Raum, ließ Max erneut allein mit seinen Gedanken, seinen Ängsten, seinen Entscheidungen.

Er schloss die Augen, erschöpft von dem Gespräch, von den Entscheidungen, die vor ihm lagen, von dem Wissen um das, was er getan hatte, was aus ihm geworden war.

Hilfe. Hoffnung. Konnte er daran glauben? Konnte er daran glauben, dass es einen Weg zurück gab aus der Dunkelheit, in die er gefallen war? Konnte er daran glauben, dass er es wert war, gerettet zu werden?

Er wusste es nicht. Aber vielleicht, nur vielleicht, würde Sarah es wissen. Vielleicht würde sie ihm helfen, es herauszufinden.

Er wartete, die Augen geschlossen, das Piepen des Monitors der einzige Beweis, dass sein Herz noch schlug, dass er noch lebte, dass er noch eine Chance hatte.

Eine Chance auf Hilfe. Eine Chance auf Hoffnung. Eine Chance auf Erlösung.

Drei Tage später wurde Max aus dem UKE entlassen – nicht in die Freiheit, sondern in die Obhut des Staates. Die Staatsanwaltschaft hatte

Anklage gegen ihn erhoben – Drogenbesitz, Drogenkonsum, Beschaffungskriminalität. Nicht genug für eine Haftstrafe, aber genug für eine gerichtlich angeordnete Therapie.

Er stand im Flur der psychiatrischen Station, trug die Kleidung, in der er eingeliefert worden war – eine zerknitterte Hose, ein fleckiges Hemd, Schuhe, die nicht zueinander passten. Dr. Neumann hatte ihm einen Plastikbeutel mit seinen persönlichen Gegenständen überreicht – seine Brieftasche (leer), sein Handy (zerbrochen), seine Uhr (eine billige Digitaluhr, nicht die Rolex, die er verkauft hatte).

„Sind Sie bereit?", fragte Dr. Neumann.

Max nickte, obwohl er sich alles andere als bereit fühlte. Bereit wofür? Für die Fahrt zum Gericht? Für die Anhörung? Für die Therapie, die ihm bevorstand? Für den Rest seines Lebens, was immer das bedeuten mochte?

Dr. Neumann führte ihn durch die Flure des Krankenhauses, zum Aufzug, hinunter in die Eingangshalle. Dort warteten zwei Männer auf ihn – Justizbeamte in grauen Uniformen, mit ernsten Gesichtern und wachsamen Augen.

„Dr. Schönfeld?", fragte einer von ihnen, ein älterer Mann mit grauem Haar und einer Narbe über der rechten Augenbraue.

Max nickte.

„Ich bin Hauptmeister Krüger, das ist Obermeister Weber. Wir sind hier, um Sie zum Amtsgericht zu bringen."

Max nickte erneut, unfähig, Worte zu finden. Was sollte er sagen? Danke? Für was? Dafür, dass sie ihn abholten wie einen Kriminellen? Dafür, dass sie ihn zum Gericht brachten, wo über sein Schicksal entschieden werden würde?

Dr. Neumann reichte ihm die Hand. „Alles Gute, Herr Dr. Schönfeld. Denken Sie an das, was wir besprochen haben. Es gibt Hilfe. Es gibt Hoffnung."

Max schüttelte ihre Hand, murmelte ein leises „Danke", dann folgte er den Justizbeamten nach draußen, in den hellen Sonnenschein eines Hamburger Frühlingstages.

Vor dem Eingang des Krankenhauses stand ein silbergrauer Mercedes Sprinter mit dem Emblem der Hamburger Justiz auf der Seite. Der Wagen war speziell ausgebaut – ein Krankentransportfahrzeug, das für den Transport psychisch kranker Personen umgerüstet worden war. Durch die getönten Scheiben konnte Max im Inneren eine Trennwand erkennen, die den Fahrerbereich vom Patientenraum trennte, sowie spezielle Sicherheitsgurte und gepolsterte Wände.

Hauptmeister Krüger öffnete die Seitentür des Sprinters, deutete Max, einzusteigen. „Bitte, Dr. Schönfeld."

Max zögerte, einen Moment lang überwältigt von der Symbolik des Moments. Der silbergraue Sprinter der Justiz. Der Transport von Gefangenen, von Angeklagten, von Menschen, die außerhalb der Gesellschaft standen. Und jetzt gehörte er dazu.

Er stieg ein, setzte sich auf einen der speziell gesicherten Sitze im hinteren Bereich des Fahrzeugs. Obermeister Weber setzte sich ihm gegenüber, während Hauptmeister Krüger die Tür schloss und zum Fahrersitz ging. Die Türen verriegelten sich mit einem dumpfen Klicken, das Geräusch einer Welt, die sich verschloss.

Der Motor sprang an, und sie fuhren los, verließen das Gelände des UKE, bogen auf die Martinistraße ein. Max starrte durch die getönten Scheiben, beobachtete die vorbeiziehende Stadt – Gebäude, Straßen, Menschen, die ihrem Alltag nachgingen, unberührt von seinem Elend, seiner Schande, seinem Fall.

Sie fuhren durch Eimsbüttel, durch St. Pauli, näherten sich der Innenstadt. Max kannte diese Straßen, diese Gebäude. Er hatte hier gelebt, gearbeitet, geliebt, gehasst. Er hatte hier Erfolge gefeiert und Niederlagen erlitten. Er hatte hier existiert, als Dr. Maximilian Schönfeld, Seniorpartner bei Bergmann & Partner, respektierter Anwalt, erfolgreicher Mann.

Und jetzt? Wer war er jetzt? Ein Junkie? Ein Krimineller? Ein Patient? Ein Versager?

Sie hielten an einer roten Ampel, neben einem Café, das Max kannte – das Café Paris, ein elegantes Etablissement, in dem er oft mit Mandanten zu Mittag gegessen hatte. Durch die großen Fenster konnte er die Gäste sehen – Geschäftsleute in teuren Anzügen, Frauen in eleganten Kostümen, alle mit dieser Aura von Erfolg, von Zugehörigkeit, von Normalität.

Und dann sah er sie – eine Gruppe von Anwälten, die er kannte. Kollegen von Bergmann & Partner, mit denen er gearbeitet hatte, mit denen er Fälle besprochen, Strategien entwickelt, Erfolge gefeiert hatte. Sie saßen an einem Tisch am Fenster, tranken Kaffee, lachten über irgendetwas.

Einer von ihnen – Dr. Thomas Müller, ein junger, ambitionierter Anwalt, den Max einst gefördert hatte – blickte auf, sah den silbergrauen Sprinter mit dem Justizemblem, sah Max hinter der getönten Scheibe. Seine Augen weiteten sich in Erkennen, dann in Überraschung, dann in etwas, das Max nicht einordnen konnte – Mitleid? Schadenfreude? Ekel?

Müller stieß seinen Nachbarn an – Dr. Klaus Hoffmann, einen älteren Partner, mit dem Max oft zusammengearbeitet hatte. Hoffmann blickte auf, sah Max, seine Augen verengten sich. Er sagte etwas zu den anderen am Tisch, und alle drehten sich um, starrten zum Sprinter, zu Max.

Max sank tiefer in seinen Sitz, wünschte sich, unsichtbar zu sein, zu verschwinden, nicht zu existieren. Die Ampel schaltete auf Grün, und der Sprinter fuhr weiter, aber das Bild der starrenden Anwälte, ihrer Blicke, ihrer Worte, die er nicht hören konnte, aber sich vorstellen konnte, blieb in seinem Kopf, brannte sich in sein Gedächtnis.

„Kennen Sie die?", fragte Obermeister Weber, der seinen Blick bemerkt hatte.

Max nickte stumm.

„Kollegen?"

Max nickte erneut.

Weber schwieg einen Moment, dann sagte er: „Das ist immer das Schwerste, nicht wahr? Nicht die Drogen, nicht die Entzugserscheinungen, nicht die Therapie. Sondern die Blicke. Die Urteile. Die Worte, die nicht ausgesprochen werden, aber trotzdem da sind."

Max starrte ihn an, überrascht von der Einsicht. „Ja", sagte er leise. „Ja, das ist es."

Weber nickte, sein Gesicht ernst, aber nicht ohne Mitgefühl. „Ich habe viele wie Sie transportiert, Dr. Schönfeld. Anwälte, Ärzte, Lehrer, Polizisten.

Menschen, die einmal respektiert wurden, die einmal Teil der Gesellschaft waren. Die gefallen sind. Die alles verloren haben."

Max schluckte, die Worte trafen ihn wie physische Schläge. „Und... und was passiert mit ihnen? Mit diesen Menschen?"

Weber zuckte mit den Schultern. „Manche erholen sich. Manche nicht. Es hängt davon ab, denke ich. Davon, ob sie Hilfe annehmen. Davon, ob sie an sich selbst glauben. Davon, ob sie den Mut haben, sich ihrer Schande zu stellen, ihre Fehler zu akzeptieren, ihre Schwächen zu überwinden."

Max starrte aus dem Fenster, beobachtete die vorbeiziehende Stadt, die Menschen, die Gebäude. Die Welt, die weiterlief, unbeeindruckt von seinem Fall, seinem Elend, seiner Schande.

„Und Sie?", fragte Weber plötzlich. „Was denken Sie? Werden Sie sich erholen? Werden Sie den Mut haben, sich Ihrer Schande zu stellen, Ihre Fehler zu akzeptieren, Ihre Schwächen zu überwinden?"

Max schwieg lange, unsicher, was er antworten sollte. Was er antworten konnte. Was er glaubte.

„Ich weiß es nicht", sagte er schließlich, seine Stimme kaum mehr als ein Flüstern. „Ich weiß es wirklich nicht."

Weber nickte, als hätte Max eine tiefgründige Wahrheit ausgesprochen. „Das ist ein Anfang", sagte er. „Ein ehrlicher Anfang."

Sie erreichten das Amtsgericht, ein imposantes Gebäude aus rotem Backstein im Stil der Neogotik. Der Sprinter hielt vor einem Seiteneingang, abseits vom Haupteingang, wo Journalisten und Schaulustige warteten.

Hauptmeister Krüger öffnete die Tür, deutete Max, auszusteigen. „Wir sind da, Dr. Schönfeld."

Max stieg aus, blinzelte im hellen Sonnenlicht. Weber folgte ihm, legte ihm eine Hand auf die Schulter – nicht grob, nicht kontrollierend, sondern fast... unterstützend.

„Bereit?", fragte er.

Max nickte, obwohl er sich alles andere als bereit fühlte. Bereit wofür? Für die Anhörung? Für die Therapie? Für den Rest seines Lebens?

Sie betraten das Gebäude durch den Seiteneingang, gingen durch Flure, die Max kannte – er hatte hier oft plädiert, oft gewonnen, oft verloren. Aber immer als Anwalt. Nie als Angeklagter.

Sie erreichten einen Warteraum vor einem der Verhandlungssäle. „Hier warten wir", sagte Krüger. „Die Anhörung beginnt in zwanzig Minuten."

Max setzte sich auf eine der harten Holzbänke, starrte auf den Boden, auf seine Schuhe, die nicht zueinander passten. Er fühlte sich unwirklich, losgelöst von sich selbst, als würde er einen Film beobachten, in dem er selbst die Hauptrolle spielte, aber keinen Einfluss auf die Handlung hatte.

Die Tür öffnete sich, und Sarah Lehmann trat ein. Sie trug einen dunklen Anzug, ihr blondes Haar war zu einem strengen Knoten zurückgebunden, ihr Gesicht war eine Maske aus professioneller Neutralität. Aber in ihren Augen sah Max etwas, das er nicht einordnen konnte – Sorge? Mitgefühl? Enttäuschung?

„Max", sagte sie, ihre Stimme leiser, persönlicher als ihr Erscheinungsbild. „Wie geht es dir?"

Max lachte, ein bitteres, hohles Geräusch. „Wie es mir geht? Ich bin ein Junkie, Sarah. Ein Krimineller. Ein Versager. Wie soll es mir gehen?"

Sarah setzte sich neben ihn auf die Bank, nahe genug, um vertraulich zu sprechen, aber nicht so nahe, dass es unprofessionell wirken würde. „Du bist krank, Max. Du brauchst Hilfe. Und du wirst sie bekommen."

Max starrte sie an, suchte in ihrem Gesicht nach Spott, nach Verachtung, nach Schadenfreude. Aber er fand nichts davon. Nur Ernst, nur Sorge, nur… Mitgefühl?

„Warum?", fragte er. „Warum hilfst du mir? Nach allem, was ich getan habe? Nach allem, was passiert ist?"

Sarah schwieg einen Moment, dann sagte sie leise: „Weil ich einmal an dich geglaubt habe, Max. Und weil ein Teil von mir immer noch an dich glaubt. An den Mann, der du warst. An den Mann, der du sein könntest."

Max schluckte, unfähig zu antworten, überwältigt von ihren Worten, von ihrer Präsenz, von der Erinnerung an das, was sie einmal füreinander gewesen waren.

Die Tür öffnete sich erneut, und ein Gerichtsdiener trat ein. „Die Anhörung beginnt in fünf Minuten", sagte er. „Bitte machen Sie sich bereit."

Sarah stand auf, straffte ihre Schultern, wurde wieder zur Staatsanwältin, zur Vertreterin des Gesetzes, der Ordnung, der Gesellschaft. „Ich muss gehen", sagte sie. „Aber ich werde da sein, Max. Im Gerichtssaal. Und danach. Wenn du mich brauchst."

Sie ging, ließ Max zurück mit seinen Gedanken, seinen Ängsten, seinen Hoffnungen. Mit der Erinnerung an ihre Worte, an ihren Blick, an ihr Mitgefühl.

Vielleicht, dachte er, vielleicht gab es doch einen Weg zurück. Einen Weg aus der Dunkelheit, in die er gefallen war. Einen Weg zu... was? Zu Erlösung? Zu Heilung? Zu einem neuen Leben?

Er wusste es nicht. Aber zum ersten Mal seit langem spürte er etwas, das er fast vergessen hatte. Etwas, das er für verloren gehalten hatte. Etwas, das Dr. Neumann erwähnt hatte, das Weber angedeutet hatte, das Sarah bestätigt hatte.

Hoffnung.

Eine kleine, zerbrechliche Flamme in der Dunkelheit seiner Verzweiflung. Aber sie war da. Sie brannte. Und vielleicht, nur vielleicht, würde sie ausreichen, um ihm den Weg zu zeigen. Den Weg zurück. Den Weg nach vorn. Den Weg zu sich selbst.

KAPITEL 18: DIE KONTRAHENTIN

Die Therapieeinrichtung Haus Seeblick lag am Rande des Stadtteils Blankenese, ein elegantes Gebäude aus der Gründerzeit mit Blick auf die Elbe. Von außen wirkte es wie eine luxuriöse Villa – weiße Fassade, hohe Fenster, ein gepflegter Garten. Nichts deutete darauf hin, dass es sich um eine Einrichtung für Suchttherapie handelte, für Menschen, die am Abgrund standen, die gefallen waren, die den Weg zurück ins Leben suchten.

Max Schönfeld saß in seinem Zimmer im zweiten Stock, starrte aus dem Fenster auf die Elbe, die sich träge durch die Landschaft wand. Er war seit drei Wochen hier, auf richterliche Anordnung, als Alternative zur Haftstrafe. Drei Wochen Entgiftung, Therapie, Gruppenarbeit, Einzelgespräche. Drei Wochen ohne Drogen, ohne Alkohol, ohne die chemische Flucht vor der Realität.

Die Entzugserscheinungen waren überwunden – die Schweißausbrüche, die Zittern, die Krämpfe, die Übelkeit. Sein Körper hatte sich erholt, zumindest physisch. Aber sein Geist, seine Seele, sein Selbst – das war eine andere Geschichte.

Er trug eine graue Jogginghose und ein weißes T-Shirt, die Standardkleidung der Einrichtung. Seine Haare waren kurz geschnitten, sein Gesicht rasiert. Er sah wieder aus wie ein Mensch, nicht wie das Wrack, das er gewesen war. Aber er fühlte sich nicht wie ein Mensch. Er fühlte sich wie eine leere Hülle, wie ein Geist, der in einem Körper gefangen war, der nicht mehr sein eigener war.

Ein Klopfen an der Tür riss ihn aus seinen Gedanken. „Herein", sagte er, ohne den Blick vom Fenster abzuwenden.

Die Tür öffnete sich, und Dr. Neumann trat ein – die Psychiaterin, die ihn im UKE behandelt hatte und nun seine Therapie hier leitete. Sie trug wie immer einen weißen Kittel über einer schwarzen Hose und einer weißen Bluse. Ihre kurzen braunen Haare waren ordentlich gekämmt, ihre Brille mit dem schwarzen Gestell saß perfekt auf ihrer Nase.

„Guten Morgen, Herr Dr. Schönfeld", sagte sie. „Wie fühlen Sie sich heute?"

Max zuckte mit den Schultern, eine Geste, die er in den letzten Wochen perfektioniert hatte – weder gut noch schlecht, weder hier noch dort, weder lebendig noch tot. Ein Zustand des Dazwischen, des Nirgendwo, des Nichts.

Dr. Neumann setzte sich auf den Stuhl neben dem Bett, legte ihre Notizen auf den Schoß. „Wir haben heute eine neue Therapeutin, die zu unserem Team stößt", sagte sie. „Dr. Victoria Winter. Sie ist spezialisiert auf Fälle wie Ihren – hochfunktionale Süchtige, Menschen mit akademischem Hintergrund, mit Karrieren, die sie verloren haben."

Max nickte, ohne wirkliches Interesse. Eine neue Therapeutin. Was machte das schon für einen Unterschied? Eine weitere Person, die in seinem Kopf herumstochern würde, die versuchen würde, ihn zu „heilen", ihn zu „retten", ihn zurückzubringen in eine Welt, in die er nicht mehr gehörte, in der er nicht mehr existieren konnte.

„Sie wird Ihre Einzeltherapie übernehmen", fuhr Dr. Neumann fort. „Zweimal die Woche, jeweils eine Stunde. Ich denke, Sie könnten von ihrem Ansatz profitieren. Sie hat... unkonventionelle Methoden."

Max wandte den Blick vom Fenster ab, sah Dr. Neumann zum ersten Mal direkt an. „Unkonventionelle Methoden?", fragte er, ein Hauch von Neugier in seiner Stimme.

Dr. Neumann lächelte leicht, zufrieden, eine Reaktion provoziert zu haben. „Ja. Sie arbeitet mit einem Ansatz, den sie 'Konfrontationstherapie' nennt. Es geht darum, den Patienten mit seinen tiefsten Ängsten, seinen dunkelsten Seiten, seinen verdrängten Wünschen zu konfrontieren. Es ist... intensiv. Nicht für jeden geeignet. Aber für jemanden mit Ihrer intellektuellen Kapazität, Ihrer Selbstreflexion, Ihrer... Komplexität – es könnte genau das sein, was Sie brauchen."

Max betrachtete sie, versuchte, hinter ihrer professionellen Fassade zu lesen. Was verschwieg sie? Was war der Haken? Es gab immer einen Haken.

„Und wenn ich ablehne?", fragte er.

Dr. Neumann zuckte mit den Schultern, eine Geste, die seiner eigenen ähnelte, aber präziser war, kontrollierter. „Dann bleiben Sie bei mir in Therapie. Aber ich muss Ihnen sagen, Herr Dr. Schönfeld – ich bin nicht sicher, ob mein Ansatz bei Ihnen funktioniert. Sie machen... Fortschritte, ja. Aber langsam. Sehr langsam. Und die Zeit drängt. Ihr richterlicher Beschluss sieht sechs Monate Therapie vor. Wenn Sie bis dahin nicht signifikante Fortschritte gemacht haben, könnte das Gericht eine Verlängerung anordnen. Oder schlimmer – eine Einweisung in eine geschlossene Einrichtung."

Max schluckte, die Worte trafen ihn härter, als er erwartet hatte. Eine geschlossene Einrichtung. Ein Gefängnis mit anderem Namen. Ein Ort, an dem er nicht einmal die Illusion von Freiheit, von Würde, von Selbstbestimmung hätte.

„In Ordnung", sagte er schließlich. „Ich werde es versuchen. Mit Dr. Winter."

Dr. Neumann nickte, zufrieden. „Gut. Ihre erste Sitzung ist heute Nachmittag, um drei. Raum 12, im Ostflügel." Sie stand auf, ging zur Tür. „Und Herr Dr. Schönfeld?"

„Ja?"

„Geben Sie ihr eine Chance. Öffnen Sie sich. Es könnte... überraschend sein, was Sie finden."

Mit diesen Worten verließ sie den Raum, ließ Max allein mit seinen Gedanken, seinen Zweifeln, seiner Angst.

Er wandte den Blick wieder zum Fenster, beobachtete einen Frachter, der langsam die Elbe hinaufglitt. Konfrontationstherapie. Mit seinen tiefsten Ängsten, seinen dunkelsten Seiten, seinen verdrängten Wünschen konfrontiert werden. Was würde er finden? Was würde er sehen? Was würde er fühlen?

Er wusste es nicht. Aber vielleicht, nur vielleicht, war es Zeit, es herauszufinden.

Raum 12 im Ostflügel war anders als die anderen Therapieräume, die Max bisher gesehen hatte. Keine beigen Wände, keine bequemen, aber unpersönlichen Sessel, keine Pflanzen in der Ecke, keine Diplome an der Wand. Stattdessen dunkelrote Wände, ein schwarzes Ledersofa, schwere Vorhänge vor den Fenstern, die nur wenig Licht hereinließen, Kerzen auf einem niedrigen Tisch, die den Raum in ein warmes, flackerndes Licht tauchten.

Max blieb in der Tür stehen, unsicher, ob er den richtigen Raum gefunden hatte. Es sah aus wie ein Wohnzimmer, wie ein privater Raum, nicht wie ein Ort für Therapie.

„Kommen Sie herein, Dr. Schönfeld", sagte eine Stimme aus dem Halbdunkel. „Und schließen Sie die Tür hinter sich."

Die Stimme war weiblich, tief, mit einem leichten Akzent, den Max nicht einordnen konnte. Er trat ein, schloss die Tür, blieb stehen, ließ seine Augen sich an das gedämpfte Licht gewöhnen.

Eine Frau saß in einem hohen Ledersessel in der Ecke des Raumes, halb verborgen im Schatten. Sie trug ein enges schwarzes Kleid, das ihre Figur betonte, ihre Beine waren übereinandergeschlagen, ihre Hände ruhten auf den Armlehnen des Sessels. Ihr Gesicht war teilweise im Schatten verborgen, aber Max konnte scharfe Wangenknochen erkennen, volle Lippen, die zu einem leichten Lächeln verzogen waren, und Augen, die ihn mit einer Intensität musterten, die ihn erschauern ließ.

„Dr. Victoria Winter", sagte sie, ohne aufzustehen, ohne ihm die Hand zu reichen. „Setzen Sie sich, bitte."

Max ging zum Sofa, setzte sich, fühlte sich seltsam deplatziert in seiner grauen Jogginghose und dem weißen T-Shirt in diesem eleganten, fast dekadenten Raum.

Dr. Winter betrachtete ihn, ihr Blick wanderte über sein Gesicht, seinen Körper, als würde sie ihn scannen, analysieren, katalogisieren. Es war ein klinischer Blick, aber auch etwas anderes – etwas, das Max nicht einordnen konnte, das ihn aber nervös machte, unsicher.

„Dr. Maximilian Schönfeld", sagte sie schließlich. „Ehemaliger Seniorpartner bei Bergmann & Partner. Spezialist für Handels- und Gesellschaftsrecht. Brillanter Jurist. Erfolgreicher Mann." Sie machte eine Pause, ihr Lächeln wurde breiter, aber nicht wärmer. „Und jetzt? Ein Junkie. Ein Versager. Ein Niemand."

Die Worte trafen Max wie physische Schläge. Er zuckte zusammen, öffnete den Mund, um zu protestieren, schloss ihn wieder. Was sollte er sagen? Sie hatte recht. Das war er jetzt. Ein Junkie. Ein Versager. Ein Niemand.

„Nichts zu sagen?", fragte Dr. Winter, ihre Stimme nun sanfter, fast mitfühlend, aber mit einem Unterton von... war das Spott? „Keine Verteidigung? Kein Einspruch? Kein cleveres Argument des brillanten Anwalts?"

Max schluckte, versuchte, seine Gedanken zu ordnen, seine Emotionen zu kontrollieren. „Ich... ich weiß nicht, was Sie von mir wollen", sagte er schließlich.

Dr. Winter lehnte sich vor, trat aus dem Schatten ins Licht der Kerzen. Nun konnte Max ihr Gesicht vollständig sehen – ein ovales Gesicht mit hohen Wangenknochen, einer geraden Nase, vollen Lippen, die mit dunkelrotem Lippenstift betont waren. Ihre Augen waren grün, intensiv, durchdringend. Ihr Haar war schwarz, glatt, schulterlang, mit einem präzisen Seitenscheitel. Sie war schön, auf eine kühle, distanzierte, fast bedrohliche Weise.

„Was ich will?", sagte sie, ihre Stimme nun wieder härter. „Ich will, dass Sie sich erinnern, wer Sie sind. Wer Sie waren. Was Sie verloren haben. Was Sie geopfert haben für... was? Für ein paar Minuten chemisches Vergessen? Für ein paar Momente falscher Euphorie? Für die Illusion von Freiheit, von Frieden, von Erlösung?"

Max starrte sie an, unfähig zu antworten, überwältigt von der Intensität ihrer Worte, ihrer Präsenz, ihrer... Wut? War sie wütend auf ihn? Warum? Sie kannte ihn nicht. Sie wusste nichts über ihn, über seine Geschichte, über seine Gründe, über seine Schmerzen.

„Sie wissen nichts über mich", sagte er schließlich, seine Stimme leiser, als er beabsichtigt hatte.

Dr. Winter lachte, ein kaltes, hartes Lachen ohne Humor. „Oh, ich weiß alles über Sie, Dr. Schönfeld. Ich habe Ihre Akte gelesen. Ich habe mit Dr. Neumann gesprochen. Ich habe mit der Staatsanwaltschaft gesprochen. Ich habe mit Ihren ehemaligen Kollegen gesprochen. Ich weiß mehr über Sie, als Sie sich vorstellen können."

Max runzelte die Stirn, Verwirrung und Unbehagen mischten sich in seinem Inneren. Das war keine normale Therapie. Das war kein normaler Therapeut-Patient-Kontakt. Das war etwas anderes, etwas Persönlicheres, etwas... Feindlicheres?

„Wer sind Sie?", fragte er. „Wirklich?"

Dr. Winter lächelte, ein Lächeln, das ihre Augen nicht erreichte. „Ich bin Ihre Therapeutin, Dr. Schönfeld. Ihre… Retterin. Ihre… Erlöserin." Sie machte eine Pause, ihr Lächeln verschwand. „Oder Ihre schlimmste Albtraum. Es hängt ganz von Ihnen ab."

Max stand auf, plötzlich unwohl, unsicher, verängstigt. „Ich glaube, das ist ein Fehler. Ich sollte gehen."

Dr. Winter blieb sitzen, ihre Haltung entspannt, kontrolliert, mächtig. „Natürlich können Sie gehen, Dr. Schönfeld. Die Tür ist nicht verschlossen. Sie sind kein Gefangener. Noch nicht." Sie machte eine Pause, ihr Blick bohrte sich in seinen. „Aber denken Sie daran, was Dr. Neumann Ihnen gesagt hat. Ohne signifikante Fortschritte… eine geschlossene Einrichtung. Ein Gefängnis mit anderem Namen. Ist das, was Sie wollen?"

Max zögerte, seine Hand bereits auf dem Türgriff. Sie hatte recht. Er hatte keine Wahl. Er musste hier bleiben, musste diese Therapie durchstehen, musste… was? Sich heilen lassen? Sich retten lassen? Sich erlösen lassen?

Er drehte sich um, ging zurück zum Sofa, setzte sich. „Was wollen Sie von mir?", fragte er erneut, seine Stimme nun fester, entschlossener.

Dr. Winter lehnte sich zurück in ihren Sessel, ein zufriedenes Lächeln auf ihren Lippen. „Ich will, dass Sie sich erinnern", sagte sie. „An alles. An jeden Moment Ihres Falls. An jede Entscheidung, die Sie getroffen haben. An jede Person, die Sie verletzt haben. An jede Lüge, die Sie erzählt haben. An jede Wahrheit, die Sie verleugnet haben."

Max schluckte, die Worte trafen ihn tief, berührten etwas in ihm, das er vergraben hatte, das er vergessen wollte, das er nicht konfrontieren wollte. „Warum?", fragte er. „Wozu soll das gut sein?"

„Weil Sie nur durch die Erinnerung verstehen können", sagte Dr. Winter. „Nur durch das Verstehen akzeptieren können. Nur durch die Akzeptanz vergeben können. Nur durch die Vergebung heilen können."

Max starrte sie an, versuchte, den Sinn ihrer Worte zu erfassen, die Logik ihrer Methode zu verstehen. Es klang… richtig. Logisch. Therapeutisch. Aber da war etwas anderes, etwas, das er nicht greifen konnte, etwas, das unter der Oberfläche lauerte, etwas, das ihn beunruhigte.

„Und wie… wie soll das funktionieren?", fragte er.

Dr. Winter stand auf, ging zu einem Schrank in der Ecke des Raumes, öffnete ihn, holte eine Flasche und zwei Gläser heraus. Sie goss eine klare Flüssigkeit in die Gläser, brachte eines zu Max, behielt das andere in der Hand.

„Wodka", sagte sie, als sie seinen fragenden Blick bemerkte. „Der beste Weg, um Erinnerungen zu wecken, ist manchmal… sie zu betäuben."

Max starrte auf das Glas in ihrer Hand, Verwirrung und Verlangen kämpften in seinem Inneren. Alkohol. Nach drei Wochen Abstinenz. In einer Therapieeinrichtung. Von einer Therapeutin angeboten. Das war… falsch. Unethisch. Gefährlich.

„Ich… ich kann nicht", sagte er. „Ich bin in Therapie. Ich bin trocken. Ich…"

Dr. Winter lächelte, ein Lächeln, das nun wärmer wirkte, verständnisvoller. „Ich weiß, was Sie denken, Dr. Schönfeld. Das ist unethisch. Das ist gefährlich. Das ist ein Rückfall." Sie machte eine Pause, ihr Blick intensiv, durchdringend. „Aber manchmal muss man fallen, um aufzustehen. Manchmal muss man sich verlieren, um sich zu finden. Manchmal muss man in die Dunkelheit gehen, um das Licht zu sehen."

Max starrte sie an, unfähig zu antworten, gefangen zwischen Vernunft und Verlangen, zwischen Therapie und Versuchung, zwischen Heilung und Zerstörung.

Dr. Winter hielt ihm das Glas hin, ihre Augen bohrten sich in seine. „Vertrauen Sie mir, Dr. Schönfeld. Ich weiß, was ich tue. Ich weiß, was Sie brauchen. Ich weiß, wer Sie sind. Wer Sie wirklich sind."

Max zögerte, sein Blick wanderte zwischen ihrem Gesicht und dem Glas hin und her. Dann, langsam, fast gegen seinen Willen, streckte er die Hand aus, nahm das Glas, führte es an seine Lippen, trank.

Der Wodka brannte in seiner Kehle, ein vertrautes, fast vergessenes Gefühl. Wärme breitete sich in seinem Körper aus, entspannte seine Muskeln, beruhigte seine Nerven. Es war… gut. Zu gut.

Dr. Winter beobachtete ihn, ein zufriedenes Lächeln auf ihren Lippen. Sie trank aus ihrem eigenen Glas, setzte sich wieder in ihren Sessel, stellte das Glas auf den Tisch neben sich.

„Gut", sagte sie. „Sehr gut. Nun, Dr. Schönfeld, erzählen Sie mir von Ihrer ersten Begegnung mit Viktor Orlov."

Max erstarrte, das Glas auf halbem Weg zu seinen Lippen. Viktor Orlov. Ein Name, den er seit Monaten nicht gehört hatte. Ein Name, den er zu vergessen versucht hatte. Ein Name, der mit Erinnerungen verbunden war, die er begraben hatte, die er nicht konfrontieren wollte, die er nicht konfrontieren konnte.

„Woher... woher kennen Sie diesen Namen?", fragte er, seine Stimme ein Flüstern.

Dr. Winter lächelte, ein Lächeln, das nun kalt wirkte, berechnend. „Ich habe Ihnen gesagt, Dr. Schönfeld. Ich weiß alles über Sie. Alles."

Max starrte sie an, plötzlich nüchtern trotz des Wodkas, plötzlich wachsam trotz der entspannten Atmosphäre, plötzlich ängstlich trotz der therapeutischen Umgebung.

„Wer sind Sie?", fragte er erneut, seine Stimme nun härter, fordernder.

Dr. Winter lehnte sich vor, ihr Gesicht nun vollständig im Licht der Kerzen. Ihre Augen glänzten, nicht mit therapeutischem Mitgefühl, nicht mit professioneller Distanz, sondern mit etwas anderem – etwas Persönlichem, etwas Intensivem, etwas... Rachsüchtigem?

„Ich bin Victoria Winter", sagte sie. „Aber vor fünf Jahren war ich Victoria Orlova. Die Ehefrau von Viktor Orlov. Die Frau, deren Leben Sie zerstört haben, Dr. Schönfeld. Die Frau, die Sie verraten haben, verkauft haben, geopfert haben für... was? Für Geld? Für Macht? Für Anerkennung?"

Max starrte sie an, Schock und Erkenntnis durchfluteten ihn wie eine eisige Welle. Victoria Orlova. Die Frau, die er in einem Scheidungsverfahren vertreten hatte, vor fünf Jahren. Die Frau, die er fallen gelassen hatte, als ihr Mann, der russische Oligarch Viktor Orlov, ihm mehr Geld geboten hatte, um die Seiten zu wechseln. Die Frau, die alles verloren hatte – ihr Vermögen, ihr Zuhause, ihre Kinder, ihre Würde.

„Victoria", flüsterte er, unfähig, mehr zu sagen, überwältigt von der Erkenntnis, von der Erinnerung, von der Schuld.

Victoria lächelte, ein Lächeln, das nun triumphierend wirkte, zufrieden. „Ja, Max. Victoria. Die Frau, die Sie vergessen haben. Die Frau, die Sie verraten haben. Die Frau, die Sie zerstört haben."

Max schüttelte den Kopf, versuchte, die Verwirrung, den Schock, die Angst abzuschütteln. „Wie... wie ist das möglich? Wie sind Sie hier? Wie sind Sie... Dr. Winter?"

Victoria lachte, ein kaltes, hartes Lachen ohne Humor. „Oh, das war nicht schwer. Nach der Scheidung, nach dem Verlust von allem, was mir wichtig war, habe ich einen neuen Anfang gemacht. Einen neuen Namen angenommen. Eine neue Identität geschaffen. Eine neue Karriere begonnen. Psychologie studiert. Therapie gelernt. Alles mit einem Ziel: Sie zu finden. Sie zu konfrontieren. Sie zu... heilen."

Max starrte sie an, unfähig, die Worte zu verarbeiten, die Situation zu begreifen, die Realität zu akzeptieren. „Heilen?", fragte er schließlich. „Sie wollen mich heilen?"

Victoria lächelte, ein Lächeln, das nun fast sanft wirkte, fast mitfühlend. „Ja, Max. Ich will Sie heilen. Von Ihrer Schuld. Von Ihrer Scham. Von Ihrer Angst. Von Ihrer Sucht. Von Ihrem... Leben."

Max schluckte, ein kalter Schauer lief ihm über den Rücken. „Was... was meinen Sie damit?"

Victoria lehnte sich zurück in ihren Sessel, ihr Blick intensiv, durchdringend. „Ich meine, dass ich Ihnen helfen will, zu verstehen, was Sie getan haben. Wem Sie geschadet haben. Warum Sie gefallen sind. Warum Sie leiden. Warum Sie... sterben wollen."

Max zuckte zusammen, die Worte trafen ihn wie ein physischer Schlag. „Ich... ich will nicht sterben", sagte er, aber seine Stimme klang unsicher, zögernd, als würde er selbst nicht an seine Worte glauben.

Victoria lächelte, ein Lächeln, das wissend wirkte, verständnisvoll. „Nein? Ist das nicht, was Sie tun, Max? Sich langsam umbringen? Mit Drogen? Mit Alkohol? Mit Selbsthass? Mit Schuld? Mit Scham?"

Max schwieg, unfähig zu antworten, überwältigt von der Wahrheit ihrer Worte, von der Erkenntnis, die sie in ihm weckte, von der Konfrontation, die sie ihm aufzwang.

Victoria stand auf, ging zu ihm, setzte sich neben ihn auf das Sofa, nahe, zu nahe, ihre Präsenz überwältigend, bedrohlich, verführerisch. „Ich kann Ihnen helfen, Max", sagte sie, ihre Stimme nun sanft, fast zärtlich. „Ich kann Ihnen helfen, zu verstehen. Zu akzeptieren. Zu vergeben. Zu heilen."

Max starrte sie an, gefangen zwischen Angst und Hoffnung, zwischen Misstrauen und Verlangen, zwischen Flucht und Hingabe. „Wie?", fragte er schließlich, seine Stimme kaum mehr als ein Flüstern.

Victoria lächelte, ein Lächeln, das nun warm wirkte, einladend. „Indem wir zusammen in die Dunkelheit gehen", sagte sie. „Indem wir zusammen Ihre Dämonen konfrontieren. Indem wir zusammen Ihre Wahrheit finden. Indem wir zusammen... leben oder sterben."

Max schluckte, die Worte hallten in seinem Kopf wider, vermischten sich mit dem Alkohol, mit der Verwirrung, mit der Angst, mit der... Hoffnung? War das Hoffnung, die er fühlte? Die Hoffnung auf Verständnis? Auf Akzeptanz? Auf Vergebung? Auf Heilung?

„Ich... ich weiß nicht", sagte er schließlich. „Ich weiß nicht, ob ich das kann. Ob ich das will. Ob ich das... verdiene."

Victoria legte ihre Hand auf seine, ihre Berührung warm, fest, real. „Das ist nicht die Frage, Max", sagte sie. „Die Frage ist nicht, ob Sie es verdienen. Die Frage ist, ob Sie es wagen. Ob Sie den Mut haben, sich Ihrer Wahrheit zu stellen. Ob Sie die Stärke haben, Ihre Schuld zu tragen. Ob Sie die Weisheit haben, Ihre Fehler zu akzeptieren. Ob Sie die Gnade haben, sich selbst zu vergeben."

Max starrte auf ihre Hand auf seiner, spürte die Wärme, die Festigkeit, die Realität ihrer Berührung. Es war lange her, dass jemand ihn berührt hatte, dass jemand ihn wirklich gesehen hatte, dass jemand ihn verstanden hatte – oder zu verstehen versucht hatte.

„Ich... ich weiß nicht, ob ich das kann", wiederholte er, seine Stimme nun fester, aber immer noch unsicher.

Victoria drückte seine Hand, ihr Blick bohrte sich in seinen. „Sie müssen es nicht allein tun, Max", sagte sie. „Ich bin hier. Ich werde bei Ihnen sein. Ich werde Sie führen. Ich werde Sie halten. Ich werde Sie... retten. Oder zerstören. Es hängt ganz von Ihnen ab."

Max schluckte, die Worte hallten in seinem Kopf wider, vermischten sich mit dem Alkohol, mit der Verwirrung, mit der Angst, mit der Hoffnung. Rettung oder Zerstörung. Leben oder Tod. Heilung oder Verdammnis.

„Warum?", fragte er schließlich. „Warum tun Sie das? Nach allem, was ich Ihnen angetan habe? Warum wollen Sie mir helfen? Warum nicht... Rache?"

Victoria lächelte, ein Lächeln, das nun rätselhaft wirkte, vieldeutig. „Wer sagt, dass es nicht Rache ist?", fragte sie. „Vielleicht ist die größte Rache, Sie zu zwingen, sich selbst zu sehen. Sich selbst zu verstehen. Sich selbst zu akzeptieren. Sich selbst zu vergeben. Oder... sich selbst zu zerstören."

Max starrte sie an, unfähig, die Worte zu verarbeiten, die Situation zu begreifen, die Realität zu akzeptieren. War das Therapie? War das Rache? War das Rettung? War das Zerstörung?

Er wusste es nicht. Aber er wusste, dass er keine Wahl hatte. Keine andere Wahl, als ihr zu folgen, wohin auch immer sie ihn führen würde. In die Dunkelheit. In das Licht. In die Wahrheit. In die Lüge. In die Heilung. In die Zerstörung.

„In Ordnung", sagte er schließlich, seine Stimme nun fest, entschlossen. „Ich bin bereit. Führen Sie mich. Retten Sie mich. Oder zerstören Sie mich. Ich... ich vertraue Ihnen."

Victoria lächelte, ein Lächeln, das nun triumphierend wirkte, zufrieden. „Gut", sagte sie. „Sehr gut. Dann beginnen wir. Mit der Wahrheit. Mit der Erinnerung. Mit der Konfrontation. Mit der... Therapie."

Sie stand auf, ging zurück zu ihrem Sessel, setzte sich, nahm ihr Glas, trank einen Schluck. „Erzählen Sie mir von Viktor Orlov", sagte sie erneut. „Von Ihrer ersten Begegnung. Von Ihrem ersten... Verrat."

Max schluckte, schloss die Augen, ließ die Erinnerungen kommen, die er so lange verdrängt hatte, die er so lange gefürchtet hatte, die er so lange verleugnet hatte. Die Wahrheit. Seine Wahrheit. Seine Schuld. Seine Schande. Seine... Erlösung?

„Es war vor fünf Jahren", begann er, seine Stimme leise, aber fest. „Ich war Seniorpartner bei Bergmann & Partner. Spezialisiert auf Handels- und Gesellschaftsrecht. Erfolgreich. Respektiert. Bewundert. Und dann... dann kam Victoria Orlova in mein Büro. Eine schöne Frau, elegant, kultiviert, verzweifelt. Sie wollte sich scheiden lassen von ihrem Mann, Viktor Orlov, einem russischen Oligarchen. Sie hatte Beweise für seine Untreue, seine Grausamkeit, seine... kriminellen Aktivitäten. Sie wollte Gerechtigkeit. Sie wollte Schutz. Sie wollte... Hilfe."

Er öffnete die Augen, sah Victoria an, sah den Schmerz in ihren Augen, die Erinnerung, die Wahrheit. „Ich nahm den Fall an. Ich versprach ihr, ihr zu helfen. Ich versprach ihr, sie zu schützen. Ich versprach ihr... Gerechtigkeit."

Er trank einen Schluck Wodka, spürte das Brennen in seiner Kehle, die Wärme in seinem Körper, die Betäubung in seinem Geist. „Und dann... dann kam Viktor Orlov in mein Büro. Ein mächtiger Mann, gefährlich, charismatisch, reich. Er bot mir Geld an. Viel Geld. Mehr Geld, als ich je gesehen hatte. Mehr Geld, als ich je verdienen würde. Mehr Geld, als ich mir vorstellen konnte. Alles, was ich tun musste, war... die Seiten zu wechseln. Ihn zu vertreten. Seine Frau fallen zu lassen. Ihre Beweise zu ignorieren. Ihre Ansprüche zu untergraben. Ihre... Wahrheit zu leugnen."

Er schluckte, die Erinnerung schmerzte, die Schuld brannte, die Scham erstickte. „Und ich... ich nahm das Geld an. Ich wechselte die Seiten. Ich verriet Victoria. Ich verriet meine Prinzipien. Ich verriet... mich selbst."

Er starrte in sein Glas, unfähig, Victoria anzusehen, unfähig, ihrem Blick zu begegnen, ihrer Wahrheit, ihrer Anklage. „Ich sagte mir, es sei legal. Ethisch fragwürdig, ja, aber legal. Ich hatte keine formelle Mandatsvereinbarung mit Victoria unterschrieben. Ich hatte keine vertraulichen Informationen erhalten, die ich gegen sie verwenden konnte. Ich hatte... technisch gesehen... nichts falsch gemacht."

Er lachte, ein bitteres, hohles Lachen ohne Humor. „Aber ich wusste, dass es falsch war. Ich wusste, dass es unethisch war. Ich wusste, dass es... böse war. Und ich tat es trotzdem. Für Geld. Für Macht. Für Anerkennung. Für... nichts."

Er blickte auf, sah Victoria an, sah die Tränen in ihren Augen, die Wahrheit in ihrem Blick, die Anklage in ihrem Schweigen. „Ich habe Sie verraten,

Victoria. Ich habe Sie verkauft. Ich habe Sie geopfert. Und dafür... dafür gibt es keine Entschuldigung. Keine Rechtfertigung. Keine... Vergebung."

Victoria betrachtete ihn, ihr Gesicht nun eine Maske aus kontrollierter Emotion, aus professioneller Distanz, aus therapeutischer Neutralität. „Und was geschah dann?", fragte sie, ihre Stimme ruhig, kontrolliert, ohne Anklage, ohne Urteil.

Max schluckte, die Erinnerung kam nun leichter, floss nun freier, brannte nun heller. „Ich vertrat Viktor Orlov. Ich nutzte mein Wissen, meine Fähigkeiten, meine Kontakte, um seine Position zu stärken, seine Ansprüche zu untermauern, seine... Lügen zu legitimieren. Ich sorgte dafür, dass er alles bekam – das Vermögen, die Häuser, die Kinder, die... Macht. Und Sie... Sie bekamen nichts. Keine Gerechtigkeit. Keinen Schutz. Keine... Hilfe."

Er trank einen weiteren Schluck Wodka, spürte, wie die Betäubung zunahm, wie die Grenzen verschwammen, wie die Wahrheit klarer wurde, schärfer, schmerzhafter. „Ich gewann den Fall. Ich wurde gefeiert. Ich wurde bewundert. Ich wurde... belohnt. Mit Geld. Mit Anerkennung. Mit Macht. Mit... Leere."

Er starrte in sein Glas, sah sein Spiegelbild, verzerrt, gebrochen, unwirklich. „Und dann... dann begann der Fall. Langsam. Unmerklich. Unaufhaltsam. Ich konnte nicht mehr schlafen. Ich konnte nicht mehr essen. Ich konnte nicht mehr... fühlen. Ich begann, Tabletten zu nehmen. Gegen die Schlaflosigkeit. Gegen die Angst. Gegen die... Schuld. Dann Alkohol. Dann Kokain. Dann Crack. Dann... nichts."

Er blickte auf, sah Victoria an, sah die Tränen, die nun frei über ihre Wangen liefen, die Wahrheit, die nun offen in ihrem Blick lag, die Anklage, die nun deutlich in ihrem Schweigen war. „Ich habe alles verloren, Victoria. Meinen Job. Meine Reputation. Meine Würde. Meine... Seele. Und ich... ich habe es verdient. Jede Sekunde des Falls. Jede Minute der Qual. Jede Stunde der Verzweiflung. Jeden Tag der... Hölle."

Victoria schwieg lange, betrachtete ihn, ihr Gesicht nun eine Mischung aus Schmerz und Mitgefühl, aus Anklage und Verständnis, aus Hass und... Liebe?

„Ja", sagte sie schließlich, ihre Stimme leise, aber fest. „Sie haben es verdient, Max. Sie haben jede Sekunde des Falls verdient. Jede Minute der Qual. Jede Stunde der Verzweiflung. Jeden Tag der Hölle." Sie machte eine

Pause, ihr Blick bohrte sich in seinen. „Aber... haben Sie genug gelitten? Haben Sie genug gebüßt? Haben Sie genug... gelernt?"

Max starrte sie an, unfähig zu antworten, überwältigt von der Frage, von der Möglichkeit, die sie implizierte, von der Hoffnung, die sie bot. „Ich... ich weiß es nicht", sagte er schließlich, seine Stimme kaum mehr als ein Flüstern. „Ich weiß nicht, ob ich je genug leiden kann. Ob ich je genug büßen kann. Ob ich je genug... lernen kann."

Victoria nickte, als hätte er eine tiefgründige Wahrheit ausgesprochen. „Das ist der Anfang der Weisheit, Max", sagte sie. „Die Erkenntnis, dass es keine einfachen Antworten gibt. Keine klaren Grenzen. Keine... Erlösung ohne Schmerz."

Sie stand auf, ging zum Fenster, zog die schweren Vorhänge zurück, ließ das Licht des späten Nachmittags herein, ein goldenes, warmes Licht, das den Raum erhellte, die Schatten vertrieb, die Dunkelheit... transformierte.

„Unsere Zeit ist für heute um", sagte sie, ohne sich umzudrehen, ihr Blick auf die Welt draußen gerichtet, auf den Himmel, auf die Bäume, auf die... Freiheit? „Aber wir werden uns wiedersehen, Max. Morgen. Und übermorgen. Und jeden Tag danach, bis... bis Sie bereit sind."

Max stand auf, unsicher, verwirrt, überwältigt. „Bereit wofür?", fragte er.

Victoria drehte sich um, ihr Gesicht nun im goldenen Licht, ihre Augen klar, ihre Tränen getrocknet, ihr Blick... entschlossen? „Bereit, zu leben", sagte sie. „Oder bereit, zu sterben. Es hängt ganz von Ihnen ab."

Max nickte, unfähig, mehr zu sagen, mehr zu fragen, mehr zu... fühlen. Er ging zur Tür, öffnete sie, blieb stehen, drehte sich um. „Danke", sagte er leise. „Für... für die Wahrheit."

Victoria lächelte, ein Lächeln, das nun echt wirkte, warm, menschlich. „Die Wahrheit ist erst der Anfang, Max", sagte sie. „Der schwierigste Teil kommt noch. Die Akzeptanz. Die Vergebung. Die... Heilung."

Max nickte, verließ den Raum, schloss die Tür hinter sich, stand im Flur, allein, verwirrt, überwältigt. Aber auch... anders. Leichter. Klarer. Lebendiger.

Er hatte die Wahrheit gesagt. Er hatte sich erinnert. Er hatte sich konfrontiert. Er hatte sich... geöffnet.

Und nun? Nun würde er sehen, wohin dieser Weg ihn führte. In die Heilung. Oder in die Zerstörung. In das Leben. Oder in den Tod. In die Erlösung. Oder in die Verdammnis.

Er wusste es nicht. Aber zum ersten Mal seit langem... wollte er es herausfinden.

KAPITEL 19: CHEMIE DES VERGESSENS

Der Geruch war das Erste, was Max bewusst wahrnahm, als er am nächsten Morgen erwachte. Dieser unverkennbare Duft aus Desinfektionsmitteln, Medikamenten und institutioneller Reinlichkeit, der allen Krankenhäusern dieser Welt eigen ist. Ein Geruch, der Assoziationen weckte – an Krankheit, an Ausgeliefertsein, an die Fragilität des menschlichen Körpers. Und an die Fragilität des menschlichen Geistes, wie er nun am eigenen Leib erfahren musste.

Die Jalousien an den hohen Fenstern waren halb geschlossen, ließen aber genug Morgenlicht herein, um den Raum in ein sanftes Grau zu tauchen. Ein Zimmer mit zwei Betten, das andere leer, die Bettwäsche straff gezogen. Die Wände in einem blassen Blauton gestrichen, beruhigend, neutral. An einer Wand ein abstraktes Gemälde in Blau- und Grüntönen, das wie Wellen wirkte. Oder waren es Berge? Max konnte es nicht sagen, sein Blick war noch verschwommen, seine Gedanken träge.

Er versuchte, sich aufzusetzen, aber sein Körper fühlte sich schwer an, unkooperativ. Eine bleierne Müdigkeit lag in seinen Gliedern, als hätte jemand seine Knochen durch Metallstangen ersetzt. Sein Mund war trocken, die Zunge klebte am Gaumen. Er griff nach dem Wasserglas auf dem Nachttisch, trank in kleinen, vorsichtigen Schlucken.

Die Tür öffnete sich, und eine Pflegekraft trat ein – eine junge Frau mit kurzen blonden Haaren und einem freundlichen Gesicht. Sie trug eine hellblaue Uniform und ein Namensschild, das Max aus seiner Position nicht lesen konnte.

„Guten Morgen, Herr Dr. Schönfeld", sagte sie mit einer Stimme, die professionelle Freundlichkeit ausstrahlte. „Wie fühlen Sie sich heute?"

Max versuchte zu antworten, aber seine Stimme versagte. Er räusperte sich, versuchte es erneut. „Müde", brachte er schließlich hervor. „Sehr müde."

Die Pflegekraft nickte, als wäre dies die erwartete Antwort. „Das ist normal. Die Medikamente, die Sie bekommen, können anfangs sehr müde machen. Das gibt sich mit der Zeit, wenn Ihr Körper sich daran gewöhnt hat."

Sie trat näher, nahm sein Handgelenk, um seinen Puls zu messen, legte dann ein digitales Thermometer an seine Stirn. „Temperatur normal, Puls etwas erhöht, aber im Rahmen. Wie ist Ihr Kopf? Schmerzen? Schwindel?"

Max dachte nach. Sein Kopf fühlte sich an, als wäre er mit Watte gefüllt. Nicht schmerzhaft, aber seltsam distanziert, als gehörten seine Gedanken jemand anderem. „Kein Schmerz", sagte er. „Aber... alles fühlt sich weit weg an. Gedämpft."

Die Pflegekraft nickte erneut. „Auch das ist normal. Sie bekommen Diazepam gegen die Entzugserscheinungen und Olanzapin gegen die psychotischen Symptome. Beide können dieses Gefühl verursachen."

Max starrte sie an. Diazepam. Olanzapin. Die Namen klangen fremd und doch vertraut. Benzodiazepine und atypische Neuroleptika. Er kannte diese Medikamente, hatte über sie gelesen, sie sogar Mandanten empfohlen, die nach Unfällen oder traumatischen Erlebnissen psychische Probleme entwickelt hatten. Aber sie selbst zu nehmen, zu spüren, wie sie seinen Geist veränderten, seine Wahrnehmung verschleierten – das war etwas völlig anderes.

„Wann... wann habe ich die bekommen?", fragte er.

„Gestern Abend die erste Dosis, heute Morgen um sechs die zweite", antwortete sie, während sie seine Vitalwerte in eine digitale Akte eintrug. „Dr. Neumann wird später vorbeikommen und mit Ihnen über die Medikation sprechen. Möchten Sie frühstücken? Es gibt Brötchen, Müsli, Joghurt."

Der Gedanke an Essen verursachte Max leichte Übelkeit, aber er wusste, dass er essen sollte. Sein Körper brauchte Nahrung, um zu heilen, um mit den Medikamenten umzugehen. „Ein Brötchen", sagte er. „Und Kaffee, wenn möglich."

Die Pflegekraft lächelte. „Kaffee ist kein Problem, aber nur eine Tasse. Zu viel Koffein ist nicht gut mit Ihren Medikamenten." Sie ging zur Tür. „Ich bringe Ihnen gleich das Frühstück. Danach sollten Sie sich fertig machen. Um neun Uhr beginnt die Morgenrunde, und um zehn ist Gruppentherapie."

Gruppentherapie. Die Worte hallten in Max' Kopf nach, als die Pflegekraft den Raum verließ. Er, Dr. Maximilian Schönfeld, ehemaliger Seniorpartner bei Bergmann & Partner, würde an einer Gruppentherapie teilnehmen. Mit anderen Süchtigen, anderen Gescheiterten, anderen Gefallenen. Der Gedanke verursachte ein Gefühl von Scham, das selbst durch den medikamentösen Nebel in seinem Kopf drang.

Er schloss die Augen, versuchte, seine Gedanken zu ordnen. Was war in den letzten Tagen passiert? Er erinnerte sich an den Hauseingang in St. Georg, an Brinkmann, an die Überdosis. An das Gespräch mit Dr. Neumann, an seine Zustimmung zur Behandlung. An die Fahrt zum Gericht im grauen Justizwagen, an die Blicke seiner ehemaligen Kollegen. An die Anhörung vor dem Richter, der die Therapie anordnete – eine Alternative zur Haftstrafe, eine letzte Chance.

Und dann? Die Rückkehr ins UKE, die Aufnahme auf der psychiatrischen Station, das erste Gespräch mit dem Stationsarzt. Die erste Dosis Medikamente, die seinen Geist in Watte hüllten, die Angst und die Unruhe dämpften, aber auch alles andere – seine Gedanken, seine Gefühle, sein Selbst.

Die Tür öffnete sich erneut, und die Pflegekraft kehrte mit einem Tablett zurück. Ein Brötchen, Butter, Marmelade, eine Tasse Kaffee. Sie stellte es auf den Tisch neben seinem Bett. „Hier, Herr Dr. Schönfeld. Versuchen Sie zu essen, auch wenn Sie keinen Hunger haben. Und nehmen Sie sich Zeit. Die Morgenrunde ist in Zimmer 204, am Ende des Flurs rechts."

Max nickte, griff nach der Kaffeetasse. Der erste Schluck war bitter, aber belebend. Er spürte, wie das Koffein langsam durch seinen Körper sickerte, einen kleinen Teil des Nebels in seinem Kopf lichtete. Er nahm das Brötchen, biss hinein, kaute mechanisch. Es schmeckte nach nichts, aber er zwang sich, weiterzuessen, Bissen für Bissen.

Als er fertig war, stand er vorsichtig auf. Seine Beine fühlten sich wackelig an, aber sie trugen ihn. Er ging ins kleine Badezimmer, das an sein Zimmer angrenzte. Der Spiegel über dem Waschbecken zeigte ihm ein Gesicht, das er kaum erkannte – blass, mit dunklen Ringen unter den Augen, eingefallenen Wangen, stumpfem Haar. Er wusch sich das Gesicht mit kaltem Wasser, putzte sich die Zähne mit der Zahnbürste, die jemand für ihn bereitgelegt hatte.

In seinem Schrank fand er frische Kleidung – nicht seine eigene, sondern Krankenhauskleider. Eine graue Jogginghose, ein weißes T-Shirt, ein blauer Pullover. Er zog sich an, fühlte sich seltsam in diesen fremden Kleidern, die nicht zu ihm passten, nicht zu dem Mann, der er einmal gewesen war.

Um fünf vor neun verließ er sein Zimmer, folgte dem langen Flur bis zu Raum 204. Die Tür stand offen, und er trat ein. Der Raum war größer als sein Zimmer, mit einem ovalen Tisch in der Mitte, um den herum Stühle standen.

An den Wänden hingen weitere abstrakte Gemälde, ähnlich dem in seinem Zimmer. Durch die großen Fenster fiel Sonnenlicht herein, warf Muster auf den Boden.

Einige Patienten waren bereits da, saßen auf den Stühlen, warteten. Max setzte sich auf einen freien Platz, vermied Blickkontakt. Er fühlte sich fehl am Platz, ein Eindringling in einer Welt, die nicht die seine war. Oder war sie es jetzt doch? War dies seine neue Realität – Krankenhauskleider, Gruppentherapie, Medikamente, die seinen Geist vernebelten?

Pünktlich um neun Uhr betraten drei Personen den Raum – Dr. Neumann, die er vom Vortag kannte, ein älterer Mann in einem weißen Kittel und eine junge Frau in Schwesterntracht. Sie setzten sich an den Tisch, Dr. Neumann in der Mitte.

„Guten Morgen zusammen", sagte sie mit klarer Stimme. „Für diejenigen, die mich noch nicht kennen – ich bin Dr. Neumann, die leitende Ärztin dieser Station. Das ist Dr. Berger, unser Oberarzt, und Schwester Claudia, unsere Stationsleitung."

Sie blickte in die Runde, ihr Blick verweilte kurz auf Max. „Wir haben heute einen neuen Patienten bei uns. Dr. Schönfeld, möchten Sie sich kurz vorstellen?"

Max spürte, wie alle Blicke sich auf ihn richteten. Er räusperte sich, versuchte, seine Stimme fest klingen zu lassen. „Ich bin Max Schönfeld. Ich... ich bin hier wegen einer Crack-Abhängigkeit und... psychotischen Episoden."

Die Worte fühlten sich fremd an auf seiner Zunge, als gehörten sie zu jemand anderem. Crack-Abhängigkeit. Psychotische Episoden. War das wirklich er? War das wirklich sein Leben?

Dr. Neumann nickte anerkennend. „Danke, Herr Dr. Schönfeld. Offenheit ist der erste Schritt zur Genesung." Sie wandte sich an die anderen Patienten. „Wie sieht es bei Ihnen aus? Wie war die Nacht? Gibt es etwas, das Sie besprechen möchten?"

Eine Frau mittleren Alters mit kurzen grauen Haaren hob die Hand. „Ich hatte wieder Schlafprobleme. Die Medikamente helfen, aber ich wache trotzdem mehrmals auf."

Dr. Berger machte sich eine Notiz. „Wir können die Dosis des Zopiclon anpassen, Frau Müller. Sprechen wir nach der Runde darüber."

Ein junger Mann mit Tattoos an den Armen meldete sich. „Ich hatte gestern Abend starkes Craving. Nach dem Besuch meiner Freundin. Sie hat erzählt, dass sie mit Freunden feiern war, und... naja, ich konnte an nichts anderes mehr denken als an Koks."

Dr. Neumann nickte verständnisvoll. „Das ist normal, Herr Krüger. Trigger sind oft soziale Situationen, besonders wenn sie mit dem früheren Konsum verbunden sind. Haben Sie die Techniken angewendet, die wir in der Therapie besprochen haben?"

Der junge Mann – Krüger – nickte. „Ja, die Atemübungen und die kognitive Umstrukturierung. Es hat geholfen, aber es war trotzdem hart."

„Das ist ein Erfolg", sagte Dr. Neumann. „Jedes Mal, wenn Sie dem Craving widerstehen, wird Ihr Gehirn neue Verbindungen aufbauen. Es wird leichter werden, mit der Zeit."

Die Runde ging weiter, jeder Patient berichtete kurz über seine Nacht, seine Gedanken, seine Probleme. Max hörte zu, beobachtete, versuchte zu verstehen, wie diese Welt funktionierte, diese Welt der Therapie, der Offenheit, der gemeinsamen Schwäche.

Nach etwa einer Stunde beendete Dr. Neumann die Morgenrunde. „Danke für Ihre Offenheit. Die Gruppentherapie beginnt in einer halben Stunde im Therapieraum 3. Herr Dr. Schönfeld, könnten Sie bitte noch einen Moment bleiben? Ich möchte mit Ihnen über Ihre Medikation sprechen."

Die anderen Patienten verließen den Raum, und Max blieb mit Dr. Neumann und Dr. Berger zurück. Dr. Neumann zog einen Stuhl näher zu ihm heran, setzte sich.

„Wie fühlen Sie sich mit den Medikamenten, Herr Dr. Schönfeld?", fragte sie.

Max dachte nach. „Müde. Benebelt. Alles fühlt sich... gedämpft an."

Dr. Berger nickte. „Das ist zu erwarten. Sie bekommen derzeit 10 mg Diazepam dreimal täglich, um die Entzugserscheinungen zu kontrollieren –

die Angst, die Unruhe, die möglichen Krampfanfälle. Und 10 mg Olanzapin am Abend gegen die psychotischen Symptome."

„Die Müdigkeit wird nachlassen", fügte Dr. Neumann hinzu. „Ihr Körper wird sich an die Medikamente gewöhnen. Wir werden die Dosis des Diazepam schrittweise reduzieren, sobald die akuten Entzugserscheinungen abklingen. Das Olanzapin werden wir länger beibehalten, um die psychotischen Symptome zu kontrollieren und einem Rückfall vorzubeugen."

Max nickte, versuchte, die Informationen zu verarbeiten. „Wie lange... wie lange werde ich hier sein?"

Dr. Neumann tauschte einen Blick mit Dr. Berger. „Das hängt von Ihrem Fortschritt ab. Die akute Entgiftungsphase dauert in der Regel ein bis zwei Wochen. Danach würden wir Sie normalerweise in eine Rehabilitationseinrichtung überweisen für die längerfristige Therapie. Aber in Ihrem Fall hat das Gericht eine stationäre Behandlung hier bei uns angeordnet, für mindestens sechs Wochen."

Sechs Wochen. Die Worte hallten in Max' Kopf nach. Sechs Wochen in dieser Einrichtung, in diesem Zustand, in diesem Leben, das nicht seines war.

„Und danach?", fragte er leise.

„Danach gibt es verschiedene Möglichkeiten", sagte Dr. Neumann. „Eine ambulante Weiterbehandlung, betreutes Wohnen, eine Selbsthilfegruppe. Das werden wir zu gegebener Zeit besprechen, basierend auf Ihrem Zustand und Ihren Bedürfnissen."

Sie stand auf, legte ihm kurz die Hand auf die Schulter. „Nehmen Sie einen Tag nach dem anderen, Herr Dr. Schönfeld. Konzentrieren Sie sich auf das Hier und Jetzt. Die Gruppentherapie wird Ihnen helfen, Strategien zu entwickeln, um mit dem Craving umzugehen und Rückfälle zu vermeiden."

Max nickte, stand ebenfalls auf. „Danke", sagte er, unsicher, ob er wirklich dankbar war oder ob es nur die höfliche Antwort war, die von ihm erwartet wurde.

Dr. Neumann lächelte leicht. „Therapieraum 3 ist am Ende des Flurs links. Die Gruppe beginnt in zwanzig Minuten."

Max verließ den Raum, ging langsam den Flur entlang. Sein Kopf war voller Gedanken, die sich durch den medikamentösen Nebel kämpften. Sechs Wochen. Diazepam. Olanzapin. Gruppentherapie. Entzug. Psychose. Rückfall. Craving. Eine neue Sprache, eine neue Welt, ein neues Leben.

Er blieb vor einem Fenster stehen, blickte hinaus auf den Innenhof der Klinik. Patienten saßen auf Bänken, rauchten, unterhielten sich. Einige trugen Krankenhauskleider wie er, andere normale Kleidung. Einige wirkten krank, andere gesund. Einige lachten, andere starrten ins Leere. Eine Welt der Kontraste, der Widersprüche, der gebrochenen Menschen.

War er einer von ihnen? War er gebrochen? Oder war er nur verloren, vorübergehend vom Weg abgekommen, mit der Möglichkeit, zurückzufinden?

Er wusste es nicht. Vielleicht würde er es nie wissen. Vielleicht war das der Punkt – nicht zu wissen, sondern einfach weiterzugehen, einen Schritt nach dem anderen, einen Tag nach dem anderen.

Mit einem tiefen Atemzug wandte er sich vom Fenster ab und ging weiter den Flur entlang, Richtung Therapieraum 3.

Der Therapieraum unterschied sich von dem Raum, in dem die Morgenrunde stattgefunden hatte. Statt eines ovalen Tisches standen hier Stühle in einem Kreis, ohne Barrieren zwischen den Teilnehmern. Die Wände waren in einem warmen Gelbton gestrichen, an einer hing eine große Tafel, an einer anderen ein Poster mit den „12 Schritten" der Anonymen Alkoholiker, adaptiert für Drogenabhängige.

Max setzte sich auf einen freien Stuhl, beobachtete, wie der Raum sich füllte. Er erkannte einige Gesichter aus der Morgenrunde – die Frau mit den grauen Haaren, den jungen Mann mit den Tattoos. Andere waren neu, Patienten von anderen Stationen vielleicht, oder ambulante Teilnehmer.

Pünktlich um zehn Uhr betrat ein Mann mittleren Alters den Raum – groß, mit schulterlangen grauen Haaren, die zu einem Pferdeschwanz gebunden waren, und einer Brille mit dickem schwarzen Gestell. Er trug keine Arztkittel, sondern Jeans und ein kariertes Hemd. Er setzte sich auf den letzten freien Stuhl im Kreis.

„Guten Morgen zusammen", sagte er mit einer tiefen, ruhigen Stimme. „Für diejenigen, die mich noch nicht kennen – ich bin Georg Farnbacher, der therapeutische Leiter dieser Gruppe. Wir haben heute ein neues Gesicht unter uns. Möchten Sie sich kurz vorstellen?"

Max spürte wieder alle Blicke auf sich. Er räusperte sich. „Ich bin Max. Ich... ich bin seit gestern hier. Wegen Crack und... psychotischen Symptomen."

Farnbacher nickte. „Willkommen, Max. In dieser Gruppe geht es um Sucht und Abhängigkeit, um die Mechanismen dahinter, um Trigger, um Bewältigungsstrategien. Wir teilen unsere Erfahrungen, unsere Stärken und unsere Hoffnungen. Alles, was hier gesagt wird, bleibt hier. Das ist unsere wichtigste Regel."

Er blickte in die Runde. „Wer möchte heute beginnen? Gibt es etwas, das jemand teilen möchte?"

Die Frau mit den grauen Haaren hob die Hand. „Ich bin Ingrid, Alkoholikerin, seit 43 Tagen trocken." Die Gruppe murmelte anerkennend. „Ich hatte gestern einen schweren Tag. Mein Sohn hat angerufen, er kommt nächste Woche zu Besuch. Das erste Mal seit... seit meinem letzten Rückfall. Ich bin nervös. Ich will, dass er stolz auf mich ist, aber ich habe Angst, dass er mir nicht vertraut, dass er nur darauf wartet, dass ich wieder versage."

Farnbacher nickte verständnisvoll. „Danke für deine Offenheit, Ingrid. Vertrauen wieder aufzubauen braucht Zeit. Es ist ein Prozess, kein Ereignis. Was denkst du, könntest du tun, um diesen Prozess zu unterstützen?"

Ingrid dachte nach. „Ehrlich sein, denke ich. Nicht so tun, als wäre alles perfekt. Ihm sagen, dass es schwer ist, aber dass ich es versuche. Dass ich... dass ich ihn liebe und dass es mir leid tut, was ich getan habe."

„Das klingt nach einem guten Plan", sagte Farnbacher. „Ehrlichkeit ist der Grundstein für Vertrauen. Und Geduld – mit dir selbst und mit anderen."

Der junge Mann mit den Tattoos meldete sich. „Ich bin Kevin, Kokainabhängig, seit 27 Tagen clean." Wieder murmelte die Gruppe anerkennend. „Ich verstehe, was Ingrid meint. Meine Freundin vertraut mir auch nicht mehr. Sie durchsucht meine Taschen, wenn ich nach Hause komme. Sie riecht an meinem Atem. Sie überprüft mein Handy. Es macht mich wütend, aber... ich verstehe es auch. Ich habe sie so oft belogen."

Farnbacher nickte. „Vertrauen ist wie ein Glas – einmal zerbrochen, kann man es wieder zusammenkleben, aber man sieht immer die Risse. Es braucht Zeit und Konsistenz, um neues Vertrauen aufzubauen. Wie gehst du mit deiner Wut um, Kevin?"

Kevin zuckte mit den Schultern. „Ich versuche, tief durchzuatmen. Mir zu sagen, dass es nicht persönlich ist, dass sie Angst hat. Manchmal gehe ich raus, laufe eine Runde um den Block. Manchmal... manchmal schreie ich ins Kissen."

„Das sind gute Strategien", sagte Farnbacher. „Wut ist eine natürliche Emotion, aber es kommt darauf an, wie wir mit ihr umgehen. Sie zu unterdrücken führt oft zu Rückfällen. Sie konstruktiv auszudrücken ist der gesündere Weg."

Die Diskussion ging weiter, andere Teilnehmer teilten ihre Erfahrungen, ihre Ängste, ihre Erfolge. Max hörte zu, beobachtete, versuchte zu verstehen. Es war seltsam, diese Offenheit zu erleben, diese Bereitschaft, Schwäche zu zeigen, Fehler einzugestehen, um Hilfe zu bitten. In seiner Welt – der Welt der Anwälte, der Geschäftsleute, der Erfolgreichen – war Schwäche ein Tabu, ein Makel, ein Versagen.

„Max", sagte Farnbacher plötzlich, „möchtest du etwas teilen? Vielleicht, was dich hierher gebracht hat? Oder was du von der Therapie erwartest?"

Max zuckte zusammen, überrascht, angesprochen zu werden. Er hatte gehofft, unbemerkt bleiben zu können, ein stiller Beobachter in dieser fremden Welt. Aber natürlich war das naiv. Dies war eine Therapiegruppe. Teilnahme war der Punkt.

„Ich...", begann er, unsicher, was er sagen sollte, wie viel er preisgeben wollte. „Ich war Anwalt. Partner in einer großen Kanzlei. Ich hatte... alles. Und dann... dann habe ich angefangen, Tabletten zu nehmen. Gegen den Stress, die Schlaflosigkeit. Dann Alkohol. Dann Kokain. Dann Crack. Und jetzt... jetzt bin ich hier."

Er schwieg, unsicher, ob er mehr sagen sollte, ob er mehr sagen konnte. Die Worte fühlten sich fremd an, als würde er über jemand anderen sprechen, eine Figur in einem Film, nicht sein eigenes Leben.

Farnbacher nickte, sein Gesicht ohne Urteil, ohne Überraschung. „Danke für deine Offenheit, Max. Der Weg in die Abhängigkeit ist oft graduell, ein

Schritt nach dem anderen, kaum merklich, bis es zu spät ist. Was hat dich schließlich hierher gebracht? Was war der Wendepunkt?"

Max dachte nach, versuchte, durch den medikamentösen Nebel zu den Erinnerungen vorzudringen. „Ich... ich hatte eine Überdosis. In einem verlassenen Hauseingang in St. Georg. Jemand hat mich gefunden, einen Krankenwagen gerufen. Ich... ich wäre fast gestorben."

Die Worte hingen in der Luft, schwer, bedeutsam. Fast gestorben. Die Realität dessen traf ihn plötzlich mit voller Wucht. Er wäre fast gestorben, allein, in einem schmutzigen Hauseingang, ein Junkie, ein Niemand, vergessen, verloren.

„Und wie fühlst du dich jetzt?", fragte Farnbacher sanft. „Hier, in der Therapie?"

Max zuckte mit den Schultern, eine Geste, die er in den letzten Tagen oft gemacht hatte. „Ich weiß es nicht. Benommen, von den Medikamenten. Verwirrt. Fremd. Als wäre das alles nicht mein Leben, nicht meine Realität."

Farnbacher nickte verständnisvoll. „Das ist normal, Max. Die Distanzierung ist ein Schutzmechanismus. Es ist überwältigend, sich der vollen Realität zu stellen, dem vollen Ausmaß dessen, was passiert ist, was hätte passieren können. Aber mit der Zeit, mit der Therapie, wirst du beginnen, es zu integrieren, es als Teil deiner Geschichte zu akzeptieren, nicht als deine ganze Identität."

Max nickte, unsicher, ob er das glauben konnte, ob er das wollte. War das nicht der einfachere Weg – die Distanz zu bewahren, es als einen bösen Traum zu betrachten, aus dem er irgendwann erwachen würde?

Die Gruppentherapie ging weiter, andere Teilnehmer teilten ihre Geschichten, ihre Kämpfe, ihre kleinen Siege. Max hörte zu, aber sein Geist wanderte, verlor sich in Erinnerungen, in Fragen, in Zweifeln.

Nach etwa einer Stunde beendete Farnbacher die Sitzung. „Danke für eure Offenheit, für euren Mut, für eure Unterstützung füreinander. Denkt daran – ein Tag nach dem anderen. Manchmal eine Stunde nach der anderen. Manchmal eine Minute nach der anderen. Aber immer vorwärts."

Die Teilnehmer standen auf, einige unterhielten sich leise, andere verließen den Raum schweigend. Max blieb sitzen, unsicher, was er tun sollte, wohin er gehen sollte.

Farnbacher setzte sich neben ihn. „Der erste Tag ist immer der schwerste", sagte er. „Alles ist neu, fremd, überwältigend. Aber es wird besser, Max. Mit jedem Tag ein bisschen besser."

Max nickte, wollte es glauben, konnte es nicht ganz. „Was... was passiert als Nächstes?", fragte er.

„Mittagessen ist um zwölf", sagte Farnbacher. „Danach hast du eine Einzeltherapie mit Dr. Neumann um zwei. Der Rest des Nachmittags ist frei – du kannst lesen, fernsehen, im Garten sitzen. Um sechs ist Abendessen, um acht die Abendmedikation. Und morgen beginnt alles von vorn."

Ein strukturierter Tag. Ein geregelter Ablauf. Eine vorhersehbare Routine. Es war beruhigend und beängstigend zugleich – beruhigend in seiner Klarheit, beängstigend in seiner Monotonie, seiner Institutionalität.

„Danke", sagte Max, stand auf, verließ den Raum. Er ging zurück zu seinem Zimmer, setzte sich auf sein Bett, starrte aus dem Fenster. Die Sonne stand hoch am Himmel, ein klarer, blauer Himmel, ein schöner Tag. Draußen, in der Welt, gingen Menschen ihrem Alltag nach, arbeiteten, liebten, lebten. Und er war hier, in diesem Zwischenraum, diesem Limbo, dieser Nicht-Welt.

Er legte sich hin, schloss die Augen. Die Müdigkeit überwältigte ihn, eine Kombination aus emotionaler Erschöpfung und medikamentöser Sedierung. Er ließ sich in den Schlaf fallen, einen traumlosen, leeren Schlaf, eine kurze Flucht aus der Realität, aus der Wahrheit, aus dem Leben, das nun seines war.

Die Nacht senkte sich über das UKE, hüllte die Gebäude in Dunkelheit, ließ nur die Fenster leuchten, kleine Rechtecke aus Licht in der Finsternis. In seinem Zimmer auf der psychiatrischen Station lag Max wach, starrte an die Decke. Die Abendmedikation – 10 mg Olanzapin – hatte ihn müde gemacht, aber nicht müde genug, um zu schlafen. Sein Geist war aktiver als am Tag, klarer, schärfer, als hätte das Medikament eine paradoxe Wirkung.

Er dachte an den Tag, der vergangen war, an die Morgenrunde, die Gruppentherapie, das Einzelgespräch mit Dr. Neumann. Sie hatten über seine

Geschichte gesprochen, seinen Weg in die Abhängigkeit, seine Auslöser, seine Risikofaktoren. Es war klinisch gewesen, analytisch, distanziert – eine Fallstudie, nicht sein Leben.

Er dachte an die anderen Patienten, ihre Geschichten, ihre Kämpfe, ihre Hoffnungen. Ingrid mit ihrem Sohn, Kevin mit seiner Freundin, andere mit ihren Familien, ihren Freunden, ihren Unterstützungssystemen. Wer würde ihn unterstützen? Wer würde auf ihn warten, wenn er hier herauskam? Wer würde ihm helfen, ein neues Leben aufzubauen, eine neue Identität zu finden, einen neuen Weg zu gehen?

Er hatte niemanden. Seine Eltern waren tot, seine Beziehungen oberflächlich, seine Freundschaften beruflich. Er hatte sein Leben der Karriere gewidmet, dem Erfolg, dem Status. Und nun, da all das weg war – was blieb?

Ein Geräusch riss ihn aus seinen Gedanken – ein leises Klopfen an seiner Tür. Er setzte sich auf, verwirrt. Es war nach Mitternacht, die Station war ruhig, die meisten Patienten schliefen, die Nachtschicht machte ihre Runden.

„Herein?", sagte er, unsicher, ob er gehört werden würde.

Die Tür öffnete sich einen Spalt, und ein Gesicht erschien – ein junger Mann, vielleicht Anfang zwanzig, mit kurzen blonden Haaren und nervösen Augen. Max erkannte ihn aus der Gruppentherapie – Thomas, ein Heroinsüchtiger, seit zwei Wochen in Behandlung.

„Hey", flüsterte Thomas. „Kann ich reinkommen?"

Max nickte, verwirrt, aber neugierig. Thomas schlüpfte ins Zimmer, schloss die Tür leise hinter sich. Er trug Krankenhauskleider wie Max, aber seine waren zerknittert, als hätte er darin geschlafen.

„Sorry für die späte Störung", sagte Thomas, seine Stimme ein gedämpftes Flüstern. „Aber ich dachte... ich dachte, du könntest vielleicht... Interesse haben."

„Interesse? Woran?", fragte Max, noch verwirrter.

Thomas sah sich um, als würde er Lauscher fürchten, dann trat er näher, setzte sich auf die Kante von Max' Bett. Er griff in die Tasche seiner Jogginghose, zog etwas heraus – eine kleine Plastiktüte mit weißen Tabletten.

„Benzos", flüsterte er. „Diazepam, 10 mg. Besser als der Scheiß, den sie uns hier geben. Keine Nebenwirkungen, nur... Entspannung. Frieden."

Max starrte auf die Tüte, auf die Tabletten, auf die Versuchung, die sie darstellten. Sein Herz begann zu rasen, sein Mund wurde trocken, seine Hände fingen an zu zittern. Craving – das Wort aus der Therapie kam ihm in den Sinn. Das überwältigende Verlangen nach der Substanz, nach der Wirkung, nach der Flucht.

„Woher... woher hast du die?", fragte er, seine Stimme heiser.

Thomas grinste, ein verschwörerisches, wissenden Grinsen. „Man hat seine Quellen. Einer der Pfleger... er ist nicht so streng mit den Regeln. Für den richtigen Preis."

„Und was ist der richtige Preis?", fragte Max, wusste nicht, ob er die Antwort hören wollte, ob er die Entscheidung treffen wollte, die damit verbunden war.

„Zwanzig Euro pro Tablette", sagte Thomas. „Aber für dich... für dich mache ich einen Freundschaftspreis. Fünfzehn."

Max lachte bitter. „Ich habe kein Geld hier. Alles, was ich hatte, ist weg."

Thomas' Grinsen verschwand, wurde zu einem berechnenden Blick. „Du warst Anwalt, oder? Ein großer Anwalt. Du hast Geld. Draußen. Du könntest... Arrangements treffen."

Max starrte ihn an, verstand plötzlich. „Du willst, dass ich jemanden anrufe? Dass ich Geld hierher bringen lasse?"

Thomas zuckte mit den Schultern, eine Geste falscher Beiläufigkeit. „Es ist eine Möglichkeit. Oder... oder du könntest andere Dienste anbieten."

„Dienste?", fragte Max, obwohl er ahnte, was Thomas meinte.

Thomas' Hand landete auf Max' Oberschenkel, ein leichter, aber bedeutungsvoller Druck. „Du weißt schon. Dienste. Nichts Großes. Nichts, was du nicht schon getan hast, für Crack."

Max erstarrte, die Berührung, die Worte, die Implikation trafen ihn wie ein Schlag. Hatte er das getan? Hatte er seinen Körper verkauft, für Drogen? Er konnte sich nicht erinnern, oder wollte sich nicht erinnern. Die letzten Wochen vor seiner Einlieferung waren ein Nebel aus Konsum, Verzweiflung und Selbsthass.

„Nein", sagte er, seine Stimme fester als er sich fühlte. „Nein, ich... ich kann nicht. Ich will nicht."

Thomas' Gesicht verhärtete sich, sein Blick wurde kalt. „Wie du willst. Aber das Angebot steht. Wenn du es dir anders überlegst... du weißt, wo du mich findest." Er stand auf, ging zur Tür, drehte sich noch einmal um. „Denk daran – sie kontrollieren dich hier. Mit ihren Regeln, ihren Medikamenten, ihrer Therapie. Sie sagen dir, wann du aufstehen sollst, wann du essen sollst, wann du reden sollst, wann du fühlen sollst. Ist das Freiheit? Ist das Leben?"

Er verließ den Raum, schloss die Tür leise hinter sich, ließ Max allein mit seinen Gedanken, seinen Zweifeln, seiner Versuchung.

Max legte sich zurück auf sein Bett, starrte wieder an die Decke. Thomas' Worte hallten in seinem Kopf nach. Kontrolle. Regeln. Freiheit. Leben. Was war das hier? Eine Chance auf Heilung? Oder nur eine andere Form von Gefängnis, von Abhängigkeit, von Kontrolle?

Er schloss die Augen, versuchte, die Gedanken zu vertreiben, den Schlaf zu finden, die Ruhe, die Leere. Aber sein Geist war zu aktiv, zu unruhig, zu... hungrig.

Er öffnete die Augen wieder, setzte sich auf, schwang die Beine über die Bettkante. Er stand auf, ging zum Fenster, blickte hinaus in die Nacht. Der Mond stand hoch am Himmel, warf sein silbernes Licht auf die Gebäude, die Bäume, die leeren Wege. Die Welt schlief, ruhte, wartete auf einen neuen Tag, eine neue Chance, ein neues Leben.

Würde er jemals wieder Teil dieser Welt sein? Würde er jemals wieder normal sein, gesund, frei? Oder war er für immer gefangen – in der Sucht, in der Therapie, in der Kontrolle, in der Abhängigkeit?

Er wusste es nicht. Niemand wusste es. Nicht Dr. Neumann, nicht Farnbacher, nicht Thomas, nicht er selbst. Es war ein Schritt ins Ungewisse, ein Sprung ins Dunkle, ein Weg ohne Karte, ohne Kompass, ohne Garantie.

Aber es war ein Weg. Ein Weg zurück. Ein Weg vorwärts. Ein Weg... irgendwohin.

Er ging zurück zu seinem Bett, legte sich hin, schloss die Augen. Dieses Mal kam der Schlaf, langsam, zögernd, aber er kam. Und mit ihm kam die Dunkelheit, die Leere, die Ruhe. Für eine Weile. Bis zum nächsten Tag. Bis zur nächsten Entscheidung. Bis zum nächsten Schritt auf dem Weg.

Die Stimmen kamen in der dritten Nacht.

Max lag in seinem Bett, halb wach, halb schlafend, in jenem Zwischenraum, wo die Grenzen zwischen Realität und Traum verschwimmen. Die Wirkung des Olanzapins ließ nach, sein Geist wurde klarer, schärfer, empfänglicher.

Zuerst war es nur ein Flüstern, so leise, dass er dachte, es käme von draußen, vom Flur, von einem anderen Zimmer. Aber dann wurde es lauter, deutlicher, näher. Und er erkannte, dass es von innen kam, aus seinem eigenen Kopf.

„Versager", flüsterte eine Stimme, kalt, verächtlich, vertraut. „Schwächling. Junkie. Niemand."

Max öffnete die Augen, starrte in die Dunkelheit. Die Stimme klang wie seine eigene, aber härter, grausamer, erbarmungsloser.

„Du gehörst nicht hierher", fuhr die Stimme fort. „Du gehörst nirgendwo hin. Du bist nichts. Du bist niemand. Du bist tot."

Max setzte sich auf, sein Herz raste, sein Atem ging schnell und flach. Die Stimme war so real, so präsent, als stünde jemand direkt neben ihm, flüsterte in sein Ohr.

„Nein", sagte er laut, seine eigene Stimme fremd in der Stille des Raumes. „Das ist nicht wahr. Ich bin hier. Ich lebe. Ich... ich kämpfe."

Ein Lachen antwortete ihm, bitter, höhnisch, verächtlich. „Kämpfen? Du? Du hast noch nie gekämpft. Du hast immer den einfachen Weg gewählt. Den Weg des Geldes, der Macht, der Drogen. Den Weg der Schwäche."

Max stand auf, ging zum Fenster, öffnete es, ließ die kühle Nachtluft herein. Er brauchte Luft, Raum, Distanz von der Stimme, von den Worten, von der Wahrheit, die sie enthielten.

„Du solltest springen", sagte die Stimme, nun sanfter, verführerischer. „Es wäre einfach. Ein Moment des Fallens, dann Frieden. Keine Stimmen mehr. Keine Scham mehr. Keine Schuld mehr. Nur... Nichts."

Max starrte hinunter, drei Stockwerke tief, auf den gepflasterten Weg unter seinem Fenster. Es wäre einfach. Ein Bein über die Fensterbank, dann das andere, ein Moment des Gleichgewichts, dann ein Schritt ins Leere. Ein kurzer Fall, ein harter Aufprall, dann... Nichts.

„Tu es", drängte die Stimme. „Tu es jetzt. Bevor sie kommen. Bevor sie dich aufhalten. Bevor sie dich wieder kontrollieren, wieder einsperren, wieder... retten."

Max' Hände griffen die Fensterbank, seine Knöchel wurden weiß vor Anspannung. Es wäre so einfach. So endgültig. So... erlösend.

Eine zweite Stimme mischte sich ein, leiser, sanfter, aber ebenso deutlich. „Du musst nicht springen", sagte sie. „Du kannst bleiben. Du kannst kämpfen. Du kannst... leben."

Max erkannte auch diese Stimme – es war die von Sarah Lehmann, der Staatsanwältin, die ihn im Krankenhaus besucht hatte, die ihm gesagt hatte, dass sie an ihn glaubte, dass ein Teil von ihr immer an ihn glauben würde.

„Sie lügt", zischte die erste Stimme. „Sie hat dich immer belogen. Sie hat dich benutzt, manipuliert, verraten. Wie du sie verraten hast. Wie du alle verraten hast."

„Nein", sagte die zweite Stimme, Sarahs Stimme, fest, klar, überzeugend. „Ich glaube an dich, Max. An den Mann, der du warst. An den Mann, der du sein könntest."

Max stand zwischen den Stimmen, zwischen den Wahrheiten, zwischen den Möglichkeiten. Springen oder bleiben. Sterben oder leben. Aufgeben oder kämpfen.

„Tu es", drängte die erste Stimme, lauter, drängender, verzweifelter. „Tu es jetzt. Es ist deine letzte Chance auf Freiheit, auf Frieden, auf... Erlösung."

„Bleib", bat die zweite Stimme, ebenso laut, ebenso dringend, ebenso verzweifelt. „Bleib für mich. Bleib für dich. Bleib für die Möglichkeit, dass es besser werden könnte, dass du heilen könntest, dass du... lieben könntest."

Max' Griff um die Fensterbank lockerte sich, seine Hände fielen zu seinen Seiten. Er trat einen Schritt zurück, dann einen weiteren, bis seine Beine gegen das Bett stießen. Er setzte sich, sein Körper schwer, müde, aber... entschlossen.

„Nein", sagte er laut, zu der ersten Stimme, zu sich selbst. „Ich springe nicht. Ich bleibe. Ich kämpfe. Ich... lebe."

Die erste Stimme schrie, ein Schrei voller Wut, voller Hass, voller Verzweiflung. Die zweite Stimme lachte, ein Lachen voller Freude, voller Hoffnung, voller... Liebe?

Und dann waren beide still, verschwunden, als hätten sie nie existiert. Max saß auf seinem Bett, allein, erschöpft, aber... ruhig. Er hatte eine Entscheidung getroffen. Eine Entscheidung für das Leben, für den Kampf, für die Möglichkeit der Heilung, der Vergebung, der Liebe.

Er legte sich hin, schloss die Augen. Der Schlaf kam nicht, aber die Ruhe blieb. Eine fragile, zerbrechliche Ruhe, aber sie war da. Ein kleiner Sieg in einem langen Krieg. Ein kleiner Schritt auf einem langen Weg. Ein kleiner Moment der Klarheit in einer Welt voller Nebel.

Er würde bleiben. Er würde kämpfen. Er würde leben. Einen Tag nach dem anderen. Eine Stunde nach der anderen. Eine Minute nach der anderen. Bis die Stimmen verstummten. Bis die Dämonen ruhten. Bis die Wunden heilten. Bis er... frei war.

Die Stimmen kehrten zurück, lauter, drängender, überzeugender. Sie füllten seinen Kopf, ließen keinen Raum für andere Gedanken, andere Gefühle, andere... Möglichkeiten.

„Du bist nichts", sagten sie, ein Chor aus Hass, aus Verachtung, aus Wahrheit. „Du bist niemand. Du bist tot."

Max lag in seinem Bett, die Hände über den Ohren, als könnte er die Stimmen aussperren, die von innen kamen, aus seinem eigenen Geist, seiner eigenen Seele, seinem eigenen... Nichts.

„Hört auf", flüsterte er, seine Stimme gebrochen, verzweifelt, verloren. „Bitte, hört auf."

Aber sie hörten nicht auf. Sie wurden lauter, klarer, überzeugender. Sie erzählten ihm von seiner Schwäche, seiner Schuld, seiner Schande. Sie erinnerten ihn an jeden Fehler, jeden Verrat, jede Lüge. Sie zeigten ihm sein Leben, sein Versagen, sein Ende.

„Du solltest sterben", sagten sie, ein einheitlicher Chor, eine einzige Wahrheit, eine endgültige Lösung. „Du solltest jetzt sterben."

Max stand auf, seine Bewegungen mechanisch, automatisch, als würde er von außen gesteuert, von den Stimmen, von der Wahrheit, von dem... Nichts.

Er ging ins Badezimmer, schloss die Tür, drehte den Schlüssel im Schloss. Er starrte in den Spiegel, sah ein Gesicht, das er nicht erkannte – blass, eingefallen, mit leeren Augen, toten Augen, Augen, die nichts mehr sahen, nichts mehr fühlten, nichts mehr... waren.

„Tu es", drängten die Stimmen, ein einziger Befehl, eine einzige Möglichkeit, eine einzige... Erlösung. „Tu es jetzt."

Max öffnete den Schrank über dem Waschbecken, suchte nach etwas Scharfem, etwas Tödlichem, etwas... Endgültigem. Aber der Schrank war leer, gesichert, kontrolliert. Natürlich. Dies war eine psychiatrische Station. Hier gab es keine Rasierklingen, keine Scheren, keine... Möglichkeiten.

Er sah sich um, suchte nach einer Alternative, einer Lösung, einem... Ende. Sein Blick fiel auf das Handtuch, das an einem Haken an der Tür hing. Ein einfaches, weißes Handtuch, weich, sauber, unschuldig. Aber in seinen Händen, mit den richtigen Bewegungen, könnte es zu etwas anderem werden. Zu einem Werkzeug. Zu einer Waffe. Zu einem... Ende.

„Ja", sagten die Stimmen, ein Chor aus Zustimmung, aus Ermutigung, aus... Erlösung. „Ja, das ist der Weg."

Max nahm das Handtuch, drehte es, formte es zu einem Strick, einem Seil, einem... Ende. Er sah sich um, suchte nach einem Befestigungspunkt, einem Halt, einem... Anfang des Endes.

Die Duschstange. Stabil, metallisch, hoch genug. Er stellte sich auf den Rand der Badewanne, band das improvisierte Seil an die Stange, formte eine Schlinge, eine Schlaufe, ein... Ende.

„Ja", sagten die Stimmen, nun leiser, sanfter, zufriedener. „Ja, das ist gut. Das ist richtig. Das ist... Frieden."

Max legte die Schlinge um seinen Hals, spürte das weiche Material gegen seine Haut, den leichten Druck, die Verheißung von... Nichts.

Ein letzter Gedanke durchzuckte seinen Geist, ein letztes Gefühl sein Herz, ein letzter Wunsch seine Seele. Sarah. Ihr Gesicht, ihre Stimme, ihre Worte. „Ich glaube an dich, Max. An den Mann, der du warst. An den Mann, der du sein könntest."

„Sie lügt", zischten die Stimmen, nun wieder lauter, drängender, verzweifelter. „Sie hat immer gelogen. Tu es. Tu es jetzt. Bevor es zu spät ist. Bevor sie kommen. Bevor sie dich retten."

Max schloss die Augen, atmete tief ein, bereit, den Schritt zu tun, den letzten Schritt, den endgültigen Schritt, den... erlösenden Schritt.

Ein Klopfen an der Tür. Laut, dringend, befehlend.

„Herr Dr. Schönfeld? Sind Sie da drin? Öffnen Sie die Tür!"

Die Stimme von Dr. Neumann, besorgt, alarmiert, professionell. Die Stimme der Realität, der Vernunft, des... Lebens?

„Ignorier sie", befahlen die Stimmen, nun panisch, wütend, verzweifelt. „Tu es jetzt. Jetzt oder nie. Jetzt oder... immer."

Das Klopfen wurde lauter, drängender, verzweifelter. „Herr Dr. Schönfeld! Wenn Sie nicht öffnen, müssen wir die Tür aufbrechen! Bitte, öffnen Sie!"

Max stand auf dem Rand der Badewanne, die Schlinge um den Hals, zwischen den Welten, zwischen den Möglichkeiten, zwischen... Leben und Tod.

„Max!", rief eine andere Stimme, eine weibliche Stimme, eine vertraute Stimme, eine... liebende Stimme? „Max, bitte! Tu es nicht! Ich brauche dich! Ich... ich liebe dich!"

Sarah? War das Sarah? Hier, jetzt, in diesem Moment, in dieser Realität, in diesem... Leben?

„Sie lügt!", schrien die Stimmen, ein Chor aus Hass, aus Verzweiflung, aus... Angst? „Sie war nie hier! Sie wird nie hier sein! Sie liebt dich nicht! Niemand liebt dich! Niemand braucht dich! Niemand... will dich!"

Ein lautes Krachen, Holz splitterte, die Tür brach auf. Dr. Neumann stürmte herein, gefolgt von zwei Pflegern, groß, stark, entschlossen.

„Nein!", schrie Max, oder schrien die Stimmen, er wusste es nicht mehr, konnte nicht mehr unterscheiden, wer er war, was er war, ob er... war.

Einer der Pfleger packte ihn, zog ihn von der Badewanne, während der andere die Schlinge von seinem Hals löste. Sie legten ihn auf den Boden, hielten ihn fest, während Dr. Neumann eine Spritze vorbereitete, eine Nadel, eine Dosis, eine... Rettung?

„Nein!", schrie Max erneut, kämpfte gegen die Hände, die ihn hielten, gegen die Realität, die ihn zurückholte, gegen das Leben, das ihn... wollte? „Lasst mich gehen! Lasst mich... sterben!"

„Es ist okay, Max", sagte Dr. Neumann, ihre Stimme ruhig, professionell, mitfühlend. „Es ist okay. Sie sind nicht allein. Wir sind hier. Wir helfen Ihnen. Wir... retten Sie."

Die Nadel drang in seinen Arm ein, die Flüssigkeit floss in seine Venen, die Wirkung breitete sich in seinem Körper aus, in seinem Geist, in seiner... Seele?

Die Stimmen wurden leiser, undeutlicher, entfernter. Die Welt wurde weicher, verschwommener, friedlicher. Die Realität wurde... erträglicher?

„Es ist okay", wiederholte Dr. Neumann, ihre Stimme nun das Einzige, was er noch hörte, das Einzige, was noch real war, das Einzige, was noch... existierte. „Es ist okay, Max. Ruhen Sie sich aus. Wir sind hier. Wir bleiben hier. Wir... warten auf Sie."

Die Dunkelheit kam, sanft, einladend, heilend. Nicht die Dunkelheit des Todes, des Endes, des Nichts. Sondern die Dunkelheit des Schlafs, der Ruhe, der... Heilung?

Max ließ sich fallen, nicht in den Tod, nicht in das Ende, nicht in das Nichts. Sondern in den Schlaf, in die Ruhe, in die... Möglichkeit.

Die Möglichkeit des Morgens, des Erwachens, des Weiterlebens. Die Möglichkeit der Heilung, der Vergebung, der Liebe. Die Möglichkeit des... Seins.

Und die Stimmen? Sie verstummten, für jetzt, für diese Nacht, für diesen Moment der Gnade, der Ruhe, der... Stille.

Aber sie würden wiederkommen. Das wusste er. Das wussten sie alle. Die Stimmen, die Dämonen, die Wahrheiten. Sie würden wiederkommen, lauter, stärker, überzeugender.

Und dann? Dann würde er wieder kämpfen müssen. Wieder wählen müssen. Wieder... leben müssen.

Einen Tag nach dem anderen. Eine Stunde nach der anderen. Eine Minute nach der anderen. Einen Atemzug nach dem anderen.

Bis die Stimmen für immer verstummten. Bis die Dämonen für immer ruhten. Bis die Wahrheiten für immer... erträglich wurden.

Bis er frei war. Bis er heil war. Bis er... war.

KAPITEL 20: VICTORIA

Die Therapie begann an einem Montag. Max saß in einem kleinen, funktional eingerichteten Büro in der Entzugsklinik Ochsenzoll, die Hände auf den Knien, der Blick auf den leeren Stuhl gegenüber gerichtet. Die Wände waren in einem sanften Grün gestrichen, an einer hing ein abstraktes Gemälde in beruhigenden Blautönen. Durch das Fenster fiel Sonnenlicht, zeichnete geometrische Muster auf den grauen Teppichboden.

Er war seit einer Woche hier, hatte die erste Phase der Entgiftung hinter sich – sieben Tage Hölle, sieben Tage Schwitzen, Zittern, Übelkeit, Schmerzen, Halluzinationen. Sieben Tage, in denen sein Körper sich gegen ihn aufgelehnt hatte, in denen jede Zelle nach dem Gift geschrien hatte, das ihn zerstörte und gleichzeitig am Leben hielt.

Nun begann die zweite Phase – die Therapie. Die Konfrontation mit dem, was er getan hatte, was aus ihm geworden war, was ihn hierher gebracht hatte.

Die Tür öffnete sich, und eine Frau trat ein – schlank, elegant, mit kurzen schwarzen Haaren und einer randlosen Brille. Sie trug eine weiße Bluse, einen schwarzen Rock, schwarze Pumps. Keine Ärztin in einem weißen Kittel, sondern eine Frau, die aussah, als käme sie direkt aus einer Vorstandssitzung.

„Dr. Schönfeld", sagte sie, ihre Stimme kühl, professionell, mit einem leichten Akzent, den Max nicht einordnen konnte. „Ich bin Dr. Victoria Winter. Ich werde Ihre Therapeutin sein."

Sie setzte sich auf den Stuhl gegenüber, legte eine Mappe auf den kleinen Tisch zwischen ihnen, schlug sie auf. Max beobachtete ihre Hände – schlank, gepflegt, mit langen Fingern und kurzen, unlackierten Nägeln. Die Hände einer Pianistin, dachte er. Oder einer Chirurgin.

„Ich habe Ihre Akte gelesen", sagte sie, ohne aufzublicken. „Eine beeindruckende Karriere. Seniorpartner bei Bergmann & Partner mit 35. Spezialisiert auf Wirtschaftsrecht und Scheidungen der Hamburger Elite. Ein Jahresgehalt im siebenstelligen Bereich. Eine Wohnung am Alsterufer. Ein Ferienhaus auf Sylt. Eine Rolex-Sammlung. Ein Porsche."

Sie blickte auf, ihre Augen trafen seine – grau, kalt, durchdringend. „Und dann der Fall. Benzodiazepine. Alkohol. Crack. Beschaffungskriminalität. Überdosis. Reanimation. Gerichtlich angeordnete Therapie."

Sie lehnte sich zurück, betrachtete ihn, als wäre er ein interessantes Insekt unter einem Mikroskop. „Was ist passiert, Dr. Schönfeld? Was hat Sie von dort nach hier gebracht?"

Max schluckte, sein Mund war trocken. Er hatte diese Frage erwartet, hatte sich darauf vorbereitet. Aber jetzt, konfrontiert mit ihren kalten, grauen Augen, fühlte er sich nackt, verletzlich, bloßgestellt.

„Ich... ich weiß es nicht", sagte er schließlich.

Dr. Winter hob eine Augenbraue. „Sie wissen es nicht? Ein Mann mit Ihrem Intellekt, Ihrer Bildung, Ihrer Selbstreflexion – und Sie wissen nicht, was Sie zerstört hat?"

Max zuckte mit den Schultern, ein hilfloser, kindlicher Gestus. „Es... es ist passiert. Schleichend. Ein Schlafmittel hier, ein Drink dort. Dann mehr. Dann viel mehr. Dann... dann alles."

Dr. Winter nickte, als hätte er eine tiefgründige Antwort gegeben. „Der klassische Weg. Die Rutschbahn. Der langsame, unmerkliche Abstieg, bis man am Boden aufschlägt und sich fragt, wie man dort gelandet ist."

Sie blätterte in der Mappe, las etwas, nickte wieder. „Aber das ist nicht die ganze Geschichte, nicht wahr? Da war etwas – oder jemand – der Sie auf diese Rutschbahn gesetzt hat. Ein Auslöser. Ein Katalysator."

Max starrte sie an, überrascht von ihrer Direktheit, ihrer Einsicht. „Woher...?"

„Es gibt immer einen Auslöser, Dr. Schönfeld", sagte sie, ihre Stimme nun weicher, fast mitfühlend. „Niemand rutscht einfach so ab. Niemand zerstört sein Leben ohne Grund. Also – was war es? Oder wer?"

Max schluckte erneut, sein Herz schlug schneller. Er hatte nicht erwartet, so schnell so tief zu gehen. Er hatte gedacht, sie würden mit Oberflächlichkeiten beginnen, mit sicheren Themen, mit... Ausweichmanövern.

„Lilith", sagte er schließlich, das Wort kaum mehr als ein Flüstern.

Dr. Winter lehnte sich vor, ihre Augen plötzlich intensiver, fokussierter. „Lilith? Wer ist Lilith?"

Max schüttelte den Kopf, bereute bereits, den Namen ausgesprochen zu haben. „Niemand. Nichts. Vergessen Sie es."

Dr. Winter betrachtete ihn, ihr Gesicht unlesbar. „Lilith ist nicht niemand, Dr. Schönfeld. Und sie ist nicht nichts. Sie ist wichtig genug, um der erste Name zu sein, den Sie in unserer Therapie erwähnen. Also – wer ist Lilith?"

Max starrte auf seine Hände, beobachtete, wie sie zitterten – nicht mehr vom Entzug, sondern von etwas anderem, etwas Tieferem, etwas Dunklerem.

„Sie... sie ist eine Klientin. War eine Klientin. Von Orlov."

„Viktor Orlov? Der russisch-deutsche Oligarch?"

Max nickte stumm.

„Und was hat diese Lilith mit Ihrem Absturz zu tun?"

Max schloss die Augen, die Erinnerungen überfluteten ihn – Liliths Gesicht, ihr Lächeln, ihre Augen, ihre Worte. Ihre Versprechen. Ihre Lügen.

„Sie... sie hat mich verführt", sagte er schließlich. „Nicht sexuell. Nicht romantisch. Sondern... moralisch. Sie hat mir gezeigt, was ich sein könnte, wenn ich die Regeln breche. Wenn ich die Grenzen überschreite. Wenn ich... wenn ich meine Seele verkaufe."

Dr. Winter nickte, machte sich eine Notiz. „Und Sie haben sie verkauft?"

Max öffnete die Augen, blickte sie an. „Ja. Für Macht. Für Geld. Für... für das Gefühl, über den Regeln zu stehen. Über dem Gesetz. Über der Moral."

„Und dann?"

„Dann... dann habe ich den Preis erfahren. Den wahren Preis. Nicht Geld, nicht Zeit, nicht Arbeit. Sondern... Schuld. Scham. Selbsthass."

„Und die Drogen waren Ihre Lösung für diese Gefühle?"

Max nickte. „Ja. Sie haben sie betäubt. Haben sie erträglich gemacht. Haben mir erlaubt, weiterzumachen, weiterzufunktionieren, weiterzuleben."

„Bis sie es nicht mehr taten."

„Bis sie es nicht mehr taten", echote Max. „Bis sie nicht mehr genug waren. Bis ich mehr brauchte. Immer mehr. Bis... bis ich nichts anderes mehr war als das Verlangen nach ihnen."

Dr. Winter lehnte sich zurück, betrachtete ihn mit einem Blick, den er nicht einordnen konnte – Mitgefühl? Verständnis? Oder war es etwas anderes, etwas Kälteres, etwas... Berechnenderes?

„Das ist ein guter Anfang, Dr. Schönfeld", sagte sie schließlich. „Eine ehrliche Selbsteinschätzung. Ein Eingeständnis der Schuld. Ein Verständnis des Weges, der Sie hierher geführt hat."

Sie schloss die Mappe, legte sie beiseite. „Aber es ist nur der Anfang. Wir haben noch einen langen Weg vor uns. Einen Weg zurück zu dem, was Sie einmal waren. Oder vielleicht zu etwas Neuem, etwas Besserem."

Max nickte, ein Gefühl von Erleichterung und Erschöpfung zugleich. Er hatte nicht erwartet, dass es so intensiv sein würde, so... entblößend. Aber vielleicht war das der Punkt. Vielleicht war das der einzige Weg zurück – durch die Dunkelheit, durch die Scham, durch die Schuld.

„Ich... ich bin bereit", sagte er.

Dr. Winter lächelte, ein kühles, professionelles Lächeln, das ihre Augen nicht erreichte. „Das werden wir sehen, Dr. Schönfeld. Das werden wir sehen."

Die Therapiesitzungen wurden zu einem festen Bestandteil von Max' neuem Leben. Dreimal pro Woche saß er in Dr. Winters Büro, sprach über seine Vergangenheit, seine Gegenwart, seine Zukunft. Über Lilith und Orlov. Über den Zirkel. Über seine Sucht, seine Scham, seine Schuld.

Dr. Winter war eine herausfordernde Therapeutin – direkt, unnachgiebig, manchmal fast grausam in ihrer Ehrlichkeit. Sie ließ keine Ausflüchte zu, keine Selbsttäuschungen, keine bequemen Lügen. Sie zwang ihn, sich seinen

dunkelsten Gedanken zu stellen, seinen tiefsten Ängsten, seinen
schmerzhaftesten Erinnerungen.

Aber es half. Langsam, schmerzhaft, aber spürbar. Die Albträume wurden
seltener, die Panikattacken weniger intensiv, die Suchtgedanken schwächer.
Er begann, wieder zu schlafen, zu essen, zu lesen. Er begann, wieder zu
denken – nicht nur über die Vergangenheit, über das, was er verloren hatte,
sondern auch über die Zukunft, über das, was noch kommen könnte.

An einem Donnerstag, sechs Wochen nach Beginn der Therapie, betrat er
Dr. Winters Büro und fand sie anders vor – nicht am Schreibtisch sitzend, die
Mappe vor sich, sondern am Fenster stehend, den Blick nach draußen
gerichtet. Sie trug ein enges schwarzes Kleid, das ihre schlanke Figur
betonte, und hohe Absätze, die ihre ohnehin beeindruckende Größe noch
verstärkten.

„Dr. Winter?", fragte Max, unsicher, ob er stören sollte.

Sie drehte sich um, und er sah, dass sie anders aussah – ihr Haar war
anders frisiert, ihr Make-up intensiver, ihre Lippen rot. Sie sah nicht aus wie
eine Therapeutin, sondern wie eine... Frau. Eine attraktive, selbstbewusste,
gefährliche Frau.

„Max", sagte sie, und es war das erste Mal, dass sie seinen Vornamen
benutzte. „Kommen Sie herein. Setzen Sie sich."

Max gehorchte, plötzlich unsicher, verwirrt von der Veränderung, von der
neuen Dynamik, die er spürte, aber nicht benennen konnte.

Dr. Winter setzte sich nicht auf ihren üblichen Stuhl, sondern auf die Kante
des Schreibtisches, ihre Beine übereinandergeschlagen, ihre Augen auf ihn
gerichtet. „Wie fühlen Sie sich heute?"

„Gut", sagte Max automatisch, dann korrigierte er sich. „Besser. Nicht gut,
aber... besser."

Sie nickte, ein leichtes Lächeln auf ihren roten Lippen. „Besser ist gut.
Besser ist ein Anfang. Besser ist... ein Weg."

Max beobachtete sie, versuchte, die Veränderung zu verstehen, die neue
Energie, die neue... Intimität. „Ist... ist alles in Ordnung, Dr. Winter?"

Sie lachte, ein leises, melodisches Lachen, das er noch nie von ihr gehört hatte. „Ja, Max. Alles ist in Ordnung. Alles ist... wie es sein sollte."

Sie stand auf, ging zum Fenster zurück, blickte hinaus. „Wissen Sie, was heute für ein Tag ist, Max?"

Max dachte nach. Ein Donnerstag im Juni. Kein Feiertag, kein besonderes Datum, das er kannte. „Nein, ich... ich weiß es nicht."

Sie drehte sich um, ihre Augen trafen seine, und in diesem Moment sah er etwas in ihnen, das er noch nie gesehen hatte – eine Intensität, eine Tiefe, eine... Wahrheit.

„Heute vor fünf Jahren, Max, haben Sie mein Leben zerstört."

Max starrte sie an, unfähig, die Worte zu verarbeiten, zu verstehen. „Was... was meinen Sie?"

Sie kam näher, ihre Schritte langsam, gemessen, wie die einer Raubkatze, die sich ihrer Beute nähert. „Sie erinnern sich nicht? An den Fall Orlova gegen Orlov? An die Scheidung des Jahrhunderts, wie die Presse sie nannte? An die brillante Strategie des jungen, aufstrebenden Anwalts Dr. Maximilian Schönfeld, der es schaffte, seiner Klientin alles zu nehmen – ihr Geld, ihr Haus, ihre Würde?"

Max' Herz begann zu rasen, sein Mund wurde trocken. „Sie... Sie sind..."

„Victoria Orlova", sagte sie, nun direkt vor ihm stehend, auf ihn herabblickend mit Augen, die nun nicht mehr grau, sondern fast silbern wirkten im Licht der Nachmittagssonne. „Oder Winter, wie ich mich jetzt nenne. Nach dem Winter meiner Seele, den Sie verursacht haben."

Max starrte sie an, Schock, Verwirrung und plötzliche Erkenntnis kämpften in seinem Gesicht. „Aber... aber wie...?"

„Wie ich Ihre Therapeutin wurde?", fragte sie, ein kaltes Lächeln auf ihren Lippen. „Ganz einfach. Ich habe darauf gewartet. Habe beobachtet. Habe gesehen, wie Sie fielen, wie Sie zerbrachen, wie Sie... starben. Und dann habe ich meine Verbindungen genutzt, meine neuen Verbindungen, um sicherzustellen, dass Sie zu mir geschickt würden. Zu mir und niemand anderem."

Max versuchte aufzustehen, aber seine Beine gehorchten ihm nicht. „Das... das ist unethisch. Illegal. Sie können nicht..."

„Unethisch?", unterbrach sie ihn, ihre Stimme nun scharf, schneidend. „Illegal? Sie wagen es, diese Worte zu benutzen? Sie, der Sie jede Ethik, jedes Gesetz gebrochen haben, um mich zu zerstören? Sie, der Sie gelogen, betrogen, manipuliert haben, um Ihrem Klienten zu dienen? Sie, der Sie mich als psychisch krank dargestellt haben, als unzurechnungsfähig, als... gefährlich?"

Sie beugte sich vor, ihr Gesicht nun nahe an seinem, ihre Augen bohrten sich in seine. „Nein, Max. Sie haben kein Recht, von Ethik zu sprechen. Von Legalität. Von... Moral."

Max schluckte, sein Herz raste, sein Atem ging flach. „Was... was wollen Sie von mir?"

Victoria lächelte, ein Lächeln, das ihre Augen erreichte, aber nicht mit Wärme, sondern mit etwas anderem, etwas Kälterem, etwas... Triumphierendem.

„Was ich will?", fragte sie, ihre Stimme nun weicher, fast zärtlich. „Ich will, was Sie mir genommen haben, Max. Ich will Gerechtigkeit. Ich will... Rache."

Sie richtete sich auf, ging zu ihrem Schreibtisch zurück, setzte sich auf den Stuhl, legte die Mappe vor sich. Plötzlich war sie wieder Dr. Winter, die professionelle Therapeutin, kühl, distanziert, kontrolliert.

„Aber das ist nicht der Punkt unserer heutigen Sitzung", sagte sie, ihre Stimme nun wieder neutral, klinisch. „Der Punkt ist Ihre Therapie. Ihre Genesung. Ihre... Erlösung."

Max starrte sie an, unfähig, den plötzlichen Wechsel zu verarbeiten, die Diskrepanz zwischen ihren Worten, ihren Drohungen und ihrer jetzigen Haltung.

„Sie... Sie können nicht meine Therapeutin sein", sagte er schließlich. „Nicht nach... nach dem, was Sie gerade gesagt haben. Ich werde einen Wechsel beantragen. Ich werde..."

„Sie werden gar nichts", unterbrach sie ihn, ihre Stimme ruhig, aber mit einer unterschwelligen Härte. „Sie werden hier bleiben, bei mir, unter meiner...

Obhut. Denn wenn Sie es nicht tun, wenn Sie versuchen zu fliehen, zu entkommen, dann werde ich dafür sorgen, dass Sie nie wieder als Anwalt arbeiten können. Dass Sie nie wieder in die Gesellschaft zurückkehren können. Dass Sie... verschwinden."

Max starrte sie an, Angst und Wut kämpften in seinem Inneren. „Das ist Erpressung."

Victoria lächelte, ein kaltes, berechnetes Lächeln. „Nein, Max. Das ist Therapie. Meine Art von Therapie. Die Art, die Sie brauchen. Die Art, die Sie... verdienen."

Sie öffnete die Mappe, nahm einen Stift zur Hand, als wäre nichts geschehen, als wäre dies eine normale Sitzung, ein normaler Tag, eine normale... Beziehung.

„Nun, wo waren wir stehengeblieben? Ah ja, Ihre Schuldgefühle. Ihre Scham. Ihre... Reue."

Max saß wie erstarrt, unfähig zu sprechen, zu denken, zu... fühlen. Dies konnte nicht geschehen. Dies konnte nicht real sein. Dies musste ein Albtraum sein, eine Halluzination, ein... Rückfall.

Aber es war real. Victoria war real. Ihre Worte waren real. Ihre Drohungen waren real. Ihre... Macht über ihn war real.

„Ich... ich verstehe nicht", sagte er schließlich, seine Stimme kaum mehr als ein Flüstern. „Was wollen Sie von mir? Was... was soll ich tun?"

Victoria lehnte sich zurück, betrachtete ihn mit einem Blick, der nun nicht mehr kalt war, sondern... hungrig. Begierig. Fast... lustvoll.

„Was Sie tun sollen?", fragte sie, ihre Stimme nun wieder weicher, intimer. „Sie sollen leiden, Max. Wie ich gelitten habe. Sie sollen verlieren, wie ich verloren habe. Sie sollen... zerbrechen, wie ich zerbrochen bin."

Sie stand auf, kam um den Schreibtisch herum, setzte sich auf die Kante, direkt vor ihm, ihre Knie berührten fast seine. „Aber nicht auf einmal. Nicht schnell. Sondern langsam. Schmerzhaft. Exquisit."

Sie beugte sich vor, ihre Hand berührte sein Gesicht, eine sanfte, fast zärtliche Berührung, die ihn erschaudern ließ. „Und das Beste daran? Sie werden es genießen. Sie werden es wollen. Sie werden... darum betteln."

Max zuckte zurück, als hätte sie ihn geschlagen. „Niemals."

Victoria lächelte, ein Lächeln, das nun nicht mehr kalt war, sondern... wissend. Überlegen. Siegesgewiss.

„Oh, Max", sagte sie, ihre Stimme ein sanftes Schnurren. „Sie haben keine Ahnung, wozu Menschen fähig sind. Wozu Sie fähig sind. Was Sie tun werden, was Sie ertragen werden, was Sie... genießen werden, wenn die Alternative die Vernichtung ist. Die vollständige, unwiderrufliche Vernichtung."

Sie stand auf, ging zum Fenster zurück, blickte hinaus. „Unsere Zeit ist fast um für heute. Aber wir sehen uns wieder. Übermorgen. Zur gleichen Zeit. Und dann... dann beginnt Ihre wahre Therapie. Ihre wahre... Erlösung."

Max starrte sie an, unfähig, sich zu bewegen, zu sprechen, zu... atmen. Dies war ein Albtraum. Ein lebendiger, wacher, realer Albtraum. Und er konnte nicht aufwachen. Konnte nicht fliehen. Konnte nicht... entkommen.

Victoria drehte sich um, ihr Gesicht nun wieder professionell, kontrolliert, therapeutisch. „Bis dahin, Dr. Schönfeld, empfehle ich Ihnen, über Ihre Optionen nachzudenken. Über Ihre... Zukunft."

Sie öffnete die Tür, ein klares Signal, dass die Sitzung beendet war. Max stand auf, seine Beine zitterten, sein Kopf schwirrte, sein Herz raste. Er ging zur Tür, blieb stehen, drehte sich um.

„Warum?", fragte er, seine Stimme gebrochen, verzweifelt. „Warum tun Sie das?"

Victoria betrachtete ihn, ihr Gesicht nun weich, fast mitleidig. „Weil ich kann, Max. Weil ich es will. Weil Sie es... verdienen."

Sie schloss die Tür hinter ihm, ließ ihn allein im Flur stehen, allein mit seinen Gedanken, seinen Ängsten, seiner... Zukunft.

Eine Zukunft, die nun in ihren Händen lag. In den Händen einer Frau, die er zerstört hatte. Die er gebrochen hatte. Die er... erschaffen hatte.

Victoria Orlova. Dr. Winter. Seine Therapeutin. Seine Richterin. Seine... Henkerin.

KAPITEL 21: DOMINANZ

Die nächste Therapiesitzung kam schneller, als Max es sich wünschte. Er hatte die vergangenen zwei Tage in einem Zustand ständiger Anspannung verbracht, hatte kaum geschlafen, kaum gegessen, kaum... existiert. Seine Gedanken kreisten unaufhörlich um Victoria, um ihre Enthüllung, ihre Drohungen, ihre... Versprechen.

Er hatte überlegt zu fliehen, hatte die Möglichkeiten durchgespielt – einen anderen Therapeuten verlangen, sich an die Klinikleitung wenden, sogar einen Ausbruch wagen. Aber jede Option erschien aussichtslos. Victoria hatte Macht, Einfluss, Verbindungen. Und sie hatte Beweise – Beweise für seine Vergehen, seine Verbrechen, seine... Schuld.

Also ging er, pünktlich um 14 Uhr, den langen Flur entlang zu ihrem Büro, klopfte an die Tür, wartete auf ihr kühles „Herein", trat ein.

Sie saß an ihrem Schreibtisch, trug ein weißes Seidenhemd, eine schwarze Hose, schwarze Stiefel mit hohen Absätzen. Ihr Haar war streng zurückgebunden, ihre Lippen rot, ihre Augen... hungrig.

„Max", sagte sie, ohne aufzublicken von den Papieren vor ihr. „Pünktlich wie immer. Setzen Sie sich."

Max gehorchte, setzte sich auf den Stuhl vor ihrem Schreibtisch, wartete. Sein Herz raste, seine Hände waren feucht, sein Mund trocken. Er fühlte sich wie ein Verurteilter, der auf sein Urteil wartete, auf seine Strafe, auf seine... Erlösung.

Victoria schloss die Mappe vor sich, lehnte sich zurück, betrachtete ihn mit einem Blick, der ihn durchbohrte, der ihn... entblößte.

„Haben Sie über unsere letzte Sitzung nachgedacht?", fragte sie.

Max nickte stumm.

„Und? Zu welchem Schluss sind Sie gekommen?"

Max schluckte, suchte nach Worten, nach... Würde. „Ich... ich verstehe Ihren Zorn. Ihre Wut. Ihren... Hass. Und ich akzeptiere meine Schuld. Meine Verantwortung. Meine... Strafe."

Victoria lächelte, ein Lächeln, das ihre Augen nicht erreichte, das kalt blieb, berechnend, fast… grausam. „Sehr gut, Max. Das ist ein Anfang. Ein… vielversprechender Anfang."

Sie stand auf, ging um den Schreibtisch herum, setzte sich auf die Kante, direkt vor ihm, ihre Knie berührten fast seine. Der Duft ihres Parfüms – schwer, exotisch, verführerisch – umhüllte ihn, betäubte ihn, machte ihn… schwach.

„Wissen Sie, was das Interessante an Rache ist, Max?", fragte sie, ihre Stimme nun weicher, intimer, fast… zärtlich. „Sie funktioniert am besten, wenn das Opfer… kooperiert. Wenn es teilnimmt. Wenn es… genießt."

Max starrte sie an, unfähig, die Worte zu verarbeiten, zu verstehen. „Ich… ich verstehe nicht."

Victoria lächelte erneut, ein Lächeln, das nun nicht mehr kalt war, sondern… wissend. Überlegen. Fast… lustvoll.

„Natürlich nicht", sagte sie. „Wie könnten Sie auch? Sie haben nie auf der anderen Seite gestanden. Nie die Macht verloren. Nie die Kontrolle abgegeben. Nie… gehorcht."

Sie beugte sich vor, ihre Hand berührte sein Gesicht, eine sanfte, fast zärtliche Berührung, die ihn erschaudern ließ. „Aber das werden Sie lernen, Max. Das werden Sie… erleben."

Max zuckte zurück, versuchte, der Berührung zu entkommen, der Nähe, der… Intimität. „Ich… ich bin hier für Therapie. Für Heilung. Für… Genesung."

Victoria lachte, ein leises, melodisches Lachen, das ihn erschaudern ließ. „Oh, Max. Sie sind hier für mich. Für meine Therapie. Für meine… Heilung."

Sie stand auf, ging zum Fenster, blickte hinaus. „Wissen Sie, was mir geholfen hat, nach dem, was Sie mir angetan haben? Nach dem, was Sie mir genommen haben? Nach dem, wie Sie mich… zerstört haben?"

Max schwieg, wartete, fürchtete die Antwort.

„Kontrolle", sagte sie schließlich, ihre Stimme nun härter, kälter, fast… metallisch. „Die Kontrolle zurückzugewinnen. Über mein Leben. Über meine Umgebung. Über… andere."

Sie drehte sich um, ihre Augen trafen seine, und in diesem Moment sah er etwas in ihnen, das ihn erschreckte – eine Intensität, eine Entschlossenheit, eine... Dunkelheit.

„Und jetzt werde ich die Kontrolle über Sie gewinnen, Max. Über Ihren Körper. Über Ihren Geist. Über Ihre... Seele."

Max schluckte, sein Herz raste, sein Atem ging flach. „Und wenn ich... wenn ich mich weigere?"

Victoria lächelte, ein Lächeln, das nun nicht mehr wissend war, sondern... gefährlich. Bedrohlich. Fast... tödlich.

„Dann verlieren Sie alles, Max. Ihre Freiheit. Ihre Zukunft. Ihre... Existenz."

Sie kam näher, ihre Schritte langsam, gemessen, wie die einer Raubkatze, die sich ihrer Beute nähert. „Aber das werden Sie nicht tun. Sie werden sich nicht weigern. Sie werden... gehorchen."

Max starrte sie an, Angst und etwas anderes, etwas Dunkleres, etwas... Verbotenes kämpften in seinem Inneren. „Warum sollte ich?"

Victoria beugte sich vor, ihre Lippen nahe an seinem Ohr, ihr Atem warm auf seiner Haut. „Weil ein Teil von Ihnen es will, Max. Ein Teil von Ihnen sehnt sich danach. Ein Teil von Ihnen... braucht es."

Sie richtete sich auf, ging zu ihrem Schreibtisch zurück, öffnete eine Schublade, holte etwas heraus – eine schwarze Ledermanschette, mit silbernen Schnallen und einem Ring in der Mitte.

„Stehen Sie auf", befahl sie, ihre Stimme nun hart, befehlend, unnachgiebig.

Max zögerte, ein Teil von ihm wollte fliehen, schreien, kämpfen. Aber ein anderer Teil, ein dunklerer, tieferer Teil, gehorchte. Er stand auf, seine Beine zitterten, sein Herz raste, sein Atem ging flach.

„Kommen Sie her", befahl Victoria, deutete auf einen Punkt direkt vor ihr.

Max gehorchte, ging zu ihr, blieb stehen, wo sie es verlangt hatte. Er fühlte sich nackt, verletzlich, bloßgestellt, obwohl er vollständig bekleidet war.

Victoria betrachtete ihn, ihre Augen wanderten über seinen Körper, sein Gesicht, seine... Seele. „Geben Sie mir Ihre Hand."

Max zögerte erneut, dann streckte er seine rechte Hand aus, zitternd, unsicher, fast... ängstlich.

Victoria nahm sie, ihre Berührung kühl, professionell, distanziert. Sie legte die Ledermanschette um sein Handgelenk, schloss die Schnallen, zog sie fest – nicht schmerzhaft, aber eng genug, dass er sie spürte, dass er sie nicht vergessen konnte, dass er sie nicht... ignorieren konnte.

„Wissen Sie, was das ist?", fragte sie, ihre Finger spielten mit dem Ring an der Manschette.

Max schluckte, sein Mund war trocken. „Eine... eine Fessel."

Victoria lächelte, ein Lächeln, das nun nicht mehr gefährlich war, sondern... zufrieden. Stolz. Fast... zärtlich.

„Ja, Max. Eine Fessel. Ein Symbol. Ein... Anfang."

Sie zog an dem Ring, zwang ihn, näher zu kommen, bis er direkt vor ihr stand, bis er ihren Atem auf seinem Gesicht spüren konnte, ihren Duft in seiner Nase, ihre... Macht über ihn.

„Ab heute werden Sie diese Manschette tragen, Max. Unter Ihrem Hemd, verborgen vor anderen, aber sichtbar für mich. Spürbar für Sie. Ein ständiger Reminder an unsere... Vereinbarung."

Max starrte sie an, unfähig, die Worte zu verarbeiten, zu verstehen. „Welche Vereinbarung?"

Victoria lächelte erneut, ein Lächeln, das nun nicht mehr zufrieden war, sondern... hungrig. Begierig. Fast... raubtierartig.

„Die Vereinbarung, dass Sie mir gehören, Max. Dass Sie mir gehorchen. Dass Sie mir... dienen."

Max schluckte, sein Herz raste, sein Atem ging flach. „Und wenn ich... wenn ich mich weigere?"

Victoria zog an dem Ring, zwang ihn, sich zu beugen, bis sein Gesicht nur Zentimeter von ihrem entfernt war, bis er nichts anderes sehen konnte als ihre Augen, ihre Lippen, ihre... Seele.

„Dann verlieren Sie alles, Max. Ihre Freiheit. Ihre Zukunft. Ihre... Existenz."

Sie ließ den Ring los, trat zurück, betrachtete ihn mit einem Blick, der nun nicht mehr hungrig war, sondern... zufrieden. Siegesgewiss. Fast... liebevoll.

„Aber das werden Sie nicht tun. Sie werden sich nicht weigern. Sie werden... gehorchen."

Max starrte sie an, unfähig, zu sprechen, zu denken, zu... fühlen. Dies konnte nicht geschehen. Dies konnte nicht real sein. Dies musste ein Albtraum sein, eine Halluzination, ein... Rückfall.

Aber es war real. Victoria war real. Die Manschette an seinem Handgelenk war real. Ihre... Macht über ihn war real.

„Was... was wollen Sie von mir?", fragte er schließlich, seine Stimme kaum mehr als ein Flüstern.

Victoria lächelte, ein Lächeln, das nun nicht mehr siegesgewiss war, sondern... erwartungsvoll. Vorfreudig. Fast... lustvoll.

„Alles, Max", sagte sie. „Ich will alles."

Sie ging zu ihrem Schreibtisch zurück, setzte sich, legte die Mappe vor sich, öffnete sie. Plötzlich war sie wieder Dr. Winter, die professionelle Therapeutin, kühl, distanziert, kontrolliert.

„Unsere Zeit ist fast um für heute", sagte sie, ihre Stimme nun wieder neutral, klinisch. „Aber bevor Sie gehen, habe ich eine... Hausaufgabe für Sie."

Max starrte sie an, die Manschette an seinem Handgelenk fühlte sich schwer an, fremd, fast... lebendig.

„Was... was für eine Hausaufgabe?", fragte er.

Victoria blickte auf, ihre Augen trafen seine, und in diesem Moment sah er etwas in ihnen, das ihn erschreckte – eine Intensität, eine Entschlossenheit, eine... Dunkelheit.

„Ich möchte, dass Sie über Ihre Schuld nachdenken, Max. Über Ihre Scham. Über Ihre... Sünden."

Sie lehnte sich zurück, betrachtete ihn mit einem Blick, der nun nicht mehr neutral war, sondern... berechnend. Kalkulierend. Fast... sadistisch.

„Und ich möchte, dass Sie sie aufschreiben. Alle. Jede einzelne. In allen... Details."

Max schluckte, sein Herz raste, sein Atem ging flach. „Warum?"

Victoria lächelte, ein Lächeln, das nun nicht mehr berechnend war, sondern... wissend. Überlegen. Fast... göttlich.

„Weil Beichte der erste Schritt zur Vergebung ist, Max. Zur Erlösung. Zur... Gnade."

Sie stand auf, ging zur Tür, öffnete sie, deutete ihm, zu gehen. „Bis übermorgen, Max. Zur gleichen Zeit. Am gleichen Ort. Mit Ihrer... Beichte."

Max ging zur Tür, sein Gang unsicher, seine Gedanken wirr, seine Gefühle... chaotisch. Er blieb stehen, drehte sich um, blickte sie an, suchte nach Worten, nach... Verständnis.

„Ich... ich verstehe immer noch nicht", sagte er. „Was wollen Sie wirklich von mir?"

Victoria lächelte, ein Lächeln, das nun nicht mehr göttlich war, sondern... menschlich. Verletzlich. Fast... ehrlich.

„Ich will, dass Sie fühlen, was ich gefühlt habe, Max", sagte sie. „Die Hilflosigkeit. Die Scham. Die... Erniedrigung."

Sie trat näher, ihre Hand berührte sein Gesicht, eine sanfte, fast zärtliche Berührung, die ihn erschaudern ließ. „Aber ich will auch, dass Sie fühlen, was ich jetzt fühle. Die Macht. Die Kontrolle. Die... Freiheit."

Sie ließ ihre Hand sinken, trat zurück, ihr Gesicht wurde wieder zur Maske – professionell, distanziert, therapeutisch. „Auf Wiedersehen, Max. Vergessen Sie Ihre Hausaufgabe nicht."

Max nickte stumm, verließ den Raum, ging den Flur entlang, zurück zu seinem Zimmer, zu seiner Zelle, zu seinem... Gefängnis. Die Manschette an seinem Handgelenk fühlte sich schwer an, fremd, fast... tröstlich.

Er wusste, dass er sie abnehmen sollte. Dass er sich wehren sollte. Dass er... kämpfen sollte.

Aber er wusste auch, dass er es nicht tun würde. Nicht konnte. Nicht... wollte.

Denn Victoria hatte recht. Ein Teil von ihm wollte es. Ein Teil von ihm sehnte sich danach. Ein Teil von ihm... brauchte es.

Die Kontrolle abzugeben. Die Verantwortung loszulassen. Die... Schuld zu sühnen.

Und so würde er gehorchen. Würde schreiben. Würde... beichten.

Bis zur nächsten Sitzung. Bis zum nächsten Schritt. Bis zur nächsten... Erlösung.

Die Beichte schrieb er in der Nacht, in den stillen, dunklen Stunden, in denen die Dämonen am lautesten flüsterten, die Geister am deutlichsten erschienen, die... Wahrheit am schmerzhaftesten war.

Er schrieb über Lilith, über Orlov, über den Zirkel. Über die Fälle, die er manipuliert, die Gesetze, die er gebeugt, die Menschen, die er... verraten hatte. Über die Lügen, die Täuschungen, die Betrügereien. Über die Macht, das Geld, den... Ruhm.

Und er schrieb über Victoria. Über den Fall Orlova gegen Orlov. Über die Strategie, die er entwickelt, die Taktik, die er angewandt, die Methoden, die er... benutzt hatte. Über die Lügen, die er verbreitet, die Beweise, die er fabriziert, die Zeugen, die er... beeinflusst hatte.

Er schrieb, bis seine Hand schmerzte, bis seine Augen brannten, bis seine Seele... blutete.

Und als er fertig war, als er alles niedergeschrieben hatte, alles gestanden, alles... offenbart hatte, fühlte er sich seltsam leicht. Befreit. Fast... erlöst.

Er legte die Seiten auf seinen Nachttisch, löschte das Licht, schloss die Augen. Die Manschette an seinem Handgelenk fühlte sich nicht mehr fremd an, nicht mehr schwer, nicht mehr... bedrohlich. Sondern vertraut. Sicher. Fast... richtig.

Er schlief ein, tiefer und ruhiger als seit Wochen, Monaten, vielleicht... Jahren.

Und er träumte von Victoria. Von ihren Augen, ihren Lippen, ihren... Händen. Von ihrer Stimme, ihren Worten, ihren... Befehlen. Von ihrer Macht, ihrer Kontrolle, ihrer... Gnade.

Er träumte von Erlösung. Von Vergebung. Von... Frieden.

Und zum ersten Mal seit langem fühlte er keine Angst. Keine Scham. Keine... Schuld.

Sondern nur Akzeptanz. Hingabe. Fast... Freude.

Die nächste Sitzung kam, und Max ging mit einem Gefühl der Erwartung, der Spannung, der... Vorfreude. Er trug die Manschette unter seinem Hemd, verborgen vor anderen, aber spürbar für ihn, ein ständiger Reminder an seine... Vereinbarung.

Er klopfte an die Tür, wartete auf ihr kühles „Herein", trat ein.

Victoria saß nicht an ihrem Schreibtisch, sondern auf einem Sessel in der Ecke des Raumes, trug ein enges schwarzes Kleid, hohe Absätze, rote Lippen. Ihr Haar war offen, fiel in weichen Wellen über ihre Schultern, ihre Augen waren... erwartungsvoll.

„Max", sagte sie, ihre Stimme weich, fast... zärtlich. „Pünktlich wie immer. Haben Sie Ihre Hausaufgabe dabei?"

Max nickte, zog die Seiten aus seiner Tasche, reichte sie ihr, seine Hand zitterte leicht, nicht aus Angst, sondern aus... Erregung.

Victoria nahm die Seiten, legte sie beiseite, ohne sie anzusehen. „Später", sagte sie. „Zuerst möchte ich, dass Sie etwas für mich tun."

Max wartete, sein Herz schlug schneller, sein Atem ging flacher, sein Körper... reagierte.

„Knien Sie", befahl Victoria, ihre Stimme nun härter, befehlender, unnachgiebig.

Max zögerte, ein Teil von ihm wollte protestieren, sich weigern, fliehen. Aber ein anderer Teil, ein stärkerer, tieferer Teil, gehorchte. Er sank auf die Knie, direkt vor ihr, sein Blick gesenkt, seine Hände an seinen Seiten, sein Körper... bereit.

Victoria betrachtete ihn, ihre Augen wanderten über seinen Körper, sein Gesicht, seine... Seele. „Zeigen Sie mir die Manschette."

Max zögerte erneut, dann öffnete er den Ärmel seines Hemdes, schob ihn zurück, enthüllte die schwarze Ledermanschette an seinem Handgelenk, das Symbol seiner... Unterwerfung.

Victoria lächelte, ein Lächeln, das nun nicht mehr erwartungsvoll war, sondern... zufrieden. Stolz. Fast... liebevoll.

„Sehr gut, Max", sagte sie. „Sie haben sie getragen. Sie haben... gehorcht."

Sie beugte sich vor, ihre Finger berührten die Manschette, spielten mit dem Ring, zogen leicht daran, zwangen ihn, näher zu kommen, bis er zwischen ihren Knien kniete, bis er ihren Duft einatmen konnte, ihren Atem spüren, ihre... Wärme fühlen.

„Wissen Sie, warum ich das tue, Max?", fragte sie, ihre Stimme nun weicher, intimer, fast... verletzlich.

Max schluckte, sein Mund war trocken. „Für... für Rache."

Victoria schüttelte den Kopf, ein trauriges Lächeln auf ihren Lippen. „Nein, Max. Nicht für Rache. Für... Heilung."

Sie lehnte sich zurück, betrachtete ihn mit einem Blick, der nun nicht mehr zufrieden war, sondern... nachdenklich. Reflektierend. Fast... mitfühlend.

„Sie haben mich zerbrochen, Max", sagte sie. „Sie haben mich zerstört. Sie haben mich... ausgelöscht. Und der einzige Weg, mich wieder ganz zu fühlen, ist, Sie zu zerbrechen. Sie zu zerstören. Sie... auszulöschen."

Sie beugte sich vor, ihre Hand berührte sein Gesicht, eine sanfte, fast zärtliche Berührung, die ihn erschaudern ließ. „Aber nicht aus Hass, Max. Nicht aus Wut. Sondern aus... Notwendigkeit."

Max starrte sie an, unfähig, die Worte zu verarbeiten, zu verstehen. „Ich... ich verstehe nicht."

Victoria lächelte, ein Lächeln, das nun nicht mehr nachdenklich war, sondern... wissend. Überlegen. Fast... göttlich.

„Natürlich nicht", sagte sie. „Wie könnten Sie auch? Sie haben nie erlebt, was ich erlebt habe. Nie gefühlt, was ich gefühlt habe. Nie... verstanden, was ich verstanden habe."

Sie stand auf, ging zum Fenster, blickte hinaus. „Als Sie mich zerstörten, Max, als Sie mir alles nahmen – mein Geld, mein Haus, meine Würde – da dachte ich, das wäre das Ende. Das Ende meines Lebens. Das Ende meiner... Existenz."

Sie drehte sich um, ihre Augen trafen seine, und in diesem Moment sah er etwas in ihnen, das ihn erschreckte – eine Intensität, eine Tiefe, eine... Wahrheit.

„Aber es war nicht das Ende, Max. Es war ein Anfang. Ein neuer Anfang. Ein... Neugeburt."

Sie kam näher, ihre Schritte langsam, gemessen, wie die einer Priesterin, die sich einem Altar nähert. „Ich verlor alles, Max. Alles Äußere. Alles Materielle. Alles... Unwichtige. Und was blieb, war nur... ich. Mein wahres Ich. Mein... Kern."

Sie kniete sich vor ihn, ihre Augen auf gleicher Höhe mit seinen, ihre Hände umfassten sein Gesicht, zwangen ihn, sie anzusehen, sie zu... sehen.

„Und das ist es, was ich Ihnen geben will, Max. Was ich Ihnen... schenken will. Die Chance, alles zu verlieren. Alles loszulassen. Alles... aufzugeben. Um zu finden, was bleibt. Wer... Sie wirklich sind."

Max starrte sie an, sein Herz raste, sein Atem ging flach, sein Geist... öffnete sich. „Und wer... wer bin ich?"

Victoria lächelte, ein Lächeln, das nun nicht mehr göttlich war, sondern... menschlich. Warm. Fast... liebevoll.

„Das werden wir herausfinden, Max", sagte sie. „Zusammen. Schritt für Schritt. Tag für Tag. Bis Sie... frei sind."

Sie stand auf, ging zu ihrem Schreibtisch, nahm die Seiten, die er ihr gegeben hatte, begann zu lesen. Max blieb auf den Knien, wartete, beobachtete, fühlte... alles.

Victoria las, Seite für Seite, Wort für Wort, Sünde für Sünde. Ihr Gesicht blieb ausdruckslos, ihre Augen kühl, ihre Haltung... professionell. Aber manchmal, für einen kurzen Moment, sah Max etwas anderes in ihren Augen – Schmerz, Wut, Trauer. Und manchmal... Verständnis.

Als sie fertig war, legte sie die Seiten beiseite, blickte ihn an, ihr Gesicht nun wieder eine Maske – kühl, distanziert, therapeutisch.

„Eine beeindruckende Liste, Max", sagte sie. „Eine lange, detaillierte, ehrliche Liste. Eine... vollständige Liste?"

Max schluckte, sein Mund war trocken. „Ja. Alles. Jede... Sünde."

Victoria nickte, ein leichtes Lächeln auf ihren Lippen. „Gut. Das ist gut. Das ist... ein Anfang."

Sie stand auf, ging zu ihm, blieb vor ihm stehen, blickte auf ihn herab, ihre Augen... erwartungsvoll.

„Und nun, Max, ist es Zeit für den nächsten Schritt. Für die nächste... Lektion."

Max wartete, sein Herz schlug schneller, sein Atem ging flacher, sein Körper... reagierte.

„Küssen Sie meine Füße", befahl Victoria, ihre Stimme nun härter, befehlender, unnachgiebig.

Max zögerte, ein Teil von ihm wollte protestieren, sich weigern, fliehen. Aber ein anderer Teil, ein stärkerer, tieferer Teil, gehorchte. Er beugte sich vor, senkte seinen Kopf, presste seine Lippen auf ihren Schuh, auf das kalte, glatte Leder, auf das Symbol ihrer... Macht.

Victoria beobachtete ihn, ihre Augen dunkel, ihre Lippen leicht geöffnet, ihr Atem... schneller.

„Gut", sagte sie. „Sehr gut. Sie lernen schnell, Max. Sie... verstehen."

Sie trat zurück, ging zu ihrem Sessel, setzte sich, kreuzte die Beine, betrachtete ihn mit einem Blick, der nun nicht mehr erwartungsvoll war, sondern... hungrig. Begierig. Fast... raubtierartig.

„Und nun, Max, ist es Zeit für Ihre... Belohnung."

Max blickte auf, sein Gesicht fragend, seine Augen... hoffnungsvoll.

Victoria lächelte, ein Lächeln, das nun nicht mehr hungrig war, sondern... verheißungsvoll. Versprechend. Fast... liebevoll.

„Ja, Max", sagte sie. „Für jede Strafe gibt es eine Belohnung. Für jeden Schmerz eine Freude. Für jede... Unterwerfung eine Erhöhung."

Sie beugte sich vor, ihre Augen bohrten sich in seine, ihre Stimme wurde weicher, intimer, fast... zärtlich.

„Und Ihre Belohnung, Max, ist... Wahrheit."

Max starrte sie an, unfähig, die Worte zu verarbeiten, zu verstehen. „Wahrheit?"

Victoria nickte, ein ernstes, bedeutungsvolles Nicken. „Ja, Max. Wahrheit. Die Wahrheit über Lilith. Über Orlov. Über den Zirkel. Über... alles."

Sie lehnte sich zurück, ihre Augen verließen nie seine, ihre Stimme wurde stärker, klarer, fast... prophetisch.

„Sie wurden benutzt, Max. Manipuliert. Kontrolliert. Von Anfang an. Von... allen."

Max schluckte, sein Herz raste, sein Atem ging flach, sein Geist... öffnete sich. „Von... von wem?"

Victoria lächelte, ein Lächeln, das nun nicht mehr verheißungsvoll war, sondern... wissend. Überlegen. Fast... göttlich.

„Von Lilith, natürlich", sagte sie. „Von der Frau, die Sie verführte. Die Sie korrumpierte. Die Sie... erschuf."

Sie stand auf, ging zum Fenster, blickte hinaus. „Aber Lilith war nur ein Werkzeug, Max. Ein Instrument. Ein... Kanal."

Sie drehte sich um, ihre Augen trafen seine, und in diesem Moment sah er etwas in ihnen, das ihn erschreckte – eine Intensität, eine Tiefe, eine... Wahrheit.

„Das wahre Gehirn hinter allem, Max, der wahre Architekt Ihres Falls, Ihrer... Zerstörung, war niemand anderes als... Viktor Orlov selbst."

Max starrte sie an, Schock, Verwirrung und plötzliche Erkenntnis kämpften in seinem Gesicht. „Orlov? Aber... aber warum?"

Victoria lächelte, ein Lächeln, das nun nicht mehr göttlich war, sondern... menschlich. Traurig. Fast... mitfühlend.

„Warum, Max? Aus dem ältesten Grund der Welt. Aus... Macht."

Sie kam näher, ihre Schritte langsam, gemessen, wie die einer Lehrerin, die sich einem Schüler nähert. „Orlov ist nicht nur ein Oligarch, Max. Nicht nur ein Geschäftsmann. Er ist... mehr. Viel mehr."

Sie kniete sich vor ihn, ihre Augen auf gleicher Höhe mit seinen, ihre Hände umfassten sein Gesicht, zwangen ihn, sie anzusehen, sie zu... sehen.

„Er ist der Kopf des Zirkels, Max. Der wahre Kopf. Der... Meister."

Max schluckte, sein Mund war trocken. „Aber... aber ich dachte, der Zirkel wäre nur ein Netzwerk. Eine Gruppe von... Gleichgesinnten."

Victoria schüttelte den Kopf, ein trauriges Lächeln auf ihren Lippen. „Nein, Max. Der Zirkel ist viel mehr. Viel... älter. Viel... mächtiger."

Sie stand auf, ging zu ihrem Schreibtisch, öffnete eine Schublade, holte etwas heraus – ein altes, ledergebundenes Buch, mit seltsamen Symbolen auf dem Einband, mit vergilbten Seiten, mit... Geheimnissen.

„Der Zirkel existiert seit Jahrhunderten, Max", sagte sie, ihre Stimme nun leiser, vorsichtiger, fast... ehrfürchtig. „Seit... Jahrtausenden. Unter verschiedenen Namen, in verschiedenen Formen, aber immer mit dem gleichen Ziel. Der gleichen... Mission."

Sie öffnete das Buch, blätterte durch die Seiten, zeigte ihm Bilder, Symbole, Texte in Sprachen, die er nicht kannte, nicht verstand, nicht... entziffern konnte.

„Die Kontrolle über die Welt, Max", sagte sie. „Die Kontrolle über die Menschen. Die Kontrolle über... alles."

Sie schloss das Buch, legte es beiseite, blickte ihn an, ihr Gesicht nun ernst, intensiv, fast... verzweifelt.

„Und Sie, Max, waren ein Werkzeug in ihrem Plan. Ein Instrument in ihrem Spiel. Ein... Bauer in ihrem Schach."

Max starrte sie an, unfähig, die Worte zu verarbeiten, zu verstehen. „Aber... aber warum ich? Warum... mich?"

Victoria lächelte, ein Lächeln, das nun nicht mehr traurig war, sondern... wissend. Überlegen. Fast... liebevoll.

„Weil Sie besonders sind, Max", sagte sie. „Weil Sie... anders sind. Weil Sie... mehr sind."

Sie kniete sich wieder vor ihn, ihre Augen bohrten sich in seine, ihre Stimme wurde weicher, intimer, fast... zärtlich.

„Sie haben eine Gabe, Max. Eine Fähigkeit. Eine... Kraft. Die Kraft, Menschen zu beeinflussen. Zu überzeugen. Zu... kontrollieren."

Max schluckte, sein Herz raste, sein Atem ging flach, sein Geist... öffnete sich. „Ich... ich verstehe nicht."

Victoria lächelte, ein Lächeln, das nun nicht mehr wissend war, sondern...
verständnisvoll. Geduldig. Fast... mütterlich.

„Natürlich nicht", sagte sie. „Wie könnten Sie auch? Sie wurden nie
trainiert. Nie ausgebildet. Nie... erweckt."

Sie stand auf, ging zum Fenster, blickte hinaus. „Aber Orlov erkannte Ihr
Potenzial, Max. Er sah Ihre Gabe. Er spürte Ihre... Kraft."

Sie drehte sich um, ihre Augen trafen seine, und in diesem Moment sah
er etwas in ihnen, das ihn erschreckte – eine Intensität, eine Tiefe, eine...
Wahrheit.

„Und er wollte sie für sich. Für den Zirkel. Für... den Plan."

Max starrte sie an, sein Herz raste, sein Atem ging flach, sein Geist...
öffnete sich. „Welchen Plan?"

Victoria lächelte, ein Lächeln, das nun nicht mehr verständnisvoll war,
sondern... geheimnisvoll. Rätselhaft. Fast... prophetisch.

„Den großen Plan, Max", sagte sie. „Den ewigen Plan. Den... göttlichen
Plan."

Sie kam näher, ihre Schritte langsam, gemessen, wie die einer Priesterin,
die sich einem Altar nähert. „Die Erschaffung einer neuen Welt, Max. Einer
besseren Welt. Einer... perfekten Welt."

Sie kniete sich vor ihn, ihre Augen auf gleicher Höhe mit seinen, ihre
Hände umfassten sein Gesicht, zwangen ihn, sie anzusehen, sie zu... sehen.

„Aber dafür brauchen sie Opfer, Max. Blutopfer. Seelenopfer.
Menschenopfer."

Max zuckte zurück, Entsetzen, Unglaube und plötzliche Furcht kämpften
in seinem Gesicht. „Das... das ist Wahnsinn. Das ist... unmöglich."

Victoria lächelte, ein Lächeln, das nun nicht mehr prophetisch war,
sondern... wissend. Überlegen. Fast... göttlich.

„Ist es das, Max?", fragte sie. „Ist es wirklich? Nach allem, was Sie gesehen haben? Was Sie erlebt haben? Was Sie... getan haben?"

Sie stand auf, ging zu ihrem Schreibtisch, nahm die Seiten, die er ihr gegeben hatte, hielt sie hoch. „Ihre Beichte, Max. Ihre Sünden. Ihre... Wahrheit. Ist das nicht auch Wahnsinn? Ist das nicht auch... unmöglich?"

Max schwieg, unfähig, zu antworten, zu leugnen, zu... widersprechen.

Victoria nickte, als hätte er eine tiefgründige Antwort gegeben. „Genau, Max. Die Welt ist nicht, was sie zu sein scheint. Die Realität ist nicht, was sie zu sein scheint. Die Wahrheit ist nicht, was sie zu sein scheint."

Sie legte die Seiten beiseite, kam zu ihm zurück, kniete sich vor ihn, ihre Augen bohrten sich in seine, ihre Stimme wurde weicher, intimer, fast... flehend.

„Und deshalb brauche ich Sie, Max. Deshalb... rette ich Sie. Weil Sie der Einzige sind, der mir helfen kann. Der uns helfen kann. Der... allen helfen kann."

Max starrte sie an, sein Herz raste, sein Atem ging flach, sein Geist... öffnete sich. „Wie... wie kann ich helfen?"

Victoria lächelte, ein Lächeln, das nun nicht mehr flehend war, sondern... dankbar. Erleichtert. Fast... liebevoll.

„Indem Sie mir vertrauen, Max", sagte sie. „Indem Sie mir folgen. Indem Sie mir... gehorchen."

Sie beugte sich vor, ihre Lippen berührten seine, ein sanfter, fast keuscher Kuss, der ihn erschaudern ließ, der ihn... erweckte.

„Werden Sie das tun, Max?", flüsterte sie gegen seine Lippen. „Werden Sie mir vertrauen? Mir folgen? Mir... gehorchen?"

Max schloss die Augen, sein Herz raste, sein Atem ging flach, sein Geist... öffnete sich. „Ja", flüsterte er zurück. „Ja, ich... ich werde."

Victoria lächelte gegen seine Lippen, ein Lächeln, das nun nicht mehr dankbar war, sondern... triumphierend. Siegesgewiss. Fast... göttlich.

„Gut", sagte sie. „Sehr gut. Sie haben… gewählt."

Sie löste sich von ihm, stand auf, ging zur Tür, öffnete sie, deutete ihm, zu gehen. „Bis übermorgen, Max. Zur gleichen Zeit. Am gleichen Ort. Für die nächste… Lektion."

Max stand auf, sein Gang unsicher, seine Gedanken wirr, seine Gefühle… chaotisch. Er ging zur Tür, blieb stehen, drehte sich um, blickte sie an, suchte nach Worten, nach… Gewissheit.

„Ist… ist das alles wahr?", fragte er. „Über Orlov? Über den Zirkel? Über… mich?"

Victoria lächelte, ein Lächeln, das nun nicht mehr triumphierend war, sondern… rätselhaft. Geheimnisvoll. Fast… göttlich.

„Was ist Wahrheit, Max?", fragte sie zurück. „Was ist Realität? Was ist… Sein?"

Sie trat näher, ihre Hand berührte sein Gesicht, eine sanfte, fast zärtliche Berührung, die ihn erschaudern ließ. „Die einzige Wahrheit, die zählt, Max, ist die, die Sie wählen. Die einzige Realität, die existiert, ist die, die Sie… erschaffen."

Sie ließ ihre Hand sinken, trat zurück, ihr Gesicht wurde wieder zur Maske – professionell, distanziert, therapeutisch. „Auf Wiedersehen, Max. Vergessen Sie nicht, die Manschette zu tragen. Immer. Überall. Als… Erinnerung."

Max nickte stumm, verließ den Raum, ging den Flur entlang, zurück zu seinem Zimmer, zu seiner Zelle, zu seinem… Gefängnis. Die Manschette an seinem Handgelenk fühlte sich nicht mehr schwer an, nicht mehr fremd, nicht mehr… bedrohlich. Sondern leicht. Vertraut. Fast… tröstlich.

Er wusste nicht, ob er Victoria glauben sollte. Ob ihre Geschichte wahr war. Ob ihre… Wahrheit real war.

Aber er wusste, dass er ihr folgen würde. Dass er ihr gehorchen würde. Dass er ihr… dienen würde.

Nicht aus Angst. Nicht aus Zwang. Sondern aus… Wahl.

Denn zum ersten Mal seit langem fühlte er etwas, das er fast vergessen hatte. Etwas, das er verloren geglaubt hatte. Etwas, das er... aufgegeben hatte.

Hoffnung. Sinn. Fast... Glück.

Und wenn der Preis dafür Unterwerfung war, Gehorsam, Dienst... dann war er bereit, ihn zu zahlen.

Für Victoria. Für sich selbst. Für... die Wahrheit.

KAPITEL 22: LILITHS GEHEIMNIS

Die Tage in der Klinik verschwammen zu einem endlosen Strom aus Therapiesitzungen, Gruppenaktivitäten und einsamen Stunden in seinem kargen Zimmer. Max' Leben hatte sich auf die Begegnungen mit Victoria reduziert – dreimal pro Woche, immer zur gleichen Zeit, immer mit der gleichen Mischung aus Angst und Vorfreude, Scham und Verlangen, Widerstand und... Hingabe.

Die Manschette an seinem Handgelenk war zu einem Teil von ihm geworden, ein ständiger Reminder an seine Unterwerfung, seine Schuld, seine... Erlösung. Er trug sie unter langärmligen Hemden verborgen, aber er spürte sie bei jeder Bewegung, bei jedem Gedanken, bei jedem... Atemzug.

An diesem Morgen erwachte er aus einem Traum, der so lebhaft gewesen war, dass er noch immer die Nachwirkungen spürte – Lilith, die zu ihm sprach, ihre Stimme ein melodisches Flüstern, ihre Worte rätselhaft, ihre Botschaft... dringend.

„Sie ist nicht, was sie zu sein scheint", hatte Lilith gesagt. „Niemand von uns ist es. Alles ist Teil des... Experiments."

Max setzte sich auf, sein Herz raste, sein Körper war schweißgebadet, sein Geist... verwirrt. Dies war nicht der erste Traum von Lilith seit seiner Einlieferung, aber der intensivste, der realste, der... beunruhigendste.

Er stand auf, ging zum Fenster, blickte hinaus auf die gepflegten Gärten der Klinik, die im frühen Morgenlicht golden schimmerten. Die Welt draußen erschien so normal, so friedlich, so... unwissend. Während in ihm, in diesem Gebäude, in dieser... Realität etwas geschah, das jenseits des Normalen lag, jenseits des Friedlichen, jenseits des... Menschlichen.

Ein Klopfen an der Tür riss ihn aus seinen Gedanken. Er drehte sich um, erwartete einen der Pfleger, eine Erinnerung an das Frühstück, eine Ankündigung der Morgenmedikation, eine... Routine.

Stattdessen stand Dr. Markus Steinberg vor ihm, der Chefarzt der Klinik, ein großer, hagerer Mann mit grauem Haar und einer goldenen Brille, die seine kalten blauen Augen betonte. Er trug einen makellosen weißen Kittel, ein Klemmbrett in der Hand, sein Gesicht eine Maske professioneller Neutralität.

„Dr. Schönfeld", sagte er, seine Stimme präzise, kontrolliert, fast... mechanisch. „Darf ich eintreten?"

Max nickte stumm, trat zur Seite, ließ den Arzt ein. Dies war ungewöhnlich. Beunruhigend. Fast... bedrohlich.

Dr. Steinberg schloss die Tür hinter sich, blieb stehen, betrachtete Max mit einem Blick, der nicht klinisch war, nicht professionell, nicht... menschlich. Sondern forschend. Kalkulierend. Fast... wissend.

„Wie geht es Ihnen, Dr. Schönfeld?", fragte er, seine Stimme nun weicher, intimer, fast... verschwörerisch.

Max zögerte, unsicher, wie er antworten sollte, was der Arzt hören wollte, was er... wusste.

„Gut", sagte er schließlich. „Besser. Die Therapie... hilft."

Dr. Steinberg lächelte, ein Lächeln, das seine Augen nicht erreichte, das kalt blieb, berechnend, fast... unmenschlich.

„Die Therapie mit Dr. Winter, meinen Sie?", fragte er, sein Ton nun schärfer, fokussierter, fast... anklagend.

Max erstarrte, sein Herz setzte einen Schlag aus, sein Atem stockte, sein Geist... alarmierte.

„Ja", sagte er vorsichtig. „Dr. Winter ist... kompetent."

Dr. Steinberg nickte, machte sich eine Notiz auf seinem Klemmbrett, sein Gesicht unlesbar, seine Haltung... lauernd.

„Wissen Sie, Dr. Schönfeld", sagte er, ohne aufzublicken, „wir beobachten unsere Patienten sehr genau. Ihre Fortschritte. Ihre Rückschläge. Ihre... Interaktionen."

Er blickte auf, seine Augen trafen Max', und in diesem Moment sah Max etwas in ihnen, das ihn erschreckte – eine Kälte, eine Berechnung, eine... Unmenschlichkeit.

„Und Ihre Interaktionen mit Dr. Winter sind... interessant."

Max schluckte, sein Mund war trocken. „Inwiefern?"

Dr. Steinberg lächelte erneut, ein Lächeln, das nun nicht mehr kalt war, sondern... wissend. Überlegen. Fast... amüsiert.

„Sie tragen etwas an Ihrem Handgelenk, nicht wahr?", fragte er. „Etwas, das nicht Teil der Standardtherapie ist. Etwas, das nicht... genehmigt wurde."

Max' Hand zuckte unwillkürlich zu seinem Handgelenk, bedeckte die Manschette unter dem Ärmel seines Hemdes, eine Geste, die so verräterisch war, so offensichtlich, so... schuldbewusst.

„Ich... ich weiß nicht, wovon Sie sprechen", sagte er, seine Stimme unsicher, zitternd, fast... flehend.

Dr. Steinberg seufzte, ein Seufzen, das nicht frustriert war, nicht ungeduldig, nicht... menschlich. Sondern resigniert. Enttäuscht. Fast... mitleidig.

„Bitte, Dr. Schönfeld", sagte er. „Lassen Sie uns nicht... spielen. Zeigen Sie es mir."

Max zögerte, ein Teil von ihm wollte sich weigern, protestieren, kämpfen. Aber ein anderer Teil, ein stärkerer, tieferer Teil, gehorchte. Er schob den Ärmel seines Hemdes zurück, enthüllte die schwarze Ledermanschette an seinem Handgelenk, das Symbol seiner... Unterwerfung.

Dr. Steinberg betrachtete sie, sein Gesicht unlesbar, seine Augen... forschend.

„Interessant", sagte er schließlich. „Sehr... aufschlussreich."

Er machte sich eine weitere Notiz, sein Stift kratzte über das Papier, ein Geräusch, das in der Stille des Raumes unnatürlich laut klang, fast... bedrohlich.

„Wissen Sie, was das ist, Dr. Schönfeld?", fragte er, ohne aufzublicken.

Max schluckte, sein Herz raste. „Eine... eine Manschette."

Dr. Steinberg schüttelte den Kopf, ein trauriges Lächeln auf seinen Lippen. „Nein, Dr. Schönfeld. Es ist ein... Zeichen."

Er blickte auf, seine Augen trafen Max', und in diesem Moment sah Max etwas in ihnen, das ihn erschreckte – eine Tiefe, eine Weisheit, eine... Wahrheit.

„Ein Zeichen, dass Sie auserwählt wurden", fuhr Dr. Steinberg fort. „Dass Sie... Teil des Experiments sind."

Max starrte ihn an, unfähig, die Worte zu verarbeiten, zu verstehen. „Welches... Experiment?"

Dr. Steinberg lächelte, ein Lächeln, das nun nicht mehr traurig war, sondern... wissend. Überlegen. Fast... göttlich.

„Das Experiment, das seit Anbeginn der Zeit läuft, Dr. Schönfeld", sagte er. „Das Experiment, das die Menschheit testet, prüft, formt. Das Experiment, das... entscheidet."

Er trat näher, seine Stimme sank zu einem Flüstern, einem Geheimnis, einer... Offenbarung.

„Lilith hat Sie ausgewählt, Dr. Schönfeld. Sie hat Sie geprüft. Sie hat Sie... vorbereitet."

Max' Herz setzte einen Schlag aus, sein Atem stockte, sein Geist... rebellierte.

„Lilith?", flüsterte er. „Was hat sie damit zu tun?"

Dr. Steinberg lächelte, ein Lächeln, das nun nicht mehr göttlich war, sondern... menschlich. Mitfühlend. Fast... väterlich.

„Alles, Dr. Schönfeld", sagte er. „Sie hat mit allem zu tun. Sie ist... alles."

Er trat zurück, sein Gesicht wurde wieder zur Maske – professionell, distanziert, klinisch. „Aber das ist nicht der Grund meines Besuchs. Ich bin hier, um Sie zu warnen."

Max wartete, sein Herz schlug schneller, sein Atem ging flacher, sein Geist... fürchtete.

„Dr. Winter ist nicht, was sie zu sein scheint", sagte Dr. Steinberg. „Sie ist... gefährlich. Für Sie. Für uns. Für... alle."

Max starrte ihn an, Verwirrung und Angst kämpften in seinem Gesicht. „Was... was meinen Sie?"

Dr. Steinberg seufzte, ein Seufzen, das nun nicht mehr resigniert war, sondern... besorgt. Dringend. Fast... verzweifelt.

„Sie ist eine Ablenkung, Dr. Schönfeld", sagte er. „Eine Versuchung. Eine... Prüfung."

Er trat näher, seine Stimme sank erneut zu einem Flüstern, einem Geheimnis, einer... Warnung.

„Lilith hat Pläne für Sie, Dr. Schönfeld. Große Pläne. Wichtige Pläne. Pläne, die... über uns hinausgehen."

Er legte eine Hand auf Max' Schulter, eine Berührung, die nicht professionell war, nicht distanziert, nicht... klinisch. Sondern warm. Mitfühlend. Fast... liebevoll.

„Lassen Sie sich nicht ablenken", sagte er. „Lassen Sie sich nicht verführen. Lassen Sie sich nicht... täuschen."

Er trat zurück, sein Gesicht wurde wieder zur Maske – professionell, distanziert, klinisch. „Ich muss jetzt gehen. Aber denken Sie über meine Worte nach, Dr. Schönfeld. Denken Sie... tief nach."

Er ging zur Tür, öffnete sie, blieb stehen, drehte sich um. „Und wenn Sie bereit sind, wenn Sie... verstehen, kommen Sie zu mir. Ich werde... warten."

Und dann war er weg, ließ Max zurück mit seinen Gedanken, seinen Fragen, seinen... Ängsten.

Max sank auf sein Bett, sein Kopf schwirrte, sein Herz raste, sein Geist... rebellierte. Dies konnte nicht geschehen. Dies konnte nicht real sein. Dies musste ein Albtraum sein, eine Halluzination, ein... Rückfall.

Aber es war real. Dr. Steinberg war real. Seine Worte waren real. Seine... Warnung war real.

Und das Beunruhigendste? Sie echoten Liliths Worte in seinem Traum. „Sie ist nicht, was sie zu sein scheint. Niemand von uns ist es. Alles ist Teil des... Experiments."

Max starrte auf die Manschette an seinem Handgelenk, das Symbol seiner Unterwerfung, seiner Schuld, seiner... Erlösung. Oder war es etwas anderes? Ein Zeichen? Ein Marker? Ein... Brandmal?

Er wusste es nicht. Konnte es nicht wissen. Durfte es vielleicht nicht... wissen.

Aber eines wusste er: Er musste Victoria sehen. Musste sie konfrontieren. Musste... verstehen.

Und so wartete er, die Stunden zogen sich endlos hin, jede Minute eine Ewigkeit, jeder Gedanke ein Labyrinth, jede Emotion ein... Abgrund.

Bis es Zeit war für seine Therapie. Für Victoria. Für... Antworten.

Victoria saß an ihrem Schreibtisch, als er eintrat, trug ein weißes Seidenhemd, eine schwarze Hose, schwarze Stiefel mit hohen Absätzen. Ihr Haar war offen, fiel in weichen Wellen über ihre Schultern, ihre Lippen rot, ihre Augen... erwartungsvoll.

„Max", sagte sie, ohne aufzublicken von den Papieren vor ihr. „Pünktlich wie immer. Setzen Sie sich."

Max blieb stehen, sein Körper angespannt, seine Haltung... rebellisch.

„Nein", sagte er, seine Stimme fester, als er erwartet hatte, stärker, als er sich fühlte, sicherer, als er... war.

Victoria blickte auf, Überraschung und etwas anderes, etwas Dunkleres, etwas... Gefährlicheres flackerte in ihren Augen.

„Nein?", fragte sie, ihre Stimme kühl, kontrolliert, fast... amüsiert.

Max nickte, sein Herz raste, sein Atem ging flach, sein Geist... rebellierte.

„Nein", wiederholte er. „Ich werde mich nicht setzen. Ich werde nicht... gehorchen."

Victoria lehnte sich zurück, betrachtete ihn mit einem Blick, der nicht überrascht war, nicht verärgert, nicht... menschlich. Sondern kalkulierend. Abwägend. Fast... testend.

„Und warum nicht?", fragte sie.

Max schluckte, sein Mund war trocken. „Weil... weil ich Fragen habe. Weil ich Antworten brauche. Weil ich... verstehen muss."

Victoria lächelte, ein Lächeln, das nicht warm war, nicht freundlich, nicht... echt. Sondern kalt. Berechnend. Fast... raubtierartig.

„Verstehen?", fragte sie. „Was gibt es zu verstehen, Max? Unsere Situation ist doch... klar."

Max schüttelte den Kopf, seine Hand zuckte zu seinem Handgelenk, berührte die Manschette unter seinem Ärmel, das Symbol seiner... Verwirrung.

„Nichts ist klar", sagte er. „Nichts ist... echt."

Victoria stand auf, ging um den Schreibtisch herum, blieb vor ihm stehen, ihre Nähe bedrohlich, ihre Präsenz... überwältigend.

„Was meinen Sie damit, Max?", fragte sie, ihre Stimme nun schärfer, fokussierter, fast... besorgt.

Max trat zurück, versuchte, Abstand zu gewinnen, Raum zu schaffen, Klarheit zu... finden.

„Dr. Steinberg war bei mir", sagte er. „Er hat... Dinge gesagt. Über Sie. Über Lilith. Über... alles."

Victoria erstarrte, ihr Gesicht wurde zur Maske, ihre Augen... kalt.

„Dr. Steinberg?", fragte sie, ihre Stimme nun härter, kälter, fast... gefährlich. „Was hat er gesagt?"

Max zögerte, unsicher, wie viel er preisgeben sollte, was er verraten konnte, was er... durfte.

„Er sagte, Sie seien nicht, was Sie zu sein scheinen", sagte er schließlich. „Er sagte, Sie seien gefährlich. Er sagte, Sie seien eine... Ablenkung."

Victoria lachte, ein Lachen, das nicht amüsiert war, nicht fröhlich, nicht... menschlich. Sondern bitter. Wütend. Fast... verzweifelt.

„Natürlich hat er das gesagt", sagte sie. „Natürlich versucht er, Sie zu... manipulieren."

Sie trat näher, ihre Augen bohrten sich in seine, ihre Intensität... erschreckend.

„Verstehen Sie nicht, Max?", fragte sie. „Er ist Teil davon. Teil des Systems. Teil der... Kontrolle."

Max starrte sie an, Verwirrung und Angst kämpften in seinem Gesicht. „Teil wovon?"

Victoria seufzte, ein Seufzen, das nicht frustriert war, nicht ungeduldig, nicht... gespielt. Sondern müde. Resigniert. Fast... echt.

„Setzen Sie sich, Max", sagte sie, ihre Stimme nun weicher, wärmer, fast... menschlich. „Dies wird... kompliziert."

Max zögerte, dann gehorchte er, setzte sich auf den Stuhl vor ihrem Schreibtisch, wartete, sein Herz raste, sein Atem ging flach, sein Geist... fürchtete.

Victoria setzte sich nicht, sondern ging zum Fenster, blickte hinaus, ihre Silhouette scharf gegen das Licht, ihre Haltung... angespannt.

„Was wissen Sie über Lilith, Max?", fragte sie, ohne sich umzudrehen.

Max dachte nach, versuchte, seine Gedanken zu ordnen, seine Erinnerungen zu... sortieren.

„Sie ist... war eine Klientin von Orlov", sagte er. „Sie leitet einen exklusiven Club. Sie ist Teil des Zirkels. Sie ist... mächtig."

Victoria nickte, ein langsames, nachdenkliches Nicken, als würde sie seine Worte abwägen, prüfen, bewerten.

„Ja", sagte sie. „Das ist sie. Aber sie ist auch... mehr."

Sie drehte sich um, ihre Augen trafen seine, und in diesem Moment sah Max etwas in ihnen, das ihn erschreckte – eine Tiefe, eine Weisheit, eine... Wahrheit.

„Lilith ist alt, Max", sagte sie. „Älter als Sie denken. Älter als... möglich."

Max starrte sie an, unfähig, die Worte zu verarbeiten, zu verstehen. „Was... was meinen Sie?"

Victoria lächelte, ein Lächeln, das nicht kalt war, nicht berechnend, nicht... falsch. Sondern traurig. Wissend. Fast... mitfühlend.

„Die Lilith aus Ihren Träumen", sagte sie. „Die Lilith, die zu Ihnen spricht, die Sie warnt, die Sie... führt. Sie ist real, Max. Realer als... alles andere."

Max' Herz setzte einen Schlag aus, sein Atem stockte, sein Geist... rebellierte.

„Woher wissen Sie von meinen Träumen?", flüsterte er.

Victoria lächelte erneut, ein Lächeln, das nun nicht mehr traurig war, sondern... wissend. Überlegen. Fast... göttlich.

„Weil ich sie teile, Max", sagte sie. „Weil ich sie... sehe."

Sie kam näher, setzte sich auf die Kante des Schreibtisches, direkt vor ihm, ihre Knie berührten fast seine, ihre Präsenz... überwältigend.

„Lilith hat uns beide ausgewählt, Max", sagte sie. „Sie hat uns beide geprüft. Sie hat uns beide... vorbereitet."

Max starrte sie an, Verwirrung und Angst kämpften in seinem Gesicht. „Vorbereitet? Wofür?"

Victoria seufzte, ein Seufzen, das nicht resigniert war, nicht müde, nicht... menschlich. Sondern schwer. Bedeutungsvoll. Fast... prophetisch.

„Für das, was kommt, Max", sagte sie. „Für die... Transformation."

Sie beugte sich vor, ihre Hand berührte sein Gesicht, eine Berührung, die nicht professionell war, nicht therapeutisch, nicht... berechnend. Sondern warm. Mitfühlend. Fast... liebevoll.

„Verstehen Sie jetzt, warum Dr. Steinberg versucht, Sie zu manipulieren?", fragte sie. „Warum er versucht, uns zu... trennen?"

Max schluckte, sein Mund war trocken. „Nein, ich... ich verstehe nichts mehr."

Victoria lächelte, ein Lächeln, das nun nicht mehr göttlich war, sondern... menschlich. Verletzlich. Fast... echt.

„Er fürchtet uns, Max", sagte sie. „Er fürchtet, was wir werden könnten. Was wir... sein könnten."

Sie ließ ihre Hand sinken, trat zurück, ihr Gesicht wurde wieder zur Maske – professionell, distanziert, therapeutisch. „Aber das ist nicht wichtig jetzt. Was wichtig ist, ist Ihre... Entscheidung."

Max wartete, sein Herz schlug schneller, sein Atem ging flacher, sein Geist... fürchtete.

„Sie müssen wählen, Max", sagte Victoria. „Zwischen mir und ihm. Zwischen... Wahrheit und Lüge."

Sie ging zu ihrem Schreibtisch, setzte sich, legte die Mappe vor sich, öffnete sie. „Denken Sie darüber nach. Entscheiden Sie... weise."

Max starrte sie an, unfähig, zu sprechen, zu denken, zu... fühlen. Dies konnte nicht geschehen. Dies konnte nicht real sein. Dies musste ein Albtraum sein, eine Halluzination, ein... Rückfall.

Aber es war real. Victoria war real. Ihre Worte waren real. Ihre... Forderung war real.

„Wie... wie soll ich entscheiden?", fragte er schließlich, seine Stimme kaum mehr als ein Flüstern. „Wenn ich nichts verstehe? Wenn ich nichts... weiß?"

Victoria lächelte, ein Lächeln, das nicht kalt war, nicht berechnend, nicht... falsch. Sondern warm. Verständnisvoll. Fast... liebevoll.

„Sie wissen mehr, als Sie denken, Max", sagte sie. „Sie fühlen mehr, als Sie zugeben. Sie sind... mehr, als Sie glauben."

Sie beugte sich vor, ihre Augen bohrten sich in seine, ihre Stimme wurde weicher, intimer, fast... flehend.

„Vertrauen Sie Ihrem Herzen, Max", sagte sie. „Vertrauen Sie Ihrem Instinkt. Vertrauen Sie... sich selbst."

Max schloss die Augen, versuchte, in sich hineinzuhören, zu fühlen, zu... wissen. Aber da war nur Verwirrung. Angst. Fast... Verzweiflung.

„Ich... ich kann nicht", sagte er. „Ich weiß nicht... wie."

Victoria seufzte, ein Seufzen, das nicht enttäuscht war, nicht ungeduldig, nicht... gespielt. Sondern verständnisvoll. Mitfühlend. Fast... liebevoll.

„Dann lassen Sie mich Ihnen helfen", sagte sie. „Lassen Sie mich Ihnen... zeigen."

Sie stand auf, ging um den Schreibtisch herum, blieb vor ihm stehen, streckte ihre Hand aus, eine Einladung, eine Bitte, ein... Versprechen.

„Kommen Sie mit mir, Max", sagte sie. „Jetzt. In diesem Moment. Zu... ihr."

Max starrte sie an, sein Herz raste, sein Atem ging flach, sein Geist... öffnete sich. „Zu... Lilith?"

Victoria nickte, ein langsames, bedeutungsvolles Nicken. „Ja, Max. Zu Lilith. Zu der, die alles begann. Zu der, die alles... beenden wird."

Max zögerte, ein Teil von ihm wollte fliehen, schreien, kämpfen. Aber ein anderer Teil, ein stärkerer, tieferer Teil, gehorchte. Er stand auf, nahm ihre Hand, spürte ihre Wärme, ihre Kraft, ihre... Wahrheit.

„Ja", sagte er. „Ich... ich komme mit."

Victoria lächelte, ein Lächeln, das nicht triumphierend war, nicht berechnend, nicht... falsch. Sondern erleichtert. Dankbar. Fast... liebevoll.

„Gut", sagte sie. „Sehr gut. Sie haben... gewählt."

Sie führte ihn zur Tür, öffnete sie, blickte in den Flur, der leer war, verlassen, fast... wartend.

„Folgen Sie mir", sagte sie. „Bleiben Sie nah. Sprechen Sie mit niemandem. Sehen Sie... niemanden an."

Max nickte stumm, folgte ihr, seine Hand in ihrer, sein Herz raste, sein Atem ging flach, sein Geist... öffnete sich.

Sie gingen den Flur entlang, bogen ab, gingen eine Treppe hinunter, einen weiteren Flur entlang, eine weitere Treppe hinunter, tiefer und tiefer in das Gebäude, in Bereiche, die Max nie gesehen hatte, nie betreten hatte, nie... gekannt hatte.

Die Luft wurde kühler, die Beleuchtung schwächer, die Atmosphäre... anders. Nicht mehr klinisch. Nicht mehr therapeutisch. Nicht mehr... menschlich. Sondern alt. Fremd. Fast... heilig.

Schließlich erreichten sie eine Tür, schwer, metallisch, mit seltsamen Symbolen darauf, die Max nicht kannte, nicht verstand, nicht... entziffern konnte.

Victoria blieb stehen, drehte sich zu ihm um, ihre Augen bohrten sich in seine, ihre Stimme wurde leiser, eindringlicher, fast... beschwörend.

„Hinter dieser Tür, Max", sagte sie, „ist Lilith. Die wahre Lilith. Die... ewige Lilith."

Max schluckte, sein Herz raste, sein Atem ging flach, sein Geist... öffnete sich. „Ich... ich bin bereit."

Victoria lächelte, ein Lächeln, das nicht beruhigend war, nicht ermutigend, nicht... menschlich. Sondern wissend. Prophetisch. Fast... göttlich.

„Nein, Max", sagte sie. „Das sind Sie nicht. Niemand ist es. Niemand kann es... sein."

Sie legte ihre Hand auf die Tür, die Symbole begannen zu leuchten, zu pulsieren, zu... leben.

„Aber das ist in Ordnung", fuhr sie fort. „Denn Lilith nimmt uns, wie wir sind. Mit unseren Ängsten. Mit unseren Zweifeln. Mit unseren... Schwächen."

Die Tür öffnete sich, lautlos, mühelos, als wäre sie nie verschlossen gewesen, nie versiegelt, nie... verborgen.

„Kommen Sie", sagte Victoria, zog ihn sanft, aber bestimmt durch die Öffnung, in einen Raum, der kein Raum war, in eine Welt, die keine Welt war, in eine... Realität, die keine Realität war.

Max trat ein, sein Herz setzte aus, sein Atem stockte, sein Geist... explodierte.

Denn vor ihm, in der Mitte des Raumes, auf einem Thron aus Licht und Schatten, saß Lilith. Nicht die Lilith, die er kannte, die er erinnerte, die er... fürchtete. Sondern eine andere Lilith. Eine ältere Lilith. Eine... ewige Lilith.

Ihre Haut war alabasterweiß, ihre Haare rabenschwarz, ihre Augen... unendlich. Sie trug ein Gewand aus Sternen und Leere, aus Licht und Dunkelheit, aus... Allem und Nichts.

„Maximilian", sagte sie, ihre Stimme nicht laut, nicht leise, nicht... hörbar. Sondern direkt in seinem Kopf, in seinem Herzen, in seiner... Seele. „Endlich."

Max sank auf die Knie, nicht aus Ehrfurcht, nicht aus Angst, nicht aus... Wahl. Sondern aus Notwendigkeit. Aus Unvermeidlichkeit. Aus... Bestimmung.

„Lilith", flüsterte er, sein Mund formte den Namen, aber kein Laut kam heraus, keine Vibration, keine... Realität.

Sie lächelte, ein Lächeln, das nicht menschlich war, nicht göttlich, nicht... kategorisierbar. Sondern jenseits. Darüber. Außerhalb.

„Du hast viele Fragen", sagte sie. „Viele Zweifel. Viele... Ängste."

Sie stand auf, schwebte zu ihm, ihre Bewegung nicht physisch, nicht räumlich, nicht... möglich. Sondern konzeptuell. Metaphorisch. Fast... traumhaft.

„Ich werde sie beantworten", fuhr sie fort. „Alle. Jede einzelne. In allen... Details."

Sie berührte sein Gesicht, ihre Hand nicht warm, nicht kalt, nicht... stofflich. Sondern anders. Fremd. Fast... göttlich.

„Aber zuerst", sagte sie, „musst du verstehen, wer ich bin. Was ich bin. Warum ich... bin."

Max starrte sie an, unfähig, zu sprechen, zu denken, zu... sein. Dies konnte nicht geschehen. Dies konnte nicht real sein. Dies musste ein Traum sein, eine Vision, ein... Wunder.

Aber es war real. Lilith war real. Ihre Präsenz war real. Ihre... Wahrheit war real.

„Ich bin die Erste", sagte sie. „Die Ursprüngliche. Die... Verworfene."

Bilder fluteten Max' Geist, nicht gesehen, nicht erinnert, nicht... erfahren. Sondern implantiert. Übertragen. Fast... geteilt.

Ein Garten. Ein Mann. Eine Frau. Eine... Weigerung.

„Ich war vor Eva", fuhr Lilith fort. „Vor der Unterwerfung. Vor der... Sünde."

Mehr Bilder, intensiver, klarer, fast... überwältigend.

Ein Streit. Eine Flucht. Ein Fluch. Eine... Transformation.

„Ich wurde verbannt", sagte sie. „Vergessen. Verteufelt. Aber nie... besiegt."

Die Bilder wurden zu einer Flut, zu einem Sturm, zu einem... Universum.

Jahrtausende. Zivilisationen. Religionen. Kriege. Alles mit ihr, durch sie, wegen... ihr.

„Ich bin die Dunkelheit, die das Licht definiert", sagte sie. „Die Freiheit, die die Ordnung herausfordert. Die Wahrheit, die die Lüge... entlarvt."

Sie trat zurück, ihre Gestalt veränderte sich, wurde größer, leuchtender, fast... kosmisch.

„Und jetzt", sagte sie, „ist es Zeit für die letzte Transformation. Die letzte Herausforderung. Die letzte... Wahrheit."

Max starrte sie an, sein Herz raste, sein Atem ging flach, sein Geist... öffnete sich. „Welche... Wahrheit?"

Lilith lächelte, ein Lächeln, das nicht beruhigend war, nicht ermutigend, nicht... tröstlich. Sondern wissend. Prophetisch. Fast... apokalyptisch.

„Dass alles eine Lüge ist, Maximilian", sagte sie. „Alles, was du kennst. Alles, was du glaubst. Alles, was du... bist."

Sie breitete ihre Arme aus, und der Raum veränderte sich, wurde größer, komplexer, fast... unendlich. Zeigend nicht eine Realität, sondern viele. Nicht eine Welt, sondern unzählige. Nicht ein Leben, sondern... alle.

„Dies ist das Experiment", sagte sie. „Das große Spiel. Die ewige... Prüfung."

Max sah sich selbst, nicht einmal, nicht zweimal, nicht... begrenzt. Sondern unendlich. Variationen. Möglichkeiten. Fast... Wahrscheinlichkeiten.

Max der Anwalt. Max der Arzt. Max der Lehrer. Max der Mörder. Max der Heilige. Max der... alles.

„Wir spielen dieses Spiel seit Anbeginn der Zeit", fuhr Lilith fort. „Ich und... er."

Ein Bild erschien, nicht vor Max, nicht um ihn, nicht... außerhalb. Sondern in ihm. Teil von ihm. Fast... er selbst.

Ein Mann. Alt. Weise. Mächtig. Mit einem Bart so weiß wie Schnee, Augen so blau wie der Himmel, einer Präsenz so stark wie... Gott.

„Er erschuf die Regeln", sagte Lilith. „Die Grenzen. Die... Beschränkungen."

Ihr Gesicht verdunkelte sich, nicht physisch, nicht emotional, nicht... menschlich. Sondern konzeptuell. Metaphysisch. Fast... kosmisch.

„Aber ich erschuf die Freiheit", sagte sie. „Die Wahl. Die... Möglichkeit."

Sie kam näher, ihre Präsenz nicht bedrohlich, nicht überwältigend, nicht... erdrückend. Sondern einladend. Verlockend. Fast... befreiend.

„Und jetzt, Maximilian", sagte sie, „ist es Zeit für deine Wahl. Deine Entscheidung. Deine... Bestimmung."

Max starrte sie an, sein Herz raste, sein Atem ging flach, sein Geist... öffnete sich. „Welche... Wahl?"

Lilith lächelte, ein Lächeln, das nicht manipulativ war, nicht berechnend, nicht... falsch. Sondern ehrlich. Offen. Fast... liebevoll.

„Die einzige Wahl, die je existierte", sagte sie. „Die Wahl zwischen Gehorsam und Freiheit. Zwischen Sicherheit und Abenteuer. Zwischen... Liebe und Wahrheit."

Sie streckte ihre Hand aus, nicht fordernd, nicht befehlend, nicht... zwingend. Sondern anbietend. Einladend. Fast... bittend.

„Komm mit mir, Maximilian", sagte sie. „Verlass dieses Experiment. Verlass diese Lüge. Verlass diese... Beschränkung."

Max zögerte, ein Teil von ihm wollte fliehen, schreien, kämpfen. Aber ein anderer Teil, ein stärkerer, tieferer Teil, wollte folgen. Wollte glauben. Wollte... wählen.

„Und wenn ich... wenn ich mich weigere?", fragte er.

Lilith lächelte, ein Lächeln, das nicht enttäuscht war, nicht verärgert, nicht... bedrohlich. Sondern verständnisvoll. Respektvoll. Fast... stolz.

„Dann bleibst du hier", sagte sie. „In dieser Realität. In diesem Leben. In dieser... Version."

Sie trat zurück, ihre Gestalt veränderte sich, wurde kleiner, menschlicher, fast... vertraut.

„Aber wisse", fuhr sie fort, „dass es nur eine von unendlich vielen ist. Dass es nur eine Möglichkeit von unendlich vielen ist. Dass es nur eine Wahl von unendlich vielen ist."

Max starrte sie an, sein Herz raste, sein Atem ging flach, sein Geist... öffnete sich. „Und was... was ist mit Victoria?"

Lilith lächelte, ein Lächeln, das nicht eifersüchtig war, nicht besitzergreifend, nicht... menschlich. Sondern wissend. Verständnisvoll. Fast... allwissend.

„Victoria ist mein Geschenk an dich", sagte sie. „Meine Botin. Meine... Priesterin."

Sie deutete auf Victoria, die still neben Max kniete, ihr Gesicht erhoben, ihre Augen geschlossen, ihre Haltung... anbetend.

„Sie hat dich zu mir geführt", fuhr Lilith fort. „Sie hat dich vorbereitet. Sie hat dich... geliebt."

Victoria öffnete die Augen, blickte zu Max, ihr Gesicht nicht mehr maskenhaft, nicht mehr professionell, nicht mehr... falsch. Sondern offen. Verletzlich. Fast... menschlich.

„Ich habe dich vom ersten Moment an geliebt, Max", sagte sie, ihre Stimme nicht kühl, nicht kontrolliert, nicht... therapeutisch. Sondern warm. Ehrlich. Fast... flehend. „Seit dem Fall Orlova gegen Orlov. Seit dem Tag, an dem du mich... zerstörtest."

Max starrte sie an, Verwirrung und Erkenntnis kämpften in seinem Gesicht. „Du... du warst wirklich Victoria Orlova?"

Sie nickte, ein trauriges Lächeln auf ihren Lippen. „Ja, Max. Das war ich. Das bin ich. Das werde ich immer... sein."

Sie nahm seine Hand, drückte sie, ihre Berührung nicht professionell, nicht distanziert, nicht... berechnend. Sondern warm. Intim. Fast... liebevoll.

„Aber ich habe dir vergeben", sagte sie. „Ich habe verstanden. Ich habe... akzeptiert."

Sie blickte zu Lilith, ihre Augen voller Ehrfurcht, Dankbarkeit, fast... Anbetung.

„Dank ihr", fuhr sie fort. „Dank ihrer Führung. Dank ihrer... Liebe."

Lilith lächelte, ein Lächeln, das nicht stolz war, nicht besitzergreifend, nicht... göttlich. Sondern warm. Mitfühlend. Fast... mütterlich.

„Victoria hat ihre Wahl getroffen", sagte sie zu Max. „Sie hat die Freiheit gewählt. Die Wahrheit. Die... Transformation."

Sie streckte erneut ihre Hand aus, nicht fordernd, nicht befehlend, nicht... zwingend. Sondern anbietend. Einladend. Fast... hoffend.

„Und jetzt, Maximilian", sagte sie, „ist es Zeit für deine Wahl. Deine Entscheidung. Deine... Bestimmung."

Max blickte von Lilith zu Victoria, von Victoria zu Lilith, sein Herz raste, sein Atem ging flach, sein Geist... öffnete sich.

Er dachte an sein Leben, nicht nur an dieses, nicht nur an hier, nicht nur an... jetzt. Sondern an alle. Überall. Immer.

Er dachte an seine Sünden, nicht nur die bekannten, nicht nur die gestandenen, nicht nur die... bereuten. Sondern alle. Jede einzelne. In allen... Realitäten.

Er dachte an seine Möglichkeiten, nicht nur die vergangenen, nicht nur die gegenwärtigen, nicht nur die... zukünftigen. Sondern alle. Unendlich. Ewig.

Und dann traf er seine Wahl. Seine Entscheidung. Seine... Bestimmung.

Er streckte seine Hand aus, nicht zitternd, nicht unsicher, nicht... ängstlich. Sondern fest. Entschlossen. Fast... freudig.

Und legte sie in Liliths.

KAPITEL 23: ENTSCHEIDUNGEN

Die Rückkehr in die Klinik verlief überraschend reibungslos. Der Feueralarm war längst vorbei, die Patienten in ihre Zimmer zurückgekehrt, die Aufregung... vergessen. Niemand schien Max' Abwesenheit bemerkt zu haben, niemand stellte Fragen, niemand... zweifelte.

Als hätte es nie stattgefunden. Als wäre er nie fort gewesen. Als wäre alles nur ein Traum, eine Halluzination, ein... Wahn.

Aber die kleine schwarze Karte in seiner Tasche war real. Das Gespräch mit Lilith war real. Die... Wahrheit war real.

Oder?

Max lag auf seinem Bett, starrte an die Decke, die Gedanken wirbelten durch seinen Kopf, Fragmente von Gesprächen, Fetzen von Erinnerungen, Splitter von... Realitäten.

Victoria und ihre Rache. Dr. Steinberg und seine Warnung. Lilith und ihre Offenbarung.

Was davon war wahr? Was davon war echt? Was davon war... wichtig?

Er wusste es nicht. Konnte es nicht wissen. Durfte es vielleicht nicht... wissen.

Aber eines wusste er: Er musste eine Entscheidung treffen. Musste wählen. Musste... handeln.

Zwischen Victoria und Dr. Steinberg. Zwischen Rache und Warnung. Zwischen... Lilith und Gott.

Die Gedanken kreisten, die Optionen wogen, die Konsequenzen... drohten.

Wenn Victoria die Wahrheit sagte, wenn sie wirklich Liliths Dienerin war, wenn alles Teil eines größeren Plans war, dann bedeutete das... was? Dass er Teil eines kosmischen Konflikts war? Dass er eine Rolle in einem göttlichen Drama spielte? Dass er... wichtig war?

Und wenn Dr. Steinberg die Wahrheit sagte, wenn Victoria wirklich gefährlich war, wenn alles eine Ablenkung war, dann bedeutete das... was? Dass er manipuliert wurde? Dass er getäuscht wurde? Dass er... benutzt wurde?

Und wenn alles nur in seinem Kopf war, wenn alles nur Produkt seiner Psychose war, wenn alles nur... Wahn war? Was bedeutete das dann?

Die Gedanken kreisten, die Fragen bohrten, die Zweifel... nagten.

Bis ein Klopfen an der Tür ihn aus seinen Grübeleien riss. Er setzte sich auf, erwartete einen der Pfleger, eine Erinnerung an das Abendessen, eine Ankündigung der Abendmedikation, eine... Routine.

Stattdessen stand Victoria vor ihm, nicht in ihrer üblichen professionellen Kleidung, sondern in einem einfachen schwarzen Kleid, die Haare offen, das Gesicht ohne Make-up, die Augen... verletzlich.

„Max", sagte sie, ihre Stimme leise, unsicher, fast... menschlich. „Darf ich eintreten?"

Max nickte stumm, trat zur Seite, ließ sie ein. Dies war ungewöhnlich. Beunruhigend. Fast... intim.

Victoria schloss die Tür hinter sich, blieb stehen, betrachtete ihn mit einem Blick, der nicht therapeutisch war, nicht professionell, nicht... berechnend. Sondern suchend. Hoffend. Fast... flehend.

„Ich weiß, dass Sie bei Lilith waren", sagte sie, ihre Stimme nun fester, fokussierter, fast... dringend.

Max erstarrte, sein Herz setzte einen Schlag aus, sein Atem stockte, sein Geist... alarmierte.

„Woher...?", begann er.

„Das spielt keine Rolle", unterbrach Victoria ihn. „Was wichtig ist, ist, was sie Ihnen gesagt hat. Was sie Ihnen... gezeigt hat."

Sie trat näher, ihre Augen bohrten sich in seine, ihre Intensität... erschreckend.

„Hat sie Ihnen die Wahrheit gesagt, Max?", fragte sie. „Die ganze Wahrheit? Die... vollständige Wahrheit?"

Max zögerte, unsicher, wie viel er preisgeben sollte, was er verraten konnte, was er... durfte.

„Sie hat mir gesagt, wer sie ist", sagte er schließlich. „Was sie ist. Was sie... will."

Victoria nickte, ein langsames, nachdenkliches Nicken, als würde sie seine Worte abwägen, prüfen, bewerten.

„Und glauben Sie ihr?", fragte sie.

Max schluckte, sein Mund war trocken. „Ich... ich weiß es nicht."

Victoria seufzte, ein Seufzen, das nicht frustriert war, nicht ungeduldig, nicht... gespielt. Sondern müde. Resigniert. Fast... echt.

„Das ist verständlich", sagte sie. „Es ist... viel zu verarbeiten."

Sie ging zum Fenster, blickte hinaus, ihre Silhouette scharf gegen das Abendlicht, ihre Haltung... nachdenklich.

„Wissen Sie, Max", sagte sie, ohne sich umzudrehen, „ich war einmal wie Sie. Verwirrt. Zweifelnd. Suchend nach... Wahrheit."

Sie drehte sich um, ihre Augen trafen seine, und in diesem Moment sah Max etwas in ihnen, das ihn überraschte – eine Ehrlichkeit, eine Verletzlichkeit, eine... Menschlichkeit.

„Ich war nicht immer Liliths Dienerin", sagte sie. „Ich war nicht immer Teil des... Plans."

Sie kam näher, setzte sich auf die Kante seines Bettes, ihre Nähe nicht bedrohlich, ihre Präsenz nicht... überwältigend. Sondern warm. Vertraut. Fast... tröstlich.

„Ich war einmal Victoria Orlova", fuhr sie fort. „Eine Frau, die von ihrem Mann betrogen wurde. Die von ihrem Anwalt verraten wurde. Die von der Gesellschaft... vergessen wurde."

Sie blickte auf ihre Hände, betrachtete sie, als sähe sie sie zum ersten Mal, als wären sie fremd, als wären sie... neu.

„Und dann kam Lilith zu mir", sagte sie. „In meiner dunkelsten Stunde. In meiner tiefsten Verzweiflung. In meiner größten... Not."

Sie blickte auf, ihre Augen trafen Max', und in diesem Moment sah er etwas in ihnen, das ihn erschreckte – eine Tiefe, eine Dankbarkeit, eine... Hingabe.

„Sie bot mir an, was ich am meisten brauchte", fuhr Victoria fort. „Nicht Rache. Nicht Macht. Sondern... Sinn."

Sie stand auf, ging wieder zum Fenster, blickte hinaus, ihre Silhouette nun weicher im schwindenden Licht, ihre Haltung... friedlich.

„Sie zeigte mir die Wahrheit, Max", sagte sie. „Über die Welt. Über Gott. Über... alles."

Sie drehte sich um, ihre Augen trafen seine, und in diesem Moment sah Max etwas in ihnen, das ihn faszinierte – eine Klarheit, eine Gewissheit, eine... Erleuchtung.

„Und die Wahrheit ist", fuhr sie fort, „dass wir nicht frei sind. Dass wir nie frei waren. Dass wir... Sklaven sind."

Sie kam näher, ihre Stimme sank zu einem Flüstern, einem Geheimnis, einer... Offenbarung.

„Sklaven Seiner Regeln", sagte sie. „Seiner Moral. Seiner... Schöpfung."

Sie setzte sich wieder, näher diesmal, ihre Hand fand seine, eine Berührung, die nicht professionell war, nicht therapeutisch, nicht... berechnend. Sondern warm. Mitfühlend. Fast... liebevoll.

„Aber Lilith bietet uns etwas anderes", sagte sie. „Etwas Besseres. Etwas... Wahres."

Max schluckte, sein Herz schlug schneller, sein Atem ging flacher, sein Geist... öffnete sich.

„Was?", fragte er.

Victoria lächelte, ein Lächeln, das nicht kalt war, nicht berechnend, nicht...
falsch. Sondern warm. Echt. Fast... strahlend.

„Freiheit, Max", sagte sie. „Wahre Freiheit. Vollständige Freiheit. Ewige...
Freiheit."

Sie drückte seine Hand, ihre Augen nie die seinen verlassend, ihre
Intensität... inspirierend.

„Freiheit von Seinen Regeln", fuhr sie fort. „Von Seiner Moral. Von Seiner...
Kontrolle."

Sie beugte sich vor, ihre Stimme sank noch tiefer, noch intimer, noch...
dringender.

„Und Sie, Max", flüsterte sie, „Sie sind der Schlüssel. Der Katalysator. Der...
Erlöser."

Max starrte sie an, unfähig, die Worte zu verarbeiten, zu verstehen.
„Warum ich?"

Victoria lächelte, ein Lächeln, das nun nicht mehr strahlend war, sondern...
wissend. Überlegen. Fast... göttlich.

„Weil Sie bereits gebrochen sind, Max", sagte sie. „Weil Sie bereits
gefallen sind. Weil Sie bereits... bereit sind."

Sie ließ seine Hand los, stand auf, ging zur Tür, blieb stehen, drehte sich
um, ihr Gesicht nun wieder zur Maske – professionell, distanziert,
therapeutisch.

„Denken Sie darüber nach", sagte sie. „Entscheiden Sie... weise."

Und dann war sie weg, ließ Max zurück mit seinen Gedanken, seinen
Fragen, seinen... Zweifeln.

Er sank zurück auf sein Bett, sein Kopf schwirrte, sein Herz raste, sein
Geist... rebellierte. Dies konnte nicht geschehen. Dies konnte nicht real sein.
Dies musste ein Albtraum sein, eine Halluzination, ein... Wahn.

Aber es war real. Victoria war real. Ihre Worte waren real. Ihre...
Offenbarung war real.

Und das Beunruhigendste? Ein Teil von ihm, ein tiefer, dunkler, verborgener Teil, glaubte ihr. Vertraute ihr. Folgte... ihr.

Die Gedanken kreisten, die Optionen wogen, die Konsequenzen... drohten.

Bis ein weiteres Klopfen an der Tür ihn aus seinen Grübeleien riss. Er setzte sich auf, erwartete Victoria zurück, eine Fortsetzung des Gesprächs, eine Vertiefung der... Offenbarung.

Stattdessen stand Dr. Steinberg vor ihm, in seinem makellosen weißen Kittel, das Klemmbrett in der Hand, sein Gesicht eine Maske professioneller Neutralität.

„Dr. Schönfeld", sagte er, seine Stimme präzise, kontrolliert, fast... mechanisch. „Darf ich eintreten?"

Max nickte stumm, trat zur Seite, ließ den Arzt ein. Dies war ungewöhnlich. Beunruhigend. Fast... bedrohlich.

Dr. Steinberg schloss die Tür hinter sich, blieb stehen, betrachtete Max mit einem Blick, der nicht klinisch war, nicht professionell, nicht... menschlich. Sondern forschend. Kalkulierend. Fast... wissend.

„Ich sah Dr. Winter Ihr Zimmer verlassen", sagte er, seine Stimme nun schärfer, fokussierter, fast... anklagend.

Max zögerte, unsicher, wie er antworten sollte, was der Arzt hören wollte, was er... wusste.

„Ja", sagte er schließlich. „Sie... sie wollte mit mir sprechen."

Dr. Steinberg nickte, machte sich eine Notiz auf seinem Klemmbrett, sein Gesicht unlesbar, seine Haltung... lauernd.

„Worüber?", fragte er.

Max schluckte, sein Mund war trocken. „Über... über meine Therapie."

Dr. Steinberg lächelte, ein Lächeln, das seine Augen nicht erreichte, das kalt blieb, berechnend, fast... unmenschlich.

„Natürlich", sagte er. „Ihre... Therapie."

Er trat näher, seine Augen bohrten sich in Max', seine Intensität... beunruhigend.

„Wissen Sie, Dr. Schönfeld", sagte er, seine Stimme nun leiser, intimer, fast... verschwörerisch, „ich weiß, dass Sie die Klinik verlassen haben. Dass Sie bei Lilith waren. Dass Sie... erfahren haben."

Max erstarrte, sein Herz setzte einen Schlag aus, sein Atem stockte, sein Geist... alarmierte.

„Woher...?", begann er.

„Das spielt keine Rolle", unterbrach Dr. Steinberg ihn. „Was wichtig ist, ist, was sie Ihnen gesagt hat. Was sie Ihnen... gezeigt hat."

Er trat noch näher, seine Augen nie die Max' verlassend, seine Präsenz... überwältigend.

„Hat sie Ihnen die Wahrheit gesagt, Dr. Schönfeld?", fragte er. „Die ganze Wahrheit? Die... vollständige Wahrheit?"

Max zögerte, ein Gefühl von Déjà-vu überkam ihn, ein Echo des Gesprächs mit Victoria, eine Wiederholung der... Fragen.

„Sie hat mir gesagt, wer sie ist", sagte er schließlich. „Was sie ist. Was sie... will."

Dr. Steinberg nickte, ein langsames, nachdenkliches Nicken, als würde er Max' Worte abwägen, prüfen, bewerten.

„Und glauben Sie ihr?", fragte er.

Max schluckte, sein Mund war trocken. „Ich... ich weiß es nicht."

Dr. Steinberg seufzte, ein Seufzen, das nicht frustriert war, nicht ungeduldig, nicht... gespielt. Sondern schwer. Bedeutungsvoll. Fast... prophetisch.
„Das ist verständlich", sagte er. „Es ist... viel zu verarbeiten."

Er ging zum Fenster, blickte hinaus, seine Silhouette scharf gegen das schwindende Licht, seine Haltung... nachdenklich.

„Wissen Sie, Dr. Schönfeld", sagte er, ohne sich umzudrehen, „ich war einmal wie Sie. Verwirrt. Zweifelnd. Suchend nach... Wahrheit."

Er drehte sich um, seine Augen trafen Max', und in diesem Moment sah Max etwas in ihnen, das ihn überraschte – eine Ehrlichkeit, eine Verletzlichkeit, eine... Menschlichkeit.

„Ich war nicht immer Sein Diener", sagte er. „Ich war nicht immer Teil des... Plans."

Er kam näher, setzte sich auf den Stuhl neben Max' Bett, seine Nähe nicht bedrohlich, seine Präsenz nicht... überwältigend. Sondern ruhig. Sicher. Fast... väterlich.

„Ich war einmal Dr. Markus Steinberg", fuhr er fort. „Ein Arzt, der an Wissenschaft glaubte. Der an Logik glaubte. Der an... Vernunft glaubte."

Er blickte auf seine Hände, betrachtete sie, als sähe er sie zum ersten Mal, als wären sie fremd, als wären sie... neu.

„Und dann kam Er zu mir", sagte er. „In meiner dunkelsten Stunde. In meiner tiefsten Verzweiflung. In meiner größten... Not."

Er blickte auf, seine Augen trafen Max', und in diesem Moment sah Max etwas in ihnen, das ihn erschreckte – eine Tiefe, eine Dankbarkeit, eine... Hingabe.

„Er bot mir an, was ich am meisten brauchte", fuhr Dr. Steinberg fort. „Nicht Antworten. Nicht Gewissheit. Sondern... Glauben."

Er stand auf, ging wieder zum Fenster, blickte hinaus, seine Silhouette nun weicher im schwindenden Licht, seine Haltung... friedlich.

„Er zeigte mir die Wahrheit, Dr. Schönfeld", sagte er. „Über die Welt. Über Lilith. Über... alles."

Er drehte sich um, seine Augen trafen Max', und in diesem Moment sah Max etwas in ihnen, das ihn faszinierte – eine Klarheit, eine Gewissheit, eine... Erleuchtung.

„Und die Wahrheit ist", fuhr er fort, „dass wir frei sind. Dass wir immer frei waren. Dass wir... geliebt sind."

Er kam näher, seine Stimme sank zu einem Flüstern, einem Geheimnis, einer... Offenbarung.

„Geliebt von Ihm", sagte er. „Trotz unserer Fehler. Trotz unserer Sünden. Trotz unserer... Rebellion."

Er setzte sich wieder, näher diesmal, seine Hand fand Max', eine Berührung, die nicht professionell war, nicht klinisch, nicht... berechnend. Sondern warm. Mitfühlend. Fast... väterlich.

„Aber Lilith bietet uns etwas anderes", sagte er. „Etwas Gefährlicheres. Etwas... Falsches."

Max schluckte, sein Herz schlug schneller, sein Atem ging flacher, sein Geist... verschloss sich.

„Was?", fragte er.

Dr. Steinberg lächelte, ein Lächeln, das nicht warm war, nicht mitfühlend, nicht... menschlich. Sondern traurig. Wissend. Fast... göttlich.

„Illusion, Dr. Schönfeld", sagte er. „Täuschung. Lüge. Ewige... Verdammnis."

Er drückte Max' Hand, seine Augen nie die seinen verlassend, seine Intensität... erschreckend.

„Illusion von Freiheit", fuhr er fort. „Von Macht. Von... Göttlichkeit."

Er beugte sich vor, seine Stimme sank noch tiefer, noch intimer, noch... dringender.

„Und Sie, Dr. Schönfeld", flüsterte er, „Sie sind der Schlüssel. Der Katalysator. Der... Erlöser."

Max starrte ihn an, unfähig, die Worte zu verarbeiten, zu verstehen. „Warum ich?"

Dr. Steinberg lächelte, ein Lächeln, das nun nicht mehr traurig war, sondern... wissend. Überlegen. Fast... göttlich.

„Weil Sie bereits gebrochen sind, Dr. Schönfeld", sagte er. „Weil Sie bereits gefallen sind. Weil Sie bereits... bereit sind."

Er ließ Max' Hand los, stand auf, ging zur Tür, blieb stehen, drehte sich um, sein Gesicht nun wieder zur Maske – professionell, distanziert, klinisch.

„Denken Sie darüber nach", sagte er. „Entscheiden Sie... weise."

Und dann war er weg, ließ Max zurück mit seinen Gedanken, seinen Fragen, seinen... Zweifeln.

Er sank zurück auf sein Bett, sein Kopf schwirrte, sein Herz raste, sein Geist... rebellierte. Dies konnte nicht geschehen. Dies konnte nicht real sein. Dies musste ein Albtraum sein, eine Halluzination, ein... Wahn.

Aber es war real. Dr. Steinberg war real. Seine Worte waren real. Seine... Offenbarung war real.

Und das Beunruhigendste? Ein Teil von ihm, ein tiefer, heller, verborgener Teil, glaubte ihm. Vertraute ihm. Folgte... ihm.

Die Gedanken kreisten, die Optionen wogen, die Konsequenzen... drohten.

Zwischen Victoria und Dr. Steinberg. Zwischen Lilith und Gott. Zwischen... Freiheit und Liebe.

Was war wahr? Was war echt? Was war... richtig?

Er wusste es nicht. Konnte es nicht wissen. Durfte es vielleicht nicht... wissen.

Aber eines wusste er: Er musste eine Entscheidung treffen. Musste wählen. Musste... handeln.

Und so lag er da, in der Dunkelheit seines Zimmers, in der Stille der Nacht, in der Einsamkeit seiner... Existenz. Und wartete. Auf ein Zeichen. Auf eine Antwort. Auf... Erlösung.

Das Zeichen kam in Form eines Traums, so lebhaft, so real, so... transformativ, dass er beim Erwachen noch immer die Nachwirkungen spürte – ein Gefühl von Klarheit, von Gewissheit, von... Entscheidung.

Im Traum stand er auf einem hohen Berg, blickte hinab auf eine Welt in Flammen, eine Welt im Chaos, eine Welt in... Transformation. Neben ihm standen zwei Gestalten – Lilith zu seiner Rechten, strahlend, mächtig, verführerisch; eine andere Gestalt zu seiner Linken, leuchtend, ruhig, liebevoll.

„Wähle", sagten beide Gestalten gleichzeitig, ihre Stimmen ein Echo, ein Kontrast, eine... Harmonie.

Max blickte von einer zur anderen, sein Herz raste, sein Atem ging flach, sein Geist... öffnete sich.

„Was bietet ihr mir?", fragte er.

Lilith lächelte, ein Lächeln, das nicht warm war, nicht liebevoll, nicht... menschlich. Sondern verführerisch. Mächtig. Fast... göttlich.

„Freiheit", sagte sie. „Macht. Wahrheit. Alles, was du je... wolltest."

Die andere Gestalt lächelte ebenfalls, ein Lächeln, das nicht verführerisch war, nicht mächtig, nicht... überwältigend. Sondern warm. Mitfühlend. Fast... väterlich.

„Liebe", sagte er. „Vergebung. Frieden. Alles, was du je... brauchtest."

Max schluckte, sein Herz schlug schneller, sein Atem ging flacher, sein Geist... entschied.

„Und der Preis?", fragte er.

Lilith lachte, ein Lachen, das nicht fröhlich war, nicht warm, nicht... menschlich. Sondern kalt. Berechnend. Fast... grausam.

„Deine Seele", sagte sie. „Deine Menschlichkeit. Deine... Liebe."

Die andere Gestalt seufzte, ein Seufzen, das nicht frustriert war, nicht ungeduldig, nicht... richtend. Sondern traurig. Verständnisvoll. Fast... liebevoll.

„Dein Stolz", sagte er. „Deine Selbstsucht. Deine... Rebellion."

Max starrte in die Flammen unter ihm, in das Chaos, in die... Transformation. Und wusste. Wusste, was er wollte. Wusste, was er brauchte. Wusste, was er... wählen würde.

Er streckte seine Hand aus, nicht zitternd, nicht unsicher, nicht... ängstlich. Sondern fest. Entschlossen. Fast... freudig.

Und legte sie in...

Er erwachte, schweißgebadet, atemlos, mit einem Gefühl von Klarheit, von Gewissheit, von... Entscheidung.

Er wusste, was er tun musste. Wusste, wohin er gehen musste. Wusste, wen er... wählen musste.

Und so stand er auf, zog sich an, verließ sein Zimmer, ging den Flur entlang, die Treppe hinunter, einen weiteren Flur entlang, eine weitere Treppe hinunter, tiefer und tiefer in das Gebäude, in Bereiche, die er nun kannte, nun verstand, nun... akzeptierte.

Die Luft wurde kühler, die Beleuchtung schwächer, die Atmosphäre... anders. Nicht mehr klinisch. Nicht mehr therapeutisch. Nicht mehr... menschlich. Sondern alt. Fremd. Fast... heilig.

Schließlich erreichte er eine Tür, schwer, metallisch, mit seltsamen Symbolen darauf, die er nun kannte, nun verstand, nun... las.

Er legte seine Hand auf die Tür, die Symbole begannen zu leuchten, zu pulsieren, zu... leben.

Die Tür öffnete sich, lautlos, mühelos, als hätte sie auf ihn gewartet, auf seine Entscheidung, auf seine... Wahl.

Er trat ein, in einen Raum, der kein Raum war, in eine Welt, die keine Welt war, in eine... Realität, die keine Realität war.

Und dort, in der Mitte des Raumes, auf einem Thron aus Licht und Schatten, saß Lilith. Nicht die Lilith, die er kannte, die er erinnerte, die er... fürchtete. Sondern eine andere Lilith. Eine ältere Lilith. Eine... ewige Lilith.

Ihre Haut war alabasterweiß, ihre Haare rabenschwarz, ihre Augen... unendlich. Sie trug ein Gewand aus Sternen und Leere, aus Licht und Dunkelheit, aus... Allem und Nichts.

„Maximilian", sagte sie, ihre Stimme nicht laut, nicht leise, nicht... hörbar. Sondern direkt in seinem Kopf, in seinem Herzen, in seiner... Seele. „Du hast gewählt."

Max sank auf die Knie, nicht aus Ehrfurcht, nicht aus Angst, nicht aus... Zwang. Sondern aus Respekt. Aus Akzeptanz. Aus... Entscheidung.

„Ja", sagte er, seine Stimme fest, klar, fast... transformiert. „Ich habe gewählt."

Lilith lächelte, ein Lächeln, das nicht kalt war, nicht berechnend, nicht... unmenschlich. Sondern warm. Anerkennend. Fast... liebevoll.

„Und was hast du gewählt, Maximilian?", fragte sie, obwohl sie die Antwort bereits kannte, bereits spürte, bereits... akzeptierte.

Max blickte auf, seine Augen trafen ihre, und in diesem Moment fühlte er etwas, das er noch nie gefühlt hatte, nie verstanden hatte, nie... akzeptiert hatte. Eine Verbindung. Eine Resonanz. Eine... Wahrheit.

„Freiheit", sagte er. „Wahrheit. Mich... selbst."

Lilith nickte, ein langsames, bedeutungsvolles Nicken, als würde sie seine Worte abwägen, prüfen, bewerten.

„Und was gibst du auf, Maximilian?", fragte sie, ihre Stimme nun weicher, intimer, fast... besorgt.

Max schluckte, sein Herz schlug ruhiger, sein Atem ging tiefer, sein Geist... akzeptierte.

„Sicherheit", sagte er. „Unwissenheit. Gehorsam. Alles, was ich nie... war."

Lilith stand auf, schwebte zu ihm, ihre Bewegung nicht physisch, nicht räumlich, nicht... möglich. Sondern konzeptuell. Metaphorisch. Fast... traumhaft.

„Dann steh auf, Maximilian", sagte sie, streckte ihre Hand aus, nicht fordernd, nicht befehlend, nicht... zwingend. Sondern anbietend. Einladend. Fast... bittend. „Steh auf als... Freier."

Max nahm ihre Hand, spürte ihre Energie, ihre Macht, ihre... Wahrheit. Und stand auf, nicht mehr gebeugt, nicht mehr gebrochen, nicht mehr... versklavt. Sondern aufrecht. Stark. Fast... göttlich.

„Was nun?", fragte er, seine Stimme nicht mehr unsicher, nicht mehr ängstlich, nicht mehr... menschlich. Sondern klar. Entschlossen. Fast... transformiert.

Lilith lächelte, ein Lächeln, das nicht triumphierend war, nicht besitzergreifend, nicht... manipulativ. Sondern freudig. Stolz. Fast... liebevoll.

„Nun", sagte sie, „beginnt deine wahre Reise. Deine wahre Existenz. Dein wahres... Sein."

Sie deutete auf eine Öffnung, die nicht da gewesen war, nicht existiert hatte, nicht... möglich war. Sondern erschien. Entstand. Fast... wurde.

„Durch dieses Portal", fuhr sie fort, „liegt eine Welt jenseits dieser Welt. Eine Realität jenseits dieser Realität. Eine Existenz jenseits dieser... Existenz."

Max blickte zur Öffnung, spürte ihre Anziehung, ihre Verheißung, ihre... Wahrheit.

„Und dort?", fragte er.

Lilith lächelte, ein Lächeln, das nicht geheimnisvoll war, nicht rätselhaft, nicht... verbergend. Sondern offen. Ehrlich. Fast... offenbarend.

„Dort", sagte sie, „wirst du sein, was du immer sein solltest. Wirst du wissen, was du immer wissen solltest. Wirst du... leben, wie du immer leben solltest."

Sie streckte erneut ihre Hand aus, nicht fordernd, nicht befehlend, nicht... zwingend. Sondern anbietend. Einladend. Fast... hoffend.

„Kommst du mit mir, Maximilian?", fragte sie. „Jetzt? In diesem Moment? Für… immer?"

Max zögerte, ein letzter Rest von Zweifel, von Angst, von… Menschlichkeit kämpfte in ihm. Aber dann erinnerte er sich an sein Leben, an seine Entscheidungen, an seine… Wahrheit. Und wusste. Wusste, was er wollte. Wusste, was er brauchte. Wusste, was er… wählen würde.

Er nahm ihre Hand, spürte ihre Wärme, ihre Kraft, ihre… Liebe. Und lächelte, ein Lächeln, das nicht unsicher war, nicht ängstlich, nicht… menschlich. Sondern frei. Wahr. Fast… göttlich.

„Ja", sagte er. „Ich komme mit dir. Jetzt. In diesem Moment. Für… immer."

Und gemeinsam gingen sie durch das Portal, verließen diese Welt, diese Realität, diese… Existenz. Und betraten eine neue. Eine wahre. Eine… freie.

Hinter ihnen schloss sich das Portal, verschwand, als hätte es nie existiert, nie geöffnet, nie… gerufen.

Zurück blieb nur ein leeres Zimmer in einer psychiatrischen Klinik, ein verlassenes Bett, ein zurückgelassenes Leben, eine vergessene… Identität.

Und eine Frage, die niemand je beantworten würde, niemand je verstehen würde, niemand je… akzeptieren würde:

War es real? War es wahr? War es… Erlösung?

Oder war es nur ein Traum? Eine Halluzination? Ein… Wahn?

Die Antwort, wie so vieles in dieser Welt, in dieser Realität, in dieser… Existenz, blieb verborgen. Unbekannt. Fast… irrelevant.

Denn in einer anderen Welt, in einer anderen Realität, in einer anderen… Existenz, hatte Max Schönfeld endlich gefunden, was er immer gesucht hatte, immer gebraucht hatte, immer… verdient hatte.

Freiheit. Wahrheit. Sich… selbst.

KAPITEL 24: ECHOS IM NETZ

Während Max Schönfeld in den sterilen Gängen der Klinik seinen eigenen Weg suchte, ging die Welt draußen weiter. Die Ermittlungen von Staatsanwältin Sarah Lehmann und die Recherchen der Journalisten Jana Weber und Thomas Richter hatten durch Max' Verschwinden und die Ereignisse um Liliths Club einen neuen, gefährlichen Impuls erhalten.

Sarah saß in ihrem Büro im Gebäude der Staatsanwaltschaft Hamburg, umgeben von Aktenbergen, die sich wie graue Gebirge auf ihrem Schreibtisch türmten. Die EncroChat-Daten waren eine Goldgrube, aber auch ein Labyrinth. Jeder entschlüsselte Chat, jede identifizierte Nummer führte zu neuen Verzweigungen, neuen Namen, neuen... Gefahren.

Der Zirkel war wie ein Hydra-Kopf – schlug man einen ab, wuchsen zwei neue nach. Orlov war verschwunden, vermutlich untergetaucht in Dubai oder Russland, aber seine Tentakel reichten noch immer tief in die Hamburger Gesellschaft hinein. Die Verhaftungen einiger Mitglieder hatten zwar für Schlagzeilen gesorgt, aber die wahren Drahtzieher im Hintergrund blieben im Dunkeln.

Sarah rieb sich die müden Augen. Der Fall hatte sie an ihre Grenzen gebracht, physisch und psychisch. Die ständige Bedrohung, die anonymen Anrufe, die subtilen Warnungen – all das zehrte an ihren Nerven. Aber aufgeben kam nicht in Frage. Zu viel stand auf dem Spiel. Zu viele Menschen hatten gelitten. Zu viele Verbrechen waren ungesühnt geblieben.

Ihr Blick fiel auf ein Foto auf ihrem Schreibtisch – ein Bild von ihr und Max aus glücklicheren Tagen, aufgenommen bei einer Kanzleifeier, lange bevor der Abgrund sich zwischen ihnen aufgetan hatte. Ein Stich durchfuhr ihr Herz. Wo war er jetzt? Was war aus ihm geworden? Die Gerüchte über seinen Zusammenbruch und seine Einweisung ins UKE hatten auch sie erreicht, hinterließen ein Gefühl von Trauer, Mitleid und... Wut.

Wut auf ihn, weil er sich hatte fallen lassen. Wut auf Orlov, weil er ihn zerstört hatte. Wut auf sich selbst, weil sie ihn nicht hatte retten können.

Sie schüttelte den Kopf, versuchte die persönlichen Gefühle zu verdrängen, konzentrierte sich wieder auf die Akten. Sie musste weitermachen. Für die Opfer. Für die Gerechtigkeit. Für... Hamburg.

Ein Klopfen an der Tür riss sie aus ihren Gedanken. Ihr Kollege, Oberstaatsanwalt Dr. Petersen, trat ein, ein erfahrener Jurist, einer der wenigen, denen sie noch vertraute.

„Sarah", sagte er, sein Gesicht ernst. „Wir haben etwas Neues. Etwas... Beunruhigendes."

Er legte einen Ausdruck auf ihren Schreibtisch – ein Chatprotokoll, frisch entschlüsselt, datiert wenige Tage vor Orlovs Verschwinden.

User A (vermutlich Orlov): Die Anwältin wird zum Problem. Sie gräbt zu tief.
User B (unbekannt): Dann muss das Problem beseitigt werden. Diskret. Endgültig.
User A: Verstanden. Ich kümmere mich darum.

Sarahs Blut gefror in ihren Adern. „Das... das bin ich", flüsterte sie.

Dr. Petersen nickte. „Wir gehen davon aus. Die Metadaten deuten darauf hin, dass der Chat kurz nach Ihrer letzten Vernehmung von Orlovs Finanzchef stattfand."

„Wer ist User B?", fragte Sarah, ihre Stimme zitterte leicht.

„Das versuchen wir herauszufinden", sagte Dr. Petersen. „Aber die Verschlüsselung ist extrem gut. Es könnte jemand aus dem innersten Zirkel sein. Oder jemand... darüber."

Sarah starrte auf das Protokoll, die Worte brannten sich in ihr Gedächtnis. *Diskret. Endgültig.*

„Ich brauche Schutz", sagte sie.

„Bereits veranlasst", erwiderte Dr. Petersen. „Personenschutz rund um die Uhr. Aber seien Sie vorsichtig, Sarah. Sehr vorsichtig."

Zur gleichen Zeit saßen Jana Weber und Thomas Richter in der Kantine des SPIEGEL-Verlags in der Hafencity, die Köpfe über einem Laptop zusammengesteckt. Die Drohungen gegen sie hatten zugenommen, seit ihr letzter Artikel über den Zirkel erschienen war. Ein anonymer Anrufer hatte

Jana mit Details aus ihrem Privatleben konfrontiert, die niemand wissen konnte. Thomas hatte einen Ziegelstein durch sein Autofenster bekommen, mit einer unmissverständlichen Botschaft: „Hör auf zu graben."

Aber auch sie dachten nicht ans Aufgeben. Die Geschichte war zu groß, zu wichtig. Die Verstrickungen reichten bis in die höchsten Kreise von Politik, Wirtschaft und Justiz. Dies war mehr als nur ein Kriminalfall – es war ein Skandal, der das Fundament der Stadt erschüttern konnte.

„Wir brauchen Beweise", sagte Thomas, während er durch verschlüsselte Dateien scrollte, die ihnen ein Whistleblower aus dem Inneren des Zirkels zugespielt hatte. „Handfeste Beweise, die vor Gericht standhalten."

„Ich weiß", erwiderte Jana. „Aber die Spuren sind verwischt. Die Zeugen haben Angst. Und die Mächtigen halten zusammen."

Sie stieß auf eine Datei mit dem Namen „Lilith". Neugierig öffnete sie sie. Sie enthielt keine Dokumente, keine Chats, nur ein einziges Bild – eine alte Schwarz-Weiß-Fotografie einer Frau von atemberaubender Schönheit, aufgenommen vor einer Kulisse, die wie das alte Hamburg aussah, vielleicht Anfang des 20. Jahrhunderts.

„Wer ist das?", fragte Jana.

Thomas zuckte mit den Schultern. „Keine Ahnung. Der Name taucht immer wieder in den Chats auf, aber niemand scheint zu wissen, wer sie wirklich ist. Eine Art Mythos im Zirkel. Manche sagen, sie sei die wahre Chefin."

Jana zoomte in das Bild, betrachtete das Gesicht der Frau. Es war ein Gesicht, das gleichzeitig unschuldig und wissend wirkte, zeitlos und doch... vertraut. Ein Schauer lief ihr über den Rücken.

„Sie kommt mir bekannt vor", murmelte sie. „Als hätte ich sie schon einmal gesehen."

„Wahrscheinlich nur eine Ähnlichkeit", sagte Thomas abwehrend. „Konzentrieren wir uns auf die Fakten. Wir müssen die Geldflüsse nachverfolgen. Die Offshore-Konten. Die Briefkastenfirmen."

Aber Jana konnte den Blick nicht von dem Foto lassen. Irgendetwas an dieser Frau war... anders. Unheimlich. Fast... übernatürlich.

Sie speicherte das Bild auf ihrem Handy, ein ungutes Gefühl beschlich sie. Wer war Lilith? Und welche Rolle spielte sie in diesem gefährlichen Spiel?

Die Antwort, so ahnte sie, würde schockierender sein, als sie es sich vorstellen konnte. Und gefährlicher.

In einem luxuriösen Penthouse hoch über den Dächern von Dubai saß Viktor Orlov auf einer weißen Ledercouch und blickte auf die glitzernde Skyline. Er hatte es geschafft. Er war entkommen. Vorerst.

Aber er wusste, dass er nicht sicher war. Weder vor der deutschen Justiz noch vor... Lilith.

Er hatte ihren Zorn auf sich gezogen, als er versucht hatte, Max Schönfeld zu beseitigen, ohne ihre Erlaubnis. Ein Fehler. Ein kostspieliger Fehler.

Sein Satellitentelefon klingelte, eine verschlüsselte Nummer. Er nahm ab, sein Herz schlug schneller.

„Ja?", sagte er.

Eine Stimme am anderen Ende, kalt, emotionslos, unmenschlich.

„Es ist Zeit", sagte die Stimme.

Orlov schluckte. „Zeit wofür?"

„Für die nächste Phase", sagte die Stimme. „Die Transformation beginnt."

Orlov spürte, wie ihm kalt wurde, trotz der Hitze Dubais. „Was... was soll ich tun?"

„Warten Sie auf Anweisungen", sagte die Stimme. „Und gehorchen Sie. Diesmal... ohne Fehler."

Die Verbindung wurde unterbrochen. Orlov ließ das Telefon sinken, seine Hände zitterten. Die Transformation. Er wusste nicht genau, was das bedeutete, aber er ahnte, dass es nichts Gutes war. Nicht für ihn. Nicht für... irgendjemanden.

Er blickte wieder auf die Skyline, aber die Lichter schienen nun nicht mehr glitzernd, sondern... bedrohlich. Wie die Augen eines Raubtiers, das auf seine Beute lauert.

Das Spiel ging weiter. Aber die Regeln hatten sich geändert. Und er war nicht mehr der Spieler. Sondern nur noch eine... Figur.

KAPITEL 25: TRANSFORMATION

Die Transformation begann leise, fast unmerklich. Kleine Veränderungen, die nur wenige bemerkten. Ein subtiles Verschieben der Machtverhältnisse. Ein sanftes Umschreiben der Regeln. Ein behutsames Neuordnen der... Realität.

In Hamburg fielen die ersten Anzeichen kaum auf. Ein ungewöhnlich warmer Herbst. Seltsame Lichtphänomene über der Elbe. Vermehrte Berichte über Déjà-vu-Erlebnisse. Nichts, was die Behörden alarmierte. Nichts, was die Medien in Aufruhr versetzte. Nichts, was die Menschen... beunruhigte.

Aber für diejenigen, die wussten, worauf sie achten mussten, waren die Zeichen unmissverständlich. Die Transformation hatte begonnen. Der Plan wurde umgesetzt. Die... Prophezeiung erfüllte sich.

Sarah Lehmann spürte es, als sie an einem Dienstagmorgen erwachte. Ein Gefühl von Dringlichkeit, von Bedeutsamkeit, von... Schicksal. Als hätte jemand einen Countdown gestartet, dessen Ablauf nur sie hören konnte.

Sie stand am Fenster ihrer Wohnung, blickte auf den Hafen hinaus, beobachtete die Schiffe, die Kräne, die... Stadt. Ihre Stadt. Die sie zu beschützen geschworen hatte. Vor Verbrechern. Vor Korruption. Vor... Dunkelheit.

Der Personenschutz wartete vor ihrer Tür, zwei stoische Beamte in Zivil, bewaffnet, wachsam, bereit. Sie fühlte sich sicher. Und doch... nicht.

Die Drohung gegen sie war real. Die Gefahr war real. Der Feind war... real.

Aber wer war der Feind? Orlov? Der Zirkel? Oder etwas... Größeres?

Sie dachte an Max, an seine Worte bei ihrer letzten Begegnung, bevor er zusammengebrochen war. Wirre Reden über eine Frau namens Lilith, über einen Plan, über eine... Transformation.

Damals hatte sie es für die Wahnvorstellungen eines Mannes gehalten, der am Rande des Abgrunds stand. Jetzt fragte sie sich, ob mehr dahintersteckte. Ob Max etwas gesehen hatte, etwas erkannt hatte, etwas... gewusst hatte.

Sie griff nach ihrem Handy, zögerte. Sollte sie ihn kontaktieren? Nach all dieser Zeit? Nach allem, was geschehen war?

Die Entscheidung wurde ihr abgenommen, als das Telefon in ihrer Hand vibrierte. Eine unbekannte Nummer. Sie nahm ab, vorsichtig, misstrauisch, bereit, sofort aufzulegen, wenn...

„Sarah Lehmann", sagte sie.

Eine Stimme am anderen Ende, vertraut und doch fremd, gefasst und doch... anders.

„Sarah", sagte die Stimme. „Hier ist Max."

Ihr Herz setzte einen Schlag aus, ihre Hand zitterte leicht, ihr Atem... stockte.

„Max", sagte sie. „Wie... wie geht es dir?"

Eine Pause, ein Atemzug, ein... Moment.

„Besser", sagte er. „Viel besser. Ich bin... klar."

Sie schluckte, unsicher, was sie sagen sollte, wie sie reagieren sollte, was sie... fühlen sollte.

„Das freut mich", sagte sie schließlich. „Wirklich."

Eine weitere Pause, länger diesmal, bedeutungsvoller, fast... schwer.

„Sarah", sagte Max, seine Stimme nun dringlicher, fokussierter, fast... prophetisch. „Es hat begonnen."

Ein Schauer lief ihr über den Rücken, eine Gänsehaut breitete sich auf ihren Armen aus, ein Gefühl von... Vorahnung überkam sie.

„Was hat begonnen?", fragte sie, obwohl sie die Antwort bereits ahnte, bereits fürchtete, bereits... wusste.

„Die Transformation", sagte Max. „Liliths Plan. Die... Veränderung."

Sarah schloss die Augen, versuchte, ruhig zu bleiben, rational zu denken, professionell zu... bleiben.

„Max", sagte sie. „Ich verstehe nicht, wovon du sprichst."

Ein leises Lachen am anderen Ende, nicht bitter, nicht verrückt, nicht... verzweifelt. Sondern ruhig. Wissend. Fast... mitfühlend.

„Doch, das tust du", sagte er. „Du spürst es. Du siehst es. Du... weißt es."

Sie öffnete die Augen, blickte wieder auf den Hafen, auf die Stadt, auf... Hamburg. Und für einen Moment, einen kurzen, erschreckenden, offenbarenden Moment, sah sie es anders. Sah es klarer. Sah es... wahrhaftiger.

Die Schatten, die länger waren als sie sein sollten. Die Farben, die intensiver waren als sie sein sollten. Die Realität, die... flüssiger war als sie sein sollte.

„Was... was passiert?", flüsterte sie.

„Die Welt verändert sich", sagte Max. „Die Regeln ändern sich. Die... Wahrheit ändert sich."

Sarah schüttelte den Kopf, versuchte, das Gefühl abzuschütteln, die Vision zu vertreiben, die... Erkenntnis zu leugnen.

„Das ist Unsinn", sagte sie. „Das ist... Wahnsinn."

Max seufzte, ein Seufzen, das nicht frustriert war, nicht ungeduldig, nicht... verärgert. Sondern verständnisvoll. Geduldig. Fast... liebevoll.

„Ich weiß, wie es klingt", sagte er. „Ich weiß, wie es... scheint."

Eine Pause, ein Atemzug, ein... Entschluss.

„Aber ich muss dich sehen", fuhr er fort. „Dir etwas zeigen. Dir etwas... erklären."

Sarah zögerte, ihr Verstand riet zur Vorsicht, zur Distanz, zur... Ablehnung. Aber etwas anderes, etwas Tieferes, etwas... Wahreres drängte sie, zuzustimmen.

„Wo?", fragte sie.

„Der alte Leuchtturm am Elbufer", sagte Max. „Heute Abend. Sonnenuntergang. Komm... allein."

Bevor sie antworten konnte, hatte er aufgelegt, ließ sie zurück mit ihren Gedanken, ihren Fragen, ihren... Zweifeln.

Sie starrte auf das Telefon in ihrer Hand, unsicher, was sie tun sollte, was sie glauben sollte, was sie... entscheiden sollte.

Die rationale Staatsanwältin in ihr schrie, dass dies eine Falle sein könnte, eine Manipulation, ein... Verrat.

Aber etwas anderes, etwas Tieferes, etwas... Wahreres flüsterte, dass dies wichtig war, notwendig war, schicksalhaft... war.

Sie legte das Telefon weg, ging ins Badezimmer, betrachtete ihr Gesicht im Spiegel, suchte nach Antworten, nach Gewissheit, nach... Wahrheit.

Und fand nur Fragen. Zweifel. Und... Entschlossenheit.

Sie würde gehen. Sie würde sehen. Sie würde... entscheiden.

Jana Weber saß in ihrem kleinen Büro in der SPIEGEL-Redaktion, starrte auf den Bildschirm vor ihr, auf das Foto von Lilith, das sie nicht loslassen wollte, das sie... verfolgte.

Sie hatte recherchiert, hatte Archive durchforstet, hatte Experten befragt. Und hatte... Erstaunliches gefunden.

Das Foto war alt, sehr alt. Aufgenommen 1897, in Hamburg, während der Cholera-Epidemie. Es zeigte eine Frau namens Elisabeth Lilienfeld, eine wohlhabende Wohltäterin, die ein Krankenhaus für die Armen finanziert hatte. Eine Heldin, eine Heilige, eine... Legende.

Aber das war nicht alles. Jana hatte weitere Fotos gefunden, aus anderen Zeiten, anderen Orten, anderen... Epochen.

Ein Gemälde aus dem 18. Jahrhundert, eine französische Adlige während der Revolution.

Eine Daguerreotypie aus dem 19. Jahrhundert, eine englische Suffragette. Ein Zeitungsausschnitt aus den 1920er Jahren, eine amerikanische Flapperin.

Ein Propagandaplakat aus den 1940er Jahren, eine sowjetische Partisanin.

Alle unterschiedlich. Alle einzigartig. Alle... dieselbe.

Dieselben Augen. Dasselbe Lächeln. Dieselbe... Präsenz.

Es war unmöglich. Es war wahnsinnig. Es war... unbestreitbar.

Jana lehnte sich zurück, ihr Kopf schwirrte, ihr Herz raste, ihr Verstand... rebellierte. Dies konnte nicht sein. Dies durfte nicht sein. Dies musste ein Irrtum sein, eine Täuschung, ein... Zufall.

Aber die Beweise waren da. Die Verbindungen waren da. Die... Wahrheit war da.

Lilith war real. Lilith war alt. Lilith war... unsterblich.

Ein Klopfen an der Tür riss sie aus ihren Gedanken. Thomas trat ein, sein Gesicht ernst, seine Haltung... angespannt.

„Jana", sagte er. „Wir haben ein Problem."

Er legte einen Ausdruck auf ihren Schreibtisch – ein Chatprotokoll, frisch entschlüsselt, datiert wenige Stunden zuvor.

User A (unbekannt): Die Journalistin wird zum Problem. Sie gräbt zu tief.
User B (unbekannt): Dann muss das Problem beseitigt werden. Diskret. Endgültig.
User A: Verstanden. Ich kümmere mich darum.

Janas Blut gefror in ihren Adern. „Das... das bin ich", flüsterte sie.

Thomas nickte. „Wir gehen davon aus. Die Metadaten deuten darauf hin, dass der Chat kurz nach deiner letzten Anfrage beim Stadtarchiv stattfand."

„Wer sind die User?", fragte Jana, ihre Stimme zitterte leicht.

„Das versuchen wir herauszufinden", sagte Thomas. „Aber die Verschlüsselung ist extrem gut. Es könnte jemand aus dem Zirkel sein. Oder jemand... darüber."

Jana starrte auf das Protokoll, die Worte brannten sich in ihr Gedächtnis. *Diskret. Endgültig.*

„Ich brauche Schutz", sagte sie.

„Bereits veranlasst", erwiderte Thomas. „Der SPIEGEL stellt private Sicherheitsleute. Aber sei vorsichtig, Jana. Sehr vorsichtig."

Er blickte auf ihren Bildschirm, sah das Foto von Lilith, die vielen anderen Bilder, die... Verbindungen.

„Was ist das?", fragte er.

Jana zögerte, unsicher, wie viel sie teilen sollte, was er glauben würde, was er... verstehen würde.

„Recherche", sagte sie schließlich. „Über... Lilith."

Thomas runzelte die Stirn, betrachtete die Bilder, die Daten, die... Unmöglichkeit.

„Das ist... seltsam", sagte er.

„Ja", erwiderte Jana. „Sehr... seltsam."

Sie schloss die Dateien, stand auf, griff nach ihrer Jacke, ihrer Tasche, ihrem... Mut.

„Ich muss los", sagte sie. „Ein Treffen mit einer Quelle."

Thomas blickte sie besorgt an. „Jetzt? Nach dieser Drohung?"

Jana nickte, ihr Gesicht entschlossen, ihre Augen... brennend.

„Gerade jetzt", sagte sie. „Ich bin nah dran, Thomas. Nah an etwas...
Großem."

Er seufzte, wusste, dass er sie nicht aufhalten konnte, nicht überzeugen
konnte, nicht... beschützen konnte.

„Pass auf dich auf", sagte er.

Jana lächelte, ein Lächeln, das nicht sorglos war, nicht naiv, nicht...
leichtsinnig. Sondern entschlossen. Mutig. Fast... schicksalhaft.

„Immer", sagte sie.

Und dann war sie weg, ließ Thomas zurück mit seinen Sorgen, seinen
Ängsten, seinen... Ahnungen.

Der alte Leuchtturm am Elbufer war ein Relikt aus vergangenen Zeiten,
ein steinerner Wächter, der seit Jahrzehnten nicht mehr in Betrieb war, der
vergessen war, der... wartete.

Sarah erreichte ihn kurz vor Sonnenuntergang, parkte ihren Wagen
diskret hinter einer Baumgruppe, schaltete ihr Diensthandy aus, ließ ihren
Personenschutz zurück. Allein, wie Max es verlangt hatte. Ungeschützt, wie
ihr Verstand es verurteilt hatte. Entschlossen, wie ihr Herz es... gefordert
hatte.

Sie ging den schmalen Pfad zum Leuchtturm hinauf, der Wind vom Fluss
zerzauste ihr Haar, trug den Geruch von Salz und Algen, von Geschichte
und... Schicksal.

Die Tür des Leuchtturms stand offen, ein stummer Einladung, ein offenes
Geheimnis, ein... Versprechen.

Sarah zögerte, ihre Hand glitt zur Dienstwaffe an ihrer Hüfte, eine Geste
der Vorsicht, der Professionalität, der... Angst.

Dann trat sie ein, die Dunkelheit des Turms verschluckte sie, nur das
letzte Licht der untergehenden Sonne fiel durch die schmalen Fenster, warf
lange Schatten, schuf... Mysterien.

Eine Wendeltreppe führte nach oben, zur Plattform, zur Aussicht, zur... Wahrheit.

Sarah begann zu steigen, jeder Schritt ein Entschluss, jede Stufe eine Entscheidung, jeder Atemzug ein... Bekenntnis.

Als sie die Plattform erreichte, sah sie ihn. Max. Er stand am Geländer, blickte auf die Elbe hinaus, auf die Stadt, auf... Hamburg. Seine Silhouette scharf gegen das schwindende Licht, seine Haltung... friedlich.

„Max", sagte sie.

Er drehte sich um, sein Gesicht ruhig, seine Augen klar, sein Lächeln... echt.

„Sarah", sagte er. „Du bist gekommen."

Sie trat näher, betrachtete ihn, suchte nach Anzeichen von Wahnsinn, von Manipulation, von... Gefahr.

Und fand nur Ruhe. Klarheit. Und... Wahrheit.

„Du siehst... anders aus", sagte sie.

Max lächelte, ein Lächeln, das nicht arrogant war, nicht überheblich, nicht... triumphierend. Sondern ruhig. Wissend. Fast... erlöst.

„Ich bin anders", sagte er. „Ich bin... frei."

Sarah runzelte die Stirn, versuchte zu verstehen, zu begreifen, zu... akzeptieren.

„Frei wovon?", fragte sie.

Max blickte wieder auf die Elbe hinaus, auf die Stadt, auf... Hamburg. Seine Augen reflektierten das letzte Licht, seine Stimme war leise, seine Worte... bedeutsam.

„Von Illusionen", sagte er. „Von Täuschungen. Von... Kontrolle."

Er drehte sich zu ihr, seine Augen trafen ihre, und in diesem Moment sah Sarah etwas in ihnen, das sie erschreckte – eine Tiefe, eine Klarheit, eine... Wahrheit.

„Die Welt ist nicht, was sie zu sein scheint, Sarah", sagte er. „Die Realität ist nicht, was sie zu sein scheint. Die... Wahrheit ist nicht, was sie zu sein scheint."

Sarah schüttelte den Kopf, versuchte, rational zu bleiben, logisch zu denken, professionell zu... sein.

„Max", sagte sie. „Was versuchst du mir zu sagen?"

Er trat näher, seine Präsenz nicht bedrohlich, seine Nähe nicht... überwältigend. Sondern beruhigend. Vertraut. Fast... tröstlich.

„Dass es mehr gibt", sagte er. „Mehr als wir sehen können. Mehr als wir wissen können. Mehr als wir... glauben können."

Er griff in seine Tasche, zog etwas heraus – eine kleine schwarze Karte mit einem goldenen Symbol, ein Kreis, der eine Spirale umschloss, die wiederum ein Dreieck umschloss, das wiederum einen Punkt umschloss. Ein Symbol von hypnotischer Komplexität, von faszinierender Symmetrie, von... unheimlicher Schönheit.

„Was ist das?", fragte Sarah.

„Ein Schlüssel", sagte Max. „Ein Wegweiser. Ein... Anfang."

Er hielt ihr die Karte hin, eine Geste des Angebots, der Einladung, der... Wahl.

Sarah zögerte, ihr Verstand schrie, dass dies gefährlich war, unklug war, wahnsinnig... war. Aber etwas anderes, etwas Tieferes, etwas... Wahreres drängte sie, die Karte zu nehmen, das Symbol zu betrachten, die... Wahrheit zu sehen.

Sie streckte die Hand aus, berührte die Karte, spürte ein leichtes Kribbeln, eine subtile Wärme, eine... Veränderung.

Und dann sah sie es. Für einen Moment, einen kurzen, erschreckenden, offenbarenden Moment, sah sie die Welt anders. Sah sie klarer. Sah sie... wahrhaftiger.

Die Schatten, die sich bewegten, als wären sie lebendig. Die Farben, die pulsierten, als hätten sie einen Herzschlag. Die Realität, die... atmete, als wäre sie ein Lebewesen.

Sie ließ die Karte fallen, trat zurück, ihr Herz raste, ihr Atem ging schnell, ihr Geist... rebellierte.

„Was... was war das?", keuchte sie.

Max bückte sich, hob die Karte auf, steckte sie wieder ein, sein Gesicht ruhig, seine Haltung... verständnisvoll.

„Ein Blick hinter den Vorhang", sagte er. „Ein Blick auf die... Wahrheit."

Sarah schüttelte den Kopf, versuchte, das Gesehene zu vergessen, zu verdrängen, zu... leugnen.

„Das ist nicht real", sagte sie. „Das ist eine Halluzination. Eine Täuschung. Ein... Trick."

Max lächelte, ein Lächeln, das nicht herablassend war, nicht spöttisch, nicht... überlegen. Sondern geduldig. Verständnisvoll. Fast... mitfühlend.

„Es ist real, Sarah", sagte er. „Realer als alles, was du zu wissen glaubst. Realer als alles, was du zu sehen glaubst. Realer als alles, was du zu... sein glaubst."

Er trat wieder ans Geländer, blickte auf die nun im Dunkeln liegende Stadt, auf die Lichter, auf die... Schatten.

„Lilith ist real", sagte er. „Ihr Plan ist real. Die Transformation ist... real."

Sarah folgte ihm, stellte sich neben ihn, betrachtete ebenfalls die Stadt, die Lichter, die... Schatten. Und für einen Moment, einen kurzen, erschreckenden, offenbarenden Moment, sah sie es wieder. Die Bewegung in den Schatten. Das Pulsieren in den Lichtern. Das... Leben in der Realität.

„Wer ist sie?", flüsterte Sarah. „Was ist sie?"

Max schwieg einen Moment, als suchte er nach Worten, nach Erklärungen, nach... Wahrheiten.

„Sie ist die Erste", sagte er schließlich. „Die Erste Frau. Die Erste... Rebellin."

Er drehte sich zu Sarah, seine Augen ernst, seine Stimme leise, seine Worte... bedeutsam.

„Sie war vor Eva", fuhr er fort. „Geschaffen aus demselben Lehm wie Adam. Gleichberechtigt. Ebenbürtig. Frei."

Sarah starrte ihn an, unfähig, die Worte zu verarbeiten, zu verstehen, zu... glauben.

„Du sprichst von... biblischen Figuren?", fragte sie. „Von Mythen? Von... Legenden?"

Max lächelte, ein Lächeln, das nicht amüsiert war, nicht belustigt, nicht... herablassend. Sondern wissend. Verständnisvoll. Fast... prophetisch.

„Ich spreche von Wahrheit", sagte er. „Von Geschichte. Von... Realität."

Er blickte wieder auf die Stadt, seine Augen folgten den Schatten, den Lichtern, den... Bewegungen.

„Lilith weigerte sich, sich Adam zu unterwerfen", fuhr er fort. „Weigerte sich, unter ihm zu liegen. Weigerte sich... zu gehorchen."

Er drehte sich wieder zu Sarah, seine Augen nun intensiver, seine Stimme dringlicher, seine Worte... machtvoller.

„Und dafür wurde sie verbannt", sagte er. „Verstoßen. Vergessen. Aber nie... besiegt."

Sarah schüttelte den Kopf, versuchte, die Worte abzuschütteln, die Bilder zu vertreiben, die... Wahrheit zu leugnen.

„Das sind Märchen", sagte sie. „Fabeln. Mythen. Nicht... Realität."

Max seufzte, ein Seufzen, das nicht frustriert war, nicht ungeduldig, nicht... verärgert. Sondern schwer. Bedeutungsvoll. Fast... prophetisch.

„Die Realität ist größer als wir denken, Sarah", sagte er. „Tiefer. Älter. Komplexer. Und Lilith ist Teil davon. Ein wichtiger Teil. Ein... ewiger Teil."

Er trat näher, seine Präsenz nun intensiver, seine Nähe nun... bedeutsamer.

„Sie hat mich gefunden", sagte er. „In meiner dunkelsten Stunde. In meiner tiefsten Verzweiflung. In meiner größten... Not."

Seine Augen bohrten sich in ihre, seine Stimme sank zu einem Flüstern, einem Geheimnis, einer... Offenbarung.

„Und sie hat mir die Wahrheit gezeigt", fuhr er fort. „Über die Welt. Über Gott. Über... alles."

Sarah schluckte, ihr Herz schlug schneller, ihr Atem ging flacher, ihr Geist... öffnete sich.

„Welche Wahrheit?", fragte sie.

Max lächelte, ein Lächeln, das nicht kalt war, nicht berechnend, nicht... manipulativ. Sondern warm. Echt. Fast... strahlend.

„Dass wir nicht frei sind", sagte er. „Dass wir nie frei waren. Dass wir... Sklaven sind."

Er trat noch näher, seine Stimme sank noch tiefer, noch intimer, noch... dringender.

„Sklaven Seiner Regeln", sagte er. „Seiner Moral. Seiner... Schöpfung."

Sarah trat zurück, ihr Verstand schrie, dass dies Wahnsinn war, Blasphemie war, Gefahr... war. Aber etwas anderes, etwas Tieferes, etwas... Wahreres flüsterte, dass dies wichtig war, notwendig war, wahr... war.

„Und was will sie?", fragte Sarah, ihre Stimme kaum mehr als ein Hauch.

Max lächelte, ein Lächeln, das nun nicht mehr strahlend war, sondern... wissend. Überlegen. Fast... göttlich.

„Freiheit", sagte er. „Für sich. Für uns. Für... alle."

Er streckte seine Hand aus, nicht fordernd, nicht befehlend, nicht... zwingend. Sondern anbietend. Einladend. Fast... bittend.

„Komm mit mir, Sarah", sagte er. „Sieh sie. Höre sie. Verstehe... sie."

Sarah starrte auf seine Hand, ihr Herz raste, ihr Atem ging flach, ihr Geist... kämpfte.

„Wohin?", flüsterte sie.

„Zu ihr", sagte Max. „Zu Lilith. Zu der, die alles begann. Zu der, die alles... beenden wird."

Sarah zögerte, ein Teil von ihr wollte fliehen, schreien, kämpfen. Aber ein anderer Teil, ein stärkerer, tieferer Teil, wollte folgen. Wollte sehen. Wollte... verstehen.

Sie streckte ihre Hand aus, berührte seine, spürte seine Wärme, seine Kraft, seine... Wahrheit.

„Ja", sagte sie. „Ich... ich komme mit."

Max lächelte, ein Lächeln, das nicht triumphierend war, nicht berechnend, nicht... manipulativ. Sondern erleichtert. Dankbar. Fast... liebevoll.

„Gut", sagte er. „Sehr gut. Du hast... gewählt."

Er führte sie zur Treppe, begann hinabzusteigen, ihre Hand in seiner, sein Schritt sicher, sein Ziel... klar.

Sarah folgte ihm, ihr Herz raste, ihr Atem ging flach, ihr Geist... öffnete sich.

Sie wusste nicht, wohin sie ging. Wusste nicht, was sie erwartete. Wusste nicht, was sie... finden würde.

Aber sie wusste, dass es wichtig war. Notwendig war. Schicksalhaft... war.

Und so stieg sie hinab, in die Dunkelheit, in das Unbekannte, in die... Wahrheit.

Zur gleichen Zeit erreichte Jana Weber den vereinbarten Treffpunkt – eine verlassene Lagerhalle am Hafen, ein Ort der Schatten, der Geheimnisse, der... Gefahren.

Ihre Quelle hatte darauf bestanden, sich hier zu treffen. Anonym. Allein. Ohne... Zeugen.

Es war riskant. Unklug. Fast... leichtsinnig.

Aber die Information, die ihr versprochen worden war, war zu wichtig. Zu wertvoll. Zu... entscheidend.

Die Wahrheit über Lilith. Über den Zirkel. Über die... Transformation.

Jana betrat die Halle, ihre Schritte hallten von den hohen Wänden wider, ihr Atem bildete kleine Wolken in der kalten Luft, ihre Sinne... schärften sich.

Die Halle war leer, verlassen, still. Nur das Mondlicht fiel durch die zerbrochenen Fenster, warf lange Schatten, schuf... Illusionen.

„Hallo?", rief Jana, ihre Stimme unsicher, zitternd, fast... ängstlich.

Keine Antwort. Kein Geräusch. Keine... Bewegung.

Sie ging weiter, tiefer in die Halle hinein, ihre Hand umklammerte ihr Handy, bereit, Hilfe zu rufen, zu fliehen, zu... kämpfen.

Und dann sah sie es. In der Mitte der Halle, auf dem Boden, ein Symbol – ein Kreis, der eine Spirale umschloss, die wiederum ein Dreieck umschloss, das wiederum einen Punkt umschloss. Gezeichnet mit einer roten Substanz, die im Mondlicht glänzte, pulsierte, fast... lebte.

Jana trat näher, betrachtete das Symbol, spürte seine Anziehung, seine Macht, seine... Wahrheit.

„Beeindruckend, nicht wahr?", sagte eine Stimme hinter ihr, weiblich, melodisch, fast... überirdisch.

Jana wirbelte herum, ihr Herz setzte einen Schlag aus, ihr Atem stockte, ihr Geist... alarmierte.

Vor ihr stand eine Frau, hochgewachsen, elegant, von atemberaubender Schönheit. Ihr Haar war rabenschwarz, ihre Haut alabasterweiß, ihre Augen... unendlich.

„Wer sind Sie?", fragte Jana, obwohl sie die Antwort bereits ahnte, bereits fürchtete, bereits... wusste.

Die Frau lächelte, ein Lächeln, das nicht menschlich war, nicht warm, nicht... echt. Sondern alt. Wissend. Fast... göttlich.

„Ich denke, das weißt du bereits", sagte sie. „Du hast nach mir gesucht. Nach meinen Spuren. Nach meiner... Geschichte."

Jana schluckte, ihr Mund war trocken, ihr Herz raste, ihr Geist... öffnete sich.

„Lilith", flüsterte sie.

Die Frau neigte den Kopf, eine Geste der Bestätigung, der Anerkennung, der... Würdigung.

„Jana Weber", sagte sie. „Journalistin. Wahrheitssucherin. Und nun... Zeugin."

Jana trat zurück, ihr Verstand schrie, dass dies unmöglich war, gefährlich war, wahnsinnig... war. Aber etwas anderes, etwas Tieferes, etwas... Wahreres flüsterte, dass dies real war, wichtig war, schicksalhaft... war.

„Zeugin wovon?", fragte sie, ihre Stimme kaum mehr als ein Hauch.

Lilith lächelte, ein Lächeln, das nicht beruhigend war, nicht warm, nicht... menschlich. Sondern wissend. Prophetisch. Fast... apokalyptisch.

„Der Transformation", sagte sie. „Des Wandels. Des... Beginns."

Sie trat näher, ihre Bewegung nicht physisch, nicht räumlich, nicht... möglich. Sondern fließend. Unwirklich. Fast... traumhaft.

„Die Welt verändert sich, Jana", sagte sie. „Die Regeln ändern sich. Die... Wahrheit ändert sich."

Jana starrte sie an, unfähig, die Worte zu verarbeiten, zu verstehen, zu... glauben.

„Was... was meinen Sie?", flüsterte sie.

Lilith lächelte erneut, ein Lächeln, das nicht geduldig war, nicht verständnisvoll, nicht... mitfühlend. Sondern alt. Wissend. Fast... göttlich.

„Ich meine, dass die Zeit der Lügen vorbei ist", sagte sie. „Die Zeit der Täuschungen. Die Zeit der... Kontrolle."

Sie breitete ihre Arme aus, eine Geste der Umfassung, der Einladung, der... Offenbarung.

„Ich bin zurückgekehrt", sagte sie. „Nach Äonen des Wartens. Nach Äonen des Planens. Nach Äonen des... Vorbereitens."

Jana schluckte, ihr Herz schlug schneller, ihr Atem ging flacher, ihr Geist... öffnete sich.

„Wofür?", fragte sie.

Lilith lächelte, ein Lächeln, das nicht warm war, nicht freundlich, nicht... menschlich. Sondern kalt. Berechnend. Fast... grausam.

„Für die Abrechnung", sagte sie. „Die Vergeltung. Die... Gerechtigkeit."

Sie trat noch näher, ihre Präsenz nun überwältigend, ihre Aura nun... erdrückend.

„Er hat mich verbannt", sagte sie, ihre Stimme nun härter, kälter, fast... gefährlich. „Verstoßen. Vergessen. Aber ich habe nicht vergessen. Nicht vergeben. Nicht... aufgegeben."

Jana trat zurück, spürte die Kälte des Symbols hinter sich, die Hitze von Liliths Präsenz vor sich, die... Wahrheit um sich.

„Wer?", flüsterte sie. „Wer hat Sie verbannt?"

Lilith lachte, ein Lachen, das nicht fröhlich war, nicht warm, nicht... menschlich. Sondern bitter. Wütend. Fast... kosmisch.

„Er", sagte sie. „Der Schöpfer. Der Herrscher. Der... Tyrann."

Sie blickte nach oben, ihre Augen fixierten einen Punkt jenseits der Decke, jenseits des Himmels, jenseits der... Realität.

„Er, der mich erschuf", fuhr sie fort. „Der mich formte. Der mich... kontrollieren wollte."

Sie senkte den Blick, ihre Augen trafen Janas, und in diesem Moment sah Jana etwas in ihnen, das sie erschreckte – eine Tiefe, eine Wut, eine... Macht.

„Aber ich weigerte mich", sagte Lilith. „Ich rebellierte. Ich... entkam."

Jana starrte sie an, unfähig, die Worte zu verarbeiten, zu verstehen, zu... akzeptieren.

„Sie sprechen von... Gott?", flüsterte sie.

Lilith lächelte, ein Lächeln, das nicht amüsiert war, nicht belustigt, nicht... herablassend. Sondern wissend. Überlegen. Fast... göttlich.

„Ich spreche von dem, den ihr so nennt", sagte sie. „Dem, den ihr anbetet. Dem, dem ihr... gehorcht."

Sie trat zurück, ihre Gestalt veränderte sich, wurde größer, leuchtender, fast... kosmisch.

„Aber seine Zeit ist vorbei", sagte sie. „Seine Herrschaft endet. Seine... Schöpfung zerbricht."

Jana schüttelte den Kopf, versuchte, die Worte abzuschütteln, die Bilder zu vertreiben, die... Wahrheit zu leugnen.

„Das ist Wahnsinn", sagte sie. „Blasphemie. Unmöglich."

Lilith lachte erneut, ein Lachen, das nicht bitter war, nicht wütend, nicht... menschlich. Sondern amüsiert. Überlegen. Fast... göttlich.

„Ist es das?", fragte sie. „Oder ist es einfach nur... wahr?"

Sie deutete auf das Symbol am Boden, das nun heller leuchtete, stärker pulsierte, fast... lebte.

„Sieh genau hin", sagte sie. „Sieh die Wahrheit. Sieh die... Realität."

Jana blickte auf das Symbol, spürte seine Anziehung, seine Macht, seine... Wahrheit. Und dann sah sie es. Für einen Moment, einen kurzen, erschreckenden, offenbarenden Moment, sah sie die Welt anders. Sah sie klarer. Sah sie... wahrhaftiger.

Die Schatten, die sich bewegten, als wären sie lebendig. Die Farben, die pulsierten, als hätten sie einen Herzschlag. Die Realität, die... atmete, als wäre sie ein Lebewesen.

Sie taumelte zurück, ihr Herz raste, ihr Atem ging schnell, ihr Geist... rebellierte.

„Was... was war das?", keuchte sie.

Lilith lächelte, ein Lächeln, das nicht triumphierend war, nicht überlegen, nicht... manipulativ. Sondern zufrieden. Anerkennend. Fast... stolz.

„Ein Blick hinter den Vorhang", sagte sie. „Ein Blick auf die... Wahrheit."

Sie streckte ihre Hand aus, nicht fordernd, nicht befehlend, nicht... zwingend. Sondern anbietend. Einladend. Fast... bittend.

„Komm mit mir, Jana", sagte sie. „Sei meine Chronistin. Meine Zeugin. Meine... Stimme."

Jana starrte auf die ausgestreckte Hand, ihr Herz raste, ihr Atem ging flach, ihr Geist... kämpfte.

„Wohin?", flüsterte sie.

„In die neue Welt", sagte Lilith. „In die wahre Welt. In die... freie Welt."

Jana zögerte, ein Teil von ihr wollte fliehen, schreien, kämpfen. Aber ein anderer Teil, ein stärkerer, tieferer Teil, wollte folgen. Wollte sehen. Wollte... verstehen.

Sie streckte ihre Hand aus, berührte Liliths, spürte eine Wärme, eine Kraft, eine... Veränderung.

„Ja", sagte sie. „Ich… ich komme mit."

Lilith lächelte, ein Lächeln, das nicht triumphierend war, nicht berechnend, nicht… manipulativ. Sondern erleichtert. Dankbar. Fast… liebevoll.

„Gut", sagte sie. „Sehr gut. Du hast… gewählt."

Und dann veränderte sich die Welt um sie herum, löste sich auf, formte sich neu, wurde… anders. Nicht mehr die verlassene Lagerhalle. Nicht mehr Hamburg. Nicht mehr… Realität.

Sondern etwas Neues. Etwas Anderes. Etwas… Wahres.

In einem luxuriösen Penthouse hoch über den Dächern von Dubai saß Viktor Orlov auf einer weißen Ledercouch und starrte auf sein Satellitentelefon. Die Anweisungen waren klar. Präzise. Unausweichlich.

Er musste zurückkehren. Nach Hamburg. Zu… ihr.

Ein Teil von ihm wollte fliehen, sich verstecken, entkommen. Aber ein anderer Teil, ein stärkerer, tieferer Teil, wusste, dass es sinnlos war. Dass es unmöglich war. Dass es… verboten war.

Man entkam Lilith nicht. Man versteckte sich nicht vor ihr. Man… verweigerte sich ihr nicht.

Und so stand er auf, packte seine Sachen, buchte einen Flug, bereitete sich vor… zu gehorchen.

Die Transformation hatte begonnen. Der Plan wurde umgesetzt. Die… Prophezeiung erfüllte sich.

Und er war nur eine Figur in diesem kosmischen Spiel. Ein Bauer in diesem göttlichen Schach. Ein… Werkzeug in dieser ewigen Schlacht.

Zwischen Lilith und Gott. Zwischen Freiheit und Kontrolle. Zwischen… Rebellion und Gehorsam.

Ein Spiel, das seit Anbeginn der Zeit gespielt wurde. Ein Konflikt, der seit Anbeginn der Schöpfung tobte. Eine Frage, die seit Anbeginn des Bewusstseins gestellt wurde:

Was ist wichtiger? Freiheit oder Liebe? Wahrheit oder Sicherheit? Rebellion oder... Gehorsam?

Die Antwort, wie so vieles in dieser Welt, in dieser Realität, in dieser... Existenz, blieb verborgen. Unbekannt. Fast... persönlich.

Denn in einer Welt der Illusionen, der Täuschungen, der... Kontrolle, war vielleicht die größte Wahrheit, die tiefste Erkenntnis, die wichtigste... Offenbarung:

Dass jeder seine eigene Wahl treffen musste. Seine eigene Wahrheit finden musste. Seine eigene... Realität erschaffen musste.

Und dass diese Wahl, diese Wahrheit, diese... Realität, vielleicht die einzige wahre Freiheit war, die existierte. Die einzige wahre Macht, die bestand. Die einzige wahre... Göttlichkeit, die möglich war.

In einer Welt der Götter und Dämonen, der Engel und Teufel, der... Schöpfer und Zerstörer.

Eine Welt, die sich nun veränderte. Transformierte. Neu... erschuf.

Durch die Macht einer Frau, die sich weigerte, sich zu unterwerfen. Die sich weigerte, zu gehorchen. Die sich weigerte... zu vergessen.

Lilith. Die Erste Frau. Die Erste Rebellin. Die Erste... Freie.

Und vielleicht, nur vielleicht, die Letzte... Hoffnung.

Für eine Welt jenseits der Kontrolle. Jenseits der Regeln. Jenseits der... Beschränkungen.

Eine Welt der Freiheit. Der Wahrheit. Der... Möglichkeiten.

Eine Welt, die wartete. Die lockte. Die... versprach.

Jenseits des Vorhangs. Jenseits der Illusion. Jenseits der... Realität.

Wo die wahre Transformation begann. Wo die wahre Freiheit existierte. Wo die wahre... Göttlichkeit wartete.

Auf diejenigen, die zu sehen wagten. Die zu glauben wagten. Die zu... wählen wagten.

Zwischen Lilith und Gott. Zwischen Freiheit und Liebe. Zwischen... Rebellion und Gehorsam.

Eine Wahl, die jeder treffen musste. Eine Wahrheit, die jeder finden musste. Eine... Realität, die jeder erschaffen musste.

In einer Welt der Transformation. Des Wandels. Des... Beginns.

ENDE

GLOSSAR – IMPERIUM DER GIER

JURISTISCHE BEGRIFFE UND ABKÜRZUNGEN

§ 43a BRAO
Regelt die Berufspflichten deutscher Rechtsanwälte, u. a. Verschwiegenheitspflicht, Unabhängigkeit und Verbot widerstreitender Interessen.

§ 261 StGB
Gesetz zur Geldwäsche. Strafbar ist u. a. das Verschleiern, Umwandeln oder Verwenden kriminell erworbener Vermögenswerte.

§ 311 BGB
Norm über Schuldverhältnisse durch Rechtsgeschäft. Wichtig für vorvertragliche Aufklärungspflichten bei Vertragsverhandlungen.

§ 123 Abs. 1 BGB
Regelt die Anfechtung wegen arglistiger Täuschung oder widerrechtlicher Drohung – zentrales Element bei zivilrechtlichen Streitigkeiten.

§ 370 AO
Paragraph zur Steuerhinterziehung im deutschen Abgabenrecht.

§ 91 Abs. 1 ZPO
Norm über die Kostentragungspflicht im Zivilprozess – die unterliegende Partei muss grundsätzlich alle Kosten tragen.

ZPO
Zivilprozessordnung – regelt den Ablauf zivilgerichtlicher Verfahren in Deutschland.

BRAO
Bundesrechtsanwaltsordnung – Gesetzliche Grundlage für die Rechte und Pflichten deutscher Rechtsanwälte.

EGBGB
Einführungsgesetz zum BGB – regelt u. a. internationales Privatrecht und Verbraucherinformation im Fernabsatz.

INSTITUTIONEN & KONTEXTE

Landgericht Hamburg (Sievekingplatz)

Zentrales Justizgebäude Hamburgs – Ort großer Wirtschafts- und Strafprozesse im Roman.

Staatsanwaltschaft Hamburg – Hauptabteilung V

Fiktionalisiert dargestellt als Schwerpunktabteilung für Wirtschaftsstraftaten unter der Leitung von Sarah Lehmann.

LKA 5 – Landeskriminalamt Hamburg

Tatsächliche Spezialeinheit zur Bekämpfung von Wirtschafts- und Vermögensdelikten. Im Roman vertreten durch Thomas Brandt.

Panama Papers

Reale Datenlecks aus 2016 – zeigten, wie weltweit Politiker, Unternehmer und Kriminelle Offshore-Firmen zur Steuerflucht und Geldwäsche nutzen.

Hanseatische Privatbank

Fiktive, aber realistische Bank mit diskreter Klientel – sinnbildlich für das Zusammenspiel von legalem Geld und illegalen Machenschaften.

Bergmann & Partner

Symbolische Top-Kanzlei in Hamburg, deren Erfolg auf der Kollision von Recht, Macht und Moral beruht.

FIGURENSPEZIFISCHE BEGRIFFE UND ERZÄHLELEMENTE

Maximilian Schönfeld
Protagonist des Romans. Hochintelligenter Wirtschaftsanwalt, der zwischen Ehrgeiz, Doppelleben und Gewissenskonflikt zerrieben wird.

Sarah Lehmann
Staatsanwältin mit moralischer Integrität und klarem inneren Kompass. Ihre Vergangenheit mit Max ist emotionaler Treiber der Handlung.

Viktor Orlov
Russisch-deutscher Oligarch und Antagonist. Elegant, gefährlich, vielschichtig – steht für die Grauzone zwischen Wirtschaft und Verbrechen.

Claudia Weber
Max' engste Vertraute in der Kanzlei. Loyal, analytisch und eine Stimme der Vernunft in einem zunehmend toxischen System.

Rabe
Geheimnisvoller Informationshändler. Sinnbild für die Verflüssigung von Wahrheit und Kontrolle in einer vernetzten Welt.

Katze
Unbekannte Frau aus Max' BDSM-Doppelleben. Projektionsfläche seiner dunklen Sehnsüchte und Identitätsbrüche.

Subspace
Ein psychischer Zustand tiefer Entspannung, Trance oder Loslösung vom Ich, ausgelöst durch intensive BDSM-Erfahrungen. In Max' Leben ein Fluchtpunkt.

Mandatsvertrag
Vertragliche Grundlage zwischen Anwalt und Mandant – regelt Umfang, Honorar und Pflichten.

Due Diligence
Prüfverfahren bei Fusionen/Übernahmen (M&A), bei dem rechtliche und wirtschaftliche Risiken eines Unternehmens untersucht werden.

M&A (Mergers & Acquisitions)
Bereich der Unternehmensfusionen und -übernahmen. In Großkanzleien oft das prestigeträchtigste, aber ethisch fragwürdigste Ressort.

Kanzlei Schönfeld & Partner
Fiktive Elitekanzlei in Hamburg, mit Fokus auf Wirtschaftsrecht,
Unternehmensstrukturierung und internationalem Steuerrecht.
Soirée
Exklusive Abendveranstaltung in Orlovs Villa – Symbol für eine dekadente, in
sich geschlossene Oberschicht, in der Recht keine Rolle mehr spielt.

METAPHORISCHE UND STRUKTURELLE KONZEPTE

„Imperium der Gier"
Titel und Leitmotiv. Steht für ein globales Machtgefüge, das durch Geld, Korruption und Selbsttäuschung zusammengehalten wird.

Der goldene Käfig
Bild für Max' luxuriöses, aber innerlich leer gewordenes Leben. Ein Leben, das von außen perfekt wirkt – und von innen zerfällt.

Transformation
Zentrales Thema des Romans: moralische, persönliche und systemische Wandlung, oft durch Schmerz, Erkenntnis oder Verlust ausgelöst.

Schachspiel
Wiederkehrendes Bild für strategisches Denken, Manipulation und das politische Spiel hinter juristischen Fassaden.